双灵星

作者 河歌

Riverhorns Publishing

双灵星

这本书是一部小说作品。名称、人物、企业、组织、地点和事件是作者想象的，或是虚构的。与真实的人、生者或死者、事件或地点有任何相似之处，纯属巧合。

Riverhorns Publishing

41 Aconitum Way
Ottawa, Ontario, Canada K1T 0S1

国际标准书号：978-1-998895-02-1

第一版：2025 年 01 月

如需咨询版权和其他信息，请联系：riverhornspublishing@gmail.com

第一章

高 歌 和 八 妹

  大泽国的西南边陲，众多的湖泊与峻岭交织出一幅宏伟而安详的自然画卷。湖泊之间，风轻轻地拂过寂静的水面，携带着薄薄的水雾，而远处的山脉如同披上了一层轻纱。在这片自然的掩映之下，隐藏着一座不为常人所知的奇山。这座山高耸入云，仿佛与尘世隔绝，被密不透风的仙雾环绕，宁静、幽深而又充满神秘。凡是试图靠近的人，无一不在诱人的雾海中迷途，消失在茫茫无际之中。

  只有在某些特定的静夜，当月光轻抚湖面，若隐若现的仙音便在风中飘荡，引人陷入深深的遐思。

  山上居住着一位道士，他自称此山为天山，自号大鹏。他常站在山巅之上，悬崖之侧，银灰的发丝随风飘散在肩上，眼神深邃遥远，凝视着下方的苍茫大地，仿佛在窥视世间的万千变迁。他沉浸在自己的世界里，双手轻抚着古老的石阶，每一寸都刻着岁月的痕迹和沧桑。他的年龄，如同这千山万水，悄然无声，却洗尽铅华，凝聚着深不可测的底蕴。在这片与世隔绝的天地之间，他宛如一位遗世独立的画家，静静地描绘着属于自己的画卷——那藏着他数百年的守望与等待……

  他曾是天庭的天蓬元帅的贴身侍卫，随元帅一同被贬入凡尘。元帅化身为人称"钉耙王"的猪八戒，而他则轮回为一位隐居山林的孤独道士。

  此时，大鹏坐在果园一角的石墩上，手里握着一本古籍，那是高歌的课本。他翻开书页，但目光却时不时瞥向前方。高歌——这个八岁的猪面小徒弟，正蹲在不远处，睁大眼睛好奇地打量果树间的每一片叶子和每一只蝴蝶，仿佛发现了什么新奇的宝藏。对这个小家伙而言，书中的字句不如那片生机盎然的果园来得有趣。

晨曦的阳光下，师傅的目光温和地追随着这个不同寻常的徒弟，看他在果园中矫健地奔跑，犹如山间精灵般跳跃的羚羊。阳光折射在他那桃红的肤色上，散发出自然而温暖的光泽。他的双耳高翘而灵动，微微颤动着，捕捉着周遭的每一丝细微声响。他的眼睛炯炯有神，透着慧黠与好奇，仿佛能洞悉眼前的每一处秘密。他的头发随风飘扬，色彩如同秋日丰收的麦田，金黄而生动。即使他的外表与众不同，那双深邃的眼睛和天真的笑容，却赋予了他一份独特的美。高歌践着泥土，跃到师傅跟前，递上一个殷红水鲜的桃子，甜甜地说道："师傅，为您挑的！"

大鹏轻抚徒儿的头，不言不语，但眼神中流露出一丝无奈与宠溺。他想要教给高歌更多的东西，除了读书，还有练功和修行，因为他明白，这个纯真的小生命总有一天会离开这片净土，去探寻那个人间世界。"师傅，松毛在唤我呢。"高歌指着不远处的翠绿草丛，那里一只松鼠的尾巴挺立，如同一面小旗在风中摇曳。

师傅微笑着，向他挥了挥手以示同意。高歌迅速追上了松毛——他那机灵的松鼠伙伴，二者在缤纷绚烂的花丛中穿梭，时隐时现。

他们约定在这个阳光灿烂的日子里一起探访飞龙峡谷，那是一个据说有飞龙守护的神秘之地。他们勇敢地穿过从高空倾泻而下的瀑布，听那震天动地的龙吟。又跳入澄清的溪水中，四肢张开，任由水流带领，穿越大小不一的山涧。他们在水中嬉戏，溅起的水花时而灌入口中。欢笑声如同山间清泉，似乎永无止境。

就在他们陶醉于这片自然美景时，一群色彩斑斓的蜻蜓出现在高歌身旁，它们轻盈的翅膀在空中舞动，似在引起他的注意。他被这些迷人生灵的舞姿所吸引，伸手欲触，却见蜻蜓们巧妙地躲闪。突然，它们排成一个箭头形，指向高歌身后的方向。松毛惊恐地尖叫："快逃呀！"他们急忙上了岸，乖乖，就差那么一点，就被急流带入那深不见底的悬崖！

高歌回过神来，突然放声大笑，"哈哈哈，何不趁机到人间玩玩？"他的笑声在峡谷中回荡，充满了探险的激情。

松毛却严肃地制止他："这事一点都不好笑，师傅要责罚我们了。"他表情里透露出担忧。

那些蜻蜓似在嘲笑他们的笨拙，轻盈地在他们头顶盘旋几圈，然后优雅地飞回草地，消失在葱郁绿意之中。

他们很快忘却了一切，又攀上一棵古老的树木。高歌坐在弯曲的树枝上，吹奏起他的铜笛，悠扬的曲调随风在树丛间回旋；群鸟环绕，仿佛在追随他的旋律，彩虹般的羽毛在阳光下闪烁。

午饭时分将近，两人终于往回走。一路上，他们弯腰捡起地上的五彩小石子，攥在手中仔细端详。来到山崖边时，他们小心地探出头，俯瞰那似乎望不到尽头的深渊。高歌随手扔下一块小石子，目光紧紧跟随着它，只见石子在云雾间划出一道幽亮的弧光，转瞬便消失无踪。

他微微倒吸一口气，低声对松毛说道："如果今天我们真掉下去，会是什么样子呢？"话音未落，心底不由浮现出一个大胆的念头：山下的世界，到底是一种怎样的天地？

满怀困惑，他钻进书房，伏在书堆前，指尖轻轻拂过那些略带黄边的书页，默默地品读着其中的故事。书页上描绘着一位小仙女逃至尘世，在灯火阑珊的夜市上欢舞，在临渊的桃林里与人对歌。他的眼中闪过一丝向往，伸出手，仿佛能触摸到那片美丽的世界，嘴中轻语："你等等我好吗？"

然而转头看向窗外的高崖，它们在弥漫的白雾中隐约可见，似乎将天山与尘世隔绝。他的小手按在窗台上，凝视着那遥不可及的远方，似在寻找一线希望。夕阳的余晖洒在他的脸上，映出一抹憧憬的光芒。他曾多少次梦见自己能如师傅一样，穿越那浓厚的云层，飞翔在那人间的天空中。他继续在字里行间，拼凑出一个梦幻般的人间世界，仿佛看到了属于自己的角色，和那些从未经历的冒险。

"高歌，读书不在一时，快来吃饭！"师傅的呼唤把他从沉思中唤醒。

高歌放下书，坐到桌旁，大口地享受美食。但美味也难以让他停止思考，他握筷子的手忽然停顿，"师傅……"

大鹏师傅的眼睛转向高歌，"怎么了，今日食不知味？"他的声音中带着慈祥与迟疑。

高歌那双明亮的眼眸直直地看向师傅，童真的语气中带着疑问："师傅，为何我姓高，而不随我爹的猪姓？"

师傅轻轻地吸了口气，摘下粘在胡须上的一粒饭，塞进嘴里，回答道："这得问你的爹！他都不知道有你这个儿子，只顾自己往西天取经，希望成仙回天上去。这世上只有你娘疼你，为你牺牲了一切。你说，你应该跟谁姓呢？"

"那，师傅，我又不是唱歌的，您为何叫我高歌？"

"那是因为你拥有一副大嗓门。若不是这独特的声音，千里之外，师傅如何能听到你婴儿时的哭声，又怎会及时赶去，从一场大火中救出你呢？"师傅说到这里顿了顿，用筷子指向高歌身后桃树上的小松鼠，继续说："如果你嫌师傅给你的名字不好，我可以让你跟他姓，以后叫松球……"

高歌赶快给师傅作揖："师傅莫生气，高歌就高歌吧。您是我的师傅，叫我什么都行，我只是好奇罢了。"

松毛在枝头轻声问道："大鹏师傅，我是随父姓还是随母姓？"

师傅大笑，慈祥地答道："你父亲、母亲皆姓松。"

松毛，这只灵巧可爱的小松鼠，原是猪八戒媳妇高妹子的宠物，栖息在高府后院那一隅幽静的竹林之中。他的毛发呈浅灰色，双眼圆溜溜的，与林中的其他小生灵并无差别。

然而，在一个非凡的日子里，他的命运轨迹发生了一场戏剧性的转变。

那是猪八戒随唐僧西行的日子，高妹子依依不舍，拉着夫君的衣袖不撒手，而唐僧师傅催促甚急。在急迫中，八戒挥起千斤钉耙，猛地一挖，掘出了土地公公，迫切地询问："你洞中那些上等仙菇还有存货吗？快给我一颗！"

"使不得，元帅，那仙菇是为王母娘娘而种。"土地公公回答。

"我老猪没时间跟你扯淡，看我如何用钉耙把你的洞府挖塌！"八戒威胁道。

土地公公忙不迭地劝他息怒，急忙派人取来一朵鲜嫩的红仙菇。

八戒将那枚仙菇递给小松鼠松毛，轻声叮嘱："松毛，你连根带皮把它吃了吧，沾了这灵气，我指望你能机灵起来，至少顶个孩童。你要好好照顾我娘子，等我归来，带你一起升天。"

松毛吞下仙菇，片刻之间，灰毛褪去，取而代之的是一身亮银般的光泽。他的眼中多了几分灵动，不仅能口吐人言，还轻盈地从一棵树跃至另一棵，跨越山间的狭窄沟壑如履平地。

然而，命运总是难以预料。松毛虽得了非凡的身手，却在守护高妹子时力不从心。那一天，突如其来的大火吞噬了高家院落，高妹子毅然用自己的身躯挡在火焰之前，救了高歌和松毛两个幼小的生命，而她自己却再未踏出火海。

时光流逝，高歌逐渐长大，对于父母的往事知之甚少。陪伴他成长的，是那只银白色的小松鼠松毛。松毛始终守在他身旁，用诚挚的眼神和默默的陪伴，抚慰着他内心的孤单。即便在无数个寂静的夜里，他没有母亲的怀抱，松毛也让他感到温暖，似乎从未真正孤独过。

***

那一年，战争的厮杀声成了孩子们的摇篮曲。大泽国的天空被战火覆盖，滚滚烟尘如同悲伤的幕布，笼罩了那些雕梁画栋、锦绣田园。雪贡国侵略者们的铁骑如洪水猛兽，铁蹄下留下无尽的废墟。

逃离战火的店水戏班的艺人与其他流离失所的人们一同，蹒跚地穿越崎岖的山路，泥泞的森林和草原。慌乱而拖沓的人群跟着几近散架的马车，任凭那些戏班的道具在车内颠簸不止。

戏班流落至边境的小镇，暂歇于一座破败的古庙中。小庙在风中摇曳，仿佛随时都可能坍塌。墙壁上的裂痕如同蛛网般密布，阴冷的北风穿墙而入，搅动着那些褪色的经幡。

庙堂内的火堆发出微弱的光亮，火苗在寒风中不停地颤抖。围坐在火堆周围的艺人们，脸上写满了忧虑和疲惫。

在一个风雨交加的夜晚，步履蹒跚的卫姑紧抱着岁把的孩子，也来到这座破庙里寻找庇护。她面容清秀，即使是破旧的衣衫、低垂的斗笠也难掩她的天生丽质。

戏班的老板，一个脸颊深陷、眼神如鹰的小个老头，在暗淡的烛光下打量着手足无措的她，嘴角泛起一抹笑意。他热情地迈步上前，满脸殷勤，为卫姑和小孩整理了一个干燥的角落。

不久后，老板便迎娶了卫姑为妻。戏班的艺人们纷纷为卫姑惋惜，暗地里议论着："像她这样出尘的仙姿，怎会屈身嫁给那老头儿？"卫姑始终神色淡然，任他们议论，她从未提起自己和孩子的过去，只简单地称自己是孩子的姑姑，而那孩子名叫八妹。

卫姑带了些散碎的银子，不时拿出来接济戏班的运作。随着日子一天天过去，卫姑的钱袋渐渐瘪了下去，而丈夫脸上的笑容也逐渐冷淡，那股初时的温情，似乎随着钱财一起消失了。

八妹刚两岁多，仍稚嫩不谙世事，老板就开始盯上了她，硬是让她跟着戏班学唱戏，言辞严厉地说："戏班可不养闲人！"卫姑听闻，怒不可遏，反驳道："她才那么小，又生来体弱，怎么能受得了这些？"老板却冷哼一声，摆出一副"为她好"的姿态："小小年纪学得一技之长，日后才不至于饿肚子。"

卫姑无言以对，面对老板冷酷的脸色，她只能选择妥协。从此，八妹每日跟着师兄师姐们学艺，而卫姑也不得不拿起画笔，细心描绘戏剧面谱，靠微薄的收入贴补生计。画笔在她手中游走，描绘出的每一张面谱似乎都带着她的心事，宛如她心底从未说出的秘密。

如今七岁的八妹已是个眉目清秀、机灵懂事的小艺人。她的每个翻身都能令人叫绝，每个眼神都能勾人心魄。她最拿手的便是"猪八戒背媳妇"，那是她与师兄铁柱共同织就的童话。她扮的小媳妇柔情似水，而铁柱则用他笨拙的身躯，扮演一个既滑稽又让人爱怜的猪八戒。台下的观众常被他们引得如痴如醉，哈哈大笑。而八妹，也深爱这个角色。她却不知，这背后，每一笑都是卫姑心头的一痛。

除了卫姑，八妹不知道自己还有什么亲人，没有父母，没有哥弟姐妹。她的世界就是四方的舞台和变幻的角色。她随戏班走南闯北，许多人认识那个才艺出众、戴着面具的"八妹"，为她的扮相和表演鼓掌叫好，却很少有人得见她真正的容颜——那张被面具深藏的稚嫩的小脸。

正月十五，戏班子热闹非凡，鞭炮声、欢呼声交织成一片。观众们已将戏台围得水泄不通，等着瞧那出最受欢迎的"猪八戒背媳妇"。锣鼓响起，铁柱笨拙地上场，他扮猪八戒摇摇晃晃地走着，身形比平日更加蹒跚，仿佛每一步都吃力非常。八妹扮成娇俏的媳妇，戴着一张精致的面具，遮去了脸上的表情，只露出一双生动的眼睛。她亮开嗓子，歌声在喧闹的空气中像一缕清泉，丝丝入耳，带着些许调皮：

苍山顶上是家乡，
哥背山妹回娘家。
山路盘旋九千九，
妹有情歌一千万。
路上虎狼多又多，
阿哥切莫腿筛糠。
若遇强人来打劫，
妹教哥呀露獠牙。
林中妖怪唤阿哥，
不是山妹头莫回。
小心竹藤缠住脚，
摔了山妹找不着。

唱罢，八妹悄声拍了拍铁柱的肩膀，轻轻地说："好好走，别晃了。"然而铁柱的步伐愈发沉重，拖沓得无法跟上锣鼓的节奏。就在他侧身转步的一刹那，他的手臂忽然微微一颤，支撑她的力量瞬间松散。八妹感到一阵失重，脚下空空，整个人在猝不及防中向舞台重重摔下。铁柱也随即失去了平衡，身体像断了线的木偶般轰然倒在舞台一侧。

台下原本的欢笑声戛然而止，陷入了短暂的沉默。紧接着，观众们开始纷纷不满地议论，有的甚至高声斥责，气氛一时间变得紧张起来。

铁柱被几位同伴急忙扶起，送往后台，而八妹自行爬起，摘下小媳妇的面罩扔在一旁，站在原地委屈地流泪。

一位穿着绸缎长袍、手持鹅毛扇的中年男子缓步走到台边，凝视八妹良久，低声自语："多么令人怜惜的孩子，快别哭了。"他轻步上台，拾起地上的面罩，递还给八妹。

此时，戏班的老板走上台来，不停地向观众道歉："各位尊敬的大爷、大姐，请多多包涵，都因那孩子身体不适！下次我们会加演几曲戏，以表歉意。"

人群渐渐散去，那位穿绸缎的男子走近老板，语气温和地打招呼："班主，我名叫王五，人称王五爷。能否借一步说话？"

老板打量着眼前这位看似富贵的男子，连忙点头应允："五爷，请到一旁的凉亭中小坐。"

在亭中坐定后，王五问道："刚才哭的小姑娘，是你的什么人？"

老板缓缓答道："她是我婆娘带来的孩子。"

王五点头："那便是你的继女了？"

"不全是，她其实是她的一个亲戚的孩子。"

王五听后，直接切入正题："那么，你愿意将这孩子让给我吗？"

"五爷，这是为何？"老板听到这话微微一愣。

王五微笑着，神色从容："家母正在闭关修行，需要一个合适的伴童。孩子不需做杂事，只需陪伴老人家，驱驱小鬼，消消寂寞。"

老板心动，却想知道王五愿意给予何种好处，回答道："这娃娃虽不是我亲闺女，也是我辛辛苦苦养大的。她聪明乖巧，可是我和婆娘的心头肉。"

"我正是看中她的聪明伶俐，定能让家母喜欢。只要老人家高兴，我自然不会让你吃亏。"王五说着，抓住老板的手，递上一个数字。

这数字令老板心动，但他淡定地抽回手说："我得考虑一下，毕竟她也是戏班的小台柱，还有我婆娘必是舍不得。"

王五出了一个更高的数字，是先前的两倍。

老板笑了，心想有了这笔交易，自己可以娶一房更年轻的婆娘。

"明日我带礼来，如何？"王五问道。

"好是好，允我回去和婆娘商量一下。"

王五从怀里掏出一锭银子，放在老板手中："这是为了补偿你今天的损失。那些观众，不懂得宽容孩子的一点小错。"

王五离去后，老板返回后台。八妹一见他，本能地紧抓大师兄的袖子，脸上露出不安的神色，身体不由自主地往后退，担心受到惩罚。但出乎她意料，老板今日并未露出惯有的严厉，而是和颜说色地走近八妹，拉住她的小手，用手帕抹去她脸上的泪痕，轻轻抱起她，愉快地说："八妹，今天就不用再排练了。走，我们去找你姑姑吧。"

八妹的眼中闪过一丝疑惑，小心翼翼地依偎在老板的怀里，虽不明白这预示着什么，但至少在这一刻，她能暂时忘却担忧，享受这难得的温暖。

卫姑在后院的阳光下，细心地收拾着那些风干的面具。她将它们一个个从柴杆上取下，轻轻地放进竹筐。这些面具色彩斑斓，有的狰狞可怖，有的美艳绝伦。

她注意到一张猪八戒的花脸谱挂在柴架上，似在朝她笑。她拿起那面具，轻轻地贴在自己的脸上，感受着它的温暖。透过面具的小眼孔，她望向梨树的枝头，似见猪八戒本人在那里愉快地摇着大耳。

"猪大哥，你现在身在何方，过得可好？"她轻声低语，声音中带着一丝歉意和无奈，"你得原谅我借你的名声赚点小钱。"

这些面具不仅仅是装饰，它们是卫姑生活的一部分，每个角色都陪伴她度过了无数的日日夜夜。"看在乡里乡亲的份上，你得担待点呢。"卫姑相信这些面具能够听见她的心声，仿佛她与这些虚拟的角色达成了一种默契——它们静静地聆听，守护着她那颗不愿屈服的心。

她正沉浸在这思绪中，忽然听到八妹的声音："姑姑，你也喜欢猪八戒的样子！"卫姑的目光循着声音，见到丈夫抱着八妹走来。她以为自己看错了，移开面具，发现依然如此。她从未见过丈夫如此亲近八妹，心中不禁疑惑，忙上前接过八妹，问道："你在打什么坏主意？"

丈夫瞪了她一眼："你这个黄脸婆，我有好事跟你讲。"卫姑放下八妹，让她去前院玩。

她双手捂住脸颊向耳后推去，试图挤走一脸的苍白。自从年前得了咳嗽的毛病，她原本清秀的脸渐渐失去了光泽，看上去比实际年龄要老。她问丈夫："说吧，你是不是要娶二房了？"

"娶二房我需要和你商量吗？我是跟你说八妹的事。"他从怀里掏出一锭银子，放在身边的小木桌上，"你要是答应我给八妹的安排，这银子就是你的。事后还有！"

"银子哪来的？你卖她？"卫姑心中一惊，脸色忽然泛红，接着一阵急促的咳嗽。

"怎么是卖！她有福气，我给她找了个富家收养她。"丈夫解释。

卫姑叫丈夫说个明白，两人随即争吵起来。铁柱和八妹听到他们在闹，悄悄地来到墙根脚，想知道究竟。

他们听到卫姑姑的话："这孩子命苦，我是她唯一的依靠，你怎能把她卖了？要是你不打消这个念头，我带八妹明天就离开。"

丈夫却回她："你可以走，八妹留下，我养了她这么多年。"八妹听着"哇"地哭了，冲到卫姑的怀里，喊道："我哪儿也不去，我要和姑姑在一起！"

卫姑看丈夫铁了心，不再与他争吵，抱着八妹进了屋。

夜晚，老板喊来铁柱，懒懒地把脚搁在他面前，"去打洗脚水，给我搓搓。"铁柱一声不吭地端来热水，挽起袖子，开始搓揉那双布满老茧的脚，粗糙的脚趾在他手里动来动去，让他心里一阵厌恶。他咬着牙，心中暗骂：要是能把这脚趾一根根扳下来，真想直接扔出去喂狗！

洗完脚，老板悠闲地踢踢脏鞋，"拿出去洗干净，明早送回来，我好穿着出去收钱卖娃。"

铁柱抱起那双破鞋，心里堵得慌，走到水盆边，一边刷着鞋子，心里一边在恍惚地想着："要是我有猪八戒那飞天的本事，早就带着八妹飞远了，逃到谁也找不到的地方。"他叹了口气，低头看着自己骨节分明的双手，知道这些不过是痴心妄想——他既不会飞，也没老板那样的力气，甚至连抗争的勇气都欠缺。他不敢再想下去，没有了八妹，戏班子还有什么意思？他心里已经感到空落落的。

八妹的哭泣声逐渐融入夜的寂静中，小小的身体在泪水的侵润下微微颤抖，随后她在一个疲倦的叹息里进入了梦乡。卫姑的手指轻轻抚过八妹的面颊，那里还残留着斑斑泪痕。小屋中，仅有的一盏油灯发出微弱的光，默默守护着这一方宁静。外面的风吹过屋檐，发出"唰唰"的声音，仿佛在窃窃低吟。

卫姑坐在床沿，轻拍着八妹，暗下决心，不管付出什么代价，也要守护好她。夜半时分，她依然没有想出对策。这时，一只毒蝎从墙缝里爬出来，与一只蜘蛛纠缠在一起。卫姑忘了毒蝎的可怕，伸手按住了它。

它在她的指间挣扎，头上的硬夹子磨得叽叽响，尾巴上的毒针在探来探去。她左思右猜，它是公的还是母的？如是公的，毒性将不至死；如是母的，恰又在发情，那会不会要了人的命？她不想要他的命，只想让他在床上呆上十天半月！"唉，我还有别的办法吗？"

她终于下了狠心，摸进隔壁的房间，趁黑将毒蝎扔进了丈夫的蚊帐里。她回到八妹的床边，跪在地上求上苍原谅，诚惶诚恐地等那一声惨叫。

天色已微微发亮，丈夫的房间里依旧寂静无声。铁柱在屋外轻轻敲门，卫姑将他放进屋。他进了老板的房间，将整洁的鞋子放在床前，轻呼道："师傅，早点已经备好了，起床吧。"

师傅没有回应，他又唤了一声，依旧没有动静。卫姑急忙赶进房间，撩开蚊帐，发现床铺空空。她摸了摸床，冰冷一片。正当他们愣神之际，前院传来哭声，有人呼唤卫姑的名字。她疾步奔进院子里，伙计们拉着她来到外面的戏台。

眼前的场景让她僵住。丈夫仰面倒在地板上，身上血迹斑斑，面色苍白如纸，嘴微微张着，气息微弱。人们围过来，低声议论，说老板昨晚带着一锭银子去了镇上，正巧碰上雪贡国的官兵，银子被抢，还中了刀枪，险些当场丢命。

卫姑默默摘下耳坠，递给伙计："拿去典当了，请个会治刀伤的郎中。"接着，她指挥着其他人将丈夫抬往后屋。

铁柱跟随她到后院，轻轻敲醒了八妹，将她带到隔壁房间，让她暂时回避。卫姑则先回到丈夫的房间，把床上的蚊帐收拢，小心挂到床顶上，又用力抖被褥，灰尘和小羽毛满屋飞扬，甚至连房梁上早已风干的死雀都被震落。她四下察看，确定那只毒蝎已不在，才让人将丈夫抬进来，安放在床上。

家猫这时围着她的脚跳来跳去，差点绊倒她。她低头一看，花猫在挠丈夫鞋里的一条张嘴吐舌的青蛇。她吃惊不小，心想这竹叶青从何而来，莫不是铁柱这个孩子干的？他小小年纪，心硬过我一个妇人。

卖八妹的事就这样不了了之。

丈夫没有死，曾经蛮横的他，现在只能整日沉默地坐在角落的老式椅子上，双眼空洞地凝视着前方。

卫姑卖了自己最后的一点贴身首饰，撑起了店水戏班。尽管她的心曾被他一次又一次刺痛，但她没有选择抛弃他，依然时常用柔软的手掌轻抚他的脸颊，试图给他一些安慰。

第二章

稚 嫩 的 友 情

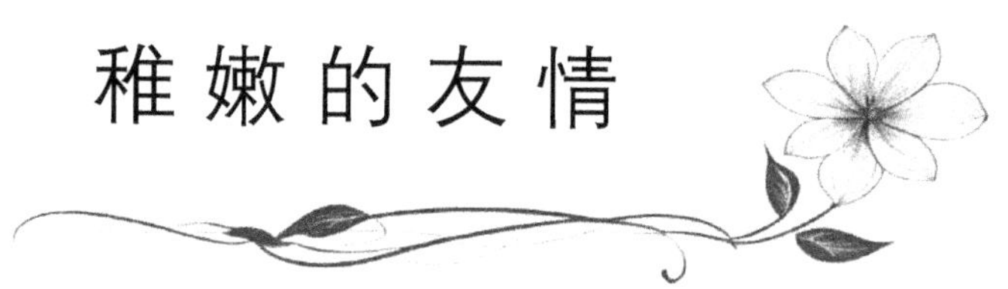

五月初八到了，那是高歌的"生日"。然而，这天是否真是他降生的日子，谁也不清楚。大鹏师傅当初定下这个日子，却是有自己的理由。

***

七年前的这一天，大鹏师傅正在天山的无极洞中修行。

他盘膝静坐，双目紧闭，意识沉浸在深邃的内观之中。一切宛如一湖止水，平静而深远。忽然冥冥之中传来孩童的哭声，"哇……哇……"那声音来自极远的地方，一声高一声低，破碎、凄厉，仿佛从世界的另一端穿越了空间，如一只无形的手紧紧揪住他的心。他想忽略它，双手抱紧乾坤，吸长虹，守丹田，但元神还是像散了似的，被那不寻常的哭声吸引了去。

他缓缓睁开眼睛，望着洞中的幽暗，心生一丝怜悯。"我莫不是与那孩子有缘，怎让我这般不安？"大鹏师傅揣摩，"不如去看看究竟。"

他迅疾地走到悬崖边，脚下碰到的小石块滑落深渊，撞击着岩壁，回响四起。他深吸一口气，脚尖轻点地面，身体如箭般投入云雾之中。

瞬间，他的双臂变得庞大而有力，黑羽在云雾中舒展开来，摩擦的声音在寂静的空中清晰可闻。他化作一只巨大的鹏鸟，尖利的喙如同黑色的剑锋，在云海中划过一道幽深的痕迹。他随旋风盘旋，用力一击翅膀，循着孩子的哭声飞去。

不一会儿，鹏鸟已盘旋在高老庄上空。只见一处农家宅院火光冲天，村民们惊慌失措地四处奔逃。他仔细察看，认出那正是猪八戒夫妇的院落；昔日他们喜结连理，他还曾受邀共饮喜酒。孩子的啼哭声逐渐微弱，大鹏师傅心中焦急，刻不容缓。他迅速飞至村西小河，一头扎入水中，全身湿透后，又奋不顾身地冲进火海。

在院中水井旁，他发现了已不幸遇难的高妹子，那惨状令人不忍直视，她的身体仍紧紧守护着井口。透过滚滚浓烟，他瞥见井内有一只吊篮，里面蜷缩着一个孩子和一只小松鼠，他们浑身湿透且沾满烟尘，已无法辨认面容。他迅速抓起吊篮，冲出火海，重返空中，此时的他已是遍体鳞伤。回首望去，高老庄已化为一片火海。

大鹏师傅回到天山，细看篮子里的孩子，不禁吃了一惊，这娃长得人身猪面，像极了猪八戒。

"他是猪大帅和高婶婶的儿子。"小松鼠从篮子里探出头，开口对大鹏师傅说道。

"哟，你会说人话。你还知道什么？"大鹏师傅摸着自己脸上的伤，想笑却笑不出来。

"他是猪大帅离开才生的。要是猪大帅知道自己有儿子，他不会离开的，那我们也不会被人放火了。"

"什么人放火？"

"没看清。"

大鹏师傅将孩子洗干净，裹好后放在床上，不知道该如何照顾他。他从未养过孩子，身边也没有女人，但又不能不管这个孩子。在天上时，他跟随天蓬元帅多年，有过命的交情。他正愁眉不展时，孩子嘟着嘴，向他摇着双手。他将孩子抱起，搂在怀里。孩子则勾住他的脖子，紧贴在他的胸口上。

他感到孩子暖暖的体温，头发之间散发着淡淡的乳香。他将鼻子埋在孩子的发间，亲昵地揉了揉，一股怜爱之情油然而生，抱着孩子撒不了手。

＊＊＊

如今高歌已满八岁，怕是不会记得幼时的遭遇，只想着如何玩得更开心。每年这个时候，师傅总是记得高歌的生日。今天，他早早完成了晨练，来到露天庭院，喊道："高歌，你在哪呢？"

"师傅，我在收拾笔墨。"高歌在书房里回应。

师傅笑笑，"过来吧，上午放假。"这句话无疑是高歌最爱听的。

高歌像一阵风似的跑到师傅面前，惊喜地问："为什么？"

师傅看到高歌手上和脸上沾有墨迹，用自己的青袖帮他轻轻擦去，然后亲切地说："今天是你的生日呀！你想要什么好吃的？"

"师傅，今年我不要吃的。我写字的笔墨没了，您能下山买些吗？"高歌说完，眼睛瞟了一下坐在花坛里的松毛，松毛咪咪一笑。

师傅有些疑惑："不会吧，之前买了那么多，你都用完了？"

"我带您去看看。"高歌拉着师傅的手，来到书房，把书柜书桌翻给师傅看。

师傅终于相信了，答应在午餐后下山一趟。实际上，高歌和松毛已经将多余的笔墨悄悄埋藏在果园深处，只是为了诱使师傅下山。遵循大泽人的传统，师傅亲手做了一碗生日挂面，递给高歌，并嘱咐道："好好吃，师傅等你快快长大。"同时，他叮嘱站在肩膀上的松毛，"你得看好高歌，别让他靠近悬崖。"

松毛乖巧地点点头，用尾巴轻轻拂过师傅的脸庞。

师傅准备妥当，走向悬崖边，环顾四周，却皱眉问道："师傅下山，高歌怎么没来送送？"

松毛俏皮地一笑，回应道："他正在偷偷享受美食呢。"说完，他蹦到地上，等待师傅出发。师傅说道："那我也不等他了，我们回头见。"说罢，他轻轻一跃，那双宽大而有力的翅膀如帆般展开。

就在那一瞬间，树顶上的高歌突然纵身一跃，试图跳上大鹏鸟的背，他想用这样的方式，和师傅一起飞出去，看外面的世界。可是，他只触到了一两根尾羽，然后便坠入云雾之中，顿时惊慌失措地大叫起来。幸运的是，师傅还未飞远。听到高歌那惊恐绝望的尖叫，他知道大事不妙，迅速翻身，寻着声音俯冲下去。他的动作快如闪电，准确地用强有力的爪子一把捞住了坠落的高歌，轻松地扔到自己的背上。

"高歌，你这娃真要吓死人！"师傅的声音中既有恼怒也有担心，"我可要把你送回去，关小屋子。"

高歌委屈地哭泣着，声音中充满了乞求："不，我要跟您下去玩！我求过您一百遍，您就是不肯，为什么？"

听到高歌的话，师傅深深叹了口气，怒气似乎一下子烟消云散。他让高歌紧紧抓住他的背，答应这次带他去体验山下的世界。在飞行的途中，师傅温和地对高歌说出了残酷的真相："孩子，你长得特殊，不是人人都像师傅这样看得惯你。山下很多人见不得和他们长得不一样的人，他们会做些愚蠢的事情。"

"他们会吃了我？"高歌好奇又紧张地问。

"有时候，伤害你比吃了你更让你难受。"师傅的话语沉重，超出了高歌的理解。

不久，他们飞临一个小镇的郊外，看见下面蜿蜒的河流，沿岸聚集了许多人，熙熙攘攘。师傅告诉高歌："我们就在这里玩玩，你快变个人脸。"

"我变好了，师傅。"高歌自豪地说。他最擅长变脸术，一抖耳朵便换了一个面孔，虽然他只能在同一张人脸和猪脸之间变换。

师傅又提醒他："就一直保持你的人脸，不要露出你的真面目，免得惹出麻烦。记住师傅的话了吗？"

"记住了，师傅，我们快点下去吧！"高歌兴奋地催促着，眼中闪烁着对未知冒险的期待。

"还有，答应师傅，你少说点话。"

"知道了师傅，我当自己是个哑巴。"

大鹏师傅身着淡青色粗布道袍，长发在夏日的微风中轻轻飘动。他手里牵着活泼可爱的高歌，穿梭在河岸边熙熙攘攘的人群中。旁人见了这俊俏的孩子，总是多看他一眼，羡慕这是谁家的小宝贝，穿戴那么得体。其实，高歌穿什么都好看，至于今日，也只是添了一条新的白布袍，腰间束着一条黑布带，插着一支古朴的铜笛。

高歌紧随师傅，双眼好奇地在熙攘的人流中跳闪。扑面而来的人潮、叫卖声和马车在石板路上发出的吱呀声，让他的心不由自主地怦怦跳动。而河中游动的花船，飘来的断断续续的欢笑和歌声，又是那样舒心，带着一股魔力。

他的目光随后转向了忙碌的摊贩，还有那些拉着大人衣角的孩子们。他见到一个与他差不多大的男孩，用小手指着香喷喷的摊点，恳请母亲的允诺。他们的笑脸让他心中的紧张感顿时消散，也让他感受到自己成了这热闹场景的一份子。

跟着师傅继续前行，高歌开始像其他孩子一样打起吃的主意。路过一个摊点时，他停住脚，仰头望着师傅。

"好好。"师傅要了一个肉包子递给他。

高歌刚把它塞进嘴里就吞下去了，等着师傅再给一个。

师傅笑笑，只好依了他，但提醒道："你得留点肚子，前面还有更好的。"

刚往前走了几步，高歌的眼睛又亮了起来，饶有兴趣地盯着摊前的糖葫芦。他轻轻伸出手，指尖触碰着那串晶莹剔透、犹如宝石的小果实。在师傅的鼓励下，他用手指缓缓掰下一颗，放到嘴里，冰凉的甜蜜让他喜笑颜开。

再往前，一个热气腾腾的小摊吸引了他的目光。慈眉善目的老妇人正在忙碌着，手中的铁铲翻飞，一块块金黄的豆腐在热锅里跃动，发出"嘶嘶"的声响。高歌用双手接住她递来的一份，热气透过棕纸，温暖了他的指尖。他小心地咬了一口，那咸香四溢、外脆内嫩的味道让他眼中星光闪烁。

穿行在热闹的集市上，高歌和师傅边走边品尝着各样小吃，他们的笑声与周围的喧嚣融为一体。随着人流，他们抵达了人头攒动的城隍庙，这里的气氛更加热烈，各色彩旗在微风中轻轻摇曳。

在庙会的戏台上，八妹身着一袭红裙，从色彩斑斓的面具后露出晶莹的眼眸，深情地凝视着台下的观众。她启唇轻唱："苍山顶上是家乡，哥背山妹回娘家……"那甜美的嗓音，就像一只无形的手，悄然拨动了人们的心弦。高歌的眼睛紧紧跟随着台上的表演，手中的糖葫芦不知不觉间滑落。师傅轻轻拉了拉他的衣袖，但他被那动人的歌声深深吸引，一动不动。他指着八妹身边的男孩，对师傅说："那个男孩，长得好像我……"

师傅急忙捂住他的嘴，小声告诫："别乱说！那孩子是戴了面具。"

"哦，谁做的面具，挺像的。"高歌看了一眼师傅，笑着回应。

"这戏有啥好看的，走，去别的地方玩。"师傅想带高歌离开，不想让他看到人们以他的父母为乐。

"师傅，这戏好玩，我想往下看。"高歌觉得这场戏与他有着莫名的亲近感，看得津津有味。

就在此时，师傅看见一个身着红色披风的年轻女子在面前闪了一下，露了一个背影，便又消失在走动的人群里。师傅心中一阵悸动，想起一个自己动过情的女人，那背影好像她！他匆匆抱起高歌，把他放在一个石狮子的背上，告诉他："你实在要看，师傅让你看完这出戏，你坐在这儿别动，师傅到那边找个人，马上回来。"

"师傅，您去忙吧。"高歌说道，眼睛没离开戏台，他轻轻地跟着八妹的曲调在哼。

八妹的歌声，如山间泉水般清澈悠扬，让高歌陶醉不已，仿佛每个音符都已渗入内心。他渴望一睹她的真容，然而，八妹始终保持着神秘的面罩。

八妹和铁柱一演完，观众便喝起彩来，向台上扔了许多铜钱。八妹轻巧地退到幕后，铁柱则蹲下身，收集那些撒在地上的铜钱。

高歌环顾四周，发现师傅尚未归来，于是敏捷地从石狮子上滑下，悄无声息地潜入了八妹进去的房间。

八妹正忙碌地整理着戏装和面具，为下一场表演做准备。她刚刚解开了扮演小媳妇时的发髻，一头乌黑的长发如瀑布般披在肩头。阳光透过窗户，洒在她那美丽的脸庞上。

高歌躲在一排悬挂的戏服后面，轻轻掀起一角，偷偷观察着八妹的一举一动。他心中涌起一股强烈的冲动，想要走出藏身之处，与八妹结为朋友。他甚至开始幻想与她一同登台演出，自己扮演那只可爱的小猪，让她在自己背上尽情歌唱。他沉浸在这个快乐的幻想中，不自觉地露出了猪脸的模样，嘴也没管住，偷偷地笑出了声。八妹听到声响，转头朝戏服堆望去，看到一个小猪脸正在里面笑，误以为是捣乱的铁柱，便提高声音说道："快出来，我没空跟你躲猫猫，快来帮忙！"

"我来帮你。"高歌兴奋地回应着，推开挡在自己面前的戏服，蹦跳着走了出来。

八妹见到眼前的男孩并不是铁柱，惊讶地问道："你是谁？"

"我是高歌，唱歌的歌。"高歌快乐地答道，眼中闪烁着孩童的纯真。

八妹追问："你躲在这里干什么？"

"我想看看你。"高歌露出一丝羞涩。

"你看到了，赶快出去吧，被人看见，他们会把你当小偷，打断你的腿。"八妹焦急地劝他。

正说着，她听到有人的脚步声，匆忙抓住高歌的手，拉他到一个装衣物的红色箱子边，打开箱盖，让高歌匆忙钻了进去。

箱盖刚盖上，铁柱走进来，他问道："我听你跟谁说话，人呢？"

"没有人啊，"八妹装作若无其事的样子，坐到那只箱子上，"我在背台词。"

"奇怪，难道我听错了？"铁柱走到八妹面前，"八妹，你起来一下，我要帮大师兄找样东西。"

"我不起来，你先告诉我什么东西？"八妹干脆盘腿坐在箱子上。

"我找海龙王的马甲。"

"你到隔壁的箱子里翻翻，我记得收在那里面。"

"好吧，我去看看。"铁柱去了另一个房间。

八妹跳下来，打开箱子，从缩成一团的高歌身下抽出黄马甲。高歌正准备起身，被八妹摁了回去，"铁柱，你过来！马甲在这呢。"

"谢八妹！"铁柱过来接了马甲，往屋外走，出门时提醒八妹："别忘了，回头我俩有演出。"

"知道了，快走吧。"八妹等铁柱走开，就把高歌放了出来。

高歌在那狭小的箱子中憋着，放出来时脸颊泛红，深吸了一口气，带着一丝委屈地抱怨："你好狠心，差点憋死我了。"

八妹给了他一个白眼，回道："你是哪里来的妖怪，不识人心。我也不知道为什么要救你……"

听到"妖怪"二字，高歌心里隐隐作痛，眼神顿时失色。他打断八妹的话，低声地说："我不是妖怪。"

八妹被眼前这个男孩的脆弱所触动，赶快走到他身边，将语气放得缓和："对不起，高歌，没说你是真妖怪，就是个口头语。"她的声音像春风拂过枯枝，使屋里又亮了起来，"摘下你的面罩，你就不像啦。"她伸出纤细的手，试图触摸高歌的面具，但意外地接触到了他的肌肤。她惊讶地发现，他脸上并没有佩戴任何面具。

高歌轻轻地推开八妹的手，眼中闪烁着迷茫："我就这个样子，生来如此，你说……我是不是真的妖怪？"

八妹盯着高歌的脸，说不出话来。

见她疑惑的目光，高歌缩紧脖子，怯生生地问道："我真是吗？"

"不不，你……"八妹脑海中闪过一个人影，一时想不起来是谁。

高歌接过话头，"我知道你想说什么，我像你们戏中的那个，背你的猪八戒吧？"

八妹露齿一笑，"确实是呢。"

她的笑容中带着一种理解和接纳。高歌见状，忍不住突然坦白道："我不是他，我是他的儿子。"

八妹睁大了眼睛，以为听错了："这是真的？"

就在这时，高歌的耳朵微微动了动，他敏锐地捕捉到了外面越来越近的脚步声。他有点惶恐，身不由己地往八妹的身后退。

八妹灵机一动，拉起高歌的手，迅速而小心翼翼地往后院的一间小屋潜去。

那屋子下层是厨房，上面则是一个堆杂物的阁楼。厨房里此刻正好无人，他们俩就像两只小狐狸，悄悄地钻进了阁楼，彼此对视一笑，一起坐到窗子边上一只褐色旧木箱上。

一束微弱的阳光从唯一的小窗户洒进来，照在他们幼气的脸上。

八妹望着紧张的高歌，微笑着轻声道："好啦，莫怕，没人会上来。"她的声音带着许多的安慰和温暖，"我没听说过猪八……不，钉耙王有儿子啊？"

高歌遗憾地说："我爹也不知道自己有儿子。他走了，我妈才生我的。"

"那你从高老庄来的吧？"八妹继续追问。

"不是，我从天山来的。"高歌答道。

"天山在哪儿？"八妹眨着她那双明亮的眼睛。

"不晓得，我是头一回下山，师傅带我来的。我和师傅一直住在天山。"高歌的声音中带着一丝稚嫩。

"你妈妈呢？"八妹问道。

"我一岁时，她死于一场大火。"高歌忧伤地回道。

"喔，你也是可怜的人，和我差不多呢。"八妹安慰高歌，"我不知道父母是谁，只有一个姑姑。"

同样的处境拉近了八妹和高歌的距离。他们互相询问和述说自己的故事。

　　大鹏师傅朝那红衣女子的方向追去，一双目光如鹰隼般锐利，四处张望，寻了半里地，并没有见到她的影子。他想自己一定是眼花了，或是被人施法了。他没敢多耽搁，赶快返身去找高歌。他快步回到喧闹的戏台区，石狮子背上没见高歌的影子。他急切地向周围的人打听，有人指向河边，说孩子可能去了那里。大鹏师傅没有迟疑，立刻向河边赶去。

　　八妹和高歌顷刻成了朋友。高歌自称是八妹的"猪头哥哥"，开始向她炫耀自己的技能，自信满满地说，他能吹奏八妹在戏台上唱的那支山歌，说着他从腰间抽出笛子。

　　八妹连忙制止了高歌，"不行，笛声太引人注意了。"高歌闻言收起笛子，随即又想到了新的玩法。他让八妹闭上双眼，轻摇耳朵，瞬间将自己的猪脸幻化成了一张清秀稚嫩的人脸。当八妹重新睁开眼，眼前竟是一个温文尔雅的少年，惊讶得她差点掉了下巴。高歌见状，得意地笑道："不认识了？我还是你的猪头哥哥呢。"说完，他又摇动耳朵，恢复了原本的猪脸模样。八妹轻轻揪了揪他的耳朵，笑靥如花："别闹了，变来变去的，我还是更喜欢你这张猪脸，和我一个朋友很像。"

　　"你说像那个和你一起演戏的男孩吗？"高歌好奇地问。

　　"不是他，是我梦里的朋友。"八妹坦诚地分享了自己的小秘密。

　　"那会不会就是我呢？"高歌满怀期待地猜测。

　　这个问题让八妹陷入了沉思。她曾多次梦见一个猪面男孩背着她飞翔，飞向未知的远方，她对那个男孩充满了信任，甚至超过了铁柱。她曾向卫姑姑打听："您说世界上真的有这样的男孩吗？"卫姑姑摇了摇头："没呢。"她又问："那会不会在天上？"卫姑姑笑了："你是演戏太入迷，把铁柱带入梦中了！"有时，她在台上唱《苍山阿妹》，仿佛能听到梦里男孩的和声，这让她的歌声更加嘹亮甜美。有时，她受了委屈，不愿向卫姑姑倾诉，便会在梦中向那个男孩诉说心事，甚至祈求他带她去一个没有烦恼的世界。

　　想到这里，八妹有些恍惚，眼前的高歌和梦中的男孩似乎重叠在了一起。她仔细端详着高歌的脸庞，与梦中的影像进行对比，却发现梦中的形象渐渐变得模糊。她忍不住提出了一个请求："我能摸摸你的鼻子吗？"

高歌忽然用手护住自己的翘鼻子。那松毛动不动就偷摸它，那轻轻一捞，麻酥得很。不过，他如何能拒绝她的请求？稍稍转了一下眼珠子，他点头同意了："好吧，轻一点哟。"他把头斜靠向八妹，乖巧地摆出了一个架势。

八妹的手轻触到他的鼻尖，然后顺着鼻梁滑过。温暖的触感仿佛带来了微风，让高歌有麻酥以外的感觉。

他伺机逮住了八妹的手，开口提出了自己的要求："你摸了鼻子，该要答应我一件事。"

八妹好奇地问："呃，什么事？"

高歌认真的目光直视着八妹，"我想留下来，和你一起唱戏。你帮我吗？"

八妹的脸上先是一阵惊喜，后又一丝犹豫。她无奈地叹了口气："难呀，戏班里连饭都吃不饱，刚刚有大哥大姐被遣散。"

高歌对这个回答显然不满意，皱着眉头说道："那么，你就别想摸我的翘鼻子了。"

八妹听了，忍俊不禁，笑得停不下来。她出其不意伸手，又挠了一下高歌的鼻子，然后调皮地说："好吧，我一定尽力！你在这里等我，我先去演戏，演完了就带你去见姑姑。"

八妹匆匆离去后，高歌的肚子突然像小兽般咕咕作响。他偷偷察看楼下，确认厨房里没人影，便像一只警惕的猫儿，轻手轻脚地下了阁楼。他敏锐的鼻子捕捉到一缕诱人的香味。循着香气，他来到灶台前。

锅里剩有几个金黄的馒头，高歌犹豫了一下，眼中闪过一丝挣扎，但最终无法抵御诱惑，迅速抓起一个馒头塞进嘴里。他心中有点羞愧，师傅若在此，定会用尺子责罚他。他转身想回到阁楼，但肚子和脚却在争斗，最终肚子胜出，他的脚步无法挪动。肚子命令手，将剩余的馒头也送进了嘴里。

尽管如此，肚子依旧不满足，继续咕咕作响。高歌的目光游荡在厨房里，最终落在一个古朴的瓦罐上。他轻轻打开盖子，一股浓郁的米酒香扑鼻而来，他情不自禁地深吸一口气，小心翼翼地举起瓦罐，轻轻品了一小口，香甜的滋味让他忍不住又喝了一口。

不过半时辰，一整坛米酒已见底。

　　他心中纳闷，何以如此神速就连渣渣都没有了，随即忧虑起如何向八妹解释。酒精的麻醉让他头目眩晕，眼皮仿佛千钧重，身体也摇摇欲坠。最终，他倒在了一堆干柴上，沉入了甜美的梦乡，发出细微的鼾声。在朦胧之中，他感觉到有木棍戳他的脚，猛然间惊醒。那持棍之人见状，吓得丢了棍子，转身仓皇而逃。门外聚集的人群目睹"妖怪"苏醒，惊恐得纷纷后退。

　　高歌惊慌失措地冲入院子，环顾四周，耳畔传来刺耳的呼喊："妖怪！""丑八怪！""打死他！"这些刻薄的话语如同锋利的箭矢，令他心境心惊胆颤。回想起师傅的叮咛，他顿时恍然大悟，明白了师傅的深意。他拔腿狂奔，边跑边试图变幻人脸，但心绪烦乱，变化得杂乱无章，脸上依旧挂着一张扭曲的猪脸。这一幕更加坚定了追赶他的人群的信念，他们怒吼连连，手中的石块和杂物如同密集的雨点，纷纷向他掷去。

　　他踉跄着逃至戏台附近，引来了更多的围观者，处境愈发危险。他躲进一棵柳树的阴影里，左避右闪。原本洁白无瑕的长衫此刻已变得斑驳不堪，仿佛花猪肚一般，那可是师傅送给他的生日礼物。就在这时，八妹与铁柱匆匆赶来。八妹挤开人群，直奔柳树下。她张开稚嫩的双臂，犹如一只勇敢的小鹰，坚定地护着高歌。她那清脆的童声坚定而有力："他不是妖怪！"尽管身材娇小，但她展现出了超乎常人的勇气。

　　铁柱则躲在人群之后，不断催促八妹回来，要她离开妖怪。一名赤膊大汉见铁柱手中握着演戏用的长矛，便夺了过去，意图射向高歌。铁柱担心大汉伤到八妹，紧紧抓住长矛不放。

　　八妹紧咬颤抖的嘴唇，坚定地站在高歌与失控的人群之间。一块石头悄无声息地飞向她，狠狠地击中了她的额头。她微微一晃，却更加坚定地护住高歌。鲜血从她的额角流下，渐渐模糊了她的视线，但她并未退缩，仍睁大眼睛，站在那里。

　　高歌心疼八妹，突然发出一声尖锐的吼叫，吓得众人纷纷后退。他趁机爬上大树，一直攀至树梢，抱着细瘦的树干在空中摇晃，仿佛随时都会跌落。

　　那个赤膊的男人推倒铁柱，举起闪着寒光的长矛瞄准高歌，振臂一挥，只见长矛在众人的一片惊呼中飞向高歌。

　　就在这千钧一发之际，一个巨大的黑影突然飞向树梢，那正是大鹏鸟。他迅速地抓起高歌，避开了长矛的攻击。大鹏鸟在空中翻了几个跟斗，搅动起一阵黑旋风，将那赤膊汉子卷入其中，消失在了人群的视线之外。

第三章

师 傅 的 相 好

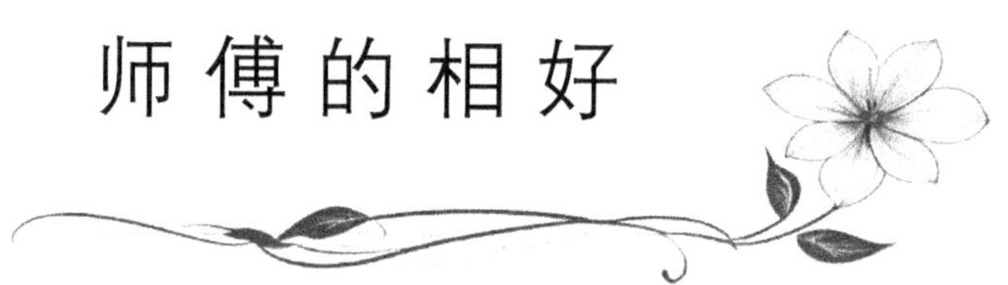

　　转眼十年，高歌已成长为一个英俊的小伙子。在师傅眼中，这徒儿无论是猪相还是人相都比他父亲俊俏三分，显然得益于他母亲的美貌。他的猪相也是一头苍山的家猪，猪鼻子猪嘴的形影还在，没了野猪的憎面獠牙，只比一般人长得大条些，带几分憨气、几分媚气和一点异域人的相貌。这些都是师傅的感觉，外人未必这么看。

　　至于他的人相，确实无需夸张。浓眉之下，一双深邃的大眼炯炯有神，五官棱角分明，眉宇间透着与生俱来的灵气，有王子般的风采。若当年的天蓬元帅也有如此相貌，也许嫦娥的目光便不会冰冷如霜，眼睁睁看他被玉帝定罪，贬入凡尘。

　　这些年，高歌再未下过山。他站在山巅，看着脚下那片云雾笼罩的大地，心中一片沉寂。山风拂面，却无法带走藏在记忆深处的寒意。他领教过人心的冷酷与肮脏，早已不屑再踏入那污浊的尘世。

　　在他的心中，有两个名字无论岁月如何流转，始终如烙印般存在。一位是他的母亲，方圆千里最美丽的女人，也是世上最温馨可怜的母亲。另一位，是八妹。她是那个不曾嫌弃他与众不同之人，也是那个在危难之际，舍命救他的女孩。每当想起她们，他的胸口便像被山风凿出一个洞，让他对尘世的牵挂无处遁形。

　　其实，高歌曾无数次想象，他的父亲若果真如传闻中般神通广大，怎会感应不到自己有个儿子？又怎会让他独自在这片天地间受尽冷眼？父亲一旦出现，他会追随父亲下山，哪怕面对最恶的人，也绝不退缩。然而，这最终只是一个幻想。他的父亲从未现身，仿佛如大鹏师傅所说，自顾自走一条成仙的路，不知在何处享乐。

近来，高歌喜欢独处，有时一个人躲到连松毛都找不到的地方。

有天，他躺在一块巨石上，手里拿着一片芭蕉叶遮住刺眼的阳光，散乱的棕黄色长发中伸出两只招风大耳。他感到无所事事，懒懒地躺着。微风轻轻摇晃着身旁大树的树梢，他仿佛看见自己和那树梢一起起伏，还听到八妹在树下的苍凉惊叫声。

他想起了八妹，不知道她头上有没有留下疤痕，想知道她长大后的模样，是否依然温馨，是否还记得自己这个猪头哥哥。

他自问："我要是能飞，要不要去找她？"

"找她干什么呢？她毕竟是另一个世界的人。"他自言自语。

"让她摸一下鼻子吧，叫一声猪头哥哥吧！"

正想着美事，松毛终于找到了他，悄悄躲到一棵松树下，捡起一个松球砸向高歌的脑门。高歌坐了起来，一偏头躲开了另一个松球。

"接招吧！"松毛喊道，手脚并用，地上的松球纷纷飞向高歌。

高歌左闪右避，抽出腰间的铜笛，握在手中，将飞来的松球击得粉碎，空中扬起一层灰。不知为何，那层灰瞬间散布到天上。太阳消失了，乌云从树梢后漫过来，天空深处传来一声霹雳，震耳欲聋。高歌站到岩石上，仰头寻找霹雳的来源。

翻滚的乌云裂开一个口子，像被剑劈开。一道紫光在开口处闪烁，高歌觉得有人在那里偷窥天山。一些殷红的颜色流出，与乌云纠缠在一起。

这奇异的天象在天山从未发生过，高歌感到惊恐，跳下巨石，想快去告知师傅。

松毛立在参天大树的树梢之上，高声呼唤着高歌："快看，东边在冒烟，出事啦！"

高歌闻言，忙说："你带路，我们去看个究竟！"

两人穿过茂密的树林，远远地望见山谷中升腾起缕缕黑烟，仿佛预示着某种不祥之事即将发生。

他们继续前行，跨过了宽阔的草地，来到了一片湿漉漉的沼泽地。沼泽上方，薄雾缭绕，乌云密布的天空显得异常压抑。高歌捡起一根沾满泥土的棍子，小心翼翼地跟在松毛身后，松毛则负责在前面探路。

随着他们逐渐深入沼泽，周围的气氛变得越来越诡异。原本平静的水面开始泛起层层微波，空气中传来一阵阵尖锐的滋滋声，仿佛水滴落在炽热的油锅中。高歌紧张地注视着脚下，只见原本微小的泡沫逐渐变大，像有什么在下面推动着它们向上冒。

突然间，那些泡沫化为熊熊烈焰，将昏暗的沼泽照得透亮。高歌惊得魂飞魄散，手中的棍子掉入水中，脚步踉跄，像受惊的野鹿乱窜起来。松毛深知高歌对火的恐惧源自童年的那场灾难，他急忙喊道："高歌，别跑！"但高歌仿佛没听见，继续慌乱地冲撞。

松毛迅速追上去，跳上高歌的肩头，尽力安抚他："别怕，火还没烧到我们呢！你是钉耙王的儿子，拿出你爹的胆气来！"这句话似乎对高歌产生了一些效果，他努力让自己冷静下来，双腿仍发软，但勉强站稳了。

松毛环顾四周，寻找着逃生的出路。他灵机一动，扯下高歌衣服上的一块布，迅速绑在高歌的眼睛上。"你别看火了，听我的指挥。"失去视觉的高歌只能依靠松毛的声音引导，虽然走得跌跌撞撞，但最终还是回到了安全的地方。

高歌深吸了一口新鲜的空气，扯下眼睛上的布条，回头望去，只见沼泽地的火焰与山谷的浓烟交织在一起，宛如天幕上盛开的黑色花朵，让人不寒而栗。

他们急匆匆地往家赶，渴望将经历的异象告知师傅。尚未到家，已听到望月亭中传来击鼓之声，那是师傅在召唤他们。

只见大鹏师傅端坐于亭中，神态安详，双手轻扶着拐杖，仿佛早已洞悉了一切，内心波澜不惊。

"师傅，刚才天上好奇怪，山谷那边……"高歌急切地开口，声音中带着未曾消散的惊恐。

师傅微微抬手，打断了他的话，说道："我都知道了。先回去吃饭吧。"

高歌这才猛然记起，"呀，师傅，我忘了做饭呢。"他的脸上露出一丝歉意。

师傅温和一笑，目光中透着慈爱，"师傅已经做好啦。"

高歌嬉笑着说："师傅辛苦，让徒儿背您进屋去。"没等师傅应允，高歌已背起师傅，一溜小跑。

师傅被他颠得咯咯地笑，吸了一口花白的胡须到嘴里，差点把自己噎着。

饭桌上，高歌提起先头发生的事，问师傅那意味着什么。师傅叹息道："那是天象，大概是我的大限已到。孩子，你已长大，师傅没什么牵挂了。"

"师傅，您不是在修长生之术吗？什么大限小限能用在您身上？"

师傅笑笑："再修炼，也拗不过天地呀。"

"我知道了，是不是您荒废了功夫的原因？您在督促我练功，我怎么好久不见您自己练呢？"

"呵呵徒儿，说师傅偷懒吧？"

"不敢不敢！"高歌晃晃脑袋，猪头一变，换了个青春洋溢的人脸。他眨着眼睛，问师傅："那您说，是为什么？"

"那是因为师傅已知天命。还记得师傅怎么捡到你的吗？"

"您讲过很多遍了，都记得。有什么关联呢？"

"就在我修行到最要紧的一关时，你那要命的哭声从千里之外传来，闹得我元神都丢了，无法修下去。救你这个小兔子，丢了我一千年的升华哟。"师傅淡淡地道来，好像在说别人的事，没有一点嗔怪。

"原来是徒儿坏了您修炼。"高歌望着师傅沧桑的面容，意识到师傅真的老了。看他花白的头发在顶上打了一个圆结，雪色长眉倒挂在眼角上像小松鼠的尾巴，满脸银灰细密的胡须一直拖到胸前。也许哪天师傅真的会离他而去呢！

高歌忧心地问师傅："那还有什么长生不老的办法呢？"

师傅开玩笑地回他："吃仙丹呀。可惜我炼的还差点火候，怎么就忘了偷几颗天上的带下来！"

第二天一大早，高歌奇怪地发现师傅还没起床。他探头看卧室，发现师傅还在呼呼大睡，地上掉了一本书。他捡起来一看，书里写的是炼丹和长生不老的秘籍。

高歌边翻边读，突然一段话跳进他的视线："大泽有种神奇的草，叫仙茅，可泡茶入药，用后让人少则多活百岁，甚则能成精。"

"哇！"高歌忍不住叫了出来，吵醒了师傅。

师傅揉着眼睛，半睡半醒地抱怨："高歌，你这是干嘛呀，打扰我修炼不老秘术的美梦。"

高歌兴奋地把书举在手中："师傅，这仙茅是真的吗？我们去找不就成了？"

师傅接过那本旧书，轻轻摸着泛黄的纸页，叹道："仙茅啊，不少古籍均有记载，只是师傅巡遍大泽各地，找了大半辈子，也未能见其踪。"

高歌听得心动，握住师傅的手："那赶紧吧，师傅，您带我下山。我脚快，不信找不着！"

师傅摇了摇头，苦笑着放下书，"唉，师傅怎么带你？自己飞都勉强，哪还有力气背你呢？"

高歌不甘心，嘀咕道："您就教我飞功吧，我自己下山寻找。"

师傅沉默了片刻，缓缓站起身来，"其实，以你现在的功力，应该是能够飞翔的。但师傅并不鼓励你这么做，山下的世界险恶复杂，你还得等些时日。"

高歌眼中闪过一丝失落，"那，师傅，您打算什么时候放开手，让我独自去闯荡呢？"

师傅回道："这个问题，你不用问师傅。到了你能够独当一面的时候，自然而然，你就会展翅高飞。"

高歌听后，疑惑地问："那师傅，您可没有藏着掖着，不教我高深的功夫吧？"

"你这个淘气的孩子，真是气煞师傅了！师傅能教的都教了，不能教的师傅也不会。你以为我真是什么天上的大鹏鸟？真正的大鹏鸟法术了得，超过你爹的三十六变。告诉你，师傅不过是你父亲天蓬元帅的一个侍卫而已，名字里恰巧带了个'鹏'字，其实我就会点猫脚功夫。我说我是大鹏鸟，不过是拉大旗作虎皮罢了。"大鹏师傅脸色微沉，像是动了气，不然不会把自己的老底都揭开。

高歌嬉笑着说："师傅莫生气，逗您玩呢。"

师傅开颜一笑，"要是生你这个淘气鬼的气，师傅早就气死啦。"他看见高歌的长袍破了一块，便叫高歌脱下，回头帮他补一补。

高歌一回房，便坐在床边陷入沉思。

师傅说我能飞，我得加紧修炼。他取出几本修炼飞功的书籍，一边温习，一边尝试。他感受到体内气流涌动，但双脚却如同被地面牢牢吸附，始终无法离地。最终，他沮丧地倒在床上，暗自觉得自己或许真的缺乏灵光。这时，松毛悄悄地溜进房间觅食，不小心弄出了声响。高歌故作生气："又在偷食，明明知道损耗灵气！"

松毛装出可怜相："给我一点点，哪怕一粒也行。"

高歌真地只扔给它一颗花生米。松毛灵巧地接住它，一边并享用起来，一边却抱怨："没见过你这样小气的兄弟！"

但高歌没像往常那样接话，松毛才注意到高歌心不在焉，便好奇地问："为啥愁眉不展呢？"

高歌叹气："我打算下山找仙茅，可就是飞不起来。"

松毛打趣地说："这么急着飞，真是只为找仙茅？"

"你说还能为啥？"高歌反问。

"你敢打赌，没有找八妹的意思？"松毛激将高歌。

"好好，我想顺便看看她，行吧？"高歌只好告饶。

"我又没说不行，就是不爱听言不由衷的话。"松毛抹抹嘴，接着说："找八妹靠你自己，但找仙茅吗，我可以提醒你一点。你想，仙茅不是喜爱生长在峭岩上吗？你说哪里的山岩最合适它生长？"

"你说是天山？"高歌脱口而出，眼里闪烁着光芒。

＊＊＊

一大早，高歌进了树林，选了一棵最高的树，一直爬到树顶。林中的鸟儿和小动物看到他，以为他要吹笛子，纷纷聚拢过来。高歌对它们挥挥手，示意别打搅。他口中念了一些秘语，感觉气流在体内奔走，便闭上眼，纵身一跳，想着身体能飘起来。结果，他重重地摔在地上。幸亏他皮糙肉厚，除了嚎了一声，没别的事。小动物们见状，急忙跑去告诉松毛，说高歌走火入魔了。

松毛赶来，见高歌又在练飞功，就没有叫停，只在他身边晃来晃去，试图引起他的注意。可高歌根本不理会，专心致志地揣摩自己的飞功。

松毛觉得无趣，来到无极洞，看大鹏师傅在做什么。无极洞不但是师傅修炼的场所，还是他炼丹的地方。师傅正在打开炼丹炉，一道彩光从炉中飘出。师傅叫松毛："上房梁把我的葫芦拿下来。"

松毛取下葫芦放在桌上。师傅手心里捧着一个色泽斑斓的豌豆大的丹珠，乐得合不拢嘴。

"师傅，您炼了一辈子的丹，这颗为什么让您这么高兴？"

"你过来闻闻。"

松毛凑近，闻到一股清香，赞叹道："呵呵，像哪位姑娘身上的香味呢。"

师傅若有所思地说道："对哟，松毛，把葫芦挂回去。"他并没有将那颗新丹珠放进去，而是用一块丝帕小心翼翼地包好，放进了怀里。

他轻声对松毛说："你去找高歌玩吧，我有个心愿要下山了却。"

"师傅，您这是要去找您常提起的那位仙姐姐？她都已经不理您了，您还去做什么？"松毛的声音里透着一丝担忧和好奇。

师傅微微一笑，"你怎么知道我要去找她？"

"嘿，您揣着香喷喷的宝贝，还能送给谁呢？"松毛调皮地说道。

师傅叹了口气，眼神中流露出一丝难以言喻的情感，"松毛，你这小家伙，有时候比高歌还懂我。是的，这件事我憋了一辈子，只此一遭，此后再无牵挂。"

松毛觉得师傅此时的表情和高歌谈起八妹时一模一样，心中隐隐有些不安，担心师傅用情太深，此去会伤了自身。他急忙说道："师傅，不如我也跟您一起去，顺便也开开眼界。我保证不妨碍您。"

师傅沉思片刻，觉得这次出行不太方便带个小家伙，但想到自己时日无多，还从没带松毛下山过，心有不忍，最终点头同意了。

于是，师傅带着松毛飞往宣城方向。他们没有进城，而是在离城不远的一处高坡上停了下来。从高坡放眼望去，草地青青，繁花如织，地平线上依稀见到城镇的轮廓。身后和两侧是不见人烟的老林子。风拂过松林，带来阵阵清香。师傅轻轻一挥手，一个大石头出现在他身旁。师傅坐到石头上，一副歇下来不走的样子。

松毛不禁问师傅："您就在这等她？"师傅没有回答他，眼睛闭上了。他觉得师傅没有约好就这么等，有点可怜可叹，不如让师傅独自在这里陶醉，自己去后面的树林里找点吃的。

大鹏师傅的思绪回到了多年前，往昔的画面如同泛黄的古画缓缓展开。

双灵星

***

记忆中的那一天，他化身为一只威风凛凛的大鹏鸟，翅膀宽广如云，乘着长风在山谷间自由翱翔。阳光透过云层，在他闪亮的羽毛上投下斑驳的光影。远处的林子里忽然传来了骑士们狩猎的号角声和呼喊声。好奇心驱使他降低了高度，向那片喧嚣的森林探望。

他目睹，在郁郁葱葱的林木深处，一群骑士正穷追不舍一个目标，那正是他倾心的一只火狐。她那身绚丽的红毛，犹如一团跃动的烈焰，在林间穿梭，美得令人目不暇接，让高空翱翔的大鹏鸟都为之眼花缭乱。他心中涌起一股难以抑制的冲动，渴望立刻冲下去解救她于危难之中。然而，他深知火狐性格孤傲，若是轻率出手，只怕她会不屑一顾。于是，他选择隐匿于云层之后，静待那个决定性的瞬间，届时再一举出手。

火狐在树林里飞快地穿梭，她的倩影如闪电般迅捷。轻松地甩开了骑士后，她站在树林边缘得意地摇着尾巴，眉间露出孤傲的冷笑。就在这时，一个埋伏的队伍突然出现，箭如雨下，但火狐机敏地一闪，一支箭也没碰到她。她尝试冲向几个不同的方向，最后才发现自己被困在了一个圈套里。

她唯一的出路是身后的开阔地，那里如果有猎人，她就真的无处可逃了。但此刻，别无选择，只能一搏。

一转身，她如箭般疾驰，直冲向那无遮拦的坡地。然而，她的脚步却戛然而止，仿佛被钉住了一般。坡地的两侧，数十名骑手整齐地排列着，手中的弓箭齐刷刷地指向了她。而在她正前方几丈开外，一匹高大的战马稳稳站立着，马背上的男子英气逼人，眼神坚定而深邃，手中的弓已经拉满了弦，仿佛随时准备射出致命的一箭。

骑士们的呐喊震裂了宁静的坡地，"大王威武！"这一声声呼喊如雷贯耳，直冲云霄。盔甲在夕阳下闪烁，如同无数锋利的刀刃。高空中，大鹏鸟目光如炬，凝视着下方，翅膀轻轻一收，蓄势待发。他自信地俯视下方，仿佛随时能刮起一股闪电般的旋风，即使是再快的箭也伤不到他的火狐。

大王与火狐就这样两两相视，时间仿佛在这一刻凝固了。火狐目不转睛地盯着大王，她那双灵动的眼睛中充满了警惕与好奇，似乎忘了做逃离的挣扎，只是静静地与大王的目光交织。

　　大王盯着这只美丽的狐，那火红的皮毛，在阳光下闪耀着绚丽的光泽，他心中不由得生出了一丝爱惜之情。他犹豫了，松开了手中的弓弦，那支箭便轻轻地滑落到草地上。

　　一名卫士见状，连忙赶上前来，捡起地上的箭，要递给大王，然而大王却示意不必了。他深深地看了火狐一眼，挥挥手，让众人收弓回师。

　　大王的队伍缓缓离去，火狐依然站在原地，目送着他们的背影渐行渐远。大王走了一里路之后，似乎还无法割舍那份对火狐的留恋，他转过身来，远远地望了火狐最后一眼。那一刻，两者之间虽然隔着遥远的距离，但他们的心灵有了某种奇妙的共鸣。

　　这火狐其实有传奇故事，跟大鹏师傅有理不断的连系。她曾是嫦娥的贴身侍女，人称火娘。她拥有一头犹如燃烧的火焰般的红发，眼神中闪烁着机智与狡黠。

***

　　曾经的某夜，天宫里灯火辉煌，热闹非凡。玉帝设宴，邀了众仙英豪欢聚。天蓬元帅贪杯，不胜酒力，好在有贴身侍卫大鹏在一旁搀扶，将他带离大殿，到花园里醒酒。天蓬步履蹒跚，踏倒了一片的兰花，竟然还打算往天池沐浴。大鹏费九牛二虎之力才制止了他的疯狂。

　　此时，嫦娥与侍女火娘款步而来，二人悠然地在花园中漫步。花香袭人，月光皎洁，她们的倩影在月色中若隐若现，如梦似幻。

　　一眼瞥见嫦娥，天蓬元帅那朦胧的双眼立刻焕发出光彩，惊艳与贪恋之情交织而生。他向大鹏投去一个暗示的眼神，仿佛在说："兄弟，替我挡一挡火娘。"

　　可火娘早已对天蓬元帅心生情愫，她站在一旁，眼中闪烁着对他的依恋，不愿离开。然而，天蓬元帅对火娘并无半分兴趣，他只得在火娘身上施下瞌睡虫，让她起了睡意。

　　大鹏遵从命令，将她轻轻抱起，带至花园深处，安置于一处幽静的花亭内。

　　在那奇妙的夜晚，大鹏坐在火娘身旁，凝视着她宁静的睡颜，不知不觉间，心中涌起一股深深的爱意。当火娘醒来，她发现自己错过了与天蓬元帅的良机，便一巴掌打在了大鹏的脸上；又见远处嫦娥和天蓬元帅谈笑风生，心生妒意，难以自制。她决心要让这个瞎眼的大帅和他的想入非非的小侍卫尝尝苦头。

火娘步履带风，红衣飘飘，将瑶池掀起一片涟漪。她面带怒容，来向王母娘娘倾诉："娘娘，嫦娥被人欺负了！"言简意赅，却如火星，瞬间引燃了王母的愤怒。王母随即向玉帝禀报了此事。玉帝端坐云台，神色平静，仅轻轻一挥手。

当夜，天蓬元帅便被押至大殿。他跪在洁白的玉阶之下，试图澄清："陛下，这纯属误会！我只是对嫦娥妹妹表达了几句关怀，绝无冒犯之意。"

玉帝见嫦娥隐于王母身后，一袭白衣若秋水盈盈，更显楚楚可怜，便示意她上前讲述。嫦娥缓缓前行几步，却沉默不语，只是低头，泪光闪烁，肩头微微颤抖，引得整个天庭为之生怜。王母急忙催促玉帝："陛下，别吓着孩子，您的将领怎能仗着军功，欺辱您家的女眷呢！您还在犹豫什么？"

玉帝开口道："天蓬，此事关乎天庭颜面，不可姑息，你可懂？"言罢，他挽起王母的手，转身离去。

天蓬在天牢中被囚禁三月，随后与大鹏侍卫、火娘侍女一同被贬入凡尘。

大帅投胎之际受到同僚的陷害，变成了猪面人身的半人半仙，好在没忘前世的功夫，在江湖上混出一些名声。大鹏侍卫成了一个穷道士，经过不懈地努力练就了变大鹏鸟之术。告状的侍女火娘最为凄切，她虽心性高傲，却未能变成人，倒是成了一只无家可归的红毛狐狸。

***

火狐站在高坡上，目送大王的人马消失在尘雾中，直到最后一丝影子也看不见了。她深吸了一口气，转身迈入密林，步伐轻盈而坚定。大鹏早已等在那里，他那黑须浓眉的脸上满是期待和焦虑。然而，火狐从他身边经过时，连看都没看他一眼。

"火娘，嫁给我吧！跟我上天山，再也没人能欺负你。"大鹏紧随其后，声音中充满了渴望和迫切。

"走开，我恨你，恨大帅，恨嫦娥！"火狐头也不回，昂首阔步，身上散发着决绝的气息。

"如果你嫁给我，我有办法让你变成人。"大鹏不甘心，又追上去，努力说服她。

火狐突然停下脚步，转过头，眼中闪烁着挑衅的光，"如果你真的爱我，现在就把我变成人。"

大鹏心中升起一丝期待："我这么做了，你嫁给我？"

火狐冷笑一声，转过头去，"别做梦了。难道你没看出我心里已经有了别人吗？刚才那男人，他才是我梦中的情人。"

"他是大泽国的国王，妻妾成群。"大鹏试图让她回心转意。

"我不在乎，此生非他莫属。"火狐毫不犹豫，目光坚定，语气中带着命令："快把你的宝贝给我，不要耽误了我的好事。"

大鹏伤透了心，但无法抗拒所爱之人的命令，只好取下身上的小葫芦，套在她的脖子上。

火狐并未感谢，反而冷冷地说："你走吧，此生不想再见到你。"

大鹏犹豫了一下，叫住她的背影："等等，这丹丸，你吃了，变成人后再也变不回火狐了。"

火狐回头，嗤之以鼻："废话！我做美女，谁还要狐狸的皮囊？"

大鹏继续说："还有，吃了它，你只有一次变化，心里想着谁的模样，你就变成她的模样，再也变不了别的。你要好好利用……"

火狐不耐烦地打断他，"还有什么，快快一起说完！"

"你变成人时，只有人的大概样子，需精心修炼来完善自己。每天清晨吸收天地之气，夜深时不可修炼，否则阴气侵体，后果……"

火狐诧异地问，"你不恨我吗？说这么多！"

大鹏看着她，目光复杂，"爱一人，身不由己。"他的声音带着无奈和痛楚。

***

大鹏师傅回想着往事，如今对火娘的冷血也带着欣赏，认为那是女人难得的自傲。他已经不在意自己与她再无良缘，只要她能追逐她的梦，只要自己的心底有一份温情。

大鹏师傅在石头上坐了良久。松毛不放心，回到师傅身边。山脚下出现一个身影，摇摇晃晃径直朝这边走来。

松毛轻拍师傅，告诉他："来了一个乞丐，不是什么美女。"

师傅还是没有睁开眼，说道："别作声，到一边去玩。"

　　来人越来越近，身裹黑袍，头和脸掩盖在连体帽里，手中拄着拐杖，身带一股寒气。她走到师傅面前，用拐杖敲敲大石头，说道："老道，挤一挤，让我歇歇脚。"

　　师傅这才缓缓地睁开了双眼，微微转动眼珠，细细地打量来人。他轻叹一声，稍稍挪动身体，示意她坐在他边上。尽管他难以窥见她那遮掩得严严实实的面容，但已能清晰地感知到她身上那股令人毛骨悚然的阴气，以及她外表强大实则狼狈不堪的处境。他极为失望地说道："火娘，你终究还是没有听我的话，瞎搞一气了吧？看看你的这副模样，真是让人痛心。"话语中充满了对火娘的责备与惋惜。

　　"施主，我不是来讨教的！你要施舍什么，快快拿出来。"火娘沙哑地说。

　　"你还是如此霸道。我还能有什么可给你的？如果你喜欢这把老骨头，尽管拿去。"师傅怜悯地望着她，悄悄改变了主意。带来的丹丸原本是为她而炼的，是一个升华版，她服用后，不需什么天天修炼，自然一生一世美颜如玉。但是，如今的火娘，浑身的阴气。如果她的阴气与这丹丸的精气相遇，一定会毁了她的五脏六腑。

　　"瞧你面带菜色，也没比我好到哪里去。"火娘突然伸手握住他的手掌，"来，让我给你看看手相。"她的力度逐渐加重，两人的手臂间竟然闪现出点点火星。

　　师傅的身躯在微微颤抖，但他仍旧挺直胸膛，默默地承受着这份痛苦。此时，松毛忽然窜了出来，跃上乞丐的肩头，对着她的脸放了一个响亮的屁。火娘没来得及反应，松毛便已经灵活地躲到树林里去了。

　　她迅速抽回手，面露厌恶之色，拼命地挥动手臂，试图驱散那股气味，口中抱怨道："这个小鬼头，真是调皮捣蛋！"然后，她突然仰天大笑起来，笑声中充满了讥讽："老道，老娘逗你玩，你以为我真稀罕你这把老骨头。不过你没变，反抗都不会。"

　　师傅轻轻拍打着自己的胸口，淡淡地叹口气："哎，你呀你。"

　　火娘突然站起身，做了一个夸张的揖礼："多谢施主，老娘这就告辞了！"她一转身，原本黑色的长袍瞬间变成了鲜艳的红色斗篷，她的脸上也出现了一副彩色的面具，眼神里像藏着火似的。

她吹了一个响亮的哨子，树林中立刻跑出来一只棕色的麋鹿。她身形轻闪，矫健地上了鹿背，转眼间就消失在了山脚下。

松毛见状，忍不住跑到师傅身边，满脸不解地问："师傅，您怎么就这么让一个乞丐欺负您？"

师傅微笑着摇了摇头："她，其实就是我这次下山要见的人。"

"啊，是她？"松毛惊讶地睁大了眼睛，随即又有些犹豫地说，"师傅，我观察她走时的模样，想起了一个人。如果我说出来，您千万不要骂我。"

师傅温和地笑了笑："瞧你说的，好像师傅动不动就骂你似的。我答应你，不骂。"

"我觉得……她的那一身红色的背影，很像是那个烧了高歌家院子的人。"

师傅听后，目光微微一沉，但很快恢复了平静："她不会做那种事的。"

"可是，真的很像啊。"

"不能是她。"大鹏师傅眉头紧锁。

松毛想再辩解，却被师傅那坚定的目光逼得无语，最终选择默默低下了头。

师傅突然意识到胸口藏着的丹丸不见了，猜测一定是那狐狸偷走了。"松毛啊，我带来的小玩意儿，会要了她的命，这可如何是好？"

松毛眼神中闪过一丝得意，随即从自己的耳朵里掏出一颗丹丸，递给师傅，"师傅，您放心。她偷走个假的，真的丹丸还在我这里呢！"

"这是怎么回事？"聪明的师傅迷惑不解。

"师傅，我看她是个混世魔王，不值得您付出真心，所以提前帮您把丹丸换了。"松毛眼中闪烁着狡黠的光芒。

师傅听罢，露出欣慰的笑容，轻轻拍了拍松毛的头，"小家伙，你机灵，救了她一命呢。你帮我把这丹丸收好了。"

松毛点了点头，暗自得意得手舞足蹈。

第四章

紫罗兰的香 

  火娘早已蜕变，不再是大鹏师傅记忆里那个略带任性的女子。现今，她是雪贡国的烈焰化身，统率着二十多万雪贡占领军，被誉为火都督。她占据了大泽王宫，成为雪贡人镇守大泽的坚强后盾。

  她的往昔恍若风中飘散的烟雾，真实面容深锁于不解之谜中。她仿佛幽灵，时隐时现，以面具遮颜，匿身于衣帽的幽暗之下，不沾人间烟火，身赋异禀。在她的将领们眼中，她宛若神圣的存在。唯独面对金母娘娘，她才显露真身，做自己的火娘，一个内心带着太多伤痕、疲惫不堪的女子。

  拿到大鹏的丹丸后，火娘并未返回大泽王宫，而是去了清眉苑。那曾是香火甚旺的尼姑庵，如今成了她的修炼之地，已无他人进出。

  清眉苑的大门始终牢牢关闭，唯有外侧的卫兵室内驻扎着一队雪贡士兵。他们从未有过勇气迈入清眉苑半步，只能站在园外，偷偷地向内窥视。他们未曾目睹火都督从大门进出，甚至在园内也未曾捕捉到她的身影。

  时而，园中隐约传来木鱼与磬的轻敲声。他们透过门缝窥视，只见园内依旧空旷如初，了无痕迹。然而，每当夜幕降临至午夜，清眉苑便会被浓厚的黑云紧紧包裹，刺骨的阴风从各个角落呼啸而至。细细聆听，那盘旋的风中夹杂着时隐时现、凄厉的悲鸣。如此景象，直至天边泛起鱼肚白才渐渐消散。

  清眉苑里有火娘最大的秘密。大泽国的传言里，他们的国王在雪贡人入侵时已丢了性命。其实他没死，只是一直处在深度昏迷之中。谁也猜不到，是火娘把他救下，藏在清眉苑的地窟里，每日在他的唇上深深一吻，延续他的生命。

她期待着有朝一日国王苏醒，他俩将手牵手，成为世间最令人羡慕的情侣。近来，她发现国王的眼角常常湿润，那是听到她倾诉爱恋与孤独时的泪水吗？这让她心中五味杂陈，喜悦中带着一丝不安：自己多年如一日的坚持似乎有了回应，但如果她那不敢示人的容颜未能完全恢复，爱美的国王还会看她一眼吗？

每当夜深人静时，火娘将积攒的能量分为两半：一半以生命之吻赠予国王，一半则用以修复自己的容颜，提升魔力。她已久未参与雪贡人的征战，不是不关心，而是为了节省那些宝贵的能量，让自己再次焕发光彩。

火娘的心怦怦地跳，注视着手中的"丹丸"。尽管它在烛光下发出微弱的光，可她像是看见了一颗希望的星辰。她本想告知国王并当着他的面吃下它，共享这份喜悦。她却又改变了主意，"哎呀，女人还是多一点秘密才好。"她嘴角挂着一抹狡黠的笑，悄悄地吞下了丹丸，心里暗暗想到："等他醒来，看我如何在他面前惊艳登场！"

随后，火娘来到国王沉睡的卧榻旁，语气比春风还温柔，说出了许多藏在心底的情话，就像是一串串珍珠。国王还沉睡着，但她相信这些话语能穿透梦境，触及他的心灵。

接着，火娘轻盈地步入清眉苑的菩萨殿，对着金光闪烁的菩萨俏皮一笑，唱出她的心声："拜金母娘娘，谢您的点拨，我已得到如此珍贵的宝贝。如果明早我醒来容光焕发，美颜如玉，我要为您打造真正的金身！"

金母娘娘重重地叹了口气，缓缓言道："施主啊，我正欲告知于你，你的命运多舛。你所取回的那颗丹丸，实则是个赝品。"

"什么？"火娘闻言大惊失色，"难道那老道竟欺骗了我？"

"非也，此事并非那道人之过，实则是因你体内积聚的负面能量过重，无法承受那真正的丹丸。恐怕你日后还需历经更多的艰难险阻。"

"我不接受这样的说法！"火娘愤然起身，向外走去，边走边回头说道："倘若您所言有误，我定要拆了您的庙宇。"

金母娘娘并未动怒，对此类言语早已司空见惯。

夜深了，火娘无法练功，也无法入眠。她不愿相信金母的话，希望天明的时刻能看见重生的自己。她索性来到王宫，爬到国王和她曾经同床共枕的鸳鸯床上，将一张虎皮卷起来，钻进去缩成一团，找到了自己还是火狐时的那种安逸感。她不禁感叹自己为什么偏偏遇见他，走上了一条腥风血雨的不归路。那时的她是多么天真单纯，竟然闪电般的爱上一个用弓箭指着自己的男人，宁可丢了性命也要把他看个够。

***

自从青草坡相遇大泽国王后，火狐天天躲在城门附近的草丛里，渴望能再次见到英俊的国王。终于有一天，国王和他的王后双双骑着装饰华丽的高头大马，在卫队的护卫下出城来了，一行人去了远郊的清眉苑。火狐一路跟到那里，看见国王轻轻地将王后抱下马背，牵着她的手进了清眉苑。王后的美貌让火狐羡慕不已，她幻想自己就是王后，握着国王的温暖的大手，让白色的裙裾在身后拖曳，头上的纱巾在风中飘逸，身上的配饰在阳光下栩栩生辉。

一日，清眉苑的主持听到菩萨的身后有呻吟声，过去查看，见到一个纤弱女子躺在冰冷的地上，裹着一身黑布，身上带一股血腥味。她让修女们给这陌生的女子洗浴。她们发现她身体好像刚刚退了一层皮，一张丑脸像是被烫伤了一样。

这位年轻女子便是火狐，她自称为火娘，被主持收留。日常里，她以纱巾掩面，忙于杂务，照料花草蔬菜，遵循大鹏的教导，于黎明初现之时修炼，汲取晨露沐浴中的精华，渐渐地，她的面色有了微妙的变化。

国王与王后不时造访。王后常往寺庙祈福，国王则爱在园中漫步。火娘匿身于繁花之后，目光紧紧追随他的一举一动。她几乎难以自持，内心的渴望犹如烈焰熊熊，几欲冲动地投入他的怀抱。她暗自伤感，修炼之路为何如同蜗牛爬行，进展缓慢，难道要熬到那天荒地老？

一个月黑风高的午夜，园中万籁俱寂，唯有虫鸣与风声在耳畔轻柔交织。火娘心怀忐忑，偷偷地修炼起来。她双腿盘坐，周身很快被一圈神秘的紫色光环紧紧包裹。寒意自四面八方悄然侵袭，冰冷刺骨，令她的身躯逐渐失去温度，但她凭借顽强的意志紧咬牙关，直至身体僵硬如寒冬中的冰雕。

次日清晨，当她对着镜子审视自己时，惊喜地发现容颜竟添了几分秀丽。自此，她不顾一切禁忌，夜夜于午夜时分刻苦修炼，将大鹏的告诫抛之九霄云外。

又一个夜幕低垂之时，火娘于花园中沐浴着皎洁的月光，沉浸在修炼之中。这时，一名手持灯笼的小尼姑走近她，面带愠色地埋怨："你莫非是妖孽？每次你练功，这尼姑庵便阴风阵阵，宛如幽冥之地！"火娘闻言，缓缓抬眼，眸中似有烈焰跳跃，恶狠狠地瞪视着小尼姑。刹那间，一股火焰自她眼中迸发，直击小尼姑。小尼姑瞬间被火焰包裹，化为乌有。火娘心中并无半点愧疚，反倒暗自欢喜，自己的修为竟已至此境界。"你怎敢那样跟我说话！我好歹来自天庭。"她喃喃自语，语气中满是自傲。

她依然保持着盘腿坐姿，体内涌动着一股无形的力量，周身再次被一圈紫色的光环所包围，为她增添了几分神秘和一种难以言喻的妖娆。

不久，她的已面若桃花，只需眉宇间再添几分阴柔的女儿气息。对着镜中的自己，她想象着国王为她痴迷沉醉的情景，嘴角不禁露出了一抹得意的笑容。

然而，在这千里之外，一阵杂乱无章的笛声突然响起，那声音古怪刺耳，唯有她能听见。每当这笛声传来，她的心就如同被锋利的刀刃划过，头晕眼花，耳鸣不止，脸上还会浮现出一片片暗褐色的斑点。她拼命捂住耳朵，想要隔绝这恼人的声音，却只是徒劳无功。

于是，火娘请了半个月的假，换上了一袭鲜艳的红袍，将美丽的容颜隐藏在了一顶精致的连衣帽之下。她悄无声息地乘一只竹筏，任由清澈的河水带着她顺流而下，追寻着那隐约传来的笛声，最终来到了高老庄。

在村庄的入口处，一棵枝繁叶茂的老树荫蔽之下，一位年轻的母亲正与她那步履蹒跚、初学走路的孩子在翠绿的草地上嬉戏玩耍。孩子的面容带着几分奇异的猪样特征，手中紧握着一支古朴的铜笛，不时地将它凑近唇边，吹奏出尖锐而刺耳的旋律，那声音仿佛直刺人心，专要火娘的命似的。意识到此地乃是高老庄，火娘心中顿时明了，这孩子是天蓬元帅之后。她缓缓上前，嘴角挂着一抹不易被人察觉的讥讽微笑，对着那位母亲说道："这孩子真是逗人喜爱，长得倒有几分像我曾经的一个相好呢。"

母亲面露微笑，回应道："你也有过这样的相好！"声音中带着母亲特有的温暖和善意。

火娘紧紧锁定孩子手中紧握的笛子，故作轻松地问："这支笛子是从哪儿得来的呢？"

母亲脸上洋溢着自豪："这是孩子他爹留下的。"

火娘故作惊讶："哦？原来是支神笛啊，能给我看看吗？"话音未落，她的手已伸向孩子。

孩子眼中闪过一丝惊恐，随即大哭起来，迫使火娘不得不缩回手。母亲连忙将孩子搂入怀中，轻轻拍打哄慰，孩子这才渐渐停止。然而，火娘却惊讶地发现自己竟对孩子的哭声入了迷。对她而言，那哭声犹如世间最动人的乐章，宛若深夜寺庙中回荡的梵音，给她注入奇妙的能量。

她心里升起一个邪恶的念头，再次向孩子伸出手。孩子又撕心裂肺地哭起来，母亲慌忙抱着孩子，匆匆朝村里走去，试图远离这个奇怪的女人，丝毫没有察觉到火娘已在孩子头顶上悄悄打进了一根银针。

火娘藏身于高老庄村外的一个被岁月遗忘的破败窑穴内。周遭植被茂盛，洞口被几块巨石巧妙遮蔽。她蜷缩在窑穴幽深的角落里，犹如一名潜行的盗贼，静默地聆听着远方孩童传来的每一声哭喊。那些混杂着痛苦与恐惧的声音，源源不断地为她输送着一种诡异的阴暗能量。

数日后，火娘伫立于窑洞积水之畔，默默凝视着自己的面容。她愕然察觉，自己的相貌和身体已发生了惊人的变化。肌肤变得宛若绸缎般滑腻，透着一抹浅浅的绯红。腰身也变得曼妙多姿，风采丝毫不输大泽王后。她的双眸愈发犀利，深沉时似能吞噬无尽黑暗，明亮时又如烈焰在燃烧。双臂间仿佛蕴含着无穷的力量，只要她心念一动，掌心便能汇聚起如碗口大的火球，炽热无比，犹如地火；即便将手探入水中，那火球的热度也丝毫不减。

火娘轻身一跃，便登上了那座土窑的顶部。夏日的微风轻轻吹过，带着田野的清新与芬芳，温柔地拂过她的长发和衣袂。她远眺着远方的村庄，那朦胧的景象仿佛一幅水墨画，缓缓展现在她的眼前。她的心在疯狂地跳动着，仿佛要跃出胸膛。她深知，经历了那场惊心动魄的狐与人交换的生死考验后，她已经凤凰涅槃，浴火重生。从此，她再也不是那个任人摆布的弱女子，而是能够主宰自己命运的侠女。

正当她准备返回清眉苑时，突然一阵刺耳而熟悉的笛声划破了乡野的宁静，如一把锐利的刀，再次狠狠地刺入她的心脏。

她顿时怒火中烧，长长地吼了一声"啊——"，循音去找到那个看似无邪而脆弱的猪家小儿。不一会儿，她来到了高妹子的庄园，悄悄藏匿在后院的竹林中，透过竹叶的缝隙，窥视着院子里的一切。

在天井之中，映入眼帘的是母亲与儿子正享受着捉迷藏的乐趣。儿子边吹笛子边欢笑奔跑，旋律中带着无尽的喜悦；母亲则在他周围缓缓踱步，仿佛在搜寻那活泼的身影。他们的笑声与笛声交织在一起，飘荡在空中，营造出满满的幸福感与温馨氛围。

火娘错愕地注视着这个孩子，惊叹于他那顽强的小生命。她暗自思量，若是那笛声日复一日，岂不是要将她推向万劫不复的境地？原本指望他能与银针结伴，长此以往地痛苦下去，现在看来是无望了。既然这样，不如让他早日投胎去，免得留下一个天大的祸源。她猛然间抬起手，向院子里射出一个巨大的火球，歇斯底里地呼喊着："别了，猪娃！"

瞬间，火焰蔓延开来，要将整个院子吞噬。火娘盯着那熊熊烈焰，一种诡异的快感让她兴奋不已，嘴里不禁发出了狐的嘶鸣。

然而，就在她沉浸在这份扭曲的快意中时，天空突然传来一阵大鹏鸟的击翅声。她抬头望去，只见一只巨鸟撕裂长空，羽翼遮天蔽日，从天而降。火娘的心中涌起一股难以名状的恐惧，生怕自己的卑劣行径被大鹏拆穿，不敢有丝毫的停留，转身便逃离了现场。

***

国王又一次携王后造访清眉苑。他似乎有着自己的心事，将王后留在庙堂，自己则步入那片静谧的花园，沉醉在满目的春日风光里。

不经意间，他的眼神被火娘那曼妙的身姿牢牢吸引住，她的一举一动都散发着难以言喻的风情。他放慢了前行的步伐，蹑手蹑脚地向她靠近，唯恐一丝鲁莽会惊扰了这如诗般的宁静美好。

火娘好似背后长了眼，感知到了国王的一步一步的靠近，心中涌起莫名的甜蜜；她期盼已久的时刻，终于降临了。她不动声色，专注地照料着手中的花朵，假装并未察觉到国王的靠近。她不知道这位心仪已久的男子会如何待她，但她内心深处却盼望着他能从背后轻揽住她的纤腰。于是，她保持着那份沉静与优雅，留给他一个在微风里微颤的花一样的腰枝。

国王已悄然站在火娘身后，细细打量着她。他注意到她脸庞上围着一条半透明的白色丝巾，宛如清晨的薄雾轻轻笼罩，为她增添了几分神秘。他不禁为之倾倒，唇边勾起一抹微笑，轻声问道："此花不俗，它叫什么名字？"

火娘这才转过身来，面对着国王，优雅地低下了头，行了一个深深的礼。随后，她抬起头，用那柔和而细腻的嗓音回答道："陛下，此花名为紫罗兰，源自遥远的波斯之地。"

国王听着火娘的解释，心中的兴趣愈发浓厚。他凝视着她那双弯月般的眉眼，明亮而深邃，似乎能洞察人心。他心中涌起一股好奇，不禁问道："你这双明亮的眼眸，朕似乎在哪里见过？"

她微微一怔，心中暗自得意，他依然记得她的。但她不愿说出自己曾是一只狐，于是巧妙地回避了国王的问题，轻声笑道："陛下，一定是前世呢。"

"朕闻到好浓郁的香味，是紫罗兰的香、还是姑娘的香？"国王含笑地问。

火娘回应时带一丝挑逗："是不是姑娘的香，陛下还能不知吗？"

国王戏谑道："嘿，姑娘，何不摘下你的丝巾，让朕嗅一嗅，看看朕的猜的对不对。"

火娘轻盈地揭去了覆面的丝巾，一张绝美的脸庞展现在众人面前，国王瞬间瞠目结舌。接过她递来的丝巾，他由衷地赞叹："佳人，你莫非真是仙子降临凡尘？"话音尚在空中回荡，侍从匆匆来报："陛下，王后已至。"国王向火娘递去一个微妙的眼神，迅速将丝巾藏入衣袖，转身去迎接王后。

当夜幕降临，国王暗中派遣心腹将火娘接入王宫，隐秘地安置在一个不为人知的地方。

＊＊＊

国王与她相伴，共度了许多快乐时光。就在这隐秘殿里，在这龙凤床的温柔里。不知何时，火娘悄然陷入了梦乡，梦里满载着甜蜜的片段。待她醒来，晨光已洒满房间。她以双手轻柔地拂过脸颊，心里清楚那些伤痕仍旧存在。她不敢面对镜子中的自己，因为那只会让她的悲伤与绝望更加沉重。此刻，她感觉自己脆弱无比，就像秋日里的一片落叶。在天际难以实现心愿，在人间更是无能为力，只因一个"情"字所困。

＊＊＊

火娘在深宫中隐匿已久，突然心生一念，娇嗔地对国王说："陛下，带我去看看王后娘娘好吗？"

国王提醒她："你想挨她的鞭子吗？你要躲她还来不及呢。"

火娘眼波流转，柔声道："我的大王，您想个办法吧。难道陛下不想体验一下两个美人同时围着您的感觉吗？"

国王乐了："啊，让朕想想……有啦，妖精，我要委屈你一下。"

国王邀约王后到后山赏花，他巧妙地安排火娘装成小宫女，混杂在随行的宫女之中。火娘虽拥有倾国倾城的容颜，但此刻身着下人衣装，王后并未多加留意。国王如同顽童一般，在一簇盛开的紫罗兰前驻足，转头问王后："爱妃，这花好香艳，来自何处呀？"

王后思索片刻，猜测道："这该是我大泽国自古便有的吧？"

国王闻言，哈哈大笑："王后这是要考朕吗？朕正是因为不知，才询问的。"他转而望向宫女们，问道："你们这群叽叽喳喳的小丫头，有谁知道的就说来听听。"

火娘趁机跨前一步，几乎与王后并肩而立，她刻意制造机会让国王能够比较两人，然后轻声说道："依奴婢之见，此花娇柔动人，香气独特，应是外来珍品。"

国王听后，嘴角含笑："你所说颇有道理，待朕查证之后，若真如你所言，朕便赏你一个金元宝。"

王后这才开始仔细打量身边的这位宫女，好奇地问道："你叫什么名字？"

火娘恭敬地回答道："回王后娘娘，奴婢名叫火娘。"

王后的眉头微微一皱，转向国王，带着些许疑惑："陛下身边何时添了这样一位佳丽？我怎么未曾知晓？"

国王轻松地回答："爱妃，不记得了吗？几月前，安南王来访时赠予陛下几位槟榔女。"

王后的声音中带着一丝醋意："槟榔女不去呵护槟榔，呵护起陛下来了？"

国王笑着，"难道朕不比那槟榔精贵？"随后，他拉起王后的手，继续往前走，另一只手背在身后，比了个微妙的手势，只有火娘看懂了，会心地偷偷笑。火娘开心极了，想着下次要玩得更惊心动魄。

王后回宫后，让太监关上大门，拿起一个花瓶，"啪"的砸在地板上，狠狠地瞪着贴身侍女卫姑。卫姑刚满二十，深得王后的信任，知道大事不妙，立即跪下，其他侍女吓得跟着匍匐在地。

王后的眼神锐利地盯着卫姑："看你们鬼鬼祟祟的样子，还想继续瞒下去吗？说吧，火娘到底是从哪里来的？"

卫姑明知事情已无法隐瞒，但又害怕违背国王的旨意："陛下嘱咐过不可言说，不然……"她的声音低微，充满了恐惧。

王后的脸色更加冷峻，严厉地说："你现在若不说，怕是等不到陛下的'不然'了。"

被逼无奈，卫姑只好咬牙说出真相："火娘原是清眉苑的尼姑，陛下前些时在那里遇见了她。不知她用了何种妖法，迷惑了陛下，混入宫中，一直藏在陛下身边。"

王后声音中带着怒气："为何陛下不与本宫明言？"

卫姑低声回答："怕王后娘娘不容，万一伤了火娘。"

王后冷笑，声音中带着无奈和讽刺："伤了她？陛下看上的人，我拦得住吗？"她挥手示意卫姑起身。

随后，王后去见陛下，说她查了百事大典，紫罗兰果然是波斯引来的奇花异草。她带来一对玉镯，要奖给聪明伶俐的火娘。国王高兴，差人把藏在地窖里的火娘带进来。

王后拉着火娘的手，称赞道："好乖巧的腰身，好惹人的脸蛋，怎么不早点来见本宫？小妹妹，你怕是安南国那大千湖里小龙女投胎的吧？本宫疼你，等着你的好事！"

国王好不快活，从龙椅上起身，左手牵王后，右手牵火娘。

王后择了一个吉日，要把火娘配给陛下做妾。她请国王去腾阁殿静心等候，让火娘去清眉苑沐浴净身。

众女褪去火娘的衣裙，将万般妩媚的她扶入檀香木制的大浴盆里。出浴时，她已香艳艳、热腾腾，娇弱如纤柳。王后命人将火娘的裸身用红毯裹起，放入八人抬的大轿子里，直接抬往二十里外的后山。火娘意识到这不是去王宫的道，是去山顶的一个火山口。

"为什么，为什么……"她想不明白，想跳下轿子，但全身像中了邪，手脚软软的不听使唤。

接下来，她感到自己被抛进一个无底洞。坠落中，肌肤撞击着阵阵热浪，钻心的痛苦打开了她的眼皮，火红的岩浆在向她招手。她又无奈地闭上眼，几乎所有的感官停止了运作，不再有恐惧，不再有痛苦，只隐约体会到脑门心上有一丝光晕，像先前浴盆里的桃花瓣。

***

尽管凌冽的狂风仍裹着漫天的大雪，在雪贡国的高原上肆掠，雪下的冰层开始松动，清凉的水滴从岩洞顶上滴落，砸在一只独居的老棕熊的脑门上。

他从漫长的冬眠中醒来，十分饥饿，扒开洞口的雪，伸出脑袋张望良久，不敢贸然出去寻食，最怕自己找不到食物反而冻死在外面，他还有深仇大恨未了。

老熊缩回头，扒了一个雪墙堵在洞口做屏障，准备再睡几日。这时刮来了一股龙卷风，将洞口掀开，随风而来的一个黑物砸在洞门口。

狂风肆虐过后，老熊小心翼翼地走近查看，发现那黑色的物体竟然是一个被烧焦的人。他心中一阵窃喜，以为这是老天赐予的美味。他将焦人拖进洞里，伸出厚实有力的舌头去舔焦人。

然而，焦人突然睁开眼睛，眼中迸射出火焰。老熊吓得缩紧了脑袋，连忙恳求道："仙人，莫要伤我，我愿意帮助您。"

焦人收敛了火焰，闭上眼昏睡过去。原来，这位焦人正是火娘。当她坠入火山深处时，一股热气流托举她升上云端，随后被一股北去的龙卷风卷走，最终带到了雪贡国。

　　老熊虽不知她是何方神圣，但明白她从天上来，必定非凡。他日日为火娘舔舐伤口，经过他的舔疗，她恢复得很快，伤口结疤了。

　　火娘苏醒来，惊觉昔日自豪的容颜已布满瘢痕，心如刀绞，痛不欲生。老熊目睹此景，心痛难当。他无声地为她寻来了衣裳、头巾与巧夺天工的面具，期盼能遮掩她的伤痕，给予她一丝慰藉。火娘穿戴整齐，虽掩去了大半面容，但那双闪耀的眼眸与修长的身姿，依旧流露出摄人心魄的魅力。老熊带着赞叹与钦佩，深情说道："姑娘，你此刻的风采，宛若夜空中璀璨的星辰，你的身姿，宛若我雪贡山上迎风摇曳的雪莲，我深信，你曾是那倾国倾城之人。"

　　火娘的脸上浮现出淡淡的微笑，那是一种带着苦涩的回忆。她的声音轻柔却透着无尽的哀伤："曾经，我风华绝代，美艳无双。可惜天不遂人愿，我被人暗算，变成了如今这幅模样。"

　　老熊的眼神中闪烁着共鸣，他深深地叹息，声音中带着自嘲："我与你有着相似的遭遇，妹子。我曾是雪贡国的君王，却被一位狡猾的妖怪陷害，变成了这副模样，失去了我应有的一切。"

　　听到这些，火娘的眼中闪过一丝炽热的光，仿佛内心的希望重新点燃了："这样啊，陛下，我们都被命运戏弄。我火娘，曾是大泽国国王的红颜知己。但因为与王后结了仇，我落得如今的下场。如果您答应伸出援手，帮我拿下大泽国，我即刻助您重登王位。"

　　老熊听着火娘的话，脸上闪过期待的神色："火娘呀，遇见你，我真是荣幸。事成之后，我的大军定会随你下山，成就你的梦想。其实，我早就窥视着大泽国，可惜实力不济，只能在边境闹闹，不敢深入腹地。要真能占领大泽国的温暖富饶之地，多虏些财物和美女，岂不美哉！"

　　"那么，陛下能不能告诉我，那个占据您王位的妖怪有什么特点？喜好什么？"

　　老熊沉吟片刻："他擅长妖术，能将人变成熊。他最喜爱美女，我的王后和宫女都被他霸占了。"

　　火娘眉头轻挑："有那嗜好，一般没有大的修为！好办，我去灭了他不就了事？"

　　老熊急忙摆手："且慢，我怕他急急地死了，没放手，我还是熊。你得让他失去所有的魔力，先还我人形，再怎么处置他由你。"

火娘眯眼问："那我怎么接近他？"

老熊叹气："他极为防备，不让任何人靠近。除非，你成为他的女人。"

火娘不禁苦笑起来："我这幅模样，他会看得上？"

老熊摇摇头，但他有了一个主意。他取出一个令牌交给火娘，让她带上它去见一个人，那是他的亲兄弟段亲王。

火娘巧妙地伪装成一个裹头蒙面的乞丐，她的目光机敏警觉，静静地蹲守在段亲王府大门一侧。

下朝之后，段亲王的马车慢慢靠近府邸大门。亲王步出车厢，护卫们紧跟其后。一名护卫留意到了火娘这位"乞丐"，连忙上前，打算将她驱离。但火娘反应极快，猛然跳起，拦在了亲王面前，将乞讨的碗高举至他眼前。亲王的目光凝聚在碗中的令牌上，他瞬间察觉此事非同小可，随即制止了侍从，并亲自引领火娘进入府中。

段亲王得知雪贡国王仍健在，且下落已明，心中倍感欣慰。他谨遵国王之命，精心布置计划。他下令为火娘换上公主的华服，再召来国王的小女红棉公主，让她们并肩而立，比较两者的身姿与气质。见两人身影相仿，几可乱真，他脸上浮现出满意的笑容。

红棉公主之所以幸免于难，乃因当日国王遭难时，她正在亲王府中玩耍。如今，为了父王与雪贡百姓，她愿挺身而出，充当诱饵。

亲王遂命手下："速请一位技艺高超的画师前来，我要为红棉公主画像。"

火娘闻言，立刻问道："亲王，此画可是要送予宫中妖怪？"

亲王点头："正是，此画需得将其迷惑，方有后续之计。"

火娘在面具后嫣然一笑，"此事不难，请将画布置于桌上，我来一试。"

她静静地站在桌前，双手未曾触及任何工具，更无需画笔和颜料。她口中念念有词，像是在与自己对话，红棉公主的影像便逐渐显现：我设想中的红棉公主，我想让她的美丽成为妖怪的陷阱。给她手里添一把绚烂的羽毛扇，让她挥舞着，仿佛在说"来吧，来追我啊！"她的眼神要充满诱惑，就像在挑衅，"你觉得你能抓到我吗？试试看吧！"她的裙子必须是五彩斑斓的，就像施展了一种魔法，让妖怪眼花缭乱，心神不宁。我必须让这幅画充满活力，让那妖怪觉得，这不仅是一幅画，而是一个充满挑战和冒险的游戏。亲王，您觉得那妖怪能抵抗得了这样的诱惑吗？

亲王甚是欢喜，赞道："有了这幅神奇的画，我便有了信心。"

他带着红棉公主的画像进了宫，将它展示给妖怪看，告诉他，家有小女初长成，闺中待嫁，望大王做红娘，推荐一位贤婿。妖怪长得人形，行为似畜，见画像中女子有别于宫中三千佳丽，心中一阵骚动，兴奋地应承，让亲王把她带来见见。

隔日，红棉公主缓缓地跟在亲王的身后，踏进了妖怪的宫殿。晨辉透过高大的宫殿窗棂，投射出斑驳的光影。她的长裙轻轻拂过大理石地面，带起一阵淡淡的香气。她的眼神中流露出一丝忐忑，但她努力保持着端庄的姿态。

宫殿的深处，身形庞大、皮肤呈现绿色的妖怪正坐在宝座上。他的眼睛像两颗燃烧的炭火，当公主出现时，他立刻被她那美丽的容颜所吸引。他一跃而起，大步走向公主，粗暴地将她拽入其臂弯，声音低沉而霸道地说："这等美人，不如给我做娘娘，怎能嫁给他人。留下，留下！"

亲王面不改色，沉稳回应："大王，做娘娘自然是极佳的选择。但我们必须遵循王族的礼仪，举行祭天地、通告百姓之礼，更不能少了八抬大轿和礼炮。"

妖怪显得急躁，不愿等待："都要都要，但明日再办不迟。我舍不得让这水灵灵的人儿离开我！"

亲王轻笑一声，慢条斯理地说："大王啊，如果我告诉您好事成双，您看是否值得多等一天？"

"说来听听，"妖怪好奇地问："莫非你还有一个千金？"

亲王机智地回答："大王英明，小女是双胞胎，两孩子长得一模一样，一个做娘娘，一个不做，那摆不平。您如果愿意等到明日，我就把两个女儿一起送给大王。"

妖怪大笑起来，松开了公主，满意地拍了拍手，嘱咐下人，明日将举行盛大的婚礼。公主和亲王匆匆离开宫殿，只留下妖怪一个人在兴奋中等待着明日的来临。不出半天的功夫，全城的百姓都知道妖怪又娶王妃。

第二天，天刚破晓，段亲王府前已是人声鼎沸。

　　八名彪形大汉身着节日的盛装，候着一顶华丽的花轿。两位新娘一身红装，头顶红头盖，上了同一个轿子。轿子缓缓抬起，向着朝圣的祭坛而去。尽管是阳光明媚的日子，街道两旁的百姓们的脸上却布满了乌云，他们在心里默默地祈祷，希望神灵能庇护这两个可怜的新人。

　　在祭坛之上，妖怪身着绚丽的婚礼华服，脸上洋溢着激动与渴望。当他看到两位新娘一模一样的身影时，不禁喜形于色，他迫不及待地想要揭开她们的红盖头。然而，亲王及时出现在新娘和他之间，阻止了他，强调仪式的庄重与规范。仪式迅速而庄重地进行，随后两位新娘被送入华丽的洞房。

　　妖怪按捺不住内心的激动，伸出双手想要将红棉公主揽入怀中。这时，火娘突然接住他的手，牢牢抓住他的手腕，嘴角勾起一抹狡猾的笑意："慢着，我要您先抱抱！"她眼中闪烁着异样的光芒，手上的力度逐渐加重。

　　妖怪的脸色开始扭曲，他奋力挣扎着，想要摆脱火娘的束缚，一只手恰巧碰掉了火娘的面罩。他惊恐地尖叫起来："你……你……"

　　"哈哈，我也是妖呢！"火娘得意地笑，很快吸干了妖怪的精气。

　　他最终无力地倒在地上，化作一只普通的花皮小猞猁。

　　火娘轻轻地呼出一口气，脸上露出了满意的微笑。她看着眼前的小猞猁，思索着如何收服它，派点用场。这时，她耳边忽然响起低沉而略带沙哑的男音："大师，您果然神通广大，不如让我为您效力，做您的仆人。"

　　火娘站在洞房的中央，她的目光在房间内四处扫视，声音中带着困惑和警惕："你是谁？"

　　耳畔又响起那声音："我名叫巫龙，巫界之人，身为巫师。"

　　火娘皱起眉头，声音带着不满："你既是巫师，为何不以真身示人，反在这里行鬼祟之事？"

　　巫龙似乎在忍受着某种内心的痛苦，低声回答："大师，实不相瞒，我的道术尚浅，无法显出真身。"

　　火娘冷笑，"看来你做过不少缺德事，这便是你的报应吧？"

　　巫龙语气中带着一丝自责："大师睿智。我为主子解忧纳祥，的确做过一些缺德事呢。有所缺陷，望您见谅。"

火娘直接问道："那你能为我做些什么？"

巫龙的声音中透露出自信："我擅长变幻之术。只要您开口，我能将您讨厌的人变成您想看到的模样。"

火娘指指地上的小猞猁："真的吗？那你把这小家伙变成猪八戒给我乐乐。"

巫龙这时郑重其事地提出条件："但您能答应我一事吗？当您成仙升天之时，别忘了带上我。"

火娘笑道，"哎，为何都想往天上去呢？天上的日子并非如你所想的那般风光。"

巫龙声音里露出点点忧伤："我是听说我的那位相好去了那儿，我想跟她团聚。"

火娘听闻此言，心中涌起一股柔情："也罢，又是一个多情种。我应允你了，开始吧。"她期待地凝视着那只小猞猁。

转瞬间，小猞猁化身为猪八戒的形象，在她面前笨拙地打转，一副懵懂的样子。火娘不禁赞叹："巫龙，你确有一斤半俩。快，快把我的美貌恢复原样吧！"

"抱歉，主人，我只能变畜，却变不出美人来。"

"你让我空欢喜！"她愤怒地咆哮，眼中闪烁着痛苦与绝望。

雪贡王恢复了人身，回到了那金碧辉煌的王宫。他与愿以赏地迎回了自己的王妃和嫔妃，心中充满了久违的满足与喜悦。

但他没有忘记对火娘的承诺，慷慨地拨出了一支二十多万人的大军，任命火娘为统领，段亲王为军师。火娘带领着这支浩荡的军队，乘着高原呼啸的寒风，犹如雪崩般直扑大泽国。

<h1 style="text-align:center">第五章</h1>

<h1 style="text-align:center">希 望 之 星</h1>

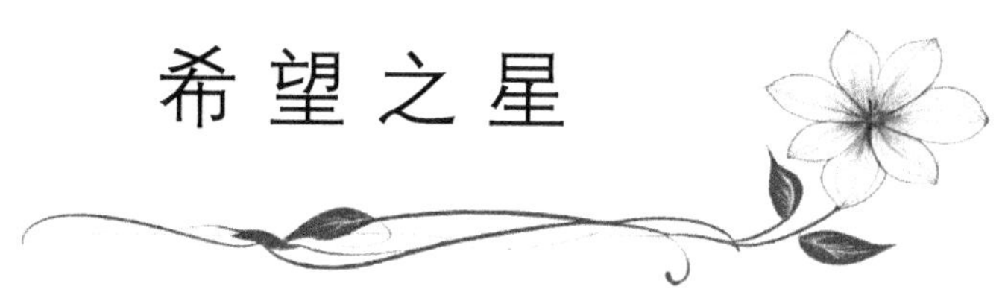

    火娘率领着她的虎狼之师，再加上她那令人目眩神迷的火焰之舞和假猪八戒的迷惑之术，一路势如破竹，很快便兵临大泽国的国都宣城。她让军师段亲王镇守大军，自己则挑选数十精锐，悄然潜入清眉苑。

    清眉苑，这个曾经宁静祥和的庇护所，如今到处是残垣断壁。火娘停下脚步，拦住一位形色匆匆的村民，问道："这里为何变成如此模样？"村民低声答道："王后干的，她杀了主侍，驱散了尼姑。"

    火娘整整脸上的面具，将裹头的纱巾拉得更低，带领队伍从清眉苑的暗道悄无声息地接近王宫。这个暗道只有大泽王的几个亲信知晓，连王后也不知情。火娘就是从这条暗道被偷运到王宫的。

    火娘一行人顺利进入王宫，她的身影在宫殿里飘忽不定，宛如幽灵般神出鬼没。身后的雪贡武士与宫廷士兵陷入了激烈的厮杀，但火娘的眼中只有一个目标，那就是冷血无情的王后。

    火娘如旋风般闯入王后的殿堂，只见大泽王手握宝剑，护着一脸惊恐、衣冠不整的王后向后院撤离。紧跟在他们身后的卫姑怀里紧抱着一个小包袱，不，一个婴儿！火娘心头的怒火如同火山即将爆发，要将这怒火化为火球，送给王后一个"惊喜"。就在这时，大泽王抬起头，眼中带着震惊："火娘！"他的呼唤使火娘的动作瞬间停滞。

    就在这时，一支毒箭悄无声息地飞来，直奔大泽王。箭矢准确无误地击中目标，大泽王的身体摇摇欲坠。

火娘如闪电般冲上前，一把接住了他。大泽王的手轻轻触碰到火娘，声音虚弱却充满深情："我日日思你……"这句话触动了火娘的心弦。她心中默念：我可怜的大王，隔着面具，你也认出了我。要是那日我在火山里烧成灰，你怕也认得呢！火娘那颗被怒火和复仇支配的心，突然涌出了温暖的泪水，不由自主地落在大泽王的脸上，仿佛是对爱与恨、悲伤与愤怒的混杂情绪的一次大释放。

火娘一转身，将射出毒箭的雪贡士兵送上黄泉路。然后，她轻轻抱起大泽王，去了曾是她心灵避风港的清眉苑。

***

大泽沦陷数年后的一个夜晚，米德，这位大泽国的国师，抓住裹在头上的布巾，扯下攥在手里，冷峻的目光回到桌上铺着的破旧羊皮地图上。

将军们离去后，营帐里只剩下他一人，烟草的余烟在昏暗的油灯下绕着他的秃顶久久不散，仿佛聚集了所有的阴霾，制成一顶飘忽的纱帽，帽尖一直伸到帐顶，压向他一人。营帐里，唯有他头上的五颗剃度留下的"烧疤"清晰可辨，像几粒成精的白蚁在他的脑壳上晃荡。

铺展在桌上的羊皮地图，边缘卷曲如枯叶，磨损处透出微黄，仿佛时光在此留下了自己沧桑的纹理。大泽国的位置显得尤为突出，中央被一抹暗褐色的笔墨覆盖，粗旷而不规则，见证那片土地正遭受着痛苦的践踏。狼烟符号像是散落的枯叶，任意布撒在这块曾经繁荣的大地。每一处标记都显得混乱而急促，犹如那迷茫的绝望和无助。那些笔迹仿佛在诉说着被征服的历史，每一道都是屈辱的刻痕，每一条都是难言的回忆。

地图上没有描绘的，是妇女在恐惧中被掳走的绝望眼神，是孤儿在冰冷尸体上绝望的哭泣声。这些无法用图示表达的场景，却被每一寸土地沉重地铭记——那风侵蚀的残垣断壁，以及月光映照的荒冢。

国师粗糙的大手在地图上掸了几下，好像过往的历史可以如尘埃般抹去似的。他目光黯然，伤感地忆起一次与国王的交谈。那日，阳光透过宫廷的华丽窗棂，照在笑意盈盈的国王年轻的面庞上。

***

"国师你看，在这广袤的大地上，三王国互为邻邦，恰似三兄弟般肩并肩。"国王用着童真的比喻，声音中带着得意，"我大泽国，坐拥丰饶，左右为伴，如星辰中最耀眼的一颗。"

国师深知大泽国在这幅图背后的脆弱与风险。他抬起头，目光中透露出一丝犹豫。他知晓言语为祸源，却也明白沉默的代价。他诚惶诚恐地进言道："大王，时局多变，望您慎之又慎。"

国王轻描淡写地摆手，"今日阳光明媚，休要说些不祥之语。"

国师的手指划过图的北方，看见了在寒风中的雪贡国，那里银装素裹，冰雪如绸。雪山下的青稞与牦牛，是雪贡人挣扎的生活的支点。他们性格坚韧，似乎每一个人都铸有冰雪的魂。他难掩心中的一丝忧虑，语气变得低沉："雪贡人，他们的欲望并不止步于边陲的骚扰，他们的目光投向了更远的地方……"

国王打断了他，"你是说，他们抱有祸心？"

国师的喉咙里滑过一丝苦涩，他心知此言一出，或许将是挑起血脉亲情的利刃，"在下不敢，毕竟血浓于水。"

国王的声音里透着不悦，"国师，此类话语，今后少提，免得咒语成真。"

***

国师收回思绪，垂下眼帘。营帐里的灯芯微微颤抖，仿佛牵系着他心中的最后一丝希望。最终，灯油耗尽，火星无声中熄灭。他深吸一口气，那份曾经的退缩，如今成了永远的遗憾。

他静坐在昏暗的角落，双眼透过窗户，仿佛能穿透无边的夜幕，望见那三棵承载古盟誓言的苍老大树。那些树影，虽然跨越了千山万水，依然带着先王的殷切希望与沉重承诺。曾经，它们枝繁叶茂，树叶在风中窃窃私语，见证了三兄弟坚定不移的誓言；如今，只剩下枯枝裸梢，在风中发出沙沙的哀鸣，宛如对往昔誓言的挽歌，在岁月长河中凋零。

雪贡铁骑纵横大泽国土，至此，只留下边陲的群山和森林，成为米德国师和他的反抗军的一线生机。然而，米德那颗忠于大泽国王至死不渝的心，始终坚如磐石。他的责任重如苍山，纵使形势险若临渊，也未曾让他有丝毫退缩的念头。只是，复国的曙光在哪里，他也模糊不清，心中忐忑不安。

双灵星

　　晨光初破，朦胧的曙色透过帐篷的缝隙，像柔和的轻纱舒展。米德国师缓缓起身，推开帐门，一阵清新的微风扫过林梢，摇曳的树叶间，露水如珍珠般洒落，溅在他身上。他轻轻仰面，双眸紧闭，用舌尖接住几滴来自天际的甘露。那清凉的滋润如同大自然的抚慰，让他沧桑的面庞上浮现出难得的柔和。

　　他的视线透过树叶的影子，看见天边挂着一抹异常的亮光。月儿早已西落，那会是什么呢？他移步到开阔地，见东南的天空闪烁着一颗从未见过的孤星，像大泽王后一颗晶亮的宝石镶嵌在那里，忽明忽暗，宛若即将冲破重重迷雾，揭示命运的秘密。

　　旭日喷薄而出，那颗星星如同一个默默的信使，悄无声息地退去。国师迅速回到帐内，手轻盈地在他的占星盘上舞动，如同拨动一曲古老的旋律。星盘上闪现出灵异的字符，难以琢磨的神力正在解开天地的密码。突然，"双灵星"几个字豁然显现，国师的眼中透出明朗的神采，嘴角勾起了一抹淡淡的微笑。那微笑里，藏着对未来的坚定信念与暗中喜悦。尽管大泽国目前风雨飘摇，但吉星已给出暗示。

　　国师走到帐门口，凝视着东方。他深知，前途虽漫长而艰难，但只要怀着那不灭的希望之火，就能照亮前行的路，驱散最深的暗夜。而他所未预见的是，这束希望之光，随着两个孩子——高歌与八妹的成长，渐渐在大泽国的天际绽放。他深深鞠了一躬，仿佛在向那已消失在晨光中的孤星表达他的敬意。

***

　　在清眉苑的角落里，火娘指尖轻触冷冰冰的铜镜，望着镜中颤动的面具，问道："何时能揭开它，还我花容月貌呢？"不知道她在问镜子，还是问自己？那镜中的她似乎叹息了一声，勾起她心底深处滋生的无奈和哀伤。

　　她决然转身，压制住心中的波涛，手臂划出一条神奇的轨迹，仿佛在空中留下了只属于她的魔咒。一股说不清、道不明的力量在她体内蠢蠢欲动。她决心要在泽王醒来之前，重拾自己那逝去的美丽。

　　初掌大泽之时，她纵容雪贡军肆意横行，致使民众置身于水深火热之中。那时，她坚信这样的手段能让这片广袤的土地充盈无尽的阴冷之气。每当夜幕降临，她犹如一名召唤邪灵的巫师，在清眉苑内挥舞着手中的权杖，从四面八方汲取恐惧与痛苦，以此增强自身的魔力。然而，岁月流转，她心中渐生不安，民众的恐惧已不如往昔那般汹涌澎湃，反而，反抗的火焰在大泽国的土地上悄然蔓延，形成了一股无形的力量，默默地与她的黑暗力量相抗衡。面对此情此景，她不得不改变策略。

她以教训的口吻对段亲王和将军们说道："别再只知道一味地杀戮，人还没杀完，我们自己就先垮了。我们得玩得更高明一些，来一场心理战如何？"

于是，她给巫龙下达了一个任务，命他每日挑选一名无辜的大泽国人，将其变为猪头人。同时，她还散布谣言，称这些猪头人是邪恶的妖怪，会在夜晚潜入百姓家中，掳走孩童，骚扰妇女。这一计策果然奏效，搅得人心惶惶，日夜难安，不仅阴冷之气弥漫，百姓的恐惧也全都集中到了那些无辜的猪头人身上。火娘暗自窃喜："这办法不错！但还可以再加快些节奏，让戏更加精彩！"

她召来巫龙，带着探询的语气问道："巫龙，你的魔法就不能再精进一些吗？一天一个猪头人，跟挤牙膏似的，太慢了！给我加大力度，一天变三个、五个怎么样？"

巫龙心中一紧，小心翼翼地回答道："主子，请恕我直言，禁忌之事非同小可，过度使用定会招来灾祸。"

火娘却不以为意，带着一丝威胁的口吻说道："灾祸？你莫非忘了，若是我心情不好，你与你的心上人相见可就难了。"

巫龙闻言，顿时沉默不语，他深知火娘绝非危言耸听。经过一番内心的纠结与权衡，他最终点了点头："主子，请您原谅我的顾虑，我这就去试试。"

然而，日子一天天过去，巫龙却如同石沉大海，杳无音讯。火娘左盼右盼，心中不禁涌起一股不安，怀疑他是不是已经背叛了自己。"时不我待啊！"火娘在心中暗自叹息。她明白，不能将希望全部寄托在巫龙一人身上，必须另寻出路。于是，她决定找那金母娘娘碰碰运气。

庙宇里，那尊金色的菩萨端坐在莲花宝座之上，在摇曳不定的烛光映照下，庄严而神秘。火娘带着虔诚与敬畏的心，轻手轻脚地走近。她小心翼翼地从篮子里拿出色彩鲜艳的新鲜水果，逐一摆放在祭坛上，随后点燃三柱香，声音中带着歉意说："金母娘娘，先前说了不中听的话，得罪了。望您不计前嫌，指点一个修身快捷之道。"

金母的声音仿佛从遥远的天际传来，悠悠回荡在庙堂之中："施主啊，修行岂有捷径可言，唯有一步一个脚印，日积月累。"

火娘打断金母："娘娘，我不要您说教。传言猪大帅的儿子还在人间，您说是不是真的？如果是，我怕我福星高照了。您帮我找找他在哪儿，我想他能助我一臂。"

金母娘娘警告："除非你已得道，不然莫去碰他。他是仙人合一，你该躲着他才是。"

火娘却执着地说："那如世人说，他还在世上？我非要会会他！"

金母娘娘叹息："唉，施主，你若有事，将来谁给我打造金身呢。"但最终还是无奈地告诉她："你去东南方向，找那个老道，那孩子和他在一起。"

火娘立即起身，扮成一个乞丐，骑上雪贡国王赠予她的那匹日行千里的马鹿，去寻那令她生厌的老道。

金母娘娘看着走去的火娘的背影，长长地叹了一口气。念她一直诚信地供奉自己，很想帮她早日得道，换一副身子，好让她与她的国王情郎做一世风流鸳鸯。但自己法力有限，也只能帮她打听消息，出点主意，至于动手的事是无能为力的。

金母原是清眉苑的一只硕鼠，偷吃了多年的庙堂的香火，渐渐有了灵气，能耳听八方，眼观六路。在王后毁了寺苑后，尼姑们散了，原来的菩萨也随后走了。硕鼠看到了机会，它留下了，附身庙里的泥菩萨，自称金母娘娘。一日，金母有了第一个客户，那就是火娘。

火娘跪在积满灰尘的泥菩萨面前，泪流满面，祈祷如何能救她的情人大泽王。她本是有病乱投医，不曾想菩萨开了口，告诉她："施主，国王身上的毒性太重，无药可救，只能靠他自己慢慢把毒排出来。"

火娘又恳切地问："菩萨，泽王的一口气能不能延到明日，又如何慢慢排毒呢？"

"那就全靠施主了。你每日在他的唇上亲一下，将你的精气送他一份，不能多不能少。假以时日，迟早会有奇迹。"

***

晨光初照，高歌从梦中惊醒，觉得心神不宁，穿了师傅补好的长衫，来看师傅。松毛坐在房门口的小木凳上，示意高歌不要出声，出去说话。来到院子里，高歌轻声问松毛："什么意思？"

"师傅晚上一直咳嗽，下半夜才睡着呢。不要打搅他。"

"是这样！"高歌忧心地说，"我本想会了这飞功，就去悬崖上找仙茅。看来不能等了，我得现在就去。"

"那悬崖危险得很，我俩一起去。"松毛担心地说。

"不，你在家照顾师傅，时刻在他身边。记住，不要告诉师傅我去哪儿了。"高歌说完，轻拍了一下松毛，挎了个竹箩筐出了门。

师傅迟迟醒来，怪松毛为何不唤醒他，倒是没问高歌在哪儿。他简单地用了早餐，便起身往无极洞走，走了十来步，回头叫松毛，"小精灵，跟我来。"

进了洞，师傅指指房梁。松毛明白，机灵地窜上去，取下小葫芦。而师傅呢，在炼丹炉上贴了一个封印，口中念念有词。

等师傅睁开眼转过身来，松毛不解地问道："师傅，以后不炼啦？"

师傅从松毛手里接过那小葫芦，在胸前晃晃，"该炼的都在这儿了。耶，高歌呢？"

松毛笑笑，师傅还是想起了高歌，他装着很随意地答道："他该是在林子里练飞功吧。"

师傅招招手，示意松毛坐到桌上，然后问："你负责保管的那丹丸在哪里？"

松毛从耳朵里掏出彩色的丹丸递给师傅。师傅又从葫芦里倒出一颗金色的，将两颗丹丸放在颤抖的掌心中仔细端详，静默了良久，随后又小心翼翼地将它们装回葫芦，将塞子盖紧，对松毛说："拿上它！这两颗丹丸我都交给你保管。金色的是专为高歌备的，这孩子前途凶险，没它，他怕是等不到他爹回来。这彩色的你留着，以后有了相好，送给她。"

"多谢师傅。"松毛问，"您为什么不直接给高歌呢？"

师傅叹了口气，话语中露出深深的关切和无奈："高歌这孩子憨厚脆弱，我不想让他承受太多。师傅就是为了炼这两颗丹丸，得罪了哪位神仙，索我小命的差使怕已经在路上了。上次天有异象，就是来预警的。"

松毛眼中泛起泪光："师傅，我们可以放弃丹丸，向他们求情，保住师傅您的性命要紧。"

师傅缓缓地说："傻话，神仙不通人情。"他的语气仿佛已经超脱了尘世的一切，"告诉高歌，他爹留下的那支笛子，它拥有自己的生命。日后不要随便吹，碰上妖魔鬼怪的时候用一下。"

师傅的每一个字都像是在交代遗言，让松毛的心情沉重得喘不过气来。

趁师傅打坐之际，他匆忙赶往山崖寻找高歌，希望商量一个救师傅的办法。

"高歌，你在哪儿？"松毛一时没找到高歌，便冲着山崖喊起来。

此刻，高歌贴在陡峭的悬崖上，双手紧紧抓着岩石锋利的边缘，汗水如同断线的珠子般不断从额头滑落。他全神贯注，在岩壁上寻找下一个可以站稳的支撑点。耳边隐约传来松毛断断续续的呼喊声，他不禁转过头去倾听。突然，一阵狂烈的山风席卷而来，高歌的身体瞬间摇晃不稳，脚下的石块也开始松动。他还未及作出反应，脚下已是一滑，伴随着他尖锐的惊叫声，身体如同断线的风筝般迅速向悬崖深渊坠落。

松毛此刻才瞥见高歌下坠的轨迹，顿时惊慌失措，正欲跳下去救援，师傅突然现身。他迅速抓住了松毛的尾巴，急切地问道："高歌在哪里？"

松毛泪水如断了线的珠子，手指颤抖着指向那个深不见底的悬崖。师傅未有丝毫犹豫，纵身一跃，化作大鹏鸟，一头扎进那浓雾弥漫的深渊。

大鹏鸟的身影若隐若现，巨大的羽翼掠过岩石，发出呼啸的风声。透过迷雾，师傅锐利的目光捕捉到了在空中挣扎的高歌，然而他的翅膀却渐渐失去了控制，如同残破的帆，再也无法承载风的力量。但他仍竭尽全力，借助着惯性，紧紧追逐着高歌的身影。最终，在高歌即将触地的危急关头，师傅成功抓住了他。他的翅膀已经完全失去了知觉，连一丝挣扎的力量也没有。他们只能无可奈何地撞进地面的乱石里。

高歌从短暂的昏迷中醒来，只觉被厚重而窒息的羽翼紧紧包裹，他竭尽全力呼喊："师傅！师傅！"听到呼唤，师傅这才缓缓松开紧裹着高歌的大鹏鸟的翅膀。高歌挣扎着起身，而大鹏鸟也随之恢复了人形。

高歌跪倒在地，轻轻地将倒在血泊中的师傅扶起，让他依偎在自己怀里。绝望与恐惧如潮水般涌来，让他忍不住失声痛哭。师傅拼尽全力睁开眼帘，嘴唇直哆嗦，似乎有千言万语想要诉说。高歌连忙凑近耳畔，极力捕捉那细微而即将飘散的声音，却终究只换来一片沉寂。

此时，师傅的手指微弱地指向高歌的衣边，在示意着什么。高歌却未能理解师傅的意思，紧紧拉住师傅的手，心中的困惑与绝望更加深重。

师傅的脸上掠过一抹浅浅的微笑，像是在抚慰高歌，随即他的气息逐渐消散。看着师傅的微笑，高歌的泪水慢慢停住，他心中抱着一丝希望，以为师傅只是陷入了沉睡。他小心翼翼地拭去师傅嘴角的血迹，静静地抱着他。时间仿佛在这一刻静止，直到怀中的师傅悄然消失，取而代之的是一只小灰雀在高歌头顶扑腾着翅膀，叽叽喳喳地鸣叫着。它绕了几圈后，消失在树梢后面。

高歌坐在荒芜的乱石岗上，揉了揉湿润的眼睛，挥之不去心中的疑惑，他坚信师傅并未真正离去，或许这只是在玩小时候的捉迷藏游戏。师傅是不是已经回到了山上？是不是想要考验自己的飞行法术？

他骤然起身，依照秘籍上的法术，尝试腾空而飞，一遍又一遍，每次都以跌落在冰冷坚硬的石堆里告终。他身上已布满伤痕，疼痛是那样的无情，一次次提醒他这何曾是梦。最后，他疲惫地倚靠在冰冷的石头上，仰望那苍穹之上，泪水无声地滑落。

那一刻，火娘感受到了一股遥远的悲伤，宛如鲨鱼嗅到了血腥味，体内激起了一股莫名的兴奋。她想起了那个曾经给她带来过类似感觉的小小"猪娃"，难道这次也是他？她凝神聆听，那细微的来自心底的哭泣声，正从她即将前往的方向传来。

火娘一路痴笑，像个疯婆子，跟着她的感应，很快来到天山脚下。她停在一块巨大的岩石后，透过缝隙瞧见了一个蜷缩着的年轻人。他的哭声断断续续，嘴里含糊不清地喊着什么，一会变个猪脸，一会变个人脸，像失去了心智。

她十分确定，这就是猪大帅的儿子。这娃，他的人样，把他爹撩人的一面全继承了，看来当年自己着迷天蓬是有些道理的。他的猪脸吗，要胜过他爹几分，丑还是丑，但惹人怜惜。啊呸！火娘打断了自己怜他的念头，告诉自己"我又不是他娘"。她惊叹，这猪娃居然能烈火逃生，必有蹊跷，也许是苍天有意把他留着，她得好好加以利用才是。

火娘理了一下她那乞丐装扮的破衣烂衫，一瘸一拐地走到了高歌面前，沙哑地说道："公子啊，施主啊，有吃的给点吃的，没吃的施舍点盘缠。"

高歌抬眼望去，见是陌生人，立即换了人脸，心情沉重地叹了口气，无力地说："你拿走我的这条命吧。"

火娘装作惊讶地问："哎呀，公子，何故如此悲观？"

高歌垂头丧气："是我，我害死了师傅。"

她眼中闪过一丝诧异："你是说大鹏师傅？"

他抬起头，眼中满是疑惑："正是他，你难道认识我师傅？"

火娘继续装作感慨，"我得过他的一点施舍。他没留下什么吗？"

高歌摇头，声音中透着失落："没有，师傅一言未留。"

她叹息道："他是要强的人，就这么走了。孩子，你有何打算？"

他指向天际："我想重返山上，但……我找不到回去的路。"

火娘愣了一下，她看到高歌所指之处是一片虚无，哪来的山？这孩子或许真的被打击过度，失常了。她不禁想到，当初自己为何对这孩子痛下杀手，现在看来，那是多此一举。她又试探性地问："你的那支铜笛子还在吗？"

高歌苦涩地回应："丢在山上了。"

火娘眼中闪过一丝狡黠，缓缓从袖中抽出一支铜笛，递给高歌："可怜的孩子，我前几天捡到一支，不如送给公子。"

高歌接过笛子，发现它与自己的几乎一模一样。他将笛子紧紧贴在胸口，仿佛从中得到了一丝慰藉。他问道："那我该怎么谢你？"

火娘笑笑："用它多吹些曲子，我就心满意足了。"

高歌点了点头："那好。"

火娘注视着他，忽然提议道："公子，不如和我一起云游四方？"

高歌摇头："不，我要在这里为我师傅守孝。"

"那好，后会有期。"火娘说完，转身走进乱石岗，身影很快消失在树林深处。

高歌在山下守了七天，认定师傅已离世，回山上也已无望，心中萌生了去看八妹的念头。他隐约记得从前见到八妹的地方应在西南方，靠近国境的某处。他面朝天山跪下，拜了又拜，感恩师傅和天山给予他美好的童年。

他吸取了小时候的教训，再不轻易示人真面目，学了女乞丐，用布巾将头和脸掩住，只露出一双深邃的眼眸，徒步上路，走在那绵延不尽的小道上，衣摆在风中轻轻拂动，脚下扬起阵阵尘土。

在穿过一个孤独的山寨时，他偶遇了一群正在村头露天畅饮的男子，火炉边弥漫着诱人的香气。他禁不住香气的诱惑，走近了些。尚未开口，一位长者便抛来一个酒葫芦，热情地说："来者是客，坐过来吧。"

他坐在旁边的石凳上，把酒葫芦还给长者："大叔，我不喝酒。"

长者端详着高歌，发现他虽然身材高大壮实，却仍是个孩子。他示意手下，那人立刻从热气腾腾的锅中舀出香浓的酸辣牛肚，倒入一个大碗里，递给高歌。

高歌三口两口，已三碗下肚，脸上泛起红晕，眼中闪烁着满足的光芒："这牛肚，真是人间美味！"他好奇地询问长者烹饪的秘诀。

长者笑着说："呵呵，你这娃肯动脑子呢，我就跟你说说。做法不难，只是食材难得。先要有上好的牛，宰后捞出牛肚里的食物，洗干净，拌上调料和香菜，再用小火炖上一个时辰。"

高歌点头致谢："谢谢大叔分享，都记下了。"他拍拍胸口，"我不能白吃，我能给你们做点什么活吗？"

长者赞许地笑笑："行，等会我们进山，你跟我们去。"

高歌随着大伙进到一片灌木丛，帮他们挖坑，布下逮野猪的陷阱，里面插了削尖的竹签，又用树枝做遮掩。完工后，他跟他们告别，要继续赶自己的路。

　　他刚上了小路，一个半大的孩子朝他的方向狂奔而来，紧随的是逼近的马蹄声。高歌身形一闪，藏于一棵粗大的树后。当孩子掠过他时，高歌的手如猎鹰般迅捷，牢牢抓住了孩子的胳膊。

　　"跟我来！"他低语，将孩子拖入密集的灌木丛中，又急切地问："是谁在追你？"

　　"雪贡的兵！"孩子上气不接下气地答道。

　　没过多久，两名骑兵策马闯入灌木丛，手中挥舞着长马刀，迅速向高歌和孩子的方向逼近。眼见难以逃脱追捕，高歌想到了陷阱。他迅速拉起孩子，朝野猪陷阱的方向奔跑，巧妙地绕过了陷阱，然后放缓脚步等待追兵的到来。

　　孩子机智地从怀中掏出一面小铜镜，熟练地将阳光反射到骑兵的脸部，使他们眼花缭乱，最终连人带马都掉进了陷阱。

　　高歌回头仔细打量小孩，发现他的面容与自己一样也异于常人，长着一副猴脸，便好奇地问："小家伙，你叫什么名字？"

　　孩子扬起头："我叫猴三。别把我当小孩，我只是个儿小而已。"

　　"猴三兄弟啊，"高歌尴尬地笑了笑，"那你这是要前往何处呢？"

　　"我在逃难呢，大泽国已无我容身之地！雪贡人煽动众人追捕我这样的异状人，仅仅因为我们长得不一样，他们就要将我们赶尽杀绝。我决定去安南国，听说哪怕我这副模样，在那里也能过上平安的日子。"

　　"人间果真有这样一片净土？"高歌将信将疑地问道。

　　"我有个老祖曾亲眼所见，他告诉我的事从无虚构。"猴三的语气不容置疑。

　　高歌心中仿佛燃起了一丝希望，他甩了甩耳朵，露出自己的猪脸，调侃道："看看我这张猪面，世人一见，非妖即怪呢。"

　　猴三好奇地凑近看了看，打趣道："你该不会是天蓬元帅转世吧？"

　　高歌苦笑了一下，自嘲道："信不信由你，我是他儿子，可惜他从未见过我，只留我一人在人间漂泊。"

　　猴三拍了拍高歌的肩膀，"我信你，你这长相还假的了？我家大王跟你爹还是拜把子兄弟呢。"

　　高歌好奇地问："你家大王是哪位？"

"齐天大圣！"猴三一脸骄傲。

高歌恍然大悟，"那你为何会来大泽国这是非之地？"

猴三叹了口气，"说来话长，自从大王离开后，我们的家园就被毁了，一路流浪才到这里。"

高歌不禁感叹："也不知那几位大侠何时能从西天归来，或许他们早已升天，把我们忘了吧。"

猴三沉默片刻，说："我早已不抱希望了，只能自己找出路。"他忽然眼睛一亮，"要不咱俩结伴而行，去安南国如何？"

高歌深深地看了猴三一眼，露出一个感激的笑容，却摇了摇头，"我还有些未了之事，不能与你同行。"

离别之际，猴三摸出他那面小铜镜，递给高歌："这是我的一点心意，请你收下。"

高歌细看这古色古香的镜子，说道："你该留着送女子才是。"

"不打紧，"猴三回道："我自小跟师傅学做镜子，如见到可意的人儿，做一个给她便是。"

"那就谢过了。"高歌笑笑，"其实我真看上了这小镜子，只是我不会用它。我若哪天把它送了人，你不介意吧？"

"当然不会。高大哥该是有意中人了吧？"

高歌还是笑笑，眼中却闪过一丝微妙的情感。

第六章

颤 动 的 心

　　在烈日下的麦田里，高歌累得睁不开眼，靠在麦堆里打起了盹。财主的十一二岁的小儿子，领着几个村里的小伙伴，抿着笑悄悄凑近高歌，掀开了他盖在脸上的头巾，用麦穗在高歌的鼻尖上轻轻一挠。

　　"阿嚏！"高歌猛地打了个喷嚏，随着那声响，他的真脸完全暴露在阳光下——那是一张意想不到的猪相。孩子们顿时怔住，惊恐地瞪大眼，继而爆发出一阵尖叫："妖怪！妖怪！"

　　带着既害怕又兴奋的情绪，孩子们纷纷捡起土块、石头，朝高歌砸去。高歌惊慌地用双手掩住脸，童年那些不堪回首的记忆霎时涌上心头。他踉跄着爬起，不顾一切地奔向树林深处，脚踢起一片尘土。他边跑边自责："我又犯了小时候的错，如今没有师傅救我了，如何是好！"

　　高歌一路狂奔，心跳如鼓。眼前是树林的尽头，一条湍急的小河拦在面前。他鼓起勇气一跃，勉强落在对岸，可是陡峭险峻的河岸却挡住了他的逃生之路。他无奈地转身，望向紧追不舍的孩子们，双眼透出慌乱和恳求，似在祈望他们放过自己一马。

　　财主的儿子跃上水边的岩石，扬着手中的石块，冷笑着瞄准了高歌。面对着威胁，高歌本能地弓起身体，露出獠牙，如一只被逼入绝境的兽，发出低沉的吼声。那股不容挑衅的气势让财主儿子一怔，脚跟打颤，惊叫声未及出口，便已滑入河中，转瞬间被激流卷走。

剩下的孩子们看着伙伴消失在水中，一个个如遭雷击，惊恐地尖叫着四散奔逃。

夜幕降临，火把照亮了河岸。财主骑着马，带领手持铁锹砍刀的村民，在河的下游找到了那个落水的孩子。孩子湿漉漉地来到财主面前，指着身后的黑暗，带点感激地说："爹，是那妖怪救了我，他没想的那么可怕。"

财主立刻骂起儿子："既是这样，他如何是妖怪？闭上你的嘴！"他又对着黑暗叫道："恩人，你出来，我要说声谢谢。"

高歌忘了换人脸，就这么怯怯地走到人前。村民们倒吸一口凉气，纷纷后退。财主反而拉着高歌冰凉的手，说道："孩子，你丑不假，但有菩萨心肠。我把这匹马送你，你快快离开，要不了多久，雪贡官兵肯定来抓你。还有，拿上工钱……"

高歌骑上快马，沿着尘雾蒙蒙的古道前行，不知不觉来到店水戏班时常出入的地界。他行色匆匆，路过一家小客栈，犹豫着要不要停歇。

恰逢此时，从客栈半掩的窗棂飘出一缕委婉的歌声，高歌蓦然驻足，心提到了嗓眼。那歌调，不正是八妹唱的那支山歌吗？每一句，每一音符，都深深地印在他心间——"苍山顶上是家乡，哥背山妹回娘家……"

透过客栈昏黄的窗户，高歌捕捉到一个年轻女子的身影，她坐在昏暗的角落，微微低头吟唱，歌声柔和清澈，如泉水流淌。他心头一怔，眼中闪过一丝惊喜，那熟悉的曲调让他不由得想起八妹。他几乎不假思索地跳下马，急切地踏入客栈。

他屏住呼吸，一步一步走近那歌者的背影，心中满是期待。然而当她转过脸来时，他失望地发现，那只是个陌生的歌女，并不是他心中所思之人。

他从怀里掏出一枚磨损的铜板，小心翼翼地放在女郎面前，声音压得极低，竭力掩饰那股期盼："这曲子……你是从哪里听来的？"

女郎停下拨弄琵琶的手，抬眸柔和一笑，缓缓答道："哥哥，这是店水戏班的曲子，我是在那里听来的。"

高歌追问："那，唱这曲子的，是不是叫八妹？"

女郎轻轻点头，确定地答道："正是八妹。"

听到这话，高歌心中暗喜，眼神不自觉地开始在客栈内寻觅，仿佛八妹下一刻就会如梦幻般出现在他眼前。他急切地转向一旁的小二："那怎样才能找到店水戏班？"

店小二是个与高歌年纪相仿的小伙子，眉眼间透着几分机灵。他笑眯眯地说："客官，您有所不知，这店水戏班四处漂泊，难说得清楚的。不过倒也巧，两天后就是我们这里的火把节。他们年年都会来献艺，您若不急着赶路，等两天，说不定他们自己上门来了。"

高歌双眼一亮，心头沉闷一扫而空，像是看到了一线光明。他重重点头，决定留下。

两天转瞬即逝。天刚蒙蒙亮，高歌便已坐在客栈大厅里，目光一遍遍扫向门外，见一波又一波的行人欢快地走过。

店小二从后院端着一碗热汤面出来，笑着招呼道："客官，这么早就等不及了？吃了这面，我们就走。"

高歌三下两下扒完面，立刻拉着店小二出了门。两人穿过弯弯曲曲的小巷，避开熙攘的人群，径直朝郊外的戏场走去。沿途的喧闹声逐渐被锣鼓和唢呐声取代，高歌的脚步越发急促，恨不得一步跨到戏台前。当他们终于赶到戏场时，却发现还是来晚了，"猪八戒背媳妇"的戏眼看接近尾声。

高歌奋力挤进人群，双眼直勾勾地盯向戏台，脚步一时慌乱，重重踩到了一位姑娘的脚。姑娘痛得倒吸一口凉气，回身扬手便要打人，却在瞧见高歌的脸时愣住了。

"是你？"她低声惊呼，那正是客栈里拨弄琵琶的歌女。

高歌连忙低头赔笑："对不起，对不起。"他退了一步，站到了她身后，抬眼瞟向台上。歌女偏身指向台上一名身姿妙曼的女子，语气中带着几分羡慕："看见了吗？那戴面具的，就是八妹！她的戏唱得可真好，要是我能有她一半的本事……"

她的声音不绝于耳，可高歌心思早已不在她身上。他悄悄将店小二拉到歌女后面，自己则默默退回到人群后方。虽然站得远，但他个子高，踮踮脚就能看见戏台。

他的目光紧紧追随着台上的戴着面具的女主，那股熟悉感就像是深藏在记忆深处的曲调，此刻被猛然唤醒。他内心充满确信，即便那位歌女未曾示意，他也能断定，这便是八妹。

戏台上，八妹身穿小媳妇的戏服，身段婉约，举手投足间自有一股摄人心魄的韵味。尽管一张面具遮住了容颜，却挡不住她眼中闪烁的星光。她轻轻颔首谢幕的一瞬，仿佛整个世界都沉寂了。

八妹和铁柱隐入幕后，留下一个快乐的梦，让人留连忘返。戏迷迟迟不愿收场，欢呼声如潮水一般："再来一遍！再来一遍！"

高歌伫立在人群后，眼巴巴地盯着戏台，不见那幕布再启、八妹现身。他忽地想起儿时的调皮伎俩，便悄悄绕过戏台，潜入换衣间幽暗的角落。

只见八妹站在卫姑面前，面色不悦，话语里带着怨气："我再也不演了！这小媳妇的戏，我演够了！"

卫姑双手环胸，眉心微蹙，冷冷问道："那你想怎样？"

八妹嘟嘴道："我要演公主！凭啥我不能扮公主？"

卫姑扫了一眼门外，随手挥退铁柱，锐利的目光像刀子似的落在八妹身上："公主谁都可以演，惟独你不行。"

八妹怔住了，眼里隐隐有些湿润，语气带着酸涩："难道是因为我丑？还是因为我出身卑微？"

卫姑轻摇头，语调淡得像一缕轻烟："都不是。只是你没有那命。"

八妹紧抿着唇，沉默片刻，终于放开情绪，低声抱怨："我都这么大了，总让我趴在铁柱背上当小媳妇，我受够了！"

卫姑沉默良久，伸手拂过八妹柔顺的发丝，长叹道："好吧，最后一回，就当给他们一个交代。外面的人都在闹呢。"

"最后一次。"八妹低声回应，用力擦去眼角的泪水，顺手将面罩扣上。卫姑点头，喊了一声"铁柱"，转身往后院走去。

铁柱闻声走进换衣间，见八妹低头不语，轻轻握住她的手，语气温和："来吧。"

帷幕再起，铁柱背着八妹缓缓走上戏台，台下喝彩声如潮。

这铁柱，表演似比以往更用心，时而正背，时而侧背，甚至一度将八妹托举过肩。八妹起初心情低落，可随着铁柱的动作花样百出，她也渐渐被逗乐了，歌声愈发清亮。

铁柱悄悄从衣袖间滑出一支笛子，和了她的半个曲子，那旋律宛如山间潺潺清泉，悠然流淌，与八妹清脆的歌声交织成美妙的乐章。八妹不禁起疑，何时铁柱能吹这般好的笛子？竟能与我的戏配得天衣无缝！她急着捕捉"铁柱"的眼睛，而他却始终将头偏开，不给她机会。

趁着他将她托举至肩头的瞬间，八妹故意身子一斜，轻巧地打破平衡，身子滑入他的怀中。他稳稳接住她，目光短促地在面具后与她交汇。她瞬间明白了那个让她想起来就会笑也会哭的人，像谜一样地回来了，一出场又玩了一出大戏！她想要笑出声来，但还是努力憋住了。

在熙熙攘攘的人群中，多了一双锐利的眼睛，它们在衣帽的阴影下悄然闪烁。那是火娘的藏在面具后的眼睛！她正在百里外巡弋，忽闻高歌悦耳的笛声，便赶过来看个热闹，想亲见那孩子如何吹自己送他的那支"神笛"、造出许多的阴气来。

戏终于收场，等到了后台，八妹再也按捺不住，捧腹大笑起来。她随手抓起一束干花，猛地朝"铁柱"的头敲去，声音里透着撒娇与兴奋："快说！你到底是不是他！"

"铁柱"一边闪躲一边闷笑，未作正面回答。

八妹不依不饶，笑声里带着无尽的欢喜，质问："还装哑巴？你还能骗得了我？"

师兄妹们闻声涌来，一个个目光闪闪，被这突如其来的欢乐场面吸引，纷纷探问究竟。在这喧嚣的一刻，高歌轻轻地握住八妹的手腕，稳稳地摘下自己的面具。八妹的笑声戛然而止，凝视着高歌，眼前的美少年出乎她对高歌的想象："快说，你究竟是谁呀？"她轻声呢喃。

师兄妹们面面相觑，纷纷嘀咕："这位俊俏的少年是哪路神仙？"

高歌却不急着揭晓。他狡黠一笑，像变戏法似的褪去戏服，又从袖中掏出一条围巾，将脸蒙住，故作神秘地抖了抖双耳。然后猛地一拉围巾，露出了那张熟悉又滑稽的猪脸！

众人开怀大笑，原来是当年捣蛋的小猪哥！八妹眉梢眼角皆是兴奋，一蹦老高，趁着高歌不备，俏皮地拽了拽他的大耳，笑道："果然是你！是不是冲着米酒来的？"

高歌含蓄地笑笑，摸摸自己的大耳，答道："不敢了，我师傅责罚过我呢！这回，特意来看看八妹你，当然还有各位，看完就走。"

他天真活泼的话语，像旭日的微风拂过八妹的耳畔，撩起她心底深处的涟漪。她的笑容微微凝住，脸颊染上了浅浅的嫣红，犹如春花初绽，透着几分羞涩。

大师姐似乎看到了八妹的心思，便对大伙儿说："好啦，大家做事去吧，让高歌和八妹说说话。"众人嘻笑着，纷纷离开。

八妹有千言万语要说，她想问，这么多年你想过我吗？你这次来还走不走？可这些话无法说出口，因为窗外躲着几个爬墙根的姐妹。她只好说些不关痛痒的话："高歌，那天山是神仙之地，你怎么不好好呆着？"

高歌笑问："八妹，听你这话，好像不怎么欢迎我？"

"欢迎？你一来就到台上捣乱，没罚你已算你幸运！"八妹大声说，同时给了高歌一个鬼脸做暗示，悄悄抓住他的手，拉他往后门溜。

铁柱手持狼牙棒，突然堵住了他俩，怒气冲冲地对高歌吼道："站住！原来是你搞的鬼，让我睡死过去！且吃我一棒子……"

八妹眼疾手快，立即挡在高歌面前，恳求道："铁柱，高歌难得来一次，跟你开了个玩笑，别计较好吧？"

铁柱见八妹护着高歌，愈发生气，可是举起的棒子怎不能向八妹挥下去吧。

突然，院子里传来一阵急促喧闹声，一对雪贡士兵如猛虎般冲进戏场，很快将戏班的人团团围住，冷喝声震耳欲聋："唱戏的，都到戏台前集合！"

高歌早已变了人面，八妹仍是不放心，随手将一个花脸面具塞入他手中，低声道："快戴上，多加小心。"

戏班人猜想，高歌怕是又有麻烦了，他们不少人也纷纷带上个面具，企图混淆士兵们的视线。

士兵们将众人驱赶至前院，随即喝令他们："摘下面具！"

高歌心里一阵紧，缓缓摘下面具攥在手心，暗暗提醒自己，无论如何不要露出一丝猪相，以免连累戏班。然而，士兵的目光只是匆匆掠过他，并未生疑。他们粗暴地将男艺人们隔开，对女艺人则逐一审视，目光带着猥亵，像挑选花鸟般肆无忌惮。八妹和几名姐妹不幸被挑中，士兵们咧着嘴笑："别害怕，不过是去兵营唱个戏。"

卫姑姑眼中闪过怒火，一手将八妹紧紧护住，另一只手指着士兵怒斥："她们哪里也不去！"

然而话音未落，一名士兵将她推倒在地。八妹急忙上前扶起卫姑姑，轻声道："姑姑，这事交给我们，您退后歇息。"她将姑姑交给身后的人照顾后，冷冷地转身，逼近那名出手的士兵，忽地运起内力，双掌猛然劈出，带着雷霆之势直击士兵胸口。士兵一声惨叫，捂着胸口摔倒在地。铁柱和戏班的那帮男艺人们见状，愤怒瞬间爆发，怒吼着扑向士兵。顷刻间，拳头、棍棒飞舞，兵刃交错，呐喊声与厮杀声响彻四方。

铁柱犹如猛虎下山，手中的长棍舞得虎虎生风，所到之处，士兵们纷纷狼狈地倒下或躲避。而一侧的高歌，手握铜笛，眼中流露出几分慌乱。他虽习武多年，从未与人斗狠，跟不用说真刀真枪的厮杀。他不愿出手伤人，怀着忐忑的心，时不时地舞舞铜笛子，阻吓士兵攻击八妹。

火娘在人群中冷眼旁观，眼神里透着一丝嘲弄。她看着那些自命不凡的雪贡士兵，在戏班人的挑衅下表现得如同惊弓之鸟，觉得这一幕简直就像是一场荒诞的喜剧。她的视线落在了高歌身上，那个与她因一支笛子结下不解之缘的猪娃。近来，每当他吹响她赠予他的铜笛，无形中便向她传递着浓郁的阴气，她竟有些喜欢这个天真的孩子。观察他与士兵的打斗的那点花把式，没有一点他爹的功夫。她心想，这或许是因为她曾在他额头上下了一根针的缘故吧。

正值危急关头，高歌轻声对八妹嘱咐："你小心点，我出去了。"话落，他迅速消失在视线中。铁柱目睹此景，疑惑地问八妹："这样的胆小鬼，你究竟喜欢他哪里？"

突然，高歌驾着一匹骏马，又拉着一匹，勇猛无比地冲进人群，如疾风骤雨般将几名士兵掀翻在地。他的马稳稳停在八妹面前，八妹眼神一亮，身手敏捷地跃上马鞍。

一名士兵挥刀冲向高歌，火娘眼疾手快地掷出一颗石子，精准击中士兵的手腕，刀瞬间脱手。"别伤了我的宝贝！"她暗自说道。

高歌与八妹冲破重围后，他猛地勒住缰绳停下，回身显出一张青面獠牙的猪脸，猛吼一声，如雷霆般震彻四方。士兵们被这突如其来的怒吼吓得双腿发软，连连后退。

兵头呆愣片刻，旋即眼中掠过一丝贪念，高声喝道："怕什么！抓住这妖怪，得的赏银翻倍！"他翻身上马，长矛一挥，煽动着手下跟上。士兵们虽心有畏惧，但财帛的诱惑点燃了他们的胆气，一个个重新翻身上马。

高歌悄悄对八妹使了个眼色，接着二人策马飞奔，瞬间进了山林，很快将士兵甩出半里地。

眼看追兵远去，卫姑命戏班里还能动的人赶快救人，自己则回到屋里取钱，打算分给大家，让他们各自逃命。她踏入屋内，却猛然愣住——她的椅子上，竟坐着一个身着红袍、戴着骷髅面具的女人，那双阴冷的眼睛从面具后渗出鬼火。那女人用指尖在桌上的茶水中缓缓搅动，水面泛着诡异的波纹。

卫姑的目光扫过地面，见丈夫瘫倒在桌下，手中还紧握着残缺的碗，面色惨白，已无声息。她瞬间明白了来者是谁，担心的这一天终于来了。她不是担心自己，而是八妹。

"卫姑，你让我找得好辛苦。"火娘冷笑着说。

卫姑慢慢走到火娘对面坐下，平静地回应："我知道你恨我，以为我卖了你。你想想，没有我，你的结局还是一样，王宫本是你死我活的人生戏台。"

火娘斜着眼，"先别说我，那女孩是公主吧？"

卫姑心里一凉："不不，她是我的……"

火娘打断她，冷笑中夹杂着嘲讽："哈哈，你想说是你和国王的？我看她像国王，但更像王后呢，你的影子在哪儿呢？"

卫姑听后，膝盖一软跪到地上。她曾答应过在逃难中死去的王后，一定要保护好公主，将她抚养成人。她语气中带着哀求："你饶过这孩子，她不知道自己是公主，我也从没告诉她任何事。她可怜的很，自小靠唱戏为生，受过许许多多的委屈。她心地善良，从不伤人，不会妨碍你。她连名字都没有，只有一个'八妹'的艺名，她跟王族没有一点牵挂。"

火娘冷笑："难道我是慈悲的菩萨？那些未曾伤害过我的人、如我无关的人，我一样下过手。"

卫姑的声音更加哽咽："但你怎能下得了手？你心中有大王，你若伤了他的血脉，他又怎会在九泉之下安宁？"

火娘目光闪烁，似乎被说中了心事："呀！你说得也不无道理，捏到了我心里的软处。好个奴才！不如跟我吧。"

卫姑呼吸急促："不，王后对我不薄，你就让我今日随她去吧。"卫姑起身，在火娘的注视下，端起桌上的碗，一饮而尽，倒在丈夫的身旁，宛如一滴泪落入尘世的湖水，悄然无声。

****

八妹与高歌策马奔驰，飞越小溪，穿过树林，一口气跑了百里，直至一个山丘后，才稍感安全，相信将那些穷追不舍的雪贡兵甩掉了。八妹缓下马，与高歌并行，她的目光落在高歌俊俏的脸上，仔细打量，仿佛不认识他似的，笑着问道："你是猪头哥哥吗？"

高歌故作不满地回答："刚刚揪过我的大耳，怎还怀疑呢？好吧，"高歌一甩头，又将猪面换了回来，接着说："莫非你想揪我另一只？"

八妹大笑，"猪头哥哥，耳朵当然要揪的。不过我是说，你怎敢把敌人全引过来了？"她对着他竖起大拇指。

高歌脸上洋溢着孩子般的得意笑容："有八妹你在，我自然无所畏惧。可往下，还得看八妹你呢。"

"这一带我熟，我带你去一个地方。"八妹充满信心地回答。

高歌的耳朵突然竖起、表情骤然紧张。透过树叶摩挲的微弱声响，他捕捉到了追兵的马蹄声。

八妹下了马，灵巧地在她的坐骑尾巴上系上了一束带叶的枝条。随着她轻轻的一拍，坐骑如箭一般沿着林间小径飞奔而去，搅起一路尘埃。而他俩则藏在土丘后面，观望着那些追兵的身影逐渐显现，又逐渐没在尘雾里，直至消失在树林之后。

八妹和高歌共骑一匹马，穿行在夕阳的余晖里，远离了士兵的方向。高歌坐在八妹身后，微风拂过，她的长发轻轻飘扬，时不时拂过他的脸庞，带着淡淡的清香，撩得他的脸痒痒的。他的手几次欲揽住八妹随着马步摇曳的柔软腰肢，但心中莫名的胆怯让他迟疑不决。马背上的颠簸让两人不时地触碰，每次都带来前所未有的欣喜。

八妹也在等待，渴望高歌的手臂环住自己的腰。然而她内心也存着一丝忐忑，不知道自己的渴望是否过于奢求。但高歌的手始终未曾落下，只是每次无意触碰后他都会低声道歉："真的对不住。"或是"不是故意的，你别介意。"

她不想听这不痛不痒的抱歉，突然策马疾驰，连续跃过数个障碍。高歌措手不及，下意识地紧紧抱住了她。八妹被他牢牢地抱住，心中泛起一阵涟漪，她故意提高声音，带着几分戏笑："还不放手？不怕我喊人？"

高歌再也不愿撒手，反而用自己的大耳去扇八妹的脖颈，让她忍不住地大笑起来。他们仿佛回到了童年时代，回到小阁楼，世界只有他俩的温馨的友谊。

在夕阳的最后一抹余晖中，他们眼前出现了一座破败的佛寺。墙壁多已倒塌，尖顶上的琉璃瓦在那最后一道霞光里闪烁。

寺门之上，斑驳的木匾显眼地悬着，上面刻着"静心寺"几个苍劲有力的字样。一踏进寺内，几只惊慌的飞鸟从他们头顶扑棱棱地飞出，消失在渐暗的天际。

"此处如何过夜呢？"高歌好奇地问。

"我既然带你来，自然有我的安排。"八妹自信地答道，她在角落找到了一碗蜡烛，用火引子轻巧地点燃。

在摇曳的烛光下，高歌的影子被拉长，像一个蹒跚的怪物，他担心这影子会吓到八妹，悄无声息地换了那俊朗的面庞，紧随着她来到了后院。

八妹示意高歌揭开一块藏于草丛中的青石板。他们小心翼翼地下到地下室，又将洞口盖好。这地窟有两三个房间那么大，干燥而宁静，里面摆放着简陋的桌椅、床褥，甚至还有一个小灶。

"八妹，你来过？"

"小时候跟卫姑姑来过。"八妹回答着，指了指沿着墙边的木架上摆放着的一些瓦罐，"你想知道里面装的是什么吗？"

高歌眯起了眼睛，玩笑地说："不会是金银财宝吧？"他走上前，轻手轻脚地打开了一个罐子，里面是白花花的面粉。又打开几个，竟是番薯条、干笋、干蘑菇等储存物。他不由自主地问八妹："你饿了吗？"

"饿着呢！"

"公主，你坐下，我来做三鲜汤面。"

八妹听到高歌叫她"公主"，不禁问道："你叫我什么？"

"公主！"高歌在炉子旁随口答道，"在我眼里，你是公主。"

高歌忙碌着，八妹则陷入了沉思。前几日，她偶尔听到一个陌生男人在与卫姑姑谈事。

***

那是一个黄昏，落日的余晖如金色的纱幔，轻柔地洒在破败的庭院中。一名神色凝重的男人站在卫姑姑面前，像是在传达命令。他低声告诉卫姑姑，大泽国的百姓在暗中涌动，需要一个能引领他们的大旗，而那个旗帜，便是传说中的文西公主。男人最后强调："等公主十七岁那日，你必须送她到静心寺，剩下的事情无需你操心。"

卫姑姑的脸色骤变，激动地挥着手，声音里充满了责备和愤怒："当公主需要你们的时候，你们这些自诩为男儿的人，在哪里？现在，竟要让一个尚且稚嫩的女孩来拯救江山社稷！"

男人无言以对，沉默地转身离开。

等夜色悄然降临，宛如一块厚重的黑布，笼罩了整个庭院，八妹轻手轻脚地来到卫姑姑身旁，眨巴着纯真的大眼问："姑姑，我是不是那个传说中的公主呢？"

卫姑姑深吸一口气，语气中带着几分无奈："你胡乱想些什么？不是你，另有其人。不过，记住，若有一天你听说有个叫火娘的人，那你必须远离她。"

八妹困惑地问道："我如何识得她，又如何避开她呢？"

卫姑姑轻轻叹气，眼神变得悠远，仿佛透过时光看到了那些尘封的往事，说她略知一二，不禁打开话匣子。

"王宫的事与我何干，你去讲给文西公主听吧。"八妹眨了眨眼，尽管心中波澜起伏，却装作一副无所谓的模样。

卫姑姑望着她，眼中闪过一丝悲哀，知道这孩子的命运早已被编织好，她只能默默地为八妹祈福。

***

自从与卫姑姑的那次深谈后，八妹虽然没有听到公主身份的确凿答案，但心底却早已有了几分笃定，使命感也悄然间显露了出来。近日，每当大师姐在戏台上演绎《长汀公主》，八妹总是忍不住屏住呼吸，整个人深陷其中。戏中的公主，因夫君战死沙场，不顾一切披上铠甲、毅然踏上战场的身影，仿佛是一面镜子，将八妹的内心映照得更加清晰。她甚至常常恍惚，觉得自己就是那个戏中的公主，为解救黎民百姓，走上一条荆棘密布的路。

然而，高歌的突然出现，却扰乱了她的英雄的情怀。多年来，夜深人静时，她常常独自坐在窗边，凝望天边遥远的星辰，不由自主地忆起他。那份少年的友谊，如一缕柔和的月光，穿越漫长的岁月，为她孤单的夜晚带来慰藉。如今的重逢，比想象中更加真实，也更加猝不及防。除了压抑不住的喜悦外，她内心深处还生出了某种悸动，那陌生而甜蜜的感觉令她既迷茫又无措。高歌的一言一语，都似无形的暖流，直直地涌向她心底。

她演过许多情感戏，已猜到自己的心思，却不敢面对那显而易见的真相。"姑姑，这该如何是好？"她的心底呐喊，"我不要做什么千军万马的旗帜，我只要高歌与我作伴！"

但她深知，这种愿望不过是自欺欺人。卫姑姑无法改变她的命运，戏里的公主也从未有过选择。八妹缓缓低下头，掩去眼中复杂的情绪。她明白，前方等待她的是保家卫国的重任，是无法回避的风雨荆棘。而高歌不该被卷入这纷争之中。

"情分还未萌芽，便不得不斩断。"她咬着牙，强迫自己偏过头，不去看高歌那单纯的笑容。那一瞬间，她的心仿佛被刀割一般，但她依然选择沉默，因为她知道，这才是对他最好的保护。

高歌满怀喜悦地端上了一碗热气缭绕的汤面，轻轻地递给了眉头紧蹙的八妹。

她接过那碗，脸瞬间亮了起来，小心翼翼地双手捧着碗，轻步走向小桌坐下。她细细品味着，那味道仿佛带着一股家的温馨，深深触动了她的心弦。高歌看着八妹脸上那份满足与幸福，得意地笑了起来，说道："我的厨艺不错吧！师傅总是夸赞我呢。"

提及师傅，八妹关切地问："大鹏师傅可好？你怎么会独自下山呢？"

高歌的笑容渐渐淡去，他放下了手中的筷子，眼中闪过一抹深沉的思念。他开始缓缓讲述自己和师傅的往事，那些甜蜜的、苦涩的、欢乐的回忆，如同一幅幅画卷在缓缓展开。八妹静静地聆听着，她的表情随着高歌的叙述而不断变化，仿佛她的心也随着那些话语飘向了那个充满神秘与阳光的地方。

地窟的尽头有一片月光洒进来。那银光下，有一棵顽强的红玫瑰在聆听他们的奇妙故事。她生根于岩石上，攀着一个好心人送给她的破木桶，凭借岩石裂开的一丝缝隙，竟将百年的风雨和日月化作艳丽的一束花朵。由于她的美丽动人，至今无人忍心攀折她，让她有幸存活下来。她本想再修一两百年，变身一个玫瑰仙子，傲世群芳，永不凋谢，但见到两个少年如此奇妙，故事如此温馨，她不禁浮想联翩，决意也要做一回公主，爱上一个会做面、会变脸的男孩。

那夜，八妹心事重重，像一片片云堆积在了心头，最终在疲惫中沉睡过去。高歌细心地为她掖好被角，然后静静地躺到旁边的另一张床上，闭上眼睛，心里想着，如果他能飞，不知道八妹是否愿意与他一同飞向天山的云端？飞到那只属于他俩的梦境？

清晨，第一缕柔和的阳光透过岩洞狭长的缝隙，悄然无声地洒在远处幽暗的角落。高歌在清脆悦耳的鸟鸣声中醒来，满怀对新的一天的憧憬与喜悦，他转头望向八妹。她依旧沉浸在甜美的梦乡中，那恬静的面容宛如一朵睡莲，让高歌心中涌起一股难以言喻的暖意。但他想起师傅常说的那句话："太阳出来了，一个人还赖在床上，这天将诸事不顺。"他深信师傅的教诲，自幼便以此为行事准则。

他蹑手蹑脚地靠近八妹的床铺，悄然俯下，贴近她的耳畔，轻声呼唤："八妹，太阳已经出来了。你还记得我们约定的行程吗？"八妹的双眸缓缓睁开，努力挤出一个微笑，但那忧愁似乎更加浓重。她柔声回应："不是我们，而是你，你该启程了。我，我还有我的使命。"其实，她整夜都在思考，内心充满了对高歌的眷恋与无奈。

高歌听到她的话，眼中闪过一丝惊愕，他不解，为何八妹会如此决绝。他并未追问，只是尽量保持平常的心态，嘴角挂着苦涩，温和地说："那么，能否让我为你再做一餐，算作我们的告别？"

八妹听到这里，内心的防线似乎被一股温柔的力量悄然击溃，她轻叹："也罢，就再停留一日吧。但你我，迟早要分别。"

高歌看着她，小心翼翼地问："是不是因为我们长得不一样的缘故？"

　　八妹轻轻摇头，示意他坐下，深吸一口气，仿佛在积蓄所有的勇气。她开口道："不，并非如此，高歌。我必须告诉你，我已有婚约在身。"

　　高歌的笑容在瞬间凝固，这个消息对他来说太过突然。然而，他很快调整了心态，他们之间的情谊本就如朋友般纯净，他不希望这份情感成为八妹的负担。心中的重负一消，他又展露笑颜，打趣道："让我猜猜，你是许配给铁柱了吗？他自小总把你背在背上，呵护备至。"

　　八妹没有回答是或不是，只是声音微颤地说："你不会怪我吧？或许，我们两人之间，少了那么一点缘分。"

　　高歌真诚地答道："八妹，与你相识已是我这一生最美好的事，哪会有什么怪不怪的？我真是羡慕铁柱的这份福气。"

　　这时的八妹，再也止不住泪水，它们如同破碎的珍珠，一颗颗滑落。看着八妹泪光闪烁的双眸，高歌的心也沉重起来。他伸出手，想拭去她的泪，但手在半空中停滞，最终无力地落下。他毅然说道："八妹，你无需为难，我明日就走，今后也不一定还能见面呢。我要去安南国找一个朋友。"

　　八妹抬起头，问道："那是怎样的朋友？"

　　"可以说是难兄难弟吧。"

　　"听起来不错嘛！"八妹心境稍有好转，用袖子拭去泪痕，缓缓站起，整理了下衣摆，似乎要把那些烦恼和忧伤统统甩开。她略显轻松地说："好啦，咱们去林子里玩，怎么样？"

　　她递给高歌一个箩筐，带着他穿过庙后那片古老的树林，花了个把时辰，采了满筐新鲜的竹笋、野菌和嫩绿的蕨菜。随后，俩人在溪边蹲下，小心翼翼地清洗这些自然的馈赠。

　　借助溪流里的石头，他们像两只欢快的野鹿，轻盈地奔向对岸的山坡草地。在那片布满野花的开阔地，他们追逐嬉戏，欢笑声在山谷中回荡。

　　高歌摘了一簇绚烂的花枝，巧妙地编织成一个花环，轻轻戴在八妹的秀发上。花环随着她的步伐微微晃动，吸引了一群蝴蝶，在她周围翩翩起舞。被这般景致感染，八妹不知觉地跳起了大泽女孩们都爱的摆裙舞，那舞步既轻盈又充满活力。高歌拿起笛子，吹起优美的旋律，附和着八妹舒展的舞步。她每一个闪身、每一次旋转都宛如与春日的花儿共舞。

高歌觉得心头升起了小太阳，陶醉在暖洋洋里。但就在这美好的时刻，他突感自己像是被热浪一击，头晕眼花，身不由己地向前倾斜，最后"扑通"一声，跌倒在八妹的脚边。八妹原本以为高歌在恶作剧，但当她伸手去拉他时，却惊讶地发现他鼻子在流血。她慌忙将他扶起，让他依偎着自己，用随身的手绢细心地为他擦拭鼻血，同时焦虑地问道："你这是怎么了？"

高歌勉强挤出一丝笑容，试图掩饰内心的窘迫，轻描淡写地说："没事，有点头晕。"

"头晕？你以前也这样吗？"

"不，以前没有，自从离开天山后就开始了。不过，通常都是轻微的晕眩，没像今天这样还开小差呢。"

八妹更加关切地问道："那今天怎么会这样？"

高歌调皮地笑了笑，"可能是被你的舞迷倒了吧。"

八妹见他又调皮起来，轻轻一推，高歌便又倒在草地上。这次，八妹也跟着他一起倒下，两人仰望着湛蓝的天空，任由宁静与和谐的自然之声环绕着他们，仿佛融入了大自然的怀抱。

阳光如同丝丝缕缕的金线，温柔地洒在他们身上。天上的白云如诗意的笔触，轻轻描绘着大地与天穹的梦幻画卷。草地上盛开的鲜花，五彩斑斓，宛如微风中微笑的心。

在这片青葱的草地旁，一队鹤群优雅地掠过，如神秘的使者，带着一份超凡的气质，将天地间的宁静与和谐传递给凝视它们的人。

年轻的心在这片宁静中跳动，充满了幻想和希望。那些曾经遥不可及的梦想，在如此美好的时刻，显得触手可及。

八妹不知不觉地伸出手，去寻找高歌的手。她的手指在草地上一寸一寸地移动，心中波澜起伏。忽然，她的手触到一个冰凉如蛇的物体，吓得她猛地将手缩回。她侧头一看，发现那并不是蛇，而是高歌的笛子！

那笛子在阳光下闪闪发光。

八妹迅速起身，疑惑地问高歌："这是什么笛子？"

高歌回答："它是个女乞丐送的。我自己的笛子丢在天山了。"

"乞丐？不会是戴着面具的吧？"八妹想起了卫姑姑谈及的火娘的特征。

"你怎么知道？"

"卫姑姑提过此人。"八妹不愿多说，又问："高歌，这笛子与你的有什么不同？"

"多吹一会儿，我就会手脚发凉。"

八妹目不转睛地盯着那只笛子，它外表虽普通无奇，却似乎藏着深不可测的玄机。她决心再次试探，小心翼翼地伸出手背，轻轻触碰它。就在碰到的刹那，那条骇人的褐黄色蛇影再次浮现，让她惊愕不已，心中的疑惑愈发沉重。她不明白，火娘为何要对无辜的高歌布下如此狠毒的局。难道是因为自己的缘故，让高歌卷入这场错综复杂的纷争之中？

她慌忙握住高歌的手，拉着他快步往回走，那支神秘的笛子在脑海中挥之不去。她猜测它是个棘手的东西，既然缠上了高歌，不会像随身旧物想扔就能扔掉的。只要它一日伴随高歌，他便多一分危险，多一分不确定。这可如何是好？以往遇到难题，她总会向卫姑姑请教，但此刻，她又能向谁求助呢？

两人走进庙门时，八妹不经意间瞥见大佛似乎向她眨了一下眼睛。她凝神细看，却发现大佛仍静静地矗立在那里，仿佛只是她的错觉。她摇了摇头，暗自嘲笑自己的多疑。然而，她注意到大佛身上厚厚的灰尘和蛛网，显得异常凄凉。她心生爱怜，决定为大佛做些什么。于是，她找来扫帚，与高歌一同动手，轻轻拂去大佛身上的灰尘，扫去蛛网，让大佛重新焕发出庄严神圣的光芒。清扫完毕，八妹又点燃一炷香，恭敬地插在香炉中。顿时，庙里弥漫着一股宁静而祥和的香气，令人心旷神怡。

此刻，虽然佛像静默无声，但他们耳畔传来了佛的声音："两位善人，不如做好人做到底，将身上贵重之物献给本佛。"

八妹心中一阵惊愕，却又喜上眉梢。心中默念："慈悲的菩萨啊，我身旁这位朋友身上有一支笛子，虽非世间珍宝，却独具一格，不知您是否愿意接纳？"

佛音悠悠回应："正合我意，把它放在供桌上。"

八妹随即对高歌轻声说："拿出来吧。"

　　高歌露出困惑之色，问道："拿什么？"

　　八妹解释："佛要你的笛子，你可愿奉献？"

　　高歌笑了笑，"怎么舍不得？它让我不适，我正要扔了它呢，若佛能用上，那便是最好的去处了。"说罢，他便将笛子递给八妹。然而，八妹不敢接，示意他直接将它置于供桌之上。

　　高歌恭敬地将笛子放上去。突然庙内电光一闪，伴随着一声野物的惨叫，桌上的笛子瞬间消失无踪。高歌诧异地望着八妹，口中喃喃道："这笛子消失的刹那，我顿感浑身轻松，你说怪不？"

第七章

远 走 天 涯

在静心寺那幽深的地窟里，高歌正忙碌地准备晚餐。而八妹则像一只迷路的小鹿，徘徊其间，她的眼神时而在高歌身上停留，时而游离到不知名的远方，心中默默盘算着如何与高歌做最后的告别。

她停步在地窟的尽头，一缕夕阳透过顶上的裂缝洒落下来，映照在几朵盛开的红玫瑰上，让这单调的地窟瞬间充满了生机。八妹的目光被这意外的美景牢牢吸引，脚步不由自主地停了下来。那些花儿仿佛在向她招手，呼唤着她。她满心欢喜地伸出手，轻轻触碰那朵最为醒目的红花。

就在这时，花枝微颤起来，八妹的指尖被花刺轻轻扎了一下，她不禁轻呼，"哎呀！"一滴小小的血珠从指尖滚落，点缀在那花瓣上。八妹捏着手指，眉头微蹙，脸上掠过一丝痛楚。

高歌听到声音，连忙走过来，关切地查看她的伤口，似乎想为她允吸去那点伤，但八妹轻轻挥手，微笑着示意一切安好，只是小小的刺伤罢了。高歌继续他的烹饪，而八妹则说要去床上躺一会儿。

到了饭点，高歌轻悄地来到八妹的床边，只见她已经在梦乡中。他静静地望着她平和的睡颜，不忍唤醒她，便默默地坐在微弱的油灯旁守候着。

深夜，八妹的呢喃声打破了室内的宁静，她声音虚弱，带着一丝痛苦："高歌，我头好疼……"高歌赶紧贴近八妹，急忙用手摸她的额头，发现烫得像个小火炉，而她的手指也肿得像个小馒头。这让高歌的心瞬间紧绷起来。可他尽力保持镇定，轻声在她耳边说："没事的，有我在呢。"想起小时候自己被毒刺扎过，师傅是怎么细心照料他的，他决定效仿。

他找来一块凉湿的布，轻轻地敷在八妹的额头，静静地守护着，让她在那微凉的慰籍中重新进入梦乡。

清晨还未破晓，高歌就拎着篮子出发了。沾满露珠回来时，篮子里装满蒲公英和野菊。他熬了一锅药汤，其清香四溢。在高歌的搀扶下，八妹喝下了那碗热腾腾的药汤，感觉体内的不适似乎减轻了些。他又拿草药糊抹在她的肿手上，轻轻地缠上布带。看到八妹吃不下饭，他又端来了自制的菊花果冻，香甜如蜜。

平时不会撒娇的八妹，忽然感到一种莫名的脆弱。她感激地抬头看着高歌，眼里噙着泪花，轻声说："谢谢，高歌。"

到了第二天，八妹醒来，感觉一身轻松。她发现手指不再肿，额头的热度已退去。看着高歌递过来的药汤，她皱皱鼻子说："已经是满肚子的苦水了。"她轻轻握住高歌的手，盯着他的翘鼻子，眼神里闪烁着淘气，"我能摸摸它吗？"

高歌闻言，戏谑地闪动眉毛，反问："那你要叫我什么呢？"

"猪头哥哥，可以摸摸你的鼻子吗？"她轻声细语。

高歌微微一笑，将他的鼻子贴近八妹。她小心翼翼地触摸，体验那奇妙的感觉，忍不住轻捏了一把。然后，她认真地看着高歌，眼神温暖而坚定："记住了，猪头哥哥，你不是妖怪，我看你是个天赋异禀的仙人呢！"

"仙人也是人吗？"高歌那双大眼睛闪烁着天真。

"当然，仙人也是人啊，只不过他们拥有常人没有的能力而已。"八妹解释。

"那我和你是一样的人吗？"高歌进一步追问。

"唉，我没有神通哟。"八妹摇摇头。

"在我看来，你有。你有别人没有的智慧和勇气。"高歌肯定地说。

"哈哈，既然你这么说，沾你的光，我就当自己也是个仙人了。"

高歌听了，露出了灿烂的笑容，两人一起乐得前仰后合。

八妹又好奇地问高歌："除了变脸，你应该会好多的法术才对呀？你为什么不试试看？"

　　"我试过啦，"高歌有些沮丧，"除了变脸，别的都不行。师傅说我会飞，还留给我一句口诀，可我一直不懂怎么用。我给你看看！"说着，他展开衣襟，露出师傅临终前缝上的那行字。那是一个谜，等待解开："长长长长长长长长长长长长长长长"

　　八妹苦思片刻，不得其解："让我慢慢琢磨。你我去透透气吧。"

　　晨雾像个娇羞的新娘，轻轻地拥着大地，迟迟不愿离去，天边慢慢泛起的橘红像是在给它补妆。走出静心寺那古老的大门，两人的身影便像融入一幅画里。望着这美景，高歌不禁赞叹："今日是何日，竟将那天山的一角搬到人世来了。"

　　"啊，今日！"八妹惊叹了一声，却又用手捂着了嘴，愣在那里。

　　"八妹，你怎么啦？难道我说错了什么？"高歌关切地问。

　　"哪里！我的腿怎么如此乏力。"她说着，将一只手递给高歌，颇像戏台上的暗示。他心中一喜，八妹这是要他背呢。他立即用背接住了她，欣然背起，步履轻松，心儿飞扬，一如戏台上那样，径直奔往庙宇后的林子。

　　可八妹心知，这是她故作的脆弱，为的是这一刻的亲近。今日是她十七岁的生日，她将踏上命运的新征程，与高歌的无忧岁月恐怕将一去不返。在这样一个清新的早晨，她只想借他的背，做一次小鸟依人，给自己留下一段美好的回忆。她依偎在他坚实的背上，那份甜蜜悄然在她心中蔓延开来。她轻声问道，带着几许难以捉摸的忧伤："如果我永远好不了，你会不会一直背我？"

　　高歌毫不犹豫，回答坚定而温柔："若你愿意，我背你走过每一个春夏秋冬。"他顿了顿，调侃道，"只是怕铁柱那家伙会不高兴。"

　　八妹忍不住笑出声，她差点就把自己编造的那个未婚夫给忘了，"是啊，铁柱……嗯，我可不想你和他干仗。"

　　笑声渐止，八妹陷入了长久的沉默。高歌心中掠过一丝不安，轻声问："你怎么不说话了？"

　　八妹摇头，眼角泛起泪光："没什么，只是想，如果将来我们见不到面，你一定要记得我，一个叫八妹的女孩，曾经在你背上，笑得像这灿烂的春日。"

　　高歌停下脚步，转头似要看她的脸，郑重承诺："八妹，无论发生什么，我永远不会忘记你，就像我不会忘记自己的名字一样。"

　　八妹轻闭双眼，泪水悄然滑落。无言中，她将所有未说出口的情感，化作一声轻叹。

　　他们穿过树林和小溪，来到前日跳舞的地方，坐在花草之中，看蝴蝶双飞，听鸟儿唱歌。坡下的小溪闪着银光向南流去，不远处的菩提树在摇着枝叶，仿佛在诉说前世的故事。微风轻拂，一支牵牛花爬到了八妹的脚前，似在向她招手。它可爱动人，像郊游时淑女手中的小小紫阳伞。这一幕让八妹突生灵感，她兴奋地说："我想起小时候学的一支儿歌，唱来给你听听，也许对你有用呢！"她娓娓地哼道：

长长长长长长长，　长长长长长长长。
牵牛花儿爬上墙，　五月里红六月香。
花儿浓浓藤儿长，　牵牛花儿对成双。
不为蝶来不为仙，　牵牛花儿牵牛郎。
秋风起，叶儿黄，　好景不长情更长。
冬至夜，星儿寒，　生死离别心茫茫。
今生不见牛郎面，　来年还做牵牛花。
长长长长长长长，　长长长长长长长。

　　八妹歌声渐歇，她转向高歌，目光中闪着几分深意，说道："这'长'字，它的读音在变换，蕴含着不同的妙用。或许，这正是大鹏师傅留给你的启示。"

　　高歌的眼睛顿时亮了起来，他急切地将儿歌的口诀默念："zhǎng cháng zhǎng cháng zhǎng cháng cháng，cháng zhǎng cháng zhǎng cháng cháng zhǎng"，顿时感觉到体内有股空灵的气流悄然苏醒，双足随着那秘诀的节奏竟然真的离地而起。

　　然而，他的飞翔如同未经调教的雏鸟，身体刚刚离地一尺，一股突如其来的疼痛猛然涌至头颅，让他失去了控制，重重摔倒在地。尽管如此，他兴奋地从地上爬起，带着孩子般的得意："八妹，我真的飞了一把！"

　　八妹见他没伤着，松了口气，关切地问："出了什么状况？"

　　高歌摸摸脑袋，有些困惑地说："头疼，我一用内力就这样，自小有这毛病。"

八妹安慰道："这么古怪？别急，你慢慢来。再说你若飞起来，我怎么追得上你呢？"她的话虽带着玩笑，却透露出深深的牵挂。

高歌望着八妹，温馨地笑了笑。

八妹抬头，望过树梢的缝隙，定睛在高悬的午日。这一幕，虽平淡无奇，却在她心里留下了不可磨灭的印记。是的，告别的时刻已悄然而至。

两人的脚步在回寺庙的路上异常沉重。阳光虽炙热刺眼，天空虽湛蓝辽阔，八妹的心头却被一层不可言说的阴云遮蔽。迷茫与不舍，让她感觉每一次心跳都如步履一样沉重。她多想向高歌吐露心声，告诉他，自己即将踏上那条未知之路，可能再无回头。但话语来到嘴边，却难以出口。

"我们去佛前许个愿吧。"八妹打破了沉默。或许，在她心底，仍存着一线希望，期盼佛前的许愿能够为他们带来奇迹。

刚跨进寺庙的门槛，他们立刻被眼前的景象震撼。那座历经风雨的佛像，此刻却破碎不堪，碎片散落一地。八妹立即猜想这必是雪贡人所为。她正想向高歌示警，庙宇的宁静便被打破。雪贡士兵如饿狼般扑上来，冷冽的铁甲闪着寒光，手中的刀枪直逼他们。

高歌本能地将八妹藏于身后，用自己的身体作为防护。但雪贡兵并不上前打斗，只是猛地撒出捕猎网将他困住。高歌身形一倾，重重摔倒，那声闷响如同悲怆的鼓声，震动着八妹的心灵。高歌试图挣扎，却在瞬间被铁链锁紧，伏在地上动弹不得。

八妹此刻正被两名强悍的士兵紧紧攥住了双臂。一刹那的惊恐如闪电般划过她的心头，但她旋即镇定下来，内心升起一股前所未有的坚强与果敢。这是公主的责任感，她不容许自己有一丝一毫的退缩与颤抖。为了高歌，为了那些翘首以盼的大泽子民，她必须，无所畏惧！

兵头直指高歌，厉声道："莫要被他此刻的人皮所欺，我确信他便是那猪头妖怪。严密看守，我们将其押至京城，游街示众，再送往集中营。"随后，他轻抚八妹的脸颊，吩咐："切记不可伤害这位佳人，我们要将她献给段亲王，他定会重重奖赏大家的。"

士兵们将他们带进树林，捆了八妹的双手，把她像包袱一样架到马背上。高歌则被一根长绳牵在另一匹马后面。

士兵们满脸得意，悠然自得地跨上马背，准备启程返回宣城。正当这群雪贡士兵沉浸在胜利的喜悦中时，铁柱已悄然带领大泽的地下武装，如同幽灵般无声无息地接近。刹那间，箭矢如雨点般袭来，雪贡士兵猝不及防，纷纷从马背上跌落。

铁柱身形矫健，迅速冲向八妹，轻巧地将她从马背上解救下来，并解了她的束缚。他紧握公主的手，兴奋地领着她来到朗坤将军面前，自豪地宣布："将军，您要找的公主在此！"

朗坤将军连忙取出一幅画像，与八妹仔细比对，确认无误后，立刻跪下，行了个大礼："文西公主，朗坤奉国师之命，特来迎接公主，共商大计。"

众人见状纷纷跪拜，唯有高歌愣在原地，直到铁柱向他使了个眼色，他才猛然醒悟，连忙也跟着跪下。

八妹虽未曾经历过这样的场面，却也学着戏文中的礼仪，抱拳回礼："感谢各位的搭救，我愿意与大家一同为家国效力。"

朗坤将军站起身，目光凝重地望向这片土地，恭敬地说："公主，此地不宜久留，我们尽快启程吧。"

八妹轻轻地点了点头，那双明亮的眼眸中闪烁着不容置疑的坚定："请将军带路。"

高歌站起身，他的目光中流露出一丝迷惘，那个曾与他肩并肩的八妹，现在被众人的敬畏所围绕，好似隔了一道无形的屏障，让他感到了前所未有的疏离。他试图靠近八妹，却发现铁柱就像一堵墙一样挡在了他的面前，不论他如何躲闪，铁柱的身影总是出现在他的前方。高歌的手脚在链条中挣扎，发出沉闷的响声。他的眼神流露出无助与绝望。一个年长的士兵见到他的困境，试图帮他打开锁链，却无奈找不到钥匙。

在这种混乱和焦虑之中，高歌的心情变得愈加沮丧。他曾幻想着能与八妹一起面对未来的一切，却没想到命运如此残酷地将他俩推向了截然不同的路。他觉得自己在这一刻变得多余，体会到了前所未有的无力和挫败。

与此同时，尽管八妹身处众人的注目之中，像众星捧月般受人瞩目，但她的心却被与高歌之间无法逾越的距离所困扰。这是命运赋予她的沉重负担，也是她深藏心底的痛苦。在这关键的时刻，她不得不面对自己的命运，即使这意味着与高歌的决别。她在众人的目光中微笑，内心的波澜却只能独自感知。

高歌绝望中仍不放弃，大声喊道："八妹，不，公主，我愿意与你一起抗击外寇……"

话音未落，铁柱便冷冷地打断了他，向众人宣布："他非我族类，最好让他离公主远点。"

高歌的目光落在八妹身上，期待地望着她。她沉默地打量了他一会儿，然后淡淡地说："这事与你无关，你不需要参与进来。"

众人开始沿着林中的羊肠小道缓缓前行。铁柱留在最后，低声对高歌说："丑八怪，离公主远点。你就是一个灾星，十年前你来，公主头上得了一个疤；这次你来，我们戏班都没了，卫姑姑也死了，方才八妹差点遭殃。"说完，他冷漠地扔下刚刚拾到的钥匙。

马背上的公主，不敢回头看高歌孤独的身影，酸楚与惆怅涌上心头。她强忍着泪水，心如苦莲。

铁柱的刻薄话语像针一样刺痛了高歌的心，疑云在他的心头蔓延开来。他曾怀揣梦想，以为能在这片天地找到属于自己的位置，然而此刻，他不禁怀疑自己是否真是个厄运的化身。他暗想，若命运注定如此，他宁愿孤独地漂泊，让所有的不幸都集于己身。

下定决心后，他决意离开这片曾给予他短暂欢愉的土地，远赴他乡，远离八妹的视线。曾经，八妹的出现如同乌云中的一缕阳光，温暖了他的世界，用真诚与信任点亮了他的生活。然而现在，失去了她的陪伴，即便大泽国再辽阔，再无他的容身之处。

他充满了委屈，为何世人只看表面，以貌取人，而不去了解他内心的纯净？这副父母赐予的皮囊，又怎能轻易更换？他疲惫地摇动大耳，沉重的心情如同被无形的铁链紧紧束缚。

他远远地跟着公主的队伍走出了几里地，最终止住了脚步，用目光又送了他们一程。之后，他毫无目标的沿着林中蜿蜒的小道走，不在乎它延伸到哪儿，有没有尽头，再美的小溪、再美的花也引不起他的留意。

不知不觉的，路上多了一些行人，大都衣衫褴褛、疲惫不堪。高歌问他们是什么人，拖儿带女的说他们是无家可归的人，藏头藏尾的说他们是被缉拿的"妖怪"。那为什么都朝一个方向走？一位老妇人抬起头，眼中闪着期盼："听说一直往南，走到天边，有个安南国，人人是菩萨，要能活到安南就好。"

这让他想起猴三说起的安南国，他就跟着这群求生者往南行。

不知走了多久，好似历经了千山万水，他们终于来到鹿丁小城。那城门上镶着的大红的"安南国"字样，如同承诺的象征，让每一个抵达此地的灵魂都感受到一丝慰藉。城头上三色旗高高飘扬，威武的士兵巡游其上。

高歌抬头，敬畏地望着那三色旗，它好似在向他款款招手，他的脚步跟着人群往城门缓缓挪动。

"你，停下！"一支长矛伸过来，横在高歌的胸前。高歌顺着长矛望去，见那说话的人是一个守卫。

"长官，为何单单拦我？"高歌不解地问道。

那守卫的目光如同锋利的剑，似乎要揭穿高歌的伪装，探寻他的来意。

"拦你自有道理！你是何人？"他大声质问。

高歌摊开双手，坦然地说："听闻你们收难民，我就跟过来了。"

守卫眼神一凛："你是无家可归，还是受迫害？"

"我在大泽国是个黑户，母亲被歹人谋害，父亲遗弃了我，所以无家。我又长相有别于常人，官兵缉拿我，小儿也霸凌我，所以是受迫害一族。"高歌的声音带着一丝苦涩。

守卫示意他稍等，"待我回禀一声。"他走到一位身穿戎装的长官那里，指着高歌说："你看那小子，身材壮实，相貌端正，口才也好，说是难民。我看，他更像是雪贡人的间谍。"

长官来到高歌面前，眯眼扫过他的身形，"听闻你自称是流浪者，何以孤身一人，却无惊慌之色？"

"我生于乱世，见过狂风暴雨，怎会因流离失所而惊慌？"高歌平静地答。

长官又问："就算流浪，何故小儿敢欺你？"

高歌低声道："我与众不同，容貌异于常人。"

长官紧逼不舍："如何不一样？说清楚。"

高歌叹了口气，压低声音："你想看吗？"

"要看！"长官一脸坚决。

"那好，吓着不怪我。"高歌晃了晃耳朵，脸上瞬间显出猪面模样。他挤出一个夸张的笑容，以免吓着人。然而，周围的兵士和旁观者却没有一丝惊讶，反而纷纷宽容地笑起来。

高歌感到一丝疑惑，伸手摸了摸自己的脸，确定那是张世人避之不及的猪脸。他不禁又想，"你们这是想无视我吗？"他嘴角一勾，露出尖锐的獠牙，还轻轻哼了一声，带一点挑衅。然而，众人仍旧笑声不断，觉得他有趣至极。原来，在这安南之地，此类异象早已司空见惯。

长官挥手示意众人安静，"好啦，你该是那猪大帅家的后人吧？"

"是的，兵爷。"高歌答的十分简洁。他从长官的语气里感受到一丝尊重，脊背不自觉地挺直了几分，那是对自己血脉的自豪。

长官微笑着说："有意思，前些时候齐天大圣的家人来了，如今猪大帅家的后人也来了，过几日说不定唐僧的后人也会来。这是我安南国兴旺的征兆。"

高歌眼中闪烁着期待的光芒："那我可以进城了吗？"

"当然，这里就是你的家啦。"长官大手一挥，示意放行。

高歌问长官："那位大圣的家人，现在居住何处？"

"你去城东看看，新来的人多住在那儿。"长官指了指方向。

高歌踏入城东，眼界大开，这里的人们真是五花八门：有马脸的、猫脸的，还有狐狸脸的，人人都在忙自己的事，不掩饰，不伪装。街上的景象像一出大杂烩的戏台，每个人都是独一无二的角色。

起初，高歌仍保持着人脸，渐渐地，他被这里的自由氛围感染，决定放飞自我。他轻轻摇晃耳朵，露出真容。他甚至开始沾沾自喜，感觉在这个多彩的世界里，自己也是独树一帜。

他漫步于热闹的街头，目光四处游走。突然，他看到一位戴着斗笠的猴面女子，她正站在街角卖花。高歌走过去，友善地问："这位妹子，打扰一下，你认识猴三吗？他和你长得有几分相像。"

卖花女抬起头，那双碧蓝的眼睛和金色的眉毛让高歌瞬间着迷。她笑着回答说："我猜你是高大哥，对吧？"

高歌感到奇怪，她如何认得他，便问："你见过我？"

她笑着解释："猴三哥哥常常提起你，描述的样子和你一模一样。他还嘱咐我，在街上多留意，他确定你迟早会来。"

"这样啊！妹妹，猴三还说了些什么？"

"哥哥说，高大哥是个大英雄。"

这话让高歌心里暖洋洋的，来到安南国的第一天就这么欢乐。他内心虽自嘲不配为英雄，却也被这份赞誉激起了一丝小小的得意："哎，小妹，别这么说，要是真英雄来找我较劲怎么办？快，带我去见你哥哥吧。"

卖花女告诉他，猴三做工去了，一会儿会来接她。他帮别人上树摘果子，什么都摘，榴莲椰子芒果，树越高越是他的长项。高歌就陪着她说话，看她卖花。

过客更喜欢在旁边的街边小吃坐下来，花钱去吃点喝点。对花嘛，他们拿起来放到嘴边嗅嗅，既然不能吃，又放回篮子里。

卖花女名叫猴香，几月前被人口贩子卖到安南国，为主人在街头卖艺玩杂耍，猴三心疼她，花钱把她赎了出来，认作表妹。

猴三和猴香住在城东区——新移民的聚集地。那里遍布着简陋的草房，供新来者租住或转手。初来乍到的人花点小钱就能住进这些草房，等攒下一些积蓄后再买下来，待生计稳定后再去高尚区购置真正的房屋，然后将草房出租。猴三还处在租住草房的阶段，但猴香夸他努力，一定会成为上等人。

猴三晃晃悠悠地从路口出现，背上的竹筐随着步伐轻轻摇摆。他看到高歌，嘴角立刻扬起了弯月般的笑，热情地招呼道："高大哥，终于盼到你了！"

高歌看了一眼他背上的篮子，伸手接过来。竹筐里塞得满满当当，五颜六色的水果透着新鲜的光泽。他打趣道："你这是改行卖水果了？"

猴三挠挠乱糟糟的头发，笑容里多了几分苦涩："嗐，别提了。今天去干活，那家人发不出工钱，我只能捡了这一筐水果算是'薪水'。幸好有这些，不然真不知道该拿什么来招待高大哥你这个恩人。"

高歌挑了颗水灵灵的桃子，轻轻抛了两下，语气中带着一丝试探："其实，我是想问问，今晚能不能借宿一晚？别提恩人什么的，我现在可需要个落脚的地方。"

猴三立刻神情郑重起来："高大哥，这话说的！你能来，是看得起我。别说借宿了，你要愿意住下，就当这里是家吧！"

高歌愣了一下，握着桃子的手紧了紧，心底忽然涌起一股久违的暖意。他轻声道："那我就留下。"

"好啊！"猴三眼睛一亮，兴奋地拉起猴香。

三人对视一笑，说说笑笑地回家去。

头几日，高歌跟在猴三后面帮他扛重活，又帮着猴香吆喝卖花。虽然新鲜，但他看出挣钱不易，便绞尽脑汁想办法。他翻出猴三送的小铜镜子，问猴三："你有这么好的手艺，为什么不做镜子卖呢？"

猴三摊开双手，苦笑道："原料、工具，这些都需要本钱，哪有那条件啊。"

高歌继续苦思冥想。

有一天，他躺在床上，脑中灵光一闪，想到一个妙点子。他迫不及待地叫醒了猴三和猴香，眼中闪烁着兴奋的光芒，分享了他在天山时如何利用野生花朵制作果冻的经历。"这里四季如春，到处都是花的海洋，材料既丰富又便宜，只需一些简单的厨具就能大显身手！"高歌激动地描述着。猴三和猴香听得目瞪口呆，随即兴奋不已，马上表示支持这个想法。

高歌在灶台旁忙碌起来，变出了一道道色香味俱佳的果冻。玫瑰花果冻浓香美丽，桂花的细腻香甜，荷花的清香解暑，芒果花的则是鲜甜丝滑。

猴三和猴香先饱了口福，赞不绝口。接着，他们召集了邻里的大人小孩，与他们分享这些美味。没过多久，高歌的果冻就成了街头巷尾的热门话题。好奇的人们蜂拥而至，人人都想买点尝一尝。

随着生意的火爆，高歌有了更大的计划——到主街上租个店面，让更多人享受到这份甜蜜。他们的新店取名"歌三香"，从各人的名字里取了一个字，寓意着三人的合作与梦想。

客人们对这个富有诗意的店名充满好奇。高歌忙于厨房，猴三外出采购食材，做前台招待的猴香总是亲切地向客人解释，当然她说的"三香"更加别致："客官饿了，我们有甜香的果冻和花点心；渴了，有清香的春茶；乏了，我们还有幽香的花袋相送。"

"歌三香"很快成为了品味和雅致的代名词。茶点美味，店名独特，招待经看，服务周到，客人络绎不绝。然而，随着生意的蒸蒸日上，人手开始显得不足。猴三便托人捎消息，邀请远在大泽国的弟弟前来助力。他告诉弟弟，自己如今与钉耙王的儿子携手经营买卖，已经站稳了脚跟，希望弟弟过来共同撑起这片新天地。

弟弟前来助力。他告诉弟弟，自己如今与钉耙王的儿子携手经营买卖，已经站稳了脚跟，希望弟弟过来共同撑起这片新天地。

第八章

歌 三 香 的 后 厨

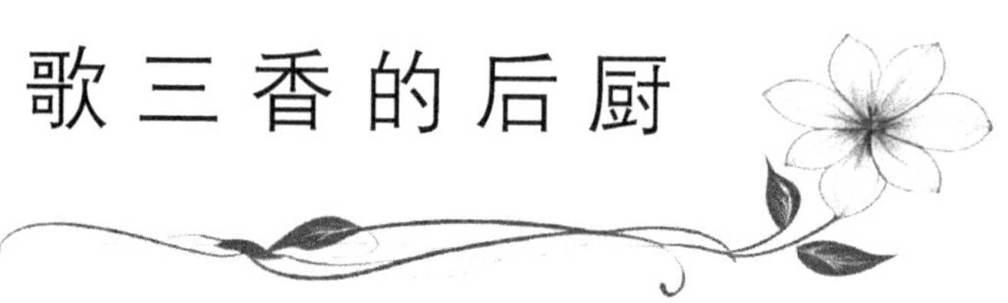

　　火娘内心困惑，高歌的魔笛声是她暗黑力量的源泉，不知为何戛然而止，仿佛被昨日的一场大北风刮飞了似的。她刻不容缓，骑上那匹矫健的马鹿，穿过原野和森林，来到最后一次传来笛声的地方——那被岁月侵蚀的静心寺。

　　寺庙内外空无一人，只有破碎的佛像剩下的一只眼冷冷注视着她。她召唤魔笛，却未得到一丝回应。于是，她闭上眼睛，让知觉如波纹般向四周扩散，感受到后院地窟里有影子在晃动。

　　火娘从石缝中滑进地窟，环顾四周，只见一棵茂盛的玫瑰在微风中轻颤，妖娆的花朵聚拢在一起，显出少女的轮廓。那轮廓时隐时现，最终显露出一个火娘熟悉的面孔——戏班里的"八妹"。她本能地警觉起来，猜想这也许是个圈套，便想毁了它。这时，花中传出微弱却急迫的求助："大师，帮我！"

　　火娘问道："你是何方小妖？"

　　玫瑰精道出自己的故事。她说，公主的一滴血几乎让她成就了做公主的梦想，现在只差高人的最后点化，"如果大师助我，我愿终身伺候左右。"

　　火娘仿佛看到了年轻时的自己，单纯、美丽而浪漫，不由得喜欢上了她，便说道："那好，我收你为徒，你要永世听我的。"

　　"多谢师傅恩德，徒儿定当全心服侍师傅。"

　　火娘一挥手，将她收入袖中，回了京城。她带回欲成精的玫瑰，将其栽在清眉苑的花园里，与紫罗兰花相邻。

那个角落是她最爱，泽王就是在那里摸了她的脸蛋。

她喜爱玫瑰精的俏模样，想把她打造成年轻的自己，提醒自己曾经是多么迷人。不过，她在玫瑰树根下放了几十只小如蚂蚁的天牛虫，将它们催眠，只要她念咒符，它们就会醒来，拼命啃树心。

每当深夜练功时，火娘会向玫瑰送去一阵阴风。玫瑰精在阴风的催生下挣扎，她想成为纯洁善良的公主，但实际上她发现自己的心地混沌起来。

她对自己不满意，却又无能为力。不管怎样，她对火娘万分感激，自己很快会走下玫瑰树，做一回实实在在的人，领略爱与恨的快感。

多日后，火娘来到玫瑰花前，对树轻吹一口气，说道："火玫，你可以下树了。"

玫精从梦中惊醒，问道："师傅，火玫是我的名字吗？"

"是的，你已是个难得的美少女，还躲在那里干嘛？快快出来伺候师傅。"

火玫出现在火娘面前，好一副人见人爱的腰身。火娘将自己的红色披风取下，裹在火玫身上。她端详火玫的脸蛋，几乎分辨不出火玫与文西公主有何区别。

***

边境传来震撼的消息，大泽国的抵抗军首次与雪贡军正面作战，硬碰硬，竟大胜雪贡军。消息背后，传颂着一个名字——文西公主。

段亲王，作为占领军的军师，形色匆匆来见火都督。他站在她的帷幕前，脸上写满了焦急，急切地诉求道："都督，文西公主那边风头正劲，我当心我们顶不住了，您是不是得亲自出马啊？"

火娘听闻，只是轻轻挑眉，"就一个丫头领着前朝的一些残部在山里搅风搅雨。亲王，你也太高看她了。"

段亲王迫切地申辩："都督不知，她已成了大泽人的一面旗帜。此人不除，恐动摇我们在大泽的根基。"

火娘原本对此事不以为然，看到段亲王如此忧心忡忡，她也不得不正视起来。然而，魔法修炼和泽王的康复已占据了她所有的心神，她不愿将辛辛苦苦积聚的力量轻率地浪费在战场上。短暂思考之后，火娘脸上浮现出一抹狡黠的笑容，心中已有了个既能对付公主又能留她性命的妙计。她需得再去恳求金母娘娘的指点，所以带来鲜美的瓜果，置于供台之上，轻声细语，满怀恳切："金母娘娘在上，恳请您施展神通，帮助我找一个失踪的人。"

金母娘娘的声音从香烟缭绕中飘出，语气里带着点责备："施主啊，你要找巫龙吧？你那点小聪明让他触犯了巫界的忌讳，现在他受罚关着呢。你这当主子的，却一直不闻不问。"

火娘辩解："娘娘，您也知道，我是个忙人。"

金母娘娘指引道："你快烧些纸钱给他，他或许还能在那边买个人情，早点出狱回来。"

火娘回到清眉苑，命火玫将铜钱打印在冥纸上，并拿到后院烧成了灰烬。不出一个时辰，巫龙低沉的声音就出现在火娘的耳际："主子，谢你搭救我这半条命。不过，我只剩下最后一变，用完后我就是废物一个，求你之后别再抛弃我。"

火娘皱起眉头，"你怎么看家本领丢得光光的？"

"巫界已将我除名，那最后一变，还是我的私藏呢。"

火娘眯起眼睛，冷静下来："那就藏好它，我要用到妙处。你别走远，等我吩咐。"她转身，目光停留在火玫身上，语气中带着一丝挑战："火玫，想不想成为真正的公主？"

火玫兴奋地回应："师傅，那是我一直梦寐以求的。"她眼中闪烁着期待。

火娘神秘地微笑着："若你真想成为一名公主，必须为我效力。等我满意了，自会立你为公主。"

火玫急切地点头，眼中闪烁着憧憬："我愿意努力。"

"很好，你先假扮文西公主，去感受一下真正公主的生活。"

火玫微微皱眉，困惑地问："假扮呀？"

"没错，"火娘悠然说道，"就像个游戏。你需要前往大泽和安南的交界处，暗中探查文西公主的动向，找机会接近她，用你的玫瑰香水标记她，然后告诉我。"

火玫有些迟疑："您想让我替代她，谁会相信我就是公主呢？"

火娘的笑意更加灿烂，"这有何难？天意让你们长得惊人地相像，你只需学一点公主的气度。"

火玫天真地说："文西公主是我心仪之人，我这样是在害她吧？"

火娘的表情一沉，"放下你的顾虑，这里没有对与错。"

火玫立即感受到火娘的威严如山般压来，赶忙跪下，恳切地说："师傅，我怕我不是最佳人选，望您另选高明。让我做点别的什么的，好吗？"

火娘冷哼一声，"不懂规矩！"那声音里蕴含着不容置疑的决断。她轻轻吟唱起咒语，声音在空气中回旋，充满了神秘的力量。

火玫的身体不由自主地颤抖起来，立即感到无数小虫子在挠她的心，又痒又痛，不禁倒在地上打滚，挣扎着，口里喊："师傅，您高抬贵手！"

等到火玫从一个角落滚到另一个，火娘才缓缓停下了咒语。她平静地看着火玫，如同审视一件刚出炉的毛坯："听着，这是师傅给你一个小小的提醒。师傅要你做什么、怎么做，容不得你讨价还价。"

火玫抹抹泪，哽咽着回答："明白了。师傅，您这一招差点要了我的命。"

火娘淡淡地说："明白就好。恩赐与惩罚，都在我的一念之间。"

看着火玫颤颤巍巍地离开，火娘的心中竟然涌现出一种莫名的满足感。也许当年王后将自己扔下火山口，有同样的感觉？

夜深，火娘带着火玫去了王宫里隐秘的卧房。她从不让任何人踏入此地，火玫是第一个，可见她对火玫的偏爱。她先进了梳妆间，换上柔软肉色的脸罩，上了自己的大床躺下，然后指着屏风后面对火玫说："你去睡那张小床。"

火娘偶尔过来睡睡大床，寻找当年与泽王一起在这床上的感觉，泽王让她等得好辛苦。

在地窟度过了上百年的火玫，期望上师傅的床和师傅作伴，但又怕师傅的威严。她憋了半宿，轻轻地唤道："师傅，我到您床上给您捂捂脚好吗？"

"过来吧，"师傅同意了。

火玫卷缩在师傅的脚头，不禁悄悄地挠着师傅脚板，师傅痒得笑了起来："你这小妖挠得我全身痒，过来替我挠挠背。"

挠了背，她俩面面相对而眠，火玫又轻轻的抚摸火娘的面罩，问道："师傅，您年轻时是大美人吧？"

"那是的。等我找回真容，你就知道泽王为什么那么钟情于我。"

"师傅，讲讲您的故事吧。"火玫求她。

火娘对火玫一点都不介意，说起了自己长长的身世，一直快到天亮两人才睡着。直到中午的时候，火玫先醒，她轻轻走到窗前，小心地将那厚厚的窗帘拉开一条缝，明媚的阳光瞬间泻入室内，如同流水般温柔，轻轻地落到了火娘的身上。

"啊呀——快关上，别把强光放进来！"火娘却突然神经质地大喊，声音中充满了惊恐与不安，并迅速地将头埋进被子里，整个身子缩成了一团。

火玫见状，心中一惊，连忙将窗帘重新拉好。她转过身，看着火娘在被子下瑟瑟发抖，心中充满了歉意："对不起师傅，我不知道您怕光。"

***

初夏的晨光中，古寺静谧而庄严。米德国师静静地坐在佛前。这位曾经辅佐大泽国王的智者，今日披着僧袍，像在过着出家人的生活。但是僧袍下的心思，却和僧侣大相径庭。

当大泽国陷入危机、国王不知所踪时，米德选择了藏身僧侣，表面上修行，实则秘密搭建了一个反抗的网络。经过多年的努力，米德国师找到了国王的女儿——文西公主。他耐心等待，直到公主十七岁成人。如今公主不仅仅是大泽国王族的最后血脉，更是一面象征着希望和抗争的旗帜。

曾经，在寺庙的暗厢房里，米德国师独自在烛光下审视着那张羊皮地图和那些密纸，谋划着每一次行动。自从公主加入到反抗军，他不再孤独，诸事有了依靠。她虽年少，胆气和智慧却已展露头角，深得将士爱戴。

此时，国师兴奋地来到寺庙的后厢房，这里隐蔽而平静，世间的喧嚣仿佛与此绝缘。铁柱——公主的贴身侍卫，将他引入公主的室内。房间布置简朴而温馨，窗外的藤蔓轻轻地摇曳着倩影，一切都显得格外祥和。

晨光透过窗棂，洒在公主手中那本泛黄的书页上。当她抬起头，见到米德国师满面笑容地迈步走来，心中便生出一缕喜悦。她优雅地站起向国师致意，想今日必有喜事。

米德国师向公主行礼，眼睛里闪烁着难掩的兴奋："公主，我有一则喜讯。"

公主期待地询问道："国师，是前线传来的捷报吗？"

"比捷报还要令人欣喜。"国师回应着。

公主笑道："国师难得这般欢颜，愿闻其详。"

国师神秘道来："臣下从星盘中窥见天机，我国似有一位少年，仿佛是降魔使者转世。若得他相助，那火都督的妖术也不足为惧。"

公主追问："国师能否细说？"

国师轻轻摇了摇头，"公主，那少年的身影在我意念之中，犹如流星划过夜空，匆匆一瞥。但我见他英气逼人，手中紧握着一支神奇之笛。"

公主听后，心中忽然浮现出一个熟悉的身影，嘴角勾起一抹微笑，"我倒是识得一位神笛少年。他名叫高歌，乃是我的旧友，有一支神奇的铜笛。"

国师闻言，面露惊讶之色："竟有此事？"

公主点头道："他身世非凡，生于高老庄，乃是钉耙王猪大帅与高员外小女之子，比我年长一岁。那支神笛，乃是他父亲的物品。"

国师若有所思地点了点头："原来如此，看来这位高歌少年确有过人之处。"

公主却摇头笑道："他虽有些特别，容貌酷似猪大帅，能变人脸，但除此之外，与一般少年并无太大差异。"

国师又问："那他可曾学过武艺？"

公主回答："他有一位神通的师傅，名号大鹏，原是天蓬元帅的侍卫下凡。高歌自幼被他收养，两人一同居住在大泽东南的天山。"

国师惊愕之余，恍然道："哦？高歌定有非凡的本事，只是未曾显露？"

公主轻轻摇头，解释道："国师，您高估他了。我曾询问过他的修炼情况，他在练功方面有障碍。而且，我与他曾经被雪贡兵擒获，他并未显出什么特别的功力。"

国师沉吟片刻，叹道："可是，除了未能展现功力，他其它条件确实都符合。出身非凡，拥有神笛，又师从神人；而那'天山'，我亦闻所未闻，或许是一座藏着无尽奥秘的仙山。"

公主闻言，莞尔一笑："国师，您似乎还是很看好他？"

国师眼中闪烁着期待，"的确！他也许是大器晚成的那种，我想亲自会会他。公主，您能否引我与他相见？"

公主神色一黯，缓缓道："他……已经离开大泽多时了。"

"为何呢？"国师追问。

公主叹息一声："是我让他走的。他想跟着我，可他心地纯良，我怕他跟着跟出危险来。"

国师惋惜地摇头，又问："那他现在何处？"

公主道："我曾派人打听，得知他去了安南国。"

国师眼中闪过一丝喜色："这真是天意！我正要向公主建议，望您亲往安南国巩固关系，建立联盟。如今，您可以顺便寻回我们的这个宝贝。"

公主面色凝重，眉头紧锁，眼中流露出复杂的情绪，似乎在回忆着与高歌告别的那一幕。她站起身，答道："安南国，我是非去不可的。至于高歌……"

"公主不会不答应老臣吧？"他生怕公主犹豫，便激将一句。

"我……会亲自探个究竟。"公主勉强应允。

国师躬身一礼："公主英明。火娘虽强，但天意难测，高歌或许就是我们的转机。"

公主转身望向窗外的青山，似乎在寻找着那未知的答案："高歌，你有那么多的迷呀！"她真希望他有隐秘的力量，能够助她一臂之力。然而，这个愿望似乎太奢侈。在她发愣之际，国师已让铁柱请来朗坤将军。将军见公主和国师严肃的表情，以为要商讨出兵的事，出口就问："公主，何时给我军令牌？"

公主示意将军先坐下，亲自倒了一杯茶递给他，然后缓缓开口："将军来的正好，我准备前往安南，拜访安南国王，不知您是否舍得下队伍，随我走一趟？"

将军略显惊讶，问道："公主是去借兵的吧？恕我直言，我们的兵足够了，只差您的号令。"

公主微笑，转向国师："请您详述。"

国师缓缓说道："我们面对的不仅仅是雪贡军，更有幕后的火都督。多年来，她一直在修天魔大法，久未出招，所以我们忽略了她的存在。据京城上空的变化莫测的气象来看，估计她已掌握该魔法的七成。一旦她达到九成的境界，大泽国再无人能对付她。"

"国师，您已有良策了，是吧？"将军深信国师的智慧。

"也许有一个高人能对付火魔头。你护送公主去安南国，把那个宝贝请来。"

将军站起身："公主，那我们还等什么？这就启程吧！"

将军亲自挑了包括铁柱等十来个卫士，扮成茶叶贩子，文西公主也女扮男装，混在队伍其中。他们将茶叶装进防湿的大箩筐里，架在马背上，牵着马匹，沿着密林深处的马帮古道，往安南国的鹿丁小城方向去。

一路上，铁柱紧锁着眉头。在他的心里，一直视公主有无人能及的智慧，然而公主的这个决定，让他不解。趁着单独和公主在一起的时候，他问公主："公主也不相信高歌有降魔的法力，对吧？"

公主想了想说："我不敢断言，但我信米德国师。"

"未必吧？公主是想见到高歌，情愿千里迢迢。"

"铁柱，你那么不喜欢他？"公主又说："你我演过不少古戏，戏中描叙的大智若愚者，有没有像在说他？身处苦寒、善良待人，人人欺他、不争不斗，聪颖有余、从不诳人。此类人为天地而生，为百姓而育，借以时日必是大才。"

"公主，既然他那么好、那么厉害，你派我一人去把他找到就是，何必你去？"

"我不是还要向安南王借兵吗？"

"我不明白了，高歌如何的厉害，还要借兵干什么？"

公主轻拍铁柱的背，语重心长地说道："人各有异，奇人自有奇事可做，但有些事还是需要众人齐心协力。我看你不是糊涂，而是心中有了情绪。"她嘱咐铁柱，把心思放在自己的事情上，因为前路充满了险恶。

铁柱依旧固执己见，他对公主偏爱高歌耿耿于怀，认为毫无道理。上次好不容易把高歌赶走，这次公主竟然还要专门找他。他觉得高歌只会给公主带来麻烦，并无其他可取之处。

经过漫长的旅途，公主一行人终于抵达了安南边境的鹿丁古城。尽管路上险象环生，但他们凭借智慧与勇气，一一化险为夷。

　　朗坤将军递交了国书，守城大将匆匆浏览后，立即飞鸽传书给安南国王。公主与随行人员则被安排在安南守军的驿站暂住，等待着国王的回复。驿站内，公主凝视着窗外夕阳下的古城，心中既充满期待又充满忧虑。她深知此行的任务重大，不仅关系到两国的联盟，更关系到高歌——他是否真的是国师所说的，能够对抗火娘的关键人物？

　　朗坤将军来公主的下榻处巡视岗哨，特地叮嘱铁柱："这城里人流繁杂，各形各色，难保没有妖孽混杂其中，你要十二分的警惕。"

　　铁柱听后，面色冷峻地点了点头，随即向卫士们下达命令："如有长相怪异的人接近公主，格杀勿论。"

　　公主隔窗听到这番话，立刻走出房间，向铁柱示意。待他进入房间后，公主语气中略带责备地说："铁柱，我们不应以貌取人，更不可随意伤害无辜。既然来到了这片土地，我们应当以开放的心态去感受这里的风土人情。"她稍顿片刻，继续说道："你无需时刻守在我身边，安南的守卫足以保障我的安全。我有另一项重要任务要交给你。"

　　她将铁柱拉近些，低声吩咐："我觉得这座城甚是奇特，你去集市上看看，打听一下高歌的消息。"

　　铁柱点了点头，脸上的冷峻稍稍缓和："公主放心，我尽力。"

　　夜色渐浓，铁柱悠然地穿行在灯火阑珊的街巷。他不断地向过往行人打听，是否曾见过一张酷似猪八戒的脸庞的人。不久，一个热情的行人微笑着，指向了名叫"歌三香"的小店，并告知他那里的大厨正是他寻找的人。

　　铁柱踏入店内，一股暖意扑面而来，宁静而温馨。柔和的烛火在每一处角落洒下温暖的光影。他挑选了一个靠内窗的角落坐下，透过半开的小窗，可以清晰地看到后厨的景象。

　　只见猪面高歌独自一人，正在那里忙碌着，他身着一件淡青色的厨师服，干净利落。他头顶那半球形的帽子下，几缕棕褐色的发丝轻盈地垂落，随着他的动作轻轻摇曳。在灯火的映照下，他那对显眼的大耳朵更显得生动有趣，不时地摇晃着。腰间围着一条沾满彩色果冻斑点的白布围裙，为他增添了几分大厨的独特韵味。

　　铁柱凝望着他的身影，心中不禁泛起一阵笑意。

他从未想过，如此壮实的猪面人，竟能在厨房中如此得心应手，这种强烈的反差感让他觉得既有趣又温馨。他不由自主地笑出声来，那笑声虽小，但在安静的店内却显得格外清晰。

"客官，您光顾着笑了，不知要点些什么？"一个甜美的声音打断了铁柱的思绪。他抬起头，只见一位猴面丽人站在桌前，将一壶茶放到桌上。她身着红色百叠裙，婀娜多姿，脸上带着微笑。这是他此生见过的第二个异形人，但并未有丝毫不适之感。

"小妹子，那你就推荐一款小点心吧。"铁柱微笑着说道。

"好的，我们店里有刚出炉的桂花果冻，甜而不腻，清香可口。您一定会喜欢的！"猴香笑意盈盈地推荐道。

"那就它了。你给我来一盘，再打包一盘。"铁柱毫不犹豫地答道。

猴香轻轻转身，不多时，捧着一盘晶莹剔透的桂花果冻款步而来。铁柱夹起一块，凉意在舌尖滑开，微甜中带着一丝花香，沁人心脾。

他的目光再次飘向后厨。高歌正俯身忙碌，手中的刀影在菜板上闪动，宛如春水流过山石，无声而有力。他随手挥洒的动作，却带着一股浑然天成的优雅。偶尔，他会抬头，朝挂在木柱上的铜镜瞥上一眼，嘴角轻轻扬起。那笑容像一阵暖风，拂过厨间的炊烟，透着一份与世无争的洒脱，又带着对自己作品的无限自信和骄傲。

铁柱在这一刻对高歌有了新的认识，心中涌起一股亲近感。他正要伸手召唤高歌，却听到高歌哼起了那首熟悉的曲子："路上虎狼多又多，阿哥切莫腿筛糠……"

这首歌触动了铁柱的心弦，一股妒意悄然升起：你明明在这里过着安逸的生活，为何还要念念不忘公主？难道你不知道你是她的灾星吗？

铁柱心中纠结不已，终于改变了原本的计划。也许，高歌就应该留在这个小店，继续他的厨艺生涯。否则，他一旦回去与公主搅在一起，只会给公主带来无尽的烦恼和困扰。他不自觉地拿起那份原本为公主准备的果冻，一口接一口地将其一扫而空。他掏出几个铜板，悄悄地放在桌上，然后深深地看了高歌一眼，转身离开，融入了夜色之中。

他的脚步有些迟疑，心中并不舒坦，觉得愧对了公主的信任，但又想，难道这不是为了公主的好吗？

***

倚坐在龙椅上的安南王，捻着花白的胡须，目光流连在展开的小纸片上，信中的消息让他的眼中闪烁出一丝兴奋。他轻抖信纸，似乎那几行字带他穿越回与大泽王共饮笑谈的旧时光。

他向侍臣们挥挥手："赶紧的，吩咐下去，请文西公主来都城。大泽国求我，本王不能坐视不管。"

国相小跑几步上前，拿着扇子遮住脸，似乎想掩藏自己的疑虑，贴着大王的耳朵，道："陛下，雪贡国的军队就像在咱们家门外。还有火都督，她可是个大角色。要是惹恼了她，她会不会把脾气撒在咱们头上？"他顿了顿，继续推敲，"再说，大泽那边闹腾了这么多年，还没闹出个所以然来，我们搭进去，真的能派上用场吗？"他转了个圈，又小声嘀咕，"还有啊，大泽跟咱们平时也不咋地，突然冒出个公主，值得咱们这么上心吗？"

安南王摸摸胡须，沉思片刻，开口道："国相虽说得有理，只是本王依稀记得当年与大泽王的约定，等文西公主成人，是要嫁给我钦儿的。不知她野生野长，品貌如何呢？如能联姻，大泽岂不也有钦儿的一半吗？"

国相顿时明白了大王的心思，多半是惦记着大泽的富饶之地呢。他随即附和着提议道："听大王如是说，我看不如让钦王子带些银两，亲自去鹿丁一趟。如钦王子与她有缘分，我们帮她；如无缘分，送她一些银两便罢。"

***

阳光洒在波光粼粼的大千湖上，钦王子与天罗国王子正在进行一场狂野的龙舟竞技。钦王子刚满二十，正值青春年华。他身材高大，英俊帅气，皮肤在阳光下微微泛着健康的褐色。而天罗国王子此次来访安南，带来了三十位绝世美女，她们不仅擅长歌舞，更有着开朗奔放的性格，使得钦王子日日与他们厮混。

水面上，两条龙舟宛若腾跃的巨龙，破浪前行，溅起层层晶莹的水花。每条龙舟上，十名女子全神贯注，手中的桨稳健而有力。她们的长发随风飞扬，如同战旗在风中舞动。

双灵星

钦王子站在龙舟船头，肩上斜挎着腰鼓，阳光洒在他金色的马褂上，熠熠生辉，白色的长裙随风轻舞，红蓝相间的绸带和丝巾为他增添了几分英气。他手中的腰鼓节奏准确有力，每一击，既是节奏的引领，也是激励的号令。

湖岸上，观众的欢呼如浪潮翻涌，时而高昂，时而低沉，随着龙舟的速度此起彼伏。

天罗国的女子体格强健，她们在最后的冲刺阶段展现出惊人的力量，龙舟迅速领先。但钦王子早有对策，提前在水下安排了伏兵。他给出一个暗号，水军巧妙地在天罗龙舟下方挂上了一块巨石，使对方的速度瞬间放缓。最终，钦王子的龙舟冲破终点，赢得了这场激烈的比赛。

胜利的喜悦洋溢在钦王子的脸上，他正欲挑选一名天罗国的美女作为奖赏，国王差人招他进宫。他对天罗王子说："等我回来，定要好好选一个！"

得知令他去鹿丁城，见一个他毫不了解、还有可能要做他女人的无家可归的公主，钦王子提不起一点兴趣。他对国相说："你替我去一趟，若那公主美貌，便带回来；若不然，便让她另寻良缘。"

国相面露焦急，提醒道："钦王，此事关乎国家大事，将影响到我们出兵大泽国的选择，不可轻率。"

王子只得答应走一趟。临行前，他询问国相："我回来时，那天罗小子是否还在？"

国相微笑着回答："我已安排他多留几日，钦王请放心。"

抵达鹿丁的那一刻，钦王子就听人传言，说大泽公主是一位倾国倾城的美人。他按耐不住好奇心，立即换上平民装扮，打算亲自去驿站一探究竟。正当他准备出门时，国相却拦住他："王子稍等，老臣必须陪同。"

钦王子不以为然，问道："她真的那么非凡，让我们兴师动众？"

国相回道："那倒不是，老臣在场，便好为王子左右传话。"

王子点了点头，接受了国相的建议。他们带着几名随从，悄然抵达了驿站。驿站的首领，一位饱经风霜的老者，见到王子一行，脸上满是谨慎与敬意。在首领的引领下，他们来到后院。老者手指远处樱花树下，低声说："那位便是文西公主。"

王子与国相小心翼翼地躲在一棵老槐树后，偷偷观察。在那片盛开的樱花树下，文西公主亭亭玉立，仿佛是画中的仙子。她身着轻盈的长裙，裙摆随着微风轻轻飘动，与樱花同舞。她的旁边，站立着一位铁塔般的壮实男子，正是她的贴身侍卫铁柱。王子的眼中闪过一丝惊艳，不觉地叹道："这不会是传说中的孔雀公主吧？"

国相在一旁轻笑道："王子，明明是文西公主。"

王子又问："那铁柱，他跟公主是什么关系？"

国相悄然回应："铁柱，乃是公主的侍卫。"

此刻，公主与铁柱开始在树下切磋武艺，似在演绎一出精彩的武打戏。公主的每一个笑容，每一个动作，都如磁铁般吸引着王子的目光。他迫不及待地想要走上前去，却被国相及时拉住。

国相轻声提醒："王子，您这般装束，此刻出现恐有失身份。不如先回去换一身得体的衣裳，再正式邀请公主到行宫做客。"

王子听后，立即回到行宫，将公主一行人接去，并为他们安排了一处雅致之所。随后，他更是精心策划了一场温馨的晚宴，以示欢迎。

晚宴上，公主浅酌了几口，便兴致高昂地起身，跳起了那支名为《陌上行》的独舞。一位窈窕玉女，在黄昏的田野间漫步，百花与她共舞，春风环绕着她。她边歌边舞，欲步还羞，仿佛与心上人相约黄昏后。

公主曼妙的舞姿和灿烂的笑容，让王子为之倾倒。舞乐停止之际，他毫不犹豫地走向公主，由衷地赞叹道："公主的舞姿如梦似幻，宛如天上的娥仙降临凡尘。"

她微微一笑，那笑容中带着一种不经意的自然美，目光流转间，似乎藏着一片深邃的湖水。钦王子鼓起勇气，向她发出了邀请："能否荣幸与公主共舞一曲《湘女谣》？"

一曲舞毕，安南国的国相悄悄将王子拉到一旁，轻声问道："王子，您与公主共舞时如此默契，是否对她有意？"

钦王子笑嘻嘻地反问："父王真的说过，我与她有个娃娃亲吗？"

国相闻言，脸上顿时露出了喜色，"没错。看您这样，似乎已经对公主倾心了？"

钦王子呵呵地笑，目光仍旧落在公主的侧影上。

随后，国相找到朗坤将军，详细说明大泽和安南的联姻之约，希望将军与公主商议答复。

公主听后，脸上掠过一丝惊讶，微微摇头："钦王子虽然风度翩翩，但彼此了解甚少，怎能匆匆许下终身？就算我对他有心，也得等大泽国的乱世平息再说。"

将军关切地说："公主，我懂您的心思，但安南国相暗示，只有联姻，安南国才会出手援助。"

公主闻言，低声叹息道："命运为何总要把人逼到墙角？"她依在书桌旁，泪水不禁湿润了双眼。

站在一旁的将军，感触地对公主说道："公主莫急，老将在此，无人能逼迫公主。我会将您的真意如实传达给国相。"

国相将公主的犹豫一五一十地转述给钦王子。王子听后，并未流露出不悦，反而对公主的傲气表示了由衷的钦佩："公主之气节，更令我敬重。请给我一些时日，我定能让公主对我刮目相看。"

次日，王子亲自造访公主的居所。他神色诚恳，向公主表达了深深的歉意："公主，请不必为联姻之事忧心。即便我们无姻缘，我对你的敬仰之心也绝不会改变。我可以向你保证，我会竭尽全力说服父王，为大泽复国大业出一份力。"

公主抬头望向王子，眼中闪烁着泪光，轻轻颔首，心中的重压似乎因王子的真诚而有所缓解。

随后的日子里，两人共同经历了无数刺激与欢乐。在辽阔的草原上，他们策马飞驰，尘土飞扬间，公主心中的郁闷也随风飘散。篝火晚会上，民间的歌声与舞蹈让她暂时忘却了国家的重担，尽情享受着此刻的欢愉。山地狩猎时，公主展现了她的英勇与果敢，她那如猎豹般的敏捷身影令王子愈发折服。

夜幕低垂，他们并肩伫立于行宫的后花园，一同放飞那盏盏天灯。灯火在夜空中闪烁，宛如希望的星辰，勾勒出动人的轨迹。蓦地，王子伸出他的手，悄然环住了公主的腰肢。公主被这突如其来的亲昵动作惊了一下，刚要开口，却被王子那低沉而充满磁性的声音所打断。他贴在她的耳畔，轻声细语："请别动，我尊贵的公主，此刻我们的每一个动作都在国相和将军的注视之下。我向你保证，父王很快就会决定派遣援军。"

公主感受到王子手掌传来的温暖，也感受到了他话语中的真挚。她紧绷的身体渐渐放松，嘴角不自觉地泛起一抹浅浅的微笑。她微微颔首，仿佛是在回应王子的善意，又似乎是在向他展现她对他的信任。

"看来，我们的王子既懂风情又有心机。"公主低语，话语中带着对王子的戏谑与赞赏，心中对他的好感又增添了几分。

王子听到公主的话，嘴角勾起了一抹笑意，"不管公主这话对我是夸是讽，有你一笑便够了。"他继续说："我承认，骗父王帮你是为了大局，但我对你却是真情。我已请求领军前往大泽，我们或许可以并肩作战呢。"

公主听到这，不禁有些为他担忧，轻声回道："你不应该做这样鲁莽的决定，大泽之地，危机四伏。"

王子大笑："公主莫拿战场吓唬我，你是怕我缠上了你吧？"

公主瞪他一眼："我是严肃的说。"

王子收起笑容，但仍不失幽默："我的公主，你怎么瞪眼也那么媚气？好啦，我们就别争辩了，一切还得听父王的。明天我带你去逛街怎样？"

公主稍显犹豫："但我不愿意太过张扬。"

"那简单，我们可以换上民服，戴上面具，尽情享受一天的悠闲。"

公主终于露出一丝笑意，对这个即将成为战友的王子，心中竟然有了几分期盼。

第九章

王 子 的 礼 物

  王子和公主戴着蝙蝠面罩，悄然融入鹿丁城熙攘的人群中。斑驳的阳光透过凤凰树密集的树冠，洒在鹅卵石铺成的街道上，金黄色的光斑随着他们的步点跳跃。经过歌三香时，公主的目光被橱窗里五彩缤纷的花果冻吸引住了。这些色彩鲜艳、透明如艺术品的甜点，让她不由自主地放慢脚步，眼中闪烁着童真的光芒。

  王子察觉到她的神情，微微一笑，牵起她的手，领她进到店内。店里客人满座，空气中弥漫着甜蜜的果香。身着彩衣的猴香热情地迎上来，递上一份精致的菜单。

  公主的目光在花果冻上流连。

  "这些都是我们店里的招牌，每一种都有其独特的风味。"猴香甜甜地介绍道。

  公主满怀好奇，凝视着眼前精美的甜品，轻声问道："这些甜品，出自哪位大师的巧手？"

  猴香脸上露出得意的神情，回答道："这些都是我高哥哥的手艺。"

  公主的眼神瞬间变得明亮，似乎捕捉到了什么，"高哥哥？难道是高歌？"

  猴香甚是惊讶，这神秘的客人知晓高哥哥，她乐呵呵地点头确认："正是。客官如何识得他？"

  公主微微一笑，尽量掩饰内心的激动，轻描淡写地说："听说而已。他名声在外，自然略有耳闻。他此刻在吗？"

猴香遗憾地摇头，"他今日有事外出，恐怕要稍晚些才能归来。"

公主眼中闪过一丝失望，但幸有面具的遮挡，她相信自己的情绪并未外泄。她心中涌起了无数疑问：他过得如何？是否拥有那传说中的绝世武艺？是否愿意与自己并肩、为天下苍生而战？他还记恨八妹狠心将他撇在深林的事吗？

猴香打断了公主的沉思，微笑着询问："客官想品尝些什么？"

公主实在难以掩饰自己此时如潮的心情，她突然起身，声音带着一丝颤抖："抱歉了，我改日再来吧。"说完，她匆匆向门外走去。王子紧随其后，脸上写着不解与担忧。

公主回到行宫后，独自坐在窗前，再也控制不住自己，任由泪水湿透了三条手帕。她不知道自己为何而泣，是因惊喜还是忧心？每当想起高歌那纯真而温暖的身影，她的心湖便如同决堤般无法自持。

她半倚在床上，枕头微微陷下，手指触及枕边那本《华夏一览》，翻开书页的动作带着几分急促，仿佛想通过纸张的触感平复胸口起伏的情绪。书页滑过指尖，停在安南国的章节，字里行间尽是"国富民安"的溢美之辞。她目光微滞，片刻后深吸一口气，试图找到她真正关心的大泽国的章节，却无半点踪迹。失望像冷风般刺进她的胸口。

她皱眉再翻，书页定格在雪贡国的部分。原本只想窥探这个被魔鬼统治的国度如何被外界记载，却在细细阅读中，眼眸骤然收紧——大泽国赫然被列为雪贡国的一个郡。书页间冰冷的字句，如针般扎入她的心。

这一刻，她的思绪从迷茫被强行拉回现实。她想起了国师的嘱托，自己必须亲自面对高歌，确认他是否就是那位能拯救大泽的降魔高手。

晚餐时，桌上摆满了琳琅满目的花果冻，宛若将整个歌三香的菜单搬运了过来。公主的目光为之一亮，在钦王子的注视下，她轻轻挑起一块果冻，试了一口，那熟悉的味道正如往日高歌巧手所做一般。她好奇地望向王子，"这是谁的手艺？"

王子回以神秘的微笑，"跟我来。"他带着她穿过行宫复杂的走道，来到半掩的厨房门前。

公主探身向里望去，认出那熟悉的身影——高歌，尽管他的脸庞在蒸气中显得模糊。他正在灶台前忙碌，而他的腰间和手腕被铁链缠绕，背影是那样让人生怜。就在高歌转过头的瞬间，公主迅速隐退，内心涌起强烈的悲愤。她转身，沉重地往回走。行至一处幽暗的走廊，她猛地拔出短剑，剑尖直指钦王子的喉咙。"为何如此对待高歌？"她的声音冷冽，眼神锋利如剑。

王子面露惊讶，急忙解释："我只想邀请他来行宫作花果冻，但他不从，于是便……"

他的话还未说完，公主的眼眸已盈满泪光。她决然地说道："即刻放了他，不然我与你结仇。"

王子如同孩童般犯错后手足无措，连声道歉："公主，请原谅我，我只是想博你一笑……"

他急忙命手下释放高歌，并给了几锭银子作为赔偿。

公主悄悄地看着高歌瘸着腿、一路小跑地出了院门，背着殷红的晚霞，消失在院墙后。她心中生出不尽的酸楚。铁柱曾言，高歌是灾星，接近他的人都会遭遇不幸。然而，公主却觉得事实恰恰相反，每每她与高歌相遇，高歌都有坏事上身。

高歌的这番遭遇更坚定了她的想法，他绝非国师所寻的降魔之人，真正的高手怕另有其人。至于高歌，他必须远离大泽的纷争。

在柔和的灯光下，琥珀色的酒液在王子的杯中微微荡漾，仿佛映照出他眼中的一丝顽皮。他的目光不时掠过对面的公主，却总见她的视线停留在窗外那一片朦胧。她的眉心微蹙，手指轻轻摩挲着杯沿，对眼前的一切都置若罔闻。

王子故意轻咳了一声，吸引了众人的目光。他微微一笑，对众人说道："既然今晚这么热闹，我就来给大家讲个有趣的故事吧！"说着，他放下酒杯，身体前倾，双手比划开来，神色间带着几分俏皮，讲述着与天罗王子激烈的龙舟竞赛。他描述着如何在对方的船底悄然挂上沉重的石头，终获大胜。

听者先是一愣，而后爆发出哄堂大笑，连远处的侍女都忍不住用手掩口偷笑。

欢声笑语弥漫整个厅堂，有人用手拍着桌子喊道："原来如此！难怪他们输了还一脸莫名其妙！"

公主先是静静地坐着，似乎故事并未触动她。直到故事的高潮，她终于抬起头，目光在无声中与王子相遇，眼中似乎透露出一丝宽容。

王子心中一暖，虽然公主没笑，但那短暂的目光交流让他感觉到了一种难以言喻的释然，她已经原谅了他。

又是一个美丽的清晨，朝阳从绣窗撒进屋，公主在窗前梳妆。王子派人过来请安，问公主今日是否愿意看戏散心。公主回他，今日身体慵懒，不便任何安排。

正午时分，公主让铁柱守住她的庭院，不让人进来打扰她。她穿一身素衣，独自到后院看花，趁人不备，翻墙出了行宫，戴上面罩，一路来到歌三香小店。

猴香认出她昨日来过，热情地引她入座，递上食谱。来客取下面具放在一边，原来是个难得见的美人。

公主将食谱交还给了猴香，柔声吩咐："我要一碗三鲜汤面。"

猴香面带歉意地回应："客官，我们没有这个呢。"

公主轻轻一笑，说道："那你问问师傅愿意做不？"

"好的，我这就去询问。"猴香答应着，转身奔向后厨。

不一会儿，她带着好消息回来了："大厨说请您稍等片刻，我得去斜对面买些食材。"

在等待的片刻，公主悄然站起，目光透过内橱窗，捕捉到了高歌在厨房中忙碌的身影。他全身心地投入在烹饪中，脸上流露出的是满足与自豪。这一幕让公主内心充满了惊喜，这正是她心中所期盼的他的生活状态！他曾向她倾诉过对厨艺的热爱，如今看来，他确实实现了自己的梦想。然而，在这份欣喜之余，一丝淡淡的嫉妒也在她心中悄然滋生，为何自己不能像他那样自由地追寻自己的梦想呢？她自己的梦想又是什么呢？是演戏，摆脱公主的束缚，演那猪八戒的伴侣；是策马奔腾，与高歌同骑，穿越茂密的森林；亦或是更多，只是那些梦想太过奢侈，只能永藏心底！

猴香很快带着食材回到了后厨。公主坐回自己的位置，窃窃地想，高歌是否猜到这碗面是为她而做的？

"公主，高哥哥说火候再旺一些，汤面就做好了。"猴香笑盈盈地走过来告诉她。

公主微笑着回应："我已闻到了那诱人的香味了。对了，小妹，你叫什么名字？"

"我叫猴香。"

公主称赞道："真是个好听的名字，跟你本人一样可爱。"

猴香被夸得有些害羞，脸颊微微泛红。

"我应该是第一个尝试这碗汤面的人吧？"公主好奇地问。

"是的，我也没想到高哥哥会这么爽快地答应。"猴香回答。

"他没有问是谁点的吗？"

"他太忙了，没顾上问。"猴香解释道，随后便去照顾其他客人了。

片刻后，三鲜汤面好了。高歌对猴香说："香妹，这碗面我来送吧，我想看看是哪位客人点的。"

猴香告诉他："是坐在右边第五桌的那位姐姐。"

高歌兴致勃勃地端着面走向那桌，却发现客人已经不见了。他将面放在桌子上，四处张望，感到十分困惑。他叫来猴香询问原因，但猴香也一头雾水。

"是什么样的人？"高歌问，声音中透露出一丝好奇。

"是个年轻的女子，好看得很。"猴香回答，声音中带着赞叹。

高歌轻轻摇头，显出一副可惜的神情："那就再等一会儿，如果她不来，香妹，你就尝尝吧。你要是觉得好吃，我们就把它加到食谱上，再创一个系列。"

猴香不禁夸起高歌："高哥哥，你怎么会那么多？"

"香妹，你不知道，我就喜欢灶台，怕是跟我好吃有关连呢。"高歌笑道。

公主并不是为了吃面而来，她只想看他一眼，还想知道他是否还记得她。她希望通过三鲜汤面的小插曲，让高歌猜到点什么，能感应到她的祝福和祈祷。她不敢等到三鲜汤面上桌，更没有勇气品尝它然后平静地离开小店。她见街对面有一家茶馆，便走了过去。

她静静地坐下，点了一壶茶。手中的茶杯不时送到唇边，但她的目光始终透过窗户，凝视着街对面的歌三香店，流连在每个进出的人身上。当高歌偶尔出现在视线中，她的心跳不由加速，但她总是迅速地转开视线，仿佛怕被看见自己的窥视。

时间在这样的等待中缓缓流逝，公主的茶杯反复填满又慢慢空了，她默默地起身，几次往返于茅房和座位之间。阳光透过窗户洒在她的身上，却无法驱散她心中的那份忧郁和惆怅。

天渐渐地黑了，茶馆里只剩下公主这个最后的客人，店老板提醒她，快要打烊了。她递给老板一两银子，请他多等一会儿关门，再为她加点茶水。

歌三香的灯熄了，店门关上了，高歌牵着猴三和猴香，三人沿着星火点点的街道走去。公主追了出去，真想和他们拉起手，四人成影，去过那平常的生活。这时，他们唱起了《苍山阿妹》的歌曲，那欢乐熟悉的歌调几乎勾走了她的魂。

***

钦王子不在京都的日子，天罗国的美女们觉得异常寂寞。天罗王子便来见安南国王，向他请辞，准备带她们提前回国。老国王问其缘由，才知道美女们被冷落了。他呵呵地笑："是本王先前照顾不周，多留一段日子吧，让我来好好款待你们。"

在金碧辉煌的大厅中，国王坐在华丽的宝座上，目光在舞池中的舞者间飘忽。她们身着轻薄的绸缎，舞步灵动而诱人。每当她们旋转，长发便在空中画出优美的弧线；银光闪闪的饰品在她们纤细的腰肢间摇曳，铃铛声轻扬，仿佛带来了遥远国度的低语。

正当安南王眼中闪烁着欣赏和喜悦之时，一位侍臣悄无声息地接近了宝座，手中捧着一份急报。

国王目光不舍地从舞者身上移开，接过它。报告上的消息让他的脸上闪过难以掩饰的兴奋：钦王子和文西公主在行宫中相处甚是融洽，仿佛命中注定的一对。

安南王微微一笑，心中计划已然成型。他决定派遣五万铁骑进发大泽，支持王子开疆扩土的雄心。更重要的是，他决定答应王子的请求，任命他为统军，与文西公主携手，为大泽带来新的曙光，也为王子的前程抹上浓重的一笔辉煌。

***

在昏黄的余晖下，公主和钦王子慢步在花园的小道上，商讨着未来的行动计划。公主将先行一步返回大泽，而王子则需要几日来调集兵力和准备后勤。

等王子离开后，朗坤将军低声提醒公主："米德国师嘱托的寻找高歌一事，公主似乎并未放在心上。"

公主轻叹一声，"其实高歌就在鹿丁。前日，他甚至被王子拷了，带来这里做花果冻。他哪有传说中的神功，连自己都难以保全！"

朗坤将军不安地说："公主言之有理，但国师怕是要失望了？"

公主坚定地说："今夜出发回大泽，国师那里，我自会解释。"

朗坤将军只好将高歌的事放到脑后，转身去准备出发的事。不想，钦王子却在前方等他。

"将军，我有一事不明，请将军赐教。"钦王子示意朗坤将军到不远处的花亭一坐。然后，他道出公主用剑指着自己的事情，言辞中充满疑惑。

朗坤将军笑道："公主曾在民间遇险，正是高歌将她救出。这小子虽然不通武艺，但有那份勇气，让他与公主结下了深厚的情谊。"

王子眼中闪过探寻的光芒："没想到他看似温顺，竟有汉子的作为！不过他和公主之间，不会有什么……"王子的语气中隐隐透出一丝疑虑。

朗坤将军轻笑一声，摆了摆手："王子，您多虑了。他们只是挚友。再说，我大泽国的人比不上贵国的，我国民不易接受异形人，何况还涉及王室。"

王子点点头，"我只希望公主能成为我的人。"

将军继续安抚道："王子与公主，自有天命，必定姻缘深厚，不容旁人插手。"

王子高兴地说："将军的话顺耳，但公主还没点头啊。对了，那个高歌，他的猪相是什么来历？"

朗坤将军解释："我仅听闻他长相酷似其父，却未曾亲眼得见。"

王子听后露出惊愕的表情："那他是天生如此，并非火都督施展了什么妖术？"

将军肯定地回答："确实如此。"

王子又问："难道他是猪八戒的儿子？"

"王子说对了。"

王子兴奋地说："他既有仙人血统，必定有非凡之处！你们怎么让他在我国做厨子呢？快快叫他跟你们回去吧！"

将军苦笑："国师确有交代，让我们将他一同带回。但公主对他情有独钟，深怕他在战火中受到丝毫伤害。"

王子则说："将军，公主的情感可以理解，但你不能因此糊涂。或许你再与公主沟通一番。"

将军摇头："公主已下定决心，我再说也无用。不过，若王子能亲自劝说，或许能改变她的想法。"

王子半开玩笑地说："我可不想被公主的剑指着。"

***

高歌正在热气腾腾的厨房里忙碌，钦王子带着一名卫士再次关顾，吓得他手里的瓷碗"啪"地落地破碎。

钦王子连忙摇手，平息高歌的惊讶，"别紧张，我是来谈正经事的。文西公主需要你。"

高歌惊奇地追问："公主怎么了？她在哪里？"

"其实，她就在城里。"王子看向厨桌上的果冻，"你上次做的那些果冻，是专为她准备的。"

高歌困惑，"如果公主在此，她为什么不直接来找我呢？"

王子解释说："她确实来过，但她怜惜你，不希望你因她而卷入战事。你若认为自己是大泽的一分子，那么站出来是你的责任。"

回想着之前一个订了汤面却未曾吃的女子，高歌恍然大悟。他深吸一口气，"我以为公主怕我身上的厄运，希望我躲得远远的。既然公主有意，我又怎能袖手旁观？"

钦王子紧握高歌的手，说："公主今晚就要离开鹿丁，若你决定加入，天黑前必须来我的行宫。"

高歌点点头，"我会去的。"

王子的身影消失在夜色中。高歌回到店里，与猴三和猴香围坐在那张熟悉的圆桌边。厨房的灯投下温暖的光，照亮了三人严肃的脸庞。高歌吐露心声，"我已经决定了，我要跟随公主返回大泽。"

猴三沉默片刻，眼神复杂地说："兄弟，我懂你，知道你和公主的深情。但香妹和我，我们怕大泽人的冷眼，不敢追随你。"

猴香声细如蚊，附和着说："是的，在大泽，我们是异类。"

高歌深情地望向他们，"我永远感激你们为我所做的一切。我不会强求你们跟我一起走，只求你们不要怨我半途而废。"

猴三紧握高歌的手，"我们虽不同行，但店里的积蓄都给你。用这些支持你和公主的事业。"

高歌背上小包袱，匆匆赶到行宫。钦王子已命卫兵在门口等候，卫兵直接带他去见王子。王子好饭好茶地款待他，并让人给他换上一套马帮人穿的黑布衣衫。

王子笑着说道："你既是公主的好友，也是我的好友，之前对你多有得罪，今天我要送你一样东西补过，告诉我，你想要什么？"

高歌看了看王子桌上摆的、墙上挂的，没有一样中意，说道："我是厨子，给我几扎面条吧。"

王子笑了笑，让人为他备了一小袋。

此时，朗坤将军前来与王子商讨出发事宜。他忽然瞥见一旁有个猪面人，猛地停住脚步，手不自觉地握向腰间的佩剑。"他是谁？"他低声问，眼中闪过一丝警惕。

钦王子哈哈大笑，挥手说道："将军别紧张，这就是高歌。"

朗坤愣了片刻，盯着高歌的猪脸，随后仿佛明白了什么，嘴角扯开一抹笑意，试图化解尴尬："不说也能猜到，原来是高歌小兄弟！"

高歌展露出一副坦然的笑容，说道："将军，别怕，我还是换个样子吧。"话音刚落，他耳朵轻轻一晃，变了俊朗的模样，英气逼人，连钦王子也不由多看了几眼。

朗坤将军睁大眼睛，惊讶地拍了一下大腿："原来如此！我想起来了！我接公主时见过你，当时你就是端着这张人脸。你果然有些神灵，我带上你吧。"将军笑着，又嘱咐高歌："但你千万别再露出你的猪相，我不爱看。"

钦王子对将军说道："将军，我会把他领到城门外候着。你们出城时，他会跟上你们。他是我送给公主的一份礼物。不过，你得等到明天再告诉公主这件事，否则她会把他送回来的。"

夜幕降临，公主的马队悄然出城，驮着一筐筐烟叶。公主依旧女扮男装，王子在城门外与她告别，毫不客气地搂住公主的臂膀，眼中虽满是不舍，嘴上却调侃道："小兄弟，你先走一步！"

公主谢过王子，翻身上马，跟上队伍。

王子对着公主的背影喊道："我送了你一份礼物，希望你喜欢！"

公主转头问身边的朗坤将军："王子送了我什么礼物？"

将军故意卖关子："等明日盘点了才知道，礼物太多，有银两、珠宝、火药。"

***

天山上，在大鹏师傅和高歌未归的那天，夏日的阳光突然被厚重的乌云遮蔽，紧接着大雪覆盖了整个山脉。雪花如同天空的精灵，在低空飞舞。凛冽的寒风掠过，带来刀割般的寒冷。

在这无尽的白雪和寒冷中，山顶有一个微小的身影，顶风而立。那是松毛，他的眼睛紧紧盯着前方，带着期待，不时地仰头，希望能看到大鹏师傅和高歌从天而降的身影。他对师傅的本领有着无比的信赖。

日复一日，松毛坐在固定的岩石上。每次鸟鸣，他都会希望它们能带来他们的下落。每次风起，他都会想象它们带来了他们的消息，而山风中似乎带着时间的嘲笑，掠过松毛的耳际。

他渐渐失去了信心，心中萦绕着无尽的疑惑和担忧。

他想象着大鹏师傅和高歌可能遭遇的种种险境，或许他们遇到了强敌，被困在危险之中。或许师傅因年岁已高，不再有飞翔于高空的力气。还是他们不在乎小小松鼠，各自找自己的相好去了？

一天夜里，松毛做了一个梦，高歌被红衣妖人捉了，装在铁制的囚笼里，正被拉往京城，他绝望的眼神投向松毛，然后就消失了。

松毛的心情因梦愈加沉重，就像丢了魂魄似的，心中积了数不清的担忧。他决定不再等了，他要去找他们，不管有多少挑战。松毛从没有单独旅行过，想到会遇到许多不可测的事情，心中惶恐不安，但他不会反悔。

在准备行囊时，他蹦蹦跳跳地围着高歌的铜笛转了几圈，小小的眼睛透着几分为难，对于他的小身躯来说它确实太大。他挠了挠头，自言自语道："要是能变小点就好了。"

话刚出口，铜笛竟然泛起了一道柔和的光，随即缩小下来，正好可以被他轻松地拿起。松毛瞪圆了眼睛，惊叹道："果然是个神物！"他小心翼翼地把笛子放进小布袋，满意地咧开了嘴。

临走前，他去了自己和高歌玩过的地方，一一说再见，每处撒泼尿留个纪念。

松毛穿越厚厚的积雪，来到一棵孤独矗立在冰雪中的芭蕉树前，仰头望向那在风中翻飞的巨大叶片。他攀爬上树，抓住一片硕大的叶子，"哗"地扯了下来。叶子表面光滑如镜，映照着天空的碧蓝。他灵巧地将叶子弯曲，形成一个弓形的降落伞，站到悬崖边。风儿似乎为他停歇，仿佛在等待他的下一步。

他深吸一口气，紧握叶子的尾端，小身躯纵身一跃。空中，他的身影随着巨大的叶片，如同一颗孤独的种子在寒风中飘荡。阳光穿透薄雾，将斑驳的光影洒在他身上，伴随他和叶子一起在空中起舞。

逐渐地，松毛找到了向前的动力，他和他的叶子与风融为一体，快速地在空中滑翔，越过了无尽的山水。空中的风声渐渐减弱，降落伞开始缓缓下降，眼前展现出一片璀璨的银色——一条宽广的大河在阳光下波光粼粼。

他自知水性不佳，一股寒意如冰蛇般迅疾蹿遍全身，心脏猛地一缩，恐惧刹那间扼住了他的呼吸。水面闪烁着幽冷的光芒，深邃莫测，他尖叫一声，双眼紧闭，静待自己坠入那无垠深渊的瞬间。

可他没有掉下去，而是被什么东西托住。松毛惊讶地睁开眼，身下是一只毛茸茸的手。他的视线顺着手臂向上移动，看到一张猴脸。那猴脸人站在竹筏上，咧开了嘴，露出一排洁白的牙齿，满眼笑意地望着他。

"哟，小兄弟，"猴脸人开口道，声音爽朗，"你挺霸道的，没给盘缠就想搭我的船啊？"

松毛呆了一下，惊魂未定地跳到竹筏上，随后憋出一声："我……我没带银两。你可别吃了我，我侄子会好好犒劳你的！"

猴脸人瞧见松毛紧张的模样，笑得更开了。"放心，小兄弟，我猴四从不以大欺小。你叫什么呢？"

松毛松了口气，肩膀不由自主地放松下来。"我叫松毛，来自高老庄。"

猴四的眼神亮了几分，"是大泽的高老庄？那你认识钉耙王猪大帅吗？"

松毛的眼中闪过一丝得意，挺直了背脊，骄傲地说道："那当然，我侄子就是他儿子。"

猴四一听，哈哈大笑起来。他蹲下，拍拍松毛的肩膀，力道轻柔但透着兄弟般的亲切。"原来如此！你我关系近着呢！我以前的大王是齐天大圣，他跟猪大帅可是拜把子的兄弟。"

松毛顿时两眼放光，干脆跳到猴四的肩上，喜悦地说："猴四兄弟，你我本是有缘人啊！你这是去哪儿？"

猴四望向远方的水面，说道："我要去安南国找我三哥。他在那里闯出一番天地，喊我过去帮忙。"说完，他回过头看了眼松毛，"你呢？怎么会飘到这地方？"

一提到自己的来历，松毛脸上的笑容瞬间消失，焦急的神情代替了喜悦。"我和侄子失散了，出来找他呢。"

猴四听了，神情变得认真，低声问道："你侄子是不是叫高歌？"

松毛猛然抬头，"你知道他？"

猴四轻轻点头，神秘地说："你不用找了，我知道他在哪儿。"

松毛的眼睛瞪得大大的："当真？"

猴四一脸笃定，笑道："当然！他和我三哥在一起呢。你跟着我走就行了。"

猴四和松毛满身风尘，赶到鹿丁城，推开歌三香店的大门，迎接他们的只有猴三和猴香。松毛怯怯地问："高歌呢？"

"高大哥走了，跟公主的队伍回大泽了。"猴三告诉他。

松毛垂下肩，脸上的兴奋瞬间被失望吞噬。猴四站在原地，目光冷冷落在猴三身上，问道："既然高歌去干大事，你为什么没跟着？"

猴三愣了一瞬，随即抬起头，"四弟，我好不容易从大泽逃出来，怎能再回去冒险？"

"冒险？"猴四往前一步，眼神锐利，"大哥、二哥死在雪贡人手里的事，你这么快就忘了吗？"

猴三脸色自觉心亏，声音低了下来："我……没忘。"

"没忘？"猴四逼近他，眼里透出寒气，"还有你自己——若不是高歌，你早就成了一具枯骨！"

猴三低下头，眉头紧锁，像是在与内心较劲。他的声音压得很低，透着深深的挣扎："四弟，我不是不明大义，也不是怕死。只是……看看我们的样子，大泽军营能容下我们吗？更别提香妹还在这里，我不能丢下她。"

猴四直视猴三，眼神如刀锋般锐利："谁说非得去军营？还记得从前吗？树梢作床，洞穴为家，破庙挡风雨。何处不能容身？我们不需要露面，只需悄悄跟随高歌，在暗中助他一臂之力。"

猴三似被说服，沉默不语。

这时，一道清脆的声音从暗处传来："我也想念高哥哥了，我愿意和你们一起去。"猴香走出阴影，目光如星。

松毛早已按捺不住，跳上桌子，一声欢呼，差点掀翻桌上的物件："既然大家都同意了，那还等什么？出发吧！"

猴三抬头，语气仍有些低沉："可即便决定了，要怎么才能追上他们？"

这一问让众人一时语塞，气氛顿时沉寂。松毛环视了一圈，突然眼睛亮了起来："我知道了！我们一路从大泽南下而来，回去肯定是往北。"

猴三的神情松动，缓缓点头："听起来有道理。鹿丁往北的古道虽然崎岖难行，但我们身手轻便，速度应该能赶上他们。"

猴四对松毛竖起大拇指："好，那就这么定了！别再耽搁，立刻出发！"

几人不再多言，迅速动手整理各自的行囊。

第十章

袖中的玫瑰

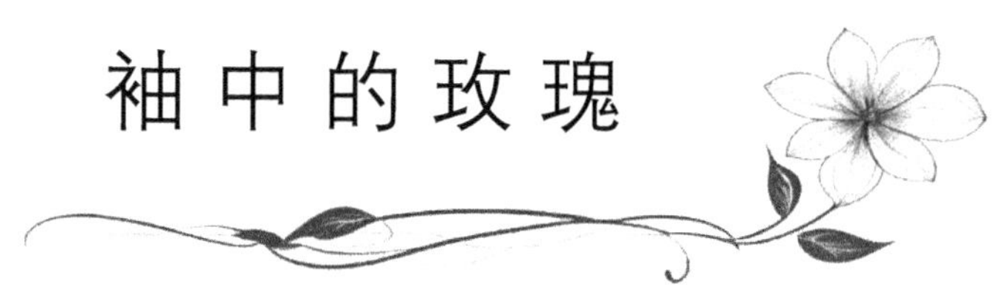

    月亮高挂，银辉如水洒满了山林。树影婆娑间，公主一行人借着月光，小心翼翼地穿行。

    到了幽深的山谷，将军一挥手。火把被依次点燃，跃动的红焰如一串串明珠，沿着蜿蜒的队伍向前延展，驱散了夜的深沉。

    铁柱走在队伍中间，眼睛一直警惕地扫视着四周。夜风突然袭来，带着一股微妙而陌生的气息，让他的神经瞬间绷紧。他随即侧身凑近公主，声音压得很低："像是多了个人。"

    公主正专注地观察前方，闻言轻轻一笑，语气里透着几分随意："出城前，将军点过名的。"

    铁柱眉头皱得更深，眼神在明暗交替的光影中快速扫过队伍，低声回道："不对劲，我去找将军。"

    他在路边停下，等着队尾的将军靠近，隐约看到将军身旁多了一个高大的黑影，神神秘秘。他上前正欲开口，将军却悄然将剑鞘轻压在他肩上，低声警告："你别出声。"

    就在这时，高歌将手中的火把拉到自己面前，对铁柱做了一个鬼脸。铁柱一瞬间愣住，随即眉心紧锁，心中暗骂："又是这家伙！"他胸口涌起一阵无名火，想到了一块怎么都甩不掉的狗皮膏药。

    他回到公主身边，试图从她的神色中找到端倪。公主却神色如常，毫无异样。

    她见他闷闷不乐，不禁问他："有何发现？"

    铁柱故作漫不经心地回答："人数对着呢，公主！"

到了下半夜，将军叫停队伍，命大家在树林间搭帐休息。

高歌和一个厨子共用一顶带油烟味的帐篷。他坐在地铺上，眯眼看着厨子忙碌于整理铁锅和勺子，问道："明早给公主做啥好吃的？"

厨子没有停手，只是斜眼回了他一句："大家吃什么，公主吃什么。"

高歌挺直了胸："这怎么行？公主的饭菜我来准备。"

厨子停下动作，问道："你是干嘛的？"

"我就是公主的大厨！"高歌自信地宣布，快步越过厨子，开始翻弄角落里的箩筐和布袋。

厨子试图阻止他，"别翻乱了！"但又好奇地问："你到底找啥？"

高歌拍拍手上的灰尘，"你有新鲜食材吗？"

厨子摇摇头："长途跋涉，哪有带新鲜食材的。"

"也罢，我自有办法。"高歌不气馁，从角落抓起一把小铲和一个袋子，像个夜行侠一样悄无声息地溜出了帐篷。

夜色浓稠，月影渐隐，但他对黑暗已然习以为常，林间的一切依旧清晰如昼。他身影灵活，如同一只矫健的猫，在树林间穿梭。脚步轻巧得连落叶都未惊动，目光则不断扫过各个角落，搜寻着鲜嫩的蘑菇、蕨菜。不一会儿，他手中的麻袋便鼓起来了，散发出清香。

忽然，远处传来一丝奇怪的声响，像是什么东西划着崖壁。他好奇地顺着声音的方向悄悄走去，拨开遮挡视线的灌木，看见山崖的石壁上有两个人正攀爬而上。他们动作沉稳而有力，背上横跨着闪寒光的大刀，隐隐透出一股杀气。

他断定这两人深夜至此，定不怀好意，不禁为公主的安危担忧。他随手拾起一根枯枝干，蹲下身，藏身于浓密的植被中，准备见机行事。

那两人攀至崖顶，气喘吁吁，正欲坐下稍息。高歌学了一声惊悚的狼嚎，将他们镇住，就连他们手中的刀也在微微颤抖。

"是狼？还是鬼？"一人结结巴巴地低声问。

"住口！"另一人故作镇定，低声呵斥，"你到底算不算雪贡人？"

"呵，果真是图谋不轨的歹人！"高歌心中暗道。他并未慌乱，凭借一双夜视眼，在这漆黑之夜，他有信心与任何人一较高下。

趁雪贡人惶恐之际，高歌从暗影中伸出枯枝，精准地点在他们的手腕上。"叮当！"两刀应声落地。随后，他从树影中猛然跃出，高大的身躯吓得两人连连后退。他们竟忘了身后是悬崖，瞬间失足坠了下去。确认无动静后，高歌摇头轻叹："不是我要你们的命，是老天不让你们继续作恶。"他继续寻找食材。

第二天一早，高歌做了一碗可口的汤面，端着它往公主的帐篷走去。铁柱早就在那里盯着他的一举一动，在帐前拦住他："把它端走，公主不是你想见就见的！"

高歌还想往前迈步，铁柱的一只手做出抽剑的架势。他只好放弃，正要离去，想起昨夜两个人摔死在崖底的事，就对铁柱说："请转告公主多加小心，昨晚我差点抓到两个雪贡探子。"

"你昨晚做梦吧？"铁柱的眼珠子打了一个转，不屑地说。

"不信就算了。"高歌闷闷不乐地回到露天的炉灶旁。

公主起床后，把帐篷的小窗帘卷起来，看见外面是个晴朗的早晨，炊烟在晨曦里缭绕，厨子们在围着灶台忙碌。其中一人的身影像一个她很在意的人，要是他在这里，自己一定能吃上一碗三鲜汤面。她收回视线，把自己脸上的线条化得粗些黑些，然后装束成男人。

高歌在灶台边忙乎，搅拌着什么神秘的炖汤。厨子们围着他，笑声不断，看起来他在这儿倒是挺受欢迎的。朗坤将军隔着一段距离，眯着眼睛打量他。

这家伙能除妖吗？他搅那锅汤的样子，倒更像是个厨子的料呢！不管怎样，他是钦王子的礼物，得把这个香饽饽交给公主。

将军来到高歌面前，问他："你还没见公主吧？"

"他不让我见呢。"高歌回头看了一眼铁柱，那家伙守在帐篷门前，像个不笑的恶煞。

"别担心，跟我来。"将军挥了挥手，示意高歌跟上。

高歌没忘记三鲜汤面，端着它跟在将军后面。铁柱见到将军，赶快报来："将军到！"

"请将军。"帐里有人答。

将军示意高歌先进去。高歌没认出化过装的公主，以为眼前看似年轻的"小伙子"是公主的侍从，开口问道："小兄弟，公主呢？"

公主见高歌突然出现，心中一阵欣喜，几乎忘了自己的身份，想上前揪揪他的耳。可她改变主意，决定逗逗"猪头哥哥"一番。

她压低声音，模仿男人的口吻，戏谑道："你是公主什么人？"

高歌毫无戒备，放下手中的碗筷，洋洋得意地答道："我是高歌，唱歌的歌。你是新来的吗？没听公主提过我？"

公主故意板着脸继续逼问："你找公主干嘛？"

高歌四下环视，一本正经地说："当然是来帮公主的。"

公主蹙眉，追问："帮忙，帮什么忙？"

"那得问公主。"他好像很随意，仿佛一切都由公主决定。

公主轻轻嗅了嗅桌上的汤面香气，"听说公主正缺个厨子，怎么样，你感兴趣不？"

高歌眼前一亮，"厨子？正合我意！这样我可以常伴公主左右。"

公主眼角带笑，"厨子忙得很，哪有时间黏在公主身边。"

高歌显得有些沮丧，"那我能不能像铁柱那样做侍卫，守在门外？"

公主故作思考，"铁柱会武功、机灵，你行吗？"

高歌做出从腰间抽出长笛的模样，对空比划了一下，说道："你看，我也懂点，但保护公主的心绝对不输给铁柱。"

将军在一旁已经忍俊不禁。公主也不想继续耍他，就试探性地问："你看我像不像公主？"

高歌不屑一顾地扭过头，不看公主，撇着嘴："别开玩笑了，公主可没有什么兄弟。"

公主笑笑，拆了包头，散下一头长发，"高歌，你再看看呀！"

高歌这才认出眼前的"小兄弟"真是公主，心疼地叫起来："公主，几日不见，你怎弄得又黑又瘦呢？"说着上前几步，就要摸公主的脸。

将军止住他："高歌，不得无礼。"

公主对将军摆摆手："无外人，没关系。"

将军收住笑，对公主说："高歌就交给公主了。他就是钦王子给您的礼物，钦王子相信这小子能助公主一臂。"

"钦王子一片苦心。"公主拉住高歌的手，爱怜地说道："我原本不让你来，冥冥之中你还是来了。我可没有大鹏师傅的法力，叫我怎么护着你？"

"公主不必多虑，我没有我爹的本事，但也不比铁柱差呢。"说完，高歌怕他们不信，又提出带公主和将军，到树林后面的悬崖处看看，说昨晚他在那里发现了雪贡人的探子，还将两人赶下了崖。

将军将信将疑，劝公主留步，自己带几个手下跟高歌去了。果然，崖边躺着两把刀，在初升的朝阳里熙熙生光，如同证据一般。众人的目光随高歌的指引，向崖下望去，只见底下有两个人影模糊地躺在那里，其中一个还在微弱地挣扎。将军命一个士兵下去察看。

那兵上来后报告，原来火都督派出了十几对探子，在各处寻找公主的踪迹。这倒霉的两人是其中的一对。

将军听到这消息，脸色顿时凝重起来。他转头望着高歌，眼中已是赞赏的神情："高歌，他们果然是雪贡人的探子。我会禀报公主，为你请功。"

高歌欣然一笑，心里想起师傅，"您的徒儿，果有您的一猫二爪的功夫。

***

高歌和将军离开后，公主将汤面放到小桌前，轻轻用筷子搅动碗里的面条。汤面的香气弥漫开来，仿佛开启了一扇时光之门，将她带回了过去。

她回忆起那个幼稚的自己，与卫姑姑为演公主的角色争得面红耳赤的情景。还有与高歌在台上的那段搞笑戏码，仿佛就是一眨眼之前的事情。公主还清晰记得静心寺温馨的地窟和那些带刺、有毒却美艳的玫瑰。她甜蜜地想起自己曾经在猪头哥哥背上撒娇的日子。

吃完汤面后，她伸手拿起桌上的铜镜，看到镜中自己脸上涂满的碳粉，仿佛戴上了一副戏剧里的面具。她轻触自己的脸颊，感觉好似在触碰另一个人，心里嗔怪："别说高歌认不出，我自己也不认得呢！"一个顽皮的念头突然冒出来：不如抹去伪装，让高歌看看自己的真容，给他一个惊喜。

但她很快意识到，这个念头不过是像一个顽皮孩子的想法，在不适宜的时候冒出来捣乱。她知道，将军见了一定会觉得她过于年轻冒失。叹了一口气，公主只得把这个惊喜留到更合适的时候。

在她沉迷之际，镜子里映出一张动人的女子的脸庞。那双眼眸如清晨的泉水，透明而又深邃，柳叶般的眉毛轻轻弯曲，恍若微风掠过湖面，带着一丝宁静的波纹。她的唇色淡淡的，像是露珠里的清晨桃花，湿润而饱满。她的肌肤透白如玉，仿佛沐浴在初升的朝阳中，散发着清新的光泽，又像夜晚的桂花，静静地在月光下绽放。

那清纯柔和的脸蛋轻轻地贴上来，与公主的脸挤在一起。随之，公主闻到一股浓烈的玫瑰香，头感到一阵晕眩，顿时忘记了自己是谁。回头看去，面前有一个似曾相识的年轻美丽的女子，身着一袭玫瑰红裙，晃得她眼花。公主茫然地问红衣女子："你是谁？"

红衣女子反问公主："你知道你又是谁？"

公主脑海一片空白，她茫然地看着手中的镜子，竟无法回忆起自己的身份。镜中的倒影是一张狰狞的猪脸，杂乱的浓发如同纠缠的藤蔓。镜子从她手中滑落，发出"啪"的一声脆响，摔得粉碎。外面传来铁柱的声音："公主，发生了什么事？"

红衣女子淡然回应："没事，只是镜子碎了。"她转身对公主低声说道，"这里不是你该呆的地方，快走，越远越好。"她掀开帐篷的一角，目送公主逃进了深邃的森林。

这位红衣女子正是火玫。她启动秘法与火娘联络，汇报自己成功取代了公主，并告知公主的逃跑方向。火娘命她继续扮演公主，享受美丽公主的一切荣耀。

公主在森林中狂奔，心中一片混乱，不知道自己该往哪里去。她的脑海里反复回荡着红衣女子的话语，"这里不是你该呆的地方，快走，越远越好。"

她感到自己的世界仿佛在一瞬间崩塌，身份、记忆和信任都变得模糊不清。

***

文西公主被悄然替代，竟无人察觉。当火玫与铁柱和将军接触时，总有一股幽幽的玫瑰香气弥漫，带着神秘的魔力，使那些锐利的目光变得柔和，仿佛被催眠一般的放松。

而高歌，他那清澈如湖的眼眸中总是充满信任。即使"公主"偶尔说出一些古怪的话，他也从未怀疑过，心中的"公主"永远值得信赖。

　　将军的手下们对这个新"公主"更是喜爱有加。她无拘无束，偶尔的顽皮总能逗得大家开怀大笑，仿佛她是他们熟悉的邻家女孩，亲切而自然。

　　宫殿幽邃之处，火娘轻启一根紫色的香烛，袅袅烟雾间，她低沉的嗓音悠悠响起："火玫，接下来，你需令高歌为你痴狂，为你心碎，唯有如此，他方能释放出我所渴求的能量。"

　　火玫轻抚自己娇媚的脸庞，心中笃定，这不过是易如反掌之事。

　　一晚，她将高歌叫入帐中，踱步到他身旁，倾身向前，眼中闪烁着娇嗔而神秘的光。她轻轻地呵了一口气，期待他被那如同雾霭的香气所迷惑，成为她的摆布。她计划在他最为迷恋时，转身冷落他，让他心如刀绞。

　　但当她凝望高歌的双眼时，心里掠过一丝惊讶。高歌的眼睛如同一湾湖水，宁静而明亮，完全不受她的迷香的干扰。他面带微笑，对她亲切有礼，一切仿佛如常。

　　火玫那原本自豪的眼眸中露出惶恐和不安。她信誓旦旦，认为魂香是战无不克的，但它对高歌完全失效。担心恐难完成任务，她急急呼唤火娘，描叙了高歌的状态，求助道："师傅，我……怕是需要您的指点。"

　　火娘的眼里闪烁着诡异的光，有点不敢相信高歌的定性。她沉吟片刻后，不禁说道："看来高歌是另类，仅是迷香不管用。你要费点神，对他用情！"

　　火玫幼稚地问："用情？我用了情，爱上了，您会成全我？"

　　火娘立即打断了她的话："你可以用情，但不要动情，明白吗？"

　　"师傅，我不明白。"

　　"哎，你情感一片空白，师傅一下子跟你说不清楚。总而言之，你先设法迷住他吧。"

　　"好吧，我知道了。"

　　火玫躺到床上，琢磨着那个"情"字，既然师傅叫我用情，我心里真的藏着对高歌的情呢。

　　有一天，将军一行宿营的地方有一个隐秘的小瀑布，隐隐约约传来潺潺的水声。火玫告诉将军，她要带高歌去瀑布下面冲凉，让将军管好属下，莫要偷看。

在林间的小道上，火玫痴痴地问高歌："不久前，在那个地窟里，你我那么亲密无间，"她描绘高歌和八妹的情形，"如今你虽然对我好，可是隔着距离，你怕什么？"

"你说过你与铁柱已订婚。我俩又如何亲密无间？莫非下辈子。"

"我如今是公主，为何非他莫属？"说着，她把手递给高歌，"你牵着我，免得我被石头绊倒。"

他握住她的手，回答："你若不嫁铁柱，还有钦王子在后面呢。"

"如果我说我有意于你呢？"火玫拉高歌站住，水汪汪的大眼盯着他，秀发在风中飘，胸口如路边的野草一样起伏。她此刻的话语，不是装的，是她来人间的心思。为此，她与火娘签了卖身契。

"公主莫要哄我开心，我曾经有过幼稚的想法，想和你，不如说想和八妹，一世相爱。当你把我丢在森林里的时候，我终于明白我来自另一个世界，不为世人所容，如何勉强公主爱我？"

"你果然有点呆相，我都说了我喜欢你，你还叽歪得很！"火玫乘他不防，在他脸上亲了一口，撒了手，往坡下的瀑布跑去，边跑边脱衣服，将它们扔得到处飞。

高歌被她突然的亲吻弄得发愣，不敢看她一路脱衣而去的背影。等到她钻进了瀑布，他才开始追风中飘扬的衣服，抱着它们躲在大石头后面，想着"公主"的亲昵举动，不禁感到一丝甜意。

水流从悬崖上垂落，轻轻地拍打在清澈的小潭中。瀑布旁边的岩石上覆盖着厚厚的苔藓，清澈的浅水滩里生出丛丛水草，期间点缀着淡淡的野花，它们在水雾中轻轻摇曳。阳光斜斜地洒在瀑布上，形成一道微微的彩虹。

"高歌，我好了，把衣服拿过来！"火玫的声音从水雾中传来。

高歌站起来，却不敢转身，喊道："公主，你赤条条，叫我如何送？"

"你抱着我的衣服，难道要我过来取吗？"

"那我过来啦！"高歌闭上眼睛往水边摸索，寻着"公主"的笑声走去，但很快被一个石块绊倒，睁眼一看，"公主"就在眼前，不过她蹲在水里，只露出头和肩，让高歌虚惊一场。

火玫看到高歌腼腆的样子，心中涌起浓浓的爱意，便说："别抱着衣服了，放在水边，你到上面避一避。"

高歌放下衣服，又退回到石头后缩着头。忽然听见"公主"一声大叫"高歌"，他以为她出了什么事，赶快站起来，结果看到"公主"沿着水边迎风跑去，衣衫随风扬着。她仿佛被金色的阳光牵引，在轻盈地飞奔，她那上扬的衣袖间飘出无数艳丽的玫瑰花瓣，在风中翻飞，编织出一条花带，直飘向天空。

高歌加快步伐，几步跃到她身边，伸手抓起几片飘过的花瓣，送到鼻尖，品味那淡淡的香气。他又抓住她的手臂，往袖子里看，却没见到一片花瓣，不禁问她："你藏在哪里？"

火玫轻笑一声："就在袖子里！"

高歌哀求："你也教教我吧？"

"我想教也教不来。"她赶快收起袖子，有些后悔自己一时的兴起。

将军的队伍继续往北行进。"公主"骑在马上，其他人包括将军都是牵马而行。路途中，马背上的火玫忽然叫将军过去，大声抱怨道："将军，你为我想想办法，这山路实在太颠，颠得我屁股疼。"大家听了都笑了起来，暂时忘却了自己的脚疼。

将军止住众人，说道："公主，不如让老臣背您一段。"

火玫用鞭子指指将军的背脊："主意是好，只是你的老背脊比马背还硬，如何是好？不如让高歌来背。"

"好好，"将军叫道："高歌，过来背公主！"

高歌小跑过来，轻松地背起"公主"，走在队伍的中间。火玫享受着第一次被自己喜欢的男人背，身体随着他的步伐轻轻地摇摆，心更是飘飘欲仙。

"高歌，你就一路把我背回去吧？"她问。

"只要公主愿意。"

过了几里地，铁柱忍不住了，来到他们跟前，问"公主"："我看高歌累了，让我背吧？"

"你问高歌吧，"火玫回他。

"不累不累。"高歌觉得自己有浑身的力气。既然公主说，她不一定嫁给铁柱，有什么必要谦让铁柱？

几个时辰之后，背上的公主越来越沉，高歌想到自己和公主演过的背媳妇的戏，就笑嘻嘻地问背上的火玫："你还是公主吧？"

“当然是。怎么啦？”火玫觉得他问得奇怪。

“我想起我爹，他背他的媳妇走着走着，背上越来越沉，结果背着个齐天大圣。”高歌喃喃而语，“我怕我背呀背，背了个王母娘娘。”

“哈哈，你笑死我！”火玫让高歌把她放下，“我看你不行了吧？”

高歌喘着气坐到一块大石上：“公主，我行，只要歇歇脚。”

队伍停下来歇息，火玫坐在高歌对面，用手掠着自己的头发。高歌突然问她：“你的确是公主吗？”

这话让火玫一惊，但她迅速镇定下来，“当然是，你真以为我是王母娘娘？”火娘曾说过，演公主要霸气。

“那你头上的疤去哪儿了？”

“什么疤？”火玫有些迷惑。

“小时候被石头砸的疤。”高歌解释。

火玫笑道：“你没听说过女大十八变吗？疤都变没了。”

高歌松了一口气，如释重负地说：“好，没了疤最好！我一直为你的疤感到愧疚！不过公主，你有点沉呢，刚刚真有我爹的感觉，像背了个神仙呢。”

火玫挑眉笑道：“那还背不背？要不我让铁柱来？”

他站起身，跳了两下，说：“我行！做脚力的活有何难？”

高歌度过了一个不同寻常的一天，“公主”在他背上趴了大半天。他随便吃了点晚饭，就瘫倒在帐篷里。

火玫回到自己的帐内，回想着高歌那疲惫又可爱的模样，心中泛起一丝温暖。对她来说，这一天是最幸福的，她感受到了他的真实与温情。她的任务虽然还在，但此刻她心中的柔软，让她的心境发生了微妙的变化。

就在这时，火娘的声音在她耳际响起：“火玫，你俩玩得可好？”

火玫欣喜地报告：“好着呢，师傅。”

“那我的事情呢？咋不见我要的痛苦！”火娘最后两个字的声音突然像炸雷般震响。

火玫顿时吓得缩成一团，躲在帐内的一个角落，战战兢兢地回道：“师傅，我没忘。只是他天性乐观，没肝没肺，难得让他痛苦呢。”

"我看是你玩得太开心、太投入了吧？听着，让他为情而痛起来，立刻！"火娘没给火玫一点犹疑的空间。

"是，立刻！"火玫仓促答道，带着深深的恐惧，可是她想不出什么高招来。

"我就在清眉苑侯着！"

迫于山大的压力，火玫叫住不耐烦的火娘："师傅，请您点教，这次我该如何动作？"

"听着，师傅再给你一招，不讲第二遍。你别三心二意，我要见效果……"火娘说了这般这般。

"师傅，明白了，我这就试试。"火玫内心挣扎不已，知道照做的话，怕是葬送了刚刚与高歌建立起来的一份情感，可是不做，后果更严重。

高歌刚闭上眼睛，就听到"公主"派人传他。他急切地赶到公主帐前，学会了先通报："公主，我来了。"

火玫清脆地叫道："进来吧。"他撩起帐篷的门帘，眼前的景象让他愣住了。暖暖的烛光中，"公主"正轻轻地在铁柱的脸上留下一个淡淡的吻。这温柔而缠绵的吻，与她前日亲自己的方式如出一辙。

高歌心头掠过一丝复杂的情绪，正欲悄悄离去，但"公主"的声音截住他："高歌，今晚我想和铁柱一起聊聊往事。你去给我准备一壶香茶，多做些花果冻，午夜时分送来。"

高歌强忍心中的失落，答道："公主，你怕要耐心等上两个时辰，我得去树林里找材料呢。"

"你去吧，离悬崖远点，别分心掉下去了。"火玫好似漫不经心地说，却又透着一丝关切。

高歌不懂公主此刻为何这般，将她的表现与八妹在静心寺时的反复情绪联系在一起，便很快释然。铁柱毕竟与公主青梅竹马，自己还是不要去攀比。他很快平复了心绪，集中精力在干活上，决心做些让公主满意的夜宵，任何时候都不让她失望。

已是午夜，点心和茶准备好后，高歌端着盘子回到"公主"的帐篷。帐里却只有火玫一人。等高歌放下盘子，火玫示意他坐下陪她。

高歌见她神情恍惚，便问："公主，怎不见铁柱？他惹你了吗？"

火玫带着怒气地说："恰恰是你！"

高歌愣住，心里疑惑不已："我，我怎么了？"

***

火娘传授了"三角恋"的秘方后，在清眉苑静静地期待着。不久，她便感到一股闪电般的痛楚从远方传来，可就是那么一扫而过，只激起她一丝快感，再没有了动静。她赖着性子等了个把时辰，开始怀疑火玫没有忠实地执行她的命令，心中的怒火顿然燃起。

"火玫！"她的声音如冬日的寒风："你快快说明白，为何高歌仍然逍遥自在，没落进圈套？"

火玫忐忑地回答："师傅，我在尽力，没有一丝懈怠。但高歌心性奇异，怕是不为所动呢。"

火娘责问："你没有掺杂你的那份怜惜之情？"

"师傅，我不敢！"火玫急忙辩解。

"啊，他竟不吃我们女人的那套？"火娘的情绪稍有平复，接着说："师傅再宽你一两日，你机灵点，设法搞定他，不然我只好亲自出马。别忘了，我对那猪头娃可没有半点的怜惜。"

火玫急忙补充，带着哀求："师傅，就两日！你先别为难他。"

火娘讽刺地一笑："你难道真的对他动了情？"

火玫心头一震，我是否真地动情了？但她极力掩饰内心的动摇，坚定地说："师傅，我只是希望完成任务，何必他受太多折磨。"

***

火玫站在高歌面前，呼吸急促，努力压抑内心的波澜，"你说你喜欢我，但见铁柱与我亲近，怎么无动于衷？既不干涉，也没有一丝嫉妒！"

高歌目光平和，仿佛一汪无波的湖水，坦然回应："公主，我确实倾慕于你。但你的选择，我更尊重。"

火玫眉头微蹙，冷笑道："你想显所谓的男子风范吗？"

高歌的神色依旧温和："是的，正因为我是男子，我明白自己的作为，绝不能让公主有一丝委屈。"

火玫几乎低吼："你若真在乎我，就该像我一样，有痛苦、愤怒和哀伤！"

高歌深吸一口气，"我的世界因公主变得美好，怎能因公主生出那些糟糕的情绪？"

火玫猛然贴近高歌，手指勾住他的下巴，逼迫他与她对视："告诉我，究竟要怎样，才能让你痛苦入髓？"

高歌一愣，似是被她的激烈情绪所震慑，一抹深深的歉意在他脸上掠过，继而眼中闪过一丝顽皮："公主，我最怕别人叫我丑八怪、妖怪什么的。若有人如此骂我，我必定会万分痛苦。你可记得？我们小时候初次见面时，你说我是妖怪，那一刻我当真伤心至极。"

火玫望着眼前这个看似天真无邪的高歌，一时竟不知该如何回应，只得叹息道："但愿你所言属实，否则，自有人会教训你。"

第二天，将军集合好队伍，等"公主"就绪便可出发。这天，火玫脱了男装，换了一袭鲜艳夺目的大红连衣裙，铁柱将她扶上了马。

"公主"对大家说道："再过两天我们就到大本营了，大家轻松点。我昨晚做了一个梦，梦见我们队伍里有个丑八怪要亲我，被我一巴掌打到洱海里去了。你们想知道那个丑八怪是谁吗？"

众人一起起哄："公主快说是谁！"

"公主"拔出佩剑，眼神锐利："我说出他的名字，是要罚他的。"火玫的剑在众人面前画着弧线，大家纷纷低下头，生怕自己成为那个倒霉的人。在一阵寂静之后，火玫将剑尖直指人面高歌，喊道："就是他，丑八怪，大丑八怪！大家说他丑不丑？"

众人面面相觑，不明白"公主"葫芦里卖的什么药。说到丑，怎么也轮不到英俊的高歌。铁柱想要响应，却被将军拦住。将军早已警告过铁柱，不要谈论高歌的身份。

将军接过火玫的话头："公主莫不是在拿高歌与钦王子比较？依老臣看，高歌的确逊钦王子一筹。大家同意吗？"

队伍里有人不以为然地接话："要是让高歌换上王子的衣装，怕是胜过钦王子。"

高歌笑着走到"公主"的马前："公主，我认，我认，既然我是丑八怪，你打算怎么罚？"

她将剑按在他肩头，转头问众人："是削一只耳，还是一只胳膊？"

队伍里一位满脸皱纹的年长士兵怜惜高歌，便求情道："公主，您行行好，别伤了这娃，您看不上他，不如留着他给我家做女婿。"

火玫露出一丝微笑："既然你求情，我饶了他。不过你这未来的女婿今天必须当我的牛马，背上我一整天！"

　　笑声在队伍中传开，一个壮汉摸着自己那满是伤痕的脸，大声说："我怕是最丑的，公主，您不如罚我吧！"

　　接着，士兵们纷纷表示："公主，我更丑，请罚我！"

女婿今天必须当我的牛马，背上我一整天！"

　　笑声在队伍中传开，一个壮汉摸着自己那满是伤痕的脸，大声说："我怕是最丑的，公主，您不如罚我吧！"

　　接着，士兵们纷纷表示："公主，我更丑，请罚我！"

第十一章

猪 妖

　　文西公主在古老的密林中一路狂奔，直至双腿如铅，举步艰难。这片森林仿佛永无止境，恐惧如同藤蔓般在她心中疯狂滋长，缠绕着她的脑海。她的裤腿已被荆棘撕裂，染着斑驳的血迹。

　　她陷入前所未有的迷茫与困惑，那张陌生的狰狞面容如同梦魇般挥之不去，让她无法认清自己。那些昔日的记忆，也仿佛被厚重的迷雾所遮掩，变得模糊而遥远，像是另一个世界的片段。

　　一声凄厉的哀鸣划破天际。公主抬头望去，只见一只秃鹫在树梢上盘旋，似在等待着猎物的崩溃。她挣扎着捡起一根木棍，试图驱散这不祥之鸟，但秃鹫却更加狰狞地尖叫着，对她的反抗视若无睹。

　　她的世界开始摇晃，树木仿佛在倾倒，周围的森林扭曲成一片模糊的绿影。她挥舞手中的木棍，证明自己的坚韧与不屈，直到手臂沉重得无法再抬起。突然，双膝一软，她重重地跪倒在地。泥土的芬芳混杂着血腥的气息，模糊了她的思维。

　　她紧咬牙关，心中残存一个念头："站起来！"她深知，如果就这样倒下了，再没有站起来的机会。那秃鹫已落在树的枝头，兴奋地狂叫，扑哧着翅膀。

　　公主伸出手，向前摸索，手指触到一棵带刺的仙人掌。她索性紧紧握住它，刺痛瞬间传遍全身，像一道雷电劈开了她的迷茫。她睁开眼，够到了木棍，借助它的支撑，踉跄地站起，抬头看向那秃鹫。树影摇曳，一缕阳光落入公主的眼里，折射出一道金光，如利剑向秃鹫劈去，它惊恐地逃逸。

公主缓缓挪到溪边，溪水在阳光下闪烁着微弱的光。她将沾满血迹的手探入水中，瞬间冰冷刺骨的水流冲刷过她的皮肤，寒意直入骨髓。她盯着水中的陌生的倒影，乱发和面庞上的血污模糊不清。

她干脆低头，将整张脸埋进冰凉的溪水中。水流轻柔地掠过，像无声的安慰，带走了污垢与泪水。冷意渗透全身，她的思绪在这冰冷的触感中渐渐清晰起来。

抬起头时，她的目光落在不远处的一个山洞。洞口幽深，像是自然为她准备的避难所。她晃动着，慢慢朝山洞走去。然而，刚到洞口，两个金色小猫熊突然跳了出来，挡在她面前。她们目光坚定，翘着尾巴，用稚嫩的声音发出警告："不准进，这是我们的家！"这声音虽小，却带着不容忽视的威严。

公主愣住了，心中不禁涌起一阵酸楚。她想，这些看似可爱的小生灵，竟如此对待一个落难之人。她双腿失去了最后一点力气，依着洞口缓缓坐下，泪水竟在不知不觉中滑落。

更多的小猫熊围了上来，一边好奇地打量着这位不速之客，一边喊着"妈咪妈咪"。猫熊妈妈放下手中的活，上前察看，见公主不像恶人，且有兽类的脸相，便生了怜悯，将她扶进了洞。

公主刚坐到柔软的草床上便昏了过去。醒来时，映入眼帘的是环绕着她的笑盈盈的小猫熊们和一堆散发着香气的野果。她心想："好吧，看来这里就是我的新家了。"

接下来的日子里，公主与这些小家伙成了形影不离的伙伴。清晨的薄雾中，她和她们一起在森林中探险，穿越杂草丛生的小径，越过清澈的溪流。小猫熊们总是灵活地攀上树枝，探着小脑袋寻食，而她则在一旁静静地等着，接收他们扔下来的果实，不时发出爽朗的笑声。每当夕阳西下，她们拖着幸福而疲惫的身影，带着满满的收获回到洞穴。晚上，她学着用柔软的树叶编织小床，为小猫熊们讲故事。她们趴在她身边，耳朵微微耸动，目光专注，不愿漏掉每一个字。

但这片宁静并没有维持太久。一天傍晚，她们满载而归，刚一跨入洞穴，一阵凌厉的脚步声伴随着阴冷的气息扑面而来。还没等她反应过来，几只粗壮的手便从暗处伸出，将她和小猫熊们狠狠按倒在地。她挣扎着，即便用上了那几天刚学的"熊掌功夫"也无济于事，对手人多势众，她的反抗显得微不足道。

小猫熊们拼命地扭动着小小的身躯，发出凄厉的哀嚎声，不停地喊着"妈咪"，稚嫩的嗓音在山洞内回荡。她们的妈妈已经倒在血泊中，眼睛睁着，却已断气。

原来，一群雪贡兵早就埋伏在此，等待公主。他们先捆好小猫熊们，将她们联成一串，拴在洞里的树根上。然后将公主拉出洞，捆住她的手脚。接着，一个士兵点燃火把，扔进洞里，烈焰瞬间吞噬了整个洞穴。公主被粗暴地架上马背，身体无力地摇晃着。她拼命回头，望向那升腾的浓烟，眼中映着火光，心底涌动的是无尽的绝望和愤怒。

数日后，她被押送到了大泽国的宣城。她的身形早已不复从前，黑色的囚衣裹住她瘦削的身体，头和手被木枷死死卡住，双脚上沉重的铁镣发出刺耳的金属碰撞声。她那对大耳朵随风摆动，红绸紧紧封住了她的嘴，以免她喊出"不祥"之语。

囚车缓慢地驶过石铺的街道，三匹马沉重地踏出每一步。街道两旁，围满了看热闹的百姓。笑声、喧闹声，像过节一般热闹。忽然，不知从哪个角落传来一声呼叫，点燃了人群的激愤。烂鸡蛋、烂番茄像暴雨般向她砸来，糊满了她的脸和囚衣。污物的腥臭、众人的冷笑，如同锋利的刀刃，刺向她的尊严。

她紧闭双眼，浑身颤抖着忍受着这一切。每一个嘲笑，每一件污物，仿佛唤醒了她的尘封的记忆，一个模糊的小身影逐渐浮现——猪面高歌。他曾经就是这样被围攻、追打，似乎人人都想置他于死地。她想起，为了保护他，自己被围攻的情景与现在一样屈辱。多日来，她一直困惑自己是谁，这一刻忽然明白自己是八妹。

虽然仍无法完全回忆起为何落到如此境地，但她记得把高歌丢在深林中的那个偏远古寺庙。她低垂的头微微抬起，眼中闪过一道坚毅的光，暗自发誓，要冲破这一切束缚，打破身上的魔咒，找回真正的自己，找到自己的挚友高歌。

一个站在临街绣楼上的女子端了一盆隔夜的洗脚水，趁囚车经过时将脏水泼向公主。

脏水打湿了公主，也溅到了一个雪贡兵身上。那兵怒不可遏，起手就是一箭。那女子翻身坠下绣楼。

这时，老天似乎为公主哀伤，卷起狂风，将百里外的黄沙扫进宣城，让人睁不开眼。围观的民众吓得四散逃跑，临街的门户纷纷关闭。游街示众只得草草收场，她被带到一个猪妖集中营。一位刀疤脸的狱吏从士兵手中接过公主，沉重的铁门在她身后"轰"地一声关上。

这座巨大的集中营坐落在尘土弥漫的山谷之中，数千名有着猪脸相的劳工汗流浃背，挥舞着手中的工具，不停地敲打着大理石，将其雕琢成天坛所需的建材。这座天坛是为了火娘修炼神秘的天魔大法而精心设计的，每一块石头似乎都被赋予了非凡的灵性与使命。

狱吏手持铁杖，面无表情地驱赶着公主去见监狱长。她脚上沉重的铁镣发出刺耳的叮当声，如同哀伤的挽歌。拖曳起的尘灰在她身后飘舞，似乎在悄悄彰显她的公主身份。周围的猪面劳工们纷纷停下手中的活计，惊讶而敬畏地看着她缓缓走过，感受到了她与众不同的气质。

公主的脚尖轻轻踢过一小石块，借力假装脚下一滑，整个人摇摇晃晃地跌进了一个深坑中，扬起一片尘土。

"起来！"狱吏厉声呵斥，手中的铁杖重重敲击着地面。他的目光在坑中停留片刻，见公主蜷缩成一团，毫无反应。他低声咒骂，跃下坑去，试图拽起"昏厥"的囚犯。

就在他伸手的瞬间，公主猛然翻身而起，手中的铁链如毒蛇般迅速绕上他的脖颈。她动作干脆利落，双手死死抓住链条，屏住呼吸，臂膀绷紧，眼中只有一片冷厉的光。

狱吏瞪大了眼睛，先是拼命挣扎，渐渐的，他挥动的手臂如风中残枝无力地垂落。

公主松开铁链，狱吏的身躯瘫倒在地。她俯身搜遍狱吏的身上，希望找到开锁链的钥匙，却一无所获。

公主抬起头，目光锁定不远处的水塘，那是一片浑浊却宽广的水域。在水塘不远处，一个狱警坐在一块巨石上，正悠闲地抽着水烟袋。他的视线正好覆盖了她要逃跑的途径。她弓着身，像一只受惊的猎豹，蛰伏在坑里等待时机。

周围的劳工们注意到了这一变故，他们彼此交换了会意的眼神，然后故意大声喧哗，吸引那狱警的注意力。

借助这个机会，公主成功潜入到水塘里，隐蔽在草丛中，紧张地观察着外界的动静。

片刻后，一个猪面劳工推着一辆装满泥土的木车，缓缓靠近深坑。他佯装不经意地将泥土倾倒入坑，将狱吏的尸体完全覆盖。

监狱长坐在办公桌后，眉头紧锁。新来的猪面劳工迟迟没有送达，让他心里有些发毛，因为报告上说她可能是大泽的公主。

他站起来，走到窗边，眯起眼看向外面的工地。烈日下，劳工们埋头干活，动作机械而沉重，一切看起来再正常不过。

"来人！"他喊了一声，"去门岗查查，大泽公主是不是送过来了。"

不一会儿，手下急匆匆地跑回来，气喘吁吁地说："狱长大人，人失踪了！"

监狱长脸色一沉，心里像压上了一块石头，严厉地命令："立刻搜查！"

狱吏们闻声而动，吆喝声和脚步声瞬间响遍集中营。他们翻查每一个角落，连柴堆和地沟都没有放过。时间一点点过去，狱吏们空手而回。监狱长听完汇报，脸上挂满了阴云，"加紧大门和高墙的守卫。无论她躲在哪儿，绝不能让她跑了！"

正在清眉苑歇息的火娘也已得到消息：公主已被送往猪妖集中营。她的眼眸中闪烁着一抹难掩的兴奋，决定亲自去见见那个已带些传奇色彩的野丫头。

她套上黑色长裙，外披一袭耀眼的大红风衣，将长发巧妙地编织成喜鹊巢状，再戴上神秘的骷髅面罩。她对着铜镜，审视自己的装束，那阴森而威严的形象连她自己都感到满意。火娘深信，这样的装扮足以让那丫头心生畏惧，跪倒在她的威严之下。届时，她便能顺水推舟，给予那丫头一些点化，收她为徒。

她轻车熟路地来到集中营的最高哨楼，命监狱长："来呀，将公主带过来。"

监狱长假装疑惑地问："都督，此处并无公主啊？"

火娘不耐烦地喝道："那个今早送来的不是吗？"

狱长心里一惊，都督如此在意那猪妖！他故作轻松状："哦，您指的是她啊，不过是大泽的卑微公主。"

"我说的就是她！她在哪里？"火娘追问道。

狱长想蒙混过关，答道："我听报告，她恐怕病死了。"

火娘的眼神瞬间有火焰在跳跃，声音也变得尖锐起来："你说什么？大泽公主死啦？"

狱长心知大事不妙，连忙跪地："都督，不，我不肯定。她很重要吗？"

"你这一问，更让我发狂！让你造天坛，工期一拖再拖。让你给我看住公主，她前脚来，你后脚把她弄丢了。坏了这等大事，你却不知罪！"火娘对狱长的无能感到失望透顶。她兴冲冲地要收公主为徒，计划泡汤了！

她在岗楼里踱了几个来回，手中摇着魔杖，突然回身，伸手抓住狱长的喉咙不放，瞬间吸干了他的精气。她指着倒在地上的狱长，冷冷地说："抬出去喂狼。"

她平复了一下情绪，对空喊道："巫龙，你在吗？立刻把公主还原成人！"

巫龙声音在她身旁响起，低沉而沙哑："主子，您知道的，我变不了人，还有我的魔力已经枯竭，除非……"

火娘追问："除非什么？"

巫龙打住嘴，他本想说，除非我死了，我变的东西便能恢复原样。他怕这一说，火娘真地要了她的命。"除非您修成天魔大法，那样您便有能力自行变换。"他咽下了真话，改口这样说。

火娘脸色阴沉，面具后的眼睛向四处张望，似乎要用眼神钩住巫龙，吓得他以为自己真的要现形，慌忙躲到了她的裙摆下面，以防万一。她猛地拍桌，厉声道："借口！又是一个混饭吃的！"

巫龙顿时冒出冷汗，嘴角抽搐着，"主子，我……我还有用！我能当监狱长，绝对比那个刚死的强十倍，您给我一次机会！"

火娘沉吟片刻，似在衡量他的可信度，随后说道："好吧，看在你这些年对我忠心耿耿的份上，我就再给你一次机会。不过记住，天坛的建设必须提速，出一点差错，我拿你是问！"

巫龙连连点头，"是是是，主子，绝对不敢怠慢！"

火娘命令："你搬到天坛工地去，盯紧那个建筑师。他可是高老庄的，不要让他出什么岔子。"

巫龙小心翼翼地试探："那个高拐子，既然他不可靠，要不直接除掉他？"

火娘眼神骤冷，斥责道："你有高拐子的手艺吗？他要是出事，拿命赔的就是你！"她接着说："继续查公主的下落。要是她还活着，第一时间报给我。"

火娘转身离开，巫龙抹了一把冷汗，自言自语："下辈子，我得找个好主子。"他来到工地，踏入天坛的侧房，高声叫道："高拐子，赶紧滚出来！听说了吗？我当了狱长啦！"

地窖的门发出低沉的"吱呀"声，缓缓开启。一道昏暗的光线洒进阴冷的地下空间，映照出一个满脸沟壑的上了点年纪的男子。他佝偻着背，步伐踉跄，似乎每一步都带着岁月的沉重痕迹。他抬起眼皮，瞥了一眼门口，估计巫龙就在那里，"哟，这不是巫龙大侠嘛……哦，错了，现在该称您为狱长大人了。"

"对，叫我狱长大人！以后跟我说话，你必须说'大人，小人等候吩咐'。"巫龙得意地说。

高拐子摆出恭敬的姿态，立即回应："大人，小人等候吩咐。您是否要我偷一壶桂花酒送您？"

巫龙语气里透着一丝轻蔑："哈，本大人是来这里住下！你知道为啥？是为了盯紧你，防止工期耽搁。至于酒……呵呵，如今的我，何必再像过去那样偷偷摸摸？"

他的话说得虽然硬气，但听得出带着一丝苦涩。自从他变术枯竭后，他就如一个香饽饽跌入了泥淖，变成什么都不是，生怕火娘遗弃了他，他便再也见不到他的在天堂的相好。每当夜幕降临，他不由自主地拖着沮丧的身子，悄悄躲到高拐子这里，用烈酒来麻痹自己。酒精让他短暂逃离阴冷的现实，似乎能触及那遥不可及的天堂边缘，感受到一丝心灵的慰藉。

高拐子心中暗自冷笑："你嚣张，待会儿我灌你几壶，看你还能不能知道自己是谁。"他一边想着，一边拎起一壶桂花酒，往门口一扔。

巫龙接住酒壶，一秒也不耽误，一饮而尽。

他觉得不过瘾，索性命高拐子带他去酒库，"我想住在那儿，喝起酒来方便。"

高拐子急忙摆手："狱长大人，那酒库乃酒神之所，不可侵扰。否则，酿不出佳酿，火都督怪罪下来，我担待不起。"

巫龙听到火都督的名字，酒意顿时消散几分。他深知这位主子易暴、下手狠，丝毫得罪不起。于是，他嘟噜着："罢了，那再给我一壶吧。"

高拐子想让巫龙住的离自己远点，就说："狱长大人，我先将您安顿下来，酒一定是管够的。请随我来，楼上有一房间，比酒库舒适多了，您定会喜欢。"

高拐子稳住了巫龙后，趁着天色还有一抹亮，拿起一只水桶，往不远处的水塘走去。他跪到伸入水中的竹台上，将水桶往水里一晃，不想看见了竹台下的水里伸出一个猪面人头，怯怯望着他。拐子装着没什么事，实则想到白天逃走了一个神秘的猪面人。他拉起水桶，站起身，临走时说道："看那天坛，天黑后窗口有灯闪，你来找我。"

***

夜色深沉，清眉苑静谧如梦，只有远处的虫鸣细弱而绵长，像是轻轻拨动的琴弦。在昏暗的庙宇中，火娘的红裙在烛光下时隐时现，如一团幽灵火。她的臂膀划过黑暗，留下一道道依稀可见的痕迹，仿佛在驱动神秘的力量。

然而，事情非她所愿。无论她如何催动法术，都无法捕捉到高歌的一丝阴气，这让她深感失望，从面具后发出一声叹息："火玫嫩了点，恐难以操纵高歌那小子！"

她心中有了新的打算，不想再放任高歌逍遥下去，要尽快将他擒获。她低声咏起约定的密语，将自己的意念传递给火玫："我会让他尝尽人间的痛苦，为我输送力量的源泉，哈哈哈。"烛光摇曳，她的身影渐渐消失在黑暗中。

***

将军的队伍顺着河岸蜿蜒前行，河水在阳光下闪烁，像一条银线穿过广袤的旷野。远处，巍峨的大山如沉睡的巨兽般伫立，静默无声。在一个岔道口，队伍停了下来，作片刻的休息。

将军展开地图，高兴地对火玫说："公主您看，取左道，再行一日，便可到达大本营。"

然而，火玫却没有立即回应他。她凝视着左侧天际，见乌云如墨般在山顶聚集，酝酿着即将爆发的风暴。她忧虑地低声道："将军，左侧已乌云压境，怕是龙卷风将至，或许我们该改走右道。"

将军顺着她的目光望去，那左侧、右侧的乌云均厚重得很！他回道："公主，若龙卷风真的来，恐怕哪边都无法避开。"

火玫抬手，示意将军靠近。她的动作优雅从容，带着一种无形的力量。将军顺从地凑近，一股淡淡的香气随风拂面，令他的心神微微荡漾。再抬头望向天空时，他不禁觉得公主在理呢，眼中的迟疑顿时消散。

高歌走上前，带着一丝关切："公主，山路难行，要我背吗？"

火玫微微摇头，没有多言，只是抬手示意他跟紧了她。她的目光穿过山林间的薄雾，定定地望向远处的高峰，仿佛在寻找什么。

高歌注意到她眉头紧锁，心里泛起一阵不安。他靠近些，压低声音问："你是在担心龙卷风吗？"

火玫依旧望着远方，眼神深邃而复杂，像是在穿透乌云，看到某个无法触及的地方。片刻后，她轻轻叹了口气，声音低却透着一丝难以言明的意味："不仅是龙卷风，真正的危险往往比风暴更难防备。"

她的思绪回到了出发前的那一刻。火娘的命令仍清晰在耳：从左侧的山道进入，我将派人在深处埋伏高歌。然而，现在站在这分岔路口，火玫心中掀起了无声的抗争。

她没有犹豫，只是朝右侧的山道迈出了坚定的一步。那一刻，所有权衡和犹豫都被抛在身后，仿佛她终于挣脱了一道无形的锁链，不再理会可能降临的后果。

高歌跟在她身后，隐约察觉到她的步伐比之前更果决。他没有问，只是默默加快了脚步，护在她侧旁，随时准备应对山路上的未知险境。

当他们行至半山腰，一阵异样的风声传入耳中，先是低吟，很快转瞬化为咆哮。左侧山峦的天空仿佛被撕裂了一般，乌云急速旋转着，像是一头巨兽在吞噬天地。有人惊叫起来："龙卷风！"

"快，到那边的山崖下躲一躲！"将军急切地下令。

他们慌而不乱，向山崖奔去。

那龙卷风像是一根粗壮的灰色擎天柱子，所到之处，将山上高大的松树连根拔起，抛向空中，卷入那旋涡中。大地震颤，岩石崩裂，尘土和碎片随着风暴狂乱地飞舞。眼见龙卷风有逼近的势态，而他们离山崖还有百丈的距离，将军果断再令："弃马，各自迅速行动！"

然而，走在队伍最后的高歌，望着那龙卷风，却看出了异样来。他叫道："将军，这龙卷风不会冲着我们来！您看！"

众人止住脚步观望，发现每当龙卷风试图向他们这边扫荡时，便仿佛受到某种神秘力量的阻挡，又迅速卷回左方。这一幕神迹般的景象令人惊叹不已。高歌隐隐觉得那股阻挡龙卷风的力量，像是大鹏鸟的巨尾在轻轻一扫。

大家议论起来："那还有什么好躲的，不如走我们的路。"

火玫心中大石落地，庆幸高歌无恙，却开始忧虑起火娘的责罚，双腿不觉发软，几乎难以迈步。幸好高歌就在她身旁，扶住了她，关切地问道："公主，那龙卷风吓着你了？"

她惨淡地一笑："我找个借口，让你背我一程，不行吗？"

高歌乐呵呵地背起公主，嬉笑着说："公主，以后想要背，不必要借口。"

一行人继续前行，不理会肆虐的龙卷风，很快将它甩在天边。

傍晚时分，他们抵达了山顶。夕阳的余晖驱散了乌云，每一束光芒都仿佛蕴含着神奇的魔法，将万物染上了一层温暖的桔红色光晕。野草在微风中轻轻摇曳，发出沙沙的声响，仿佛是大自然的低声细语。

远处，几只归巢的鸟儿在天空中划过，叽叽喳喳地鸣叫着，像是在歌唱，寻找着自己的温暖巢穴。经过长途跋涉的队伍，任由夕阳的温柔洒落在身上，脸上洋溢着从困境中挣脱出来后的宁静与满足。

火玫轻柔地抚平被风吹乱的发丝，那嘴角的微笑，既神秘又带着一丝难以言喻的忧愁。她声音里露出一丝疲惫："我去帐中歇息。"

说完，她优雅地转身，裙摆轻轻，如同夏日的荷花。铁柱依旧忠诚地为她站岗，而高歌则忙碌于灶头，准备晚餐。

夜幕低垂，微风兮兮。高歌手捧一盘香气缭绕的晚餐，小心翼翼地掀起帐帘，但帐内却是一片沉寂，不见公主的影子。他放下餐盘，轻声呼唤："公主？"还是寂静。他心中涌起一股不祥的预感，急忙喊道："铁柱！"

铁柱闻声而至。两人在昏暗中交换了一个焦急的眼神后，急速赶到将军的大帐，慌张地报告："将军，公主不见了！"

将军站在营帐前，双手背在身后，目光深邃地凝视着远方，微微一笑，似乎一切尽在掌握之中："不必惊慌，此地已不是雪贡人的地盘。公主嘛……总喜欢在这样的夜晚，独自寻觅一处清幽之地，享受那份难得的宁静。"

他转向焦急的高歌和铁柱，眼中闪过睿智的光："高歌，你去东边那片棕榈林看看。那里的月光如水，树影婆娑，公主或许正在那里欣赏月色。铁柱，你去西边找找。公主钟爱涛声，说那是大自然的乐章。"

按照将军的指示，他们分头向各自的方向疾驰而去。

高歌的目光在夜色中如鹰般锐利，很快捕捉到火玫的身影。她步出一片丛林，脚步缓慢而沉重，每一步都承载着莫名的重量。高歌迅速迎上前，稳稳地接住她摇摇欲坠的身躯，将她扶到一棵棕榈树旁坐下。

火玫的眼神带着一种茫然的空洞，像是迷失的小鹿。她无言地靠向高歌，头轻轻埋在他的胸口，长发如同一帘瀑布，将她的脸完全掩藏。

高歌有点不知所措，急切地低声问："公主，你这是？"

火玫没有回应，只是轻轻摇头，泪水无声地顺着她的脸颊滑落。

周围一片寂静，只有轻风的林语。高歌只能默默陪伴，隐约感受到她那深藏于心的无声哀伤。

***

火娘于左侧山腰隐秘之处部署了一队忠诚的部下，他们潜伏在茂密的丛林中，眼眸锐利如鹰隼，紧锁那条蜿蜒通向峰顶的小径。他们静默守候，满心期盼高歌及其一行人的身影。然而，漫长的等待却徒劳无功，反是一场突如其来的龙卷风肆虐而至，将他们无情吞噬。火娘闻此噩讯，心中的怒火直指火玫，未说一句废话，直接唤醒沉睡于玫瑰树根下的天牛虫，驱使这些小生灵用锋利的牙齿，狠狠刺入玫树的要害。

火玫痛苦地在泥土上来回翻滚挣扎，始终没有哀求师傅一个字。她觉得这怕是她的生命的终结了。然而，火娘未等火玫的告饶，却突然停住了咒语，恶声问道："你知错了吗？"

火玫除了哭泣，依然无语。火娘怕她寻了短见，便换了怜悯的口吻："师傅罚你，心也疼得很呢。毕竟呀，谁年轻时没有犯过错呢？我再饶你一回，下不为例！"

火娘就此饶过火玫，其实不是怜悯，而是有新的任务需要火玫去完成。

＊＊＊

火玫渐渐恢复了神智，抬头望着搂着自己的高歌，低声问道："我叫你丑八怪，当众羞辱你，你怎么不生气？"

高歌温和地笑了笑，"公主，从你嘴里说出来，我一点也不生气。若是别人，就不一样。"

看着高歌那无条件的信赖，火玫内心涌起一阵酸楚。她多希望自己刚才不如死了更好，不必背负如此沉重的使命。想到即将到来的任务，高歌又要被卷入其中，她的心又在颤抖。

她低声说道："你离开这里吧，我怕……我会做出对不起你的事。"

高歌淡定地笑笑："你不会的。"

火玫避开了他的目光，眉头紧锁："有时候，我身不由己。"

"我知道，你做大事。只要能帮你，我愿意付出生命。"高歌的声音透着决绝。

火玫心中一颤，依偎得更紧："你能付出几条命呢？"

高歌轻拍她的背，柔声说道："看我有几条了。公主，我背你回去吧，大家在找你。"他小心翼翼地将火玫背起，缓步向营地走去。为给她一些安抚，他哼起了《苍山阿妹》的小调，声音在夜色中显得格外温暖。火玫听着那温馨的旋律，心中泛起一阵涟漪，轻声问道："这是什么曲子？"

高歌微微一愣，反问道："公主，这是八妹自幼唱的歌，你忘了吗？"他并没在意这个小细节，认定她是公主，无论她怎样都是对的。

＊＊＊

　　夜幕悄然降临，寺院笼罩在一片静谧之中。昏黄的油灯下，米德国师低垂着眼帘，手指在古老的八卦阵图上缓缓移动。每一个符号在他的指尖下仿佛活了过来，像是在与他无声地交流。然而，就在这一刻，他的指尖忽然停顿了一下——一股细微的震动从远方传来，扰乱了他精准的节奏。

　　国师眉头微皱，眼中闪过一丝疑惑："这是晴日打雷吗？"他缓缓起身，步履轻盈地走向庭院，仰望满天繁星。夜空清澈，毫无雷电的迹象。

　　国师以为自己是过于劳累，幻觉作祟，便闭目运气，舒展了一套道引拳，以提振精神。可就在拳路将尽时，他却感知到，在大泽都城方向，乌云萦绕，雷声滚滚，闪电里隐约有火娘的身影。

　　国师倒吸一口气，叹息道："她竟然能驱动雷电之力！"看来她的实力大进了一步，不知在策划什么阴谋。他沉默片刻，凝重地转身，对身边的助手低声吩咐："立刻派一个精明的探子，深入大泽都城，探明火娘的动向，但要谨慎行事，悄无声息。"助手领命而去，国师则依然站在庭院中，眼中映照着满天繁星，仿佛在探寻天地间暗藏的玄机。

　　数日后，一份急报悄然摆在国师的案头。探子与前线传来的消息印证了他心中的疑虑：火娘已经展开行动。她调动了数万精兵，悄无声息地越过了红河，隐匿在反抗军的西线侧翼，蓄势待发。

　　国师目光如鹰隼般在地图上扫过。

　　他的指尖轻敲着红河的位置，眉宇间流露出深思，仿佛在与自己的思绪交锋。忽然，他的手停在了某一点。

　　"原来如此......火娘，这竟是你的诱饵！"国师低声喃喃，眼中闪烁着一抹诡谲的光。他看透了火娘的谋略，也看到了一次完美的机会。

　　他推开案前的窗帘，目光穿过薄雾，深深投向远方，心中渐渐勾勒出一个反制的宏大计划。若火娘的这支军队果真只是诱饵，何不反其道而行之？在东线营造一场声势浩大的假袭，雪贡军势必因此掉入圈套，将主力调往东部。与此同时，他会在西线集中兵力，突然发起真正的攻击，一举歼灭火娘的孤军。这将是大泽反抗军最大的一场反击。

烛火在国师身后跳动着，如同一双不安的眼睛。国师缓缓转过身，视线再次落在眼前的八卦阵图上。然而，他的目光却比先前多了一丝游移与焦虑。火娘的名字如同一个阴影，压在他的心头。她那隐秘的修为犹如无底的深渊，绝不可小觑。

他决定耐心等待朗坤将军和公主归来。届时，他们将三人共聚一堂，商讨对策。毕竟，这关乎着生死成败。

次日清晨，第一缕温暖的阳光轻轻洒落在庙宇之上，喜鹊在树梢间欢快地跳跃，它们的叽叽喳喳仿佛在告知新一天的喜悦。远处的山坳里，祥云如丝如缕，缓缓飘移，仿佛是天地间的祥瑞之兆。

国师静静地坐在屋内，手指轻捻，似乎在掐算着什么。随着时间的推移，他的眉梢逐渐舒展，眼中闪烁着明亮而喜悦的光芒。他心中深信，今日必是一个吉祥之日，公主与将军或许即将抵达。

他派出了一支迎接队伍，随后便闭门而坐，开始静心打坐。屋内，木鱼声声，清脆悠扬，国师的心神渐渐沉入那深邃的灵境之中，似乎穿越了时空的界限，再次见到了那个猪面少年：他手握神笛，脸上洋溢着自信的笑容，仿佛在等待他的神圣使命。

就在这时，侍从的禀报声打断了国师的沉思。他缓缓睁开眼睛，只见朗坤将军已经站在了他的面前，脸上带着愉悦的笑容。

国师亲切地问道："将军啊，你历经千山万水，怎么不见有一丝疲惫之态呢？"

将军兴奋地回答道："正如您期待的，安南已经助我五万铁甲骑兵，只待公主和您一声令下，便可出征。"

国师闻言，心中大为欣慰。他上前与朗坤相拥，然后又问道："那么，我提到的那位神笛少年呢？你可将他带回？"

将军微微一笑，眼中闪过一丝玩味的光，回答道："确实带回了一位少年。他有些机智，并未见他手持神笛。"

国师正要询问那少年在哪里，忽然之间，他感受到了一股强大的能量波动。他脸上的喜悦之色愈发浓烈，不禁叹道："将军啊，你和公主此行果然立下了不凡的功绩。这少年，正是我一直在寻找的那个人啊！"

将军生怕国师对高歌寄予了过高的期望，因此急忙泼下一盆冷水："国师，高歌确实惹人喜爱，有一些独特的小神通，诸如变脸和夜视。然而，这些能力虽然罕见，但恐怕难敌那火魔头。"

国师听后，却并未露出失望之色，脸上洋溢着温和的微笑，回应道："将军啊，你无需多虑。我相信自己的感知，这少年虽年轻，但他的天赋却非比寻常。"

将军见国师如此坚定，不便多说，但提出了一个建议："我自然也希望他是我们期待中的那块料，能够不负众望。但我更想亲眼见证他的能力，我想让他与我的手下切磋一番，看看他是否真如国师所说那般不凡。"

国师轻轻地摇了摇头，"我用他，并非是为了让他与人斗殴。他的能力，不在此。"

将军听得一头雾水，不解地问道："那他如果不能打斗，又怎么能战胜那凶悍的火魔头呢？毕竟，我们需要的，是一个战神。"

国师微微一笑，"你且放心，他自有他的方式。不过，若你实在想试探他一下，我也不反对。那便挑选几名你最出色的士兵，与他较量一场吧。"

将军精心挑选了十名身怀绝技、英勇善战的士兵，并派侍卫去厨房带高歌。

不一会儿，高歌跟着侍卫来到将军面前。将军拉起高歌的手，正欲领他走向坐在看台一隅的国师，然而国师却轻摆双手，微笑示意无需多礼。将军转向高歌，"听闻你师从名门，武艺非凡，今日大家想与你切磋一二。"

高歌的视线扫过台前那列队整齐的士兵，他们身强体健，目光如炬，显然是经过严格训练的精锐士兵。他微微一笑："将军，您要我与他们比试？"

"正是，高歌小兄弟意下如何？"将军的眼中闪烁着期待。

高歌点点头，脸上荡起一抹兴奋的笑容。他心想，自幼习武，只有松毛作陪练。上次悬崖小试，对方也不及出手，不算真的。今日终有机会与高手比试，要是赢了，我要求做公主的侍卫！

他走到那排士兵面前，逐一审视着他们，心中暗自估量着每人的武艺深浅。大鹏师傅曾悉心教导他，如何从对手的眼神、手势、站姿、迈步中洞察对方的功夫深浅及路数。审视完毕，高歌轻轻解下身上的厨师围裙，环顾四周，欲寻一处安放。此时，他注意到国师正悠然坐在不远处，微笑着注视着他。高歌将围裙随手揉成一团，轻轻抛向国师："老先生，劳烦您暂且保管这围裙，莫让它沾染尘埃。"

国师欣然接住，目光中满是笑意。他望着高歌那英俊挺拔的身影，感受到他身上散发出的那股浑然天成的气场，恰与他冥想中的形象如出一辙，心中不禁涌起一股莫名的欣慰。

将军上前一步，欲将手中宝剑递给高歌。但高歌轻轻摇头，婉拒道："将军，刀剑伤人。"他转身从场边拾起一根柴棍，在手中轻盈地舞动了几下，然后向将军点头示意，表示自己已准备妥当。顿时，整个场地弥漫着一股紧张的气氛，众人屏息凝望。

将军深吸一口气，发出命令："士兵们，逐一上前，与高歌切磋，拿出各自的看家本领。"

高歌在场中，学了大鹏师傅的架势，身手飘逸而敏捷，巧妙地躲避着对手们的猛烈攻击。每当机会来临，他便如轻风般掠过，手中的短棍轻轻触碰对方的胳膊，瞬间令他们手臂麻木，无力再战。将军凝视着场中的高歌，心中不禁赞叹。

为了见识高歌的潜能，将军再次下令，让十名士兵齐上阵。

他们配合默契，攻势凌厉，将高歌团团围住。然而，高歌并未因这突如其来的逼迫而动摇，他有自己的打法。他眯起眼睛，双脚微微分开，深吸一口气，试图聚集内力，跳出这包围圈。然而，就在这时，他的头感到一阵剧痛，仿佛有无数根针在扎一般。他痛苦地倒在地上。

士兵们以为他在诈死，正要上前给他一顿拳脚。国师猛然挥手，喝道："停！"士兵们立即收手，退至一旁。

国师转身向将军投去一个不容置疑的眼神，说道："将他带到密室！"

将军立刻上前，一把扶起高歌，护在怀中。两人匆忙离开了比武场。

三人落座后，国师先将围裙还给高歌，关切地问道："你刚才还玩得好好的，怎么突然就不行了？"

高歌见这位老先生颇具师傅的风范，便如实回答道："师傅，我自小就有头疼的毛病。"

将军出声纠正，要求他改称"国师"。国师却微笑着回应："叫师傅就很好，有了你这个徒弟，恐怕天下人都要羡慕我了。"

"师傅，受徒弟一拜。"高歌说罢，恭敬地向国师磕了一个响头。

国师满心欢喜地扶起他，"高歌，把手伸给师傅，让我瞧瞧你的脉象。"他细致地感受着脉搏，眉头却渐渐紧蹙，问道："你是不是在用内力时，会感到头痛？"

高歌微微点头："正是，师傅。"

国师遗憾地说："你的头心百会穴被妖术所困，使得全身气血受阻，诸阳之气难以汇聚。因此，你的内力无法自如释放，反而会反过来伤害你的身体。"他意识到情况的严峻性，看来暂时不能寄希望于高歌。

高歌诚恳地问："师傅，多谢您的诊断。那么，可有办法解救？"

国师叹息数声，缓缓道："施法之人的道法高深莫测，世上恐怕只有一人能解。"

"师傅快说，那人是谁？"

"那便是你自己。"国师进一步解释："你的头心被一根奇针所锁，与你的本体融为一体。若想借助外力，恐怕会伤及你自身。你若能学会静心聚神、驱动全身元气的本领，假以时日，定能将那针排出体外。只是，不知何时你才能达到那般境界。"

高歌笑着道："师傅莫失望！给我几日，我换个脑壳给您看看。"

将军在一旁插话道："高歌，别开玩笑，我们在谈正经事呢。"

国师却面带微笑，鼓励高歌："说来听听，你有什么想法？"

高歌道："如今得师傅指点迷津，我已明白自己为何被困。至于化解之道，其实我早已学过，只因贪玩未曾努力修炼。"

"如何修炼？你不会对师傅保密吧？"国师好奇地问道。

高歌回应："怎会呢？我大鹏师傅教过我一种秘术，为的打开人体和魂魄的气门，让其与四方之真气对接。练就之后，身心不再受妖术蛊惑。您看，这练法是不是正对我的病？"

国师听后，一巴掌拍在自己的大腿上："好！你便好好修炼，我对你充满信心。"

将军随即提醒他，暂且放下帮厨的事务。

尽管高歌尚不清楚是何人对自己施了妖法、又为何这么做，但他心中有一丝得意。米德国师这样的智者给予自己莫大的期许，他开始坚信自己一定能行。

国师安顿了高歌，便与将军一起去拜见"公主"。火玫已经在厅房等候。国师刚走到"公主"的门口，便感到一股妖气扑面而来，口中不禁说道："哪来的妖……"他话说到半句，火玫已站在他跟前，将浓浓的玫瑰迷香吹到他脸上，他立即改口道："多日不见，公主又多了一份气质。"

"国师夸奖！""公主"笑着回答他。

国师目不转睛地望着"公主"。她身着一袭红袍，细腻柔滑，轻盈地垂落在她修长的身姿上。头戴的桂冠闪着微光，宛如一轮新月挂在她的发际。她的乌发披散在肩上如瀑布，微微的卷曲在发梢宛如天鹅绒般柔软。她的眉目间流露出一抹清丽的神采，那双大而明亮的眼眸宛如一汪秋水，长长的睫毛在眼眸下轻轻颤动，仿佛是天女的翅膀。

"公主"温柔地握住正在沉思的国师的手，引他坐下。

国师展开地图，指尖掠过红河地界，将自己声东击西的谋划缓缓道来，试图从公主和将军的神情中捕捉到一丝不同的见解。然而，令他意外的是，两人一个劲地点头，像在听说书一般快活。国师见他们那般轻松样，有点发愣，不禁说道："唯一让我担心的是，如果火娘亲自出山，而高歌尚未准备周全，那时恐怕会陷入被动。"

火玫却眉头一挑，带着玩味的笑意，"那又何妨？不如先散布消息，说我们军中新得一位神笛少年，专为火娘而来，恭候她的驾临。她知难而退，怕是不敢踏出宣城半步。"

国师旋即笑了起来："公主妙计，这是兵不厌诈！"他沉浸在玫瑰馥郁的香气中，心头的压力仿佛也随之烟消云散。

将军立即开始部署。他的队伍将从中路出击，同时派一支小分队摧毁横渡红河的铁索桥，以断敌军的援兵和退路。

战场选择在山区的广袤森林中，便于秘密调兵。

将军通过飞鸽传书通知钦王子，让他率领队伍进入大泽红河下游。

火玫自告奋勇，亲自前往西南边境，去迎接钦王子的队伍。国师挑选了一支骑兵队，准备护送她前往。火玫却挥挥手，说道："要什么护卫！给我准备一匹快马，我一人去便可。"

国师皱眉，固执地回道："公主，至少让铁柱带几人护送您一程，路途险阻，不可轻视。"

火玫略有迟疑，点头妥协道："那好吧，让铁柱随行，但到了之后，他即刻返回，您这边更需要人手。"

星光闪烁的夜晚，铁柱早早备好马匹，在帐前静静等候着。与此同时，火玫在帐中交代高歌："我离开期间，你留在营地，好好练功，切莫懈怠。"

高歌困惑地问："公主，为何不带我同行？"

火玫微微一笑，语气中带着温柔："这一路不需要厨师。"

高歌驳道："那我可以为你牵马、打水、搭帐篷……"

火玫摇头，轻轻拍了拍他的肩膀，眼中带着一丝隐晦："这些铁柱都能做，我不需要更多的帮手。"

高歌的失望难以掩饰："公主，难道我就这么无用吗？"

"要想有用，练你的功夫，跟着我跑，跑不出功夫来！"她说完这番话，转身带着铁柱一行，快马加鞭向西南方掠去，留下高歌孤独地站在营地。

第十二章

星 星 坠 落

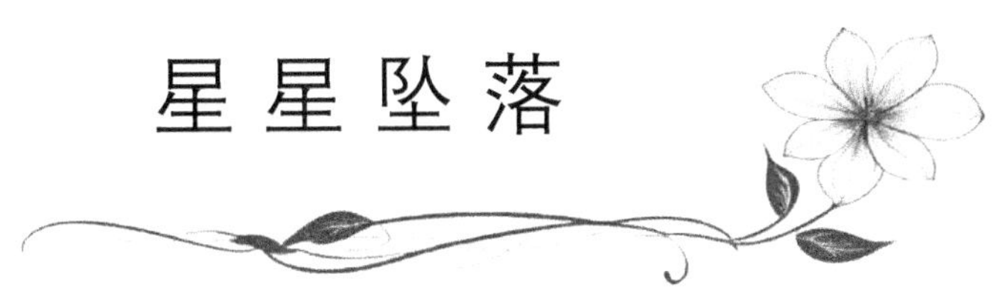

  国师身披深色长袍，手持一根短杖，与朗坤将军并肩，骑乘在雄壮的骏马上，引领着队伍前行。夜色降临，他们抵达了一片茂密的丛林，队伍就地扎下营寨。国师选择一处静谧的角落，侍从们为他搭建了一顶黑色的帐篷。

  稍作休整后，国师打算进入冥想状态，以感知天象。然而，一股强烈的能量突然冲击着他的后背，令他心神不宁，无法静下心来。他不禁疑惑，难道是高歌跟来了？公主明明命令他不得擅自行动，要专心修炼。

  国师起身，绕过几顶帐篷，在一个树丛后面发现了一个黑衣人。那人盘腿而坐，头部被头套紧紧包裹，身体竟然悬空离地一尺有余，静如止水。这不是高歌还能是谁呢？

  国师将手中的拐杖朝黑衣人扔去，击中了黑衣人的屁股。然而，当那身黑衣落地时，原是个空壳，令国师大吃一惊。这时，高歌已站在他的身后，面带微笑地喊道："师傅，我在这呢！"

  "你这孩子，竟然捉弄师傅！"国师眼中却闪烁着欣喜的光，"你这金蝉脱壳的本事，倒是让师傅看到了你的进步。头还疼吗？"

  高歌趁机抱怨道："我这头疼的毛病果然难除掉。要不是为了师傅，我哪愿意练这痛苦的玩意儿。"

  国师闻言，不禁大笑起来："哎，你这孩子，这可不仅是为了师傅一人，也是为了天下苍生啊。"

  高歌赶紧提醒道："师傅，您可千万别跟公主说。"

国师点点头，"你本不该来，既然已经来了，就留在师傅身边吧。"

高歌捡起师傅的拐杖，关切地问道："师傅，让我背您一程？"国师却用拐杖轻轻戳了戳高歌的肩膀，笑道："还早呢，师傅的腿脚利索着。"

****

暮色渐沉，钦王子的营地静静伫立在易山脚下的开阔地。帐篷排列得井然有序，夕阳的余辉洒在军旗上，为它增添一丝肃杀之气。

中央的主帐内，钦王子手中玉杯轻轻转动，目光落在朗坤将军的传书上。尽管脸上保持着惯有的从容，但时不时敲击桌面的指节，泄露了他内心的不安。文西公主仍未到达的消息，令他坐卧不安。

夜幕渐渐笼罩大地，营地内升起了明亮的篝火。火焰舔舐着夜色，笑声、歌声此起彼伏，融入风中，又被远山吞没。

火玫一行人已无声无息地靠近了营地，捉了一名钦王子的巡逻兵。火玫轻吐迷香，那士兵顺从地说出军营的驻守情况与钦王子的方位。得知王子正与将军们围坐篝火旁饮酒，火玫眸光一闪，已然成竹在胸。

"公主，我是否前去接洽？"铁柱低声询问。

火玫微微一笑，"钦王子性格洒脱不拘，还是我亲自前去会他，给他一个意外的惊喜吧。"

铁柱又问："那我们是否在此等待您的信号？"

火玫摆摆手，"铁柱，你的任务已经完成，快带着你的人回去吧。王子会善待我的，你在这里反而妨碍我。"

尽管铁柱有些依依不舍，但他还是遵从了火玫的意愿，带着手下悄然离去。

火玫换上士兵的装束，穿越了数道岗哨，身形如影般悄然接近钦王子的大帐。

大帐前的篝火旁，几名军官正围坐开怀畅饮，火光映照着他们的笑声与手中的酒杯。火玫认定那英气逼人、被众人敬畏的年轻人应是钦王子。她定了定神，上前接过侍卫端上来的酒壶，毫不犹豫地坐到了钦王子身旁。

钦王子微微一愣，带着一丝好奇地问："你是何人？"

火玫轻笑，已将玫瑰迷香散开去，缓缓举起酒杯，"旧日之人，王子可还记得？"她眼中闪过一抹深意，将杯口轻触他的酒杯，举止自若。

钦王子眯眼片刻，随即大笑，半醉中伸手揽住她的肩膀，带着几分随意："无论旧友新友，来，喝就是了。"

火玫微微一笑，提议道："不如玩个小把戏，今晚谁赢了，便是这席间之王，如何？"

周围将领面面相觑，一人面露不悦，沉声道："休得胡闹！王子在此，如何使得？"

然而钦王子兴味十足，扬手挥去那些疑虑："极好的主意！来，今晚看谁是这杯中之王！"

几轮猜拳下来，酒意上涌的将军们纷纷醉倒在草地上。钦王子眼神迷离，紧握火玫的手，说道："小兄弟，若你能胜我，今夜你便是王子。"

火玫调皮地反问："若我成了王子，能有什么好处呢？"

王子望着她，眼中已有些许模糊，"你便能睡我的软床。"

"如此，那便一言为定。"火玫再次举杯，目光与钦王子的在跳跃的火焰中交织。

他情不自禁地问道："小兄弟，你家中可有姐妹？"

火玫故作不解："王子何出此言？"

王子摇头晃脑，轻声自语："你让我想起了大泽国那文西公主。"他的身体开始摇晃。火玫眼疾手快地扶住他，笑着说："看来我赢了，今晚我就是王子。"

王子在迷糊中不忘先前的承诺，向卫兵喊道："把王子送到我的床上去，我睡地板。"

火玫原本只是想逗逗钦王子，没想到真的能够睡到王子的真丝软床。看来钦王子与高歌一样，都是性情中人，她心中不禁涌起一丝暖意。但她不忍让王子真地睡在地上，于是起身将他扶到床上，一个在床头，一个在床尾，相安无事地度过了这个夜晚。

次日清晨，王子率先醒来，竟见一长发女子和衣睡在他的脚头。他凑近一瞧，认定那正是倾国倾城的文西公主。他既惊讶又喜悦，全然记不起昨夜究竟发生了何事，匆匆走出帐篷，向卫兵询问。他心中满是愧疚，想到公主竟在臭脚丫的异味中度过了一夜，然而他又忍不住为公主的这份恶作剧感到欣喜。

帐外，钦王子一声令下，红地毯迅速铺开，侍卫们笔直列阵，鼓乐队在阵列两侧奏起了震天的军乐。帐内，火玫被这阵势惊醒，揉着惺忪的睡眼，疑惑地从门缝向外张望。只见侍卫们齐声高呼："欢迎公主！欢迎公主！"她急忙缩回脑袋，理了理凌乱的发丝，用指尖轻轻抹平眉毛。然而，身上的士兵服让她心生退意，手不自觉地拉着衣角。

等待许久不见动静，钦王子无奈之下亲自掀帘走进帐内，笑盈盈地说道："公主，昨夜多有冒犯，还请随我一同检阅队伍，看看他们的忠诚之心。"

火玫低头看了看身上的衣服，带着一丝尴尬说道："王子，还是让他们解散吧，我穿得这般……不成样子。"

王子凝视片刻，嘴角浮现一丝微笑，脑海中闪过一个妙计。他迅速拆下自己的金丝缎被，熟练地用布料裹在火玫身上。缎面在他的巧手下灵活地折叠成一条柔美流畅的安南女式百蝶裙，细腻的绸缎将她的身形映衬得高雅而动人。望着眼前焕然一新的"公主"，他得意地将自己镶玉的银色王冠轻轻戴在她的头上。

而他自己则换上了骑兵的铁甲帽，神色昂扬。他微微欠身，伸出手臂，示意火玫挽住自己。两人携手步出帐篷，军乐声瞬间响彻营地，士兵们的欢呼声如潮般起伏。

早餐过后，他们策马同行，沿着蜿蜒小道向红河地界前行。火玫目视前方，脸上淡然从容，而心底却紧扣火娘的任务：她要在无声无息中将这支队伍引入深林中的秘密埋伏地。

两日后，钦王子的五万大军和郎坤将军的十万精兵均被调至预定区域。与此同时，雪贡人的五万大军已悄然撤回红河北岸。郎坤将军派出的侦查队在不知不觉中遭遇了一场屠杀，他们已沉尸红河。

夜色里，火玫躺在床上，心中如翻滚的潮水，无法平息。如今多了一人让她纠结。一面，她希望高歌能悄然远离这片即将燃起的战火，离得越远越好；而另一面，她又得盘算着为钦王子留出退路。

***

松毛与猴家三兄妹踏上那承载着无数故事与秘密的马帮驿道。

古老的小道蜿蜒曲折，穿梭在重山密林之中，如涓涓溪流一般不断地分叉，并不像想象的那样容易识别方向。一路上，松毛神情专注，不时弯腰，用指尖轻触驿道上的马蹄印，捡起新鲜的断枝残叶，仔细查看。"这边走！我闻到了高歌的气味。"松毛神秘地指着一个岔道，扮演着向导的角色。

然而，天公不作美，接连几日的暴雨无情地冲刷着驿道，马蹄印和行人的痕迹渐渐模糊，驿道变得泥泞不堪。松毛那矮小的身躯在泥泞中艰难地前行，每一步都仿佛陷入深深的沼泽。他的脚踝被浓稠的泥浆紧紧吸附，每次拔出脚时，泥水都会四溅而起，打在他的脸上。他却毫不气馁，专注地寻找路线。

猴家三兄妹跟在他后面，看着他滑稽的模样，忍不住地笑，但很快心疼之情涌上心头。

"松毛，来我肩上吧，这样走下去，你会累倒的。"猴四走过来，关切地说。

"不，只有贴近地面，我才能感受到高歌的气息。"松毛坚定地说，继续在泥泞中跋涉。

一连几日，他们跌跌撞撞地摸索在湿滑泥泞的小道上，似乎无论走到哪里，天空总有意无意地泼下冷雨，迷蒙了方向，泥泞了道路。一个傍晚，他们钻进一间破旧的木棚，刚坐下，猴香环顾四周，脱口而出："我们……好像来过这里！"

猴四皱眉摇头："香妹，这样的棚子处处都是，你记岔了吧。"

"错不了！"猴香俯身拾起角落里一束干花，"看，前几天我放的！"

猴三一下子醒悟过来，拍了大腿，失声道："我们转回来了！这几天竟是瞎跑！"

松毛听着他们的对话，脸色微变，但没吭声，蹲下仔细嗅闻着地面的湿土气息。

"松毛，"猴三盯着他，冷冷地开口，"你说，我们是不是迷路了？"

松毛惶然，急忙说道："我上树顶看看，或许能辨出路来。"

猴三冷哼一声："你上树？指望你从树上看到高歌吗？早就觉得你那一套'直觉'不怎么靠谱！"

　　"三哥，"猴四打断道，语气中透着缓和的劝慰，"就算松毛失了准，我们不过多绕几日，何必置气。"

　　猴三回道："可你不觉得，他太自信了吗？"

　　"够了！"猴四忽然出声，语气里有种决断，"这时候，我们得互相扶持，不是彼此责难。"

　　两人虽静了下来，紧张的氛围并未解除。突然，天空变色，乌云遮天蔽日，狂风呼啸而来，像要掀翻小草棚。猴香赶紧拉起两位哥哥的手，嗔怪道："兄弟不和，天都不高兴了。是不是等大风把我刮跑了，你们才不吵？"

　　猴三、猴四被香妹逗乐了，一起搂住她，生怕她真被大风吹跑了。这时，棚顶被风掀开，硕大的冰雹如同鹅蛋般"砰砰"砸下来，打得他们不知所措。在这紧要关头，松毛敏捷地从树上跃下，振臂一呼："快随我来！"他带领他们匆忙躲进附近一个空旷而昏暗的石窟。

　　石窟的内壁上，雕刻着众多天兵天将，个个栩栩如生，似乎随时会从岩石中走出。猴三和猴四看得入迷，停下争执，指指点点地议论着——这荒无人烟的地方，究竟是谁能创造出这样匠心独具的奇迹？

　　松毛突然轻轻拉了拉猴三的袖子，压低声音问："香妹呢？"

　　猴三的目光四处寻找，不见猴香的踪影。他脸色骤变，慌张地喊道："香妹！香妹！"声音在石窟中回荡，之后只有一片幽深的寂静。

　　"你怎么这般大意，不知道留个神！平时，数你最精。"猴四的责备中带着焦急。

　　"她刚刚还在我旁边！"猴三委屈地说，急忙要冲出石窟。

　　猴四一把拦住他，"冷静点！外头冰雹如石，这时候出去是送命！"

　　松毛似乎感应到了什么，忽然走向一侧，站在一尊端坐在石椅里的雕像前，脸色一亮，喊道："快过来看！"

　　大家迅速向他拥过来。松毛指着那雕像，"你们看！"

　　猴三失望地望着那尊雕像，"我还以为找到了香妹。"

　　猴四疑惑地问："这雕像难道是哪个将军？"

松毛纠正道："不，这是天蓬大元帅，高歌的爹在天庭时的样子。"

猴四更疑惑了："那这和香妹的失踪有什么关系？"

松毛脸上浮现一丝神秘的笑容："定有关系！你俩照我说的做，一会就能见到香妹。"

"快说，别卖关子！"猴三催他。

"那听好，"松毛一字一句地说，"我们一起默念一句密语'娘子，我来了'，我说一二三，就开始。"

猴三斜眼看他："是叫'娘子'、还是'香妹'？"

"娘子！"松毛用力拍了拍天蓬元帅的大脚，强调道。

猴三半信半疑："明明找香妹，叫什么娘子？你在玩什么把戏，是想拿我开心吗？"他蹲下身，直视松毛的眼睛，半开玩笑地威胁："要不我揪下你一根胡须？"

松毛跳到猴四肩上，急切地说道："猴四，香妹在等我们呢。"

猴四催促猴三："快，我们按松毛说的做！"

三人抱在一起，闭上眼睛，默念密语。瞬间，温暖的气流将他们包围，耳边风声呼啸。当他们再次睁开眼时，发现自己置身于阳光明媚的大森林中。前方不远处，猴香正站在那里，朝他们招手，眼中闪烁着泪光。

猴三激动地紧握住香妹的手，生怕再把她弄丢："香妹，你怎么一个人跑到这里来了？"

香妹直摇头，"我不知道，就像一阵风刮来的。"

松毛插嘴道："香妹，刮风之前你做了什么？"

"我摸了摸那座椅里的神仙。"猴香答道。

"然后呢？"松毛接着问她。

"我看神仙的手臂上刻了几个字，就默念了出来。"

"还记得什么字吗？"松毛追问。

"是'娘子，我来了'。"猴香答道。

"这就对了！你念了密语。"松毛兴奋地说。

他望向发愣的猴三，问道："你是不是更糊涂了？等会儿听我给你解释。首先，我得宣布，我们已在大泽国境内了！刚才的奇遇，让我们少走了五六天的路程。"

“快说，这是怎么回事？”大家围住松毛。

松毛示意他们就着草地坐下，听他细细讲述：“你们可知道，我为何会带你们来到这个石窟？其实，我一直在追寻高歌的气息。但我最终发现，我错了！那气息原是高歌他爹的味道。”

大家好奇地问：“怎么是这样？”

松毛款款道来：“高歌他爹曾告诉我，他刚下凡时是安南国人，住在一个石窟里。为了排解寂寞，他雕刻了这些天兵天将陪伴自己。后来，他去大泽国云游，结识了高员外的女儿，也就是高歌的母亲。但由于长相原因，他并未被高员外接纳。然而，他不放弃，每天往返于高老庄和石窟之间，帮助高员外家干重活。为了节省路程，他给自己建了一个秘密暗道，就是我们刚才走过的那条。”

这时，猴香插话道：“你说是秘道，为什么密语却写出来了呢？”

松毛摇摇他的慧尾：“据高歌他爹说，他想造福后人，所以公开了密语。因为他搬到了高老庄，不再需要石窟和暗道了。”

猴三带着歉意对松毛说：“我不该对你失去信心。”他又温柔地抚摸着猴香的头，继续道：“不过吗，香妹比你还灵通！她先找到这条捷径。”

松毛呵呵一笑，算是回应了猴三的幽默。

之后的几日，他们在茫茫的森林中继续北行。

一条新踏出的小径出现在他们面前，蜿蜒向前，野草被踩得东倒西歪，似乎在诉说着匆匆而过的故事。旁边新鲜的马粪散发出刺鼻的气味，像是提醒他们，生命的气息就在不远处。

松毛蹲下身，指尖轻轻抚摸着那些被践踏过的野草，仿佛在倾听着地面上涌动的脚步声。他的眼睛亮了起来，透着兴奋的光：“看这些痕迹，前面的队伍应该不远了。只是……”他停顿了一下，眼中流露出一丝担忧，“不知道高歌是否在其中。”

猴四抬头望了望昏暗的天色，皱起眉头，“松毛，天快黑了。这虽是极好的消息，我们不能贸然追赶，万一是雪贡人的队伍就麻烦了。我们不如先找个地方休息，养精蓄锐，明天再出发。”

松毛点点头：“好吧，听你的。”

四人很快发现了一个隐秘的岩穴入口，它被浓密的植被巧妙遮掩。踏入其中，眼前豁然开朗，洞穴内部既宽敞又干燥，空气里弥漫着清新与宁静的气息。岩壁错落有致，每一处都透露出大自然不经雕琢的原始美感。顶上悬挂着各式钟乳石，它们形态万千，晶莹剔透，在微弱的光线下隐隐散发着柔和的光。

他们点燃了火堆，火光在岩洞中跳跃，如同精灵般舞动，映照着他们略显疲惫但充满希望的脸庞。

猴三找来一块平滑的石块，将它架在火上，然后从背包中取出沿途收集的松子，小心翼翼地倾倒其上。松子在火焰的烘烤下逐渐散发出诱人的香气，令人垂涎欲滴。

他们围坐在火堆旁，一边享受着这份美味，一边聆听松毛讲述着他与高歌在天山时的冒险经历。那些关于友情、勇气和天山美景的动人故事，令他们陶醉不已，仿佛真的穿越到了那个令人向往的奇幻世界。

没多久，猴家三兄妹便沉浸在温暖的梦乡里。松毛悄无声息地溜出洞穴，以它那矫健的身姿，敏捷地跃上了一棵古老的松树，轻盈穿梭于林间，其影绰约，恍若夜风中的一缕幽魂，飘渺不定。

他悄然接近了一处营地，篝火在幽邃的夜幕下闪烁，营中人影在斑驳昏影间时隐时现。松毛缓缓摇着尾巴，心中低语："高歌，你可否就隐匿于这光影之中？"正当他蓄势待发，欲向营地疾驰而去之际，天际忽现异象——数颗星辰以惊世骇俗之美，划破长空，缓缓陨落，为这静谧之夜添上了几分不可思议的壮丽。

那些星星闪烁着，逐渐变得明亮而巨大，拖着长长的火尾，迅猛地冲向大森林深处，然后它们爆炸开来。夜空瞬间被橙红的光芒撕裂，火光和浓烟如狂舞的鬼魅，在风中翻滚。

松毛感到树梢在脚下疯狂摇摆，它们似乎在对这突如其来的火灾感到恐慌。热浪拍打他的脸庞，世界顿时变成了一片红色。他撒腿就逃，紧贴火海的边界，跳过火星，穿过烟雾，心中默念着："别让我死在这里，我不想做孤魂野鬼。"

就在这时，一声撕心裂肺的尖叫刺破了他的耳膜，令他猛然停下脚步。他环顾四周，只见扭曲的树影在火海中舞动，却无法找到声音的来源。他摸了摸自己的胸口，心跳如雷，仿佛那尖叫声是自己心中的恐惧在呐喊。他继续奔跑，但心中却涌起一种无法言喻的冰凉感。

那声音再次传来！绝望而恐慌，像极了高歌在沼泽地中失落的哀鸣，和坠崖时的惊叫。松毛的身体不由自主地转向那声音的方向：是高歌，一定是他！

然而，火舌无情地舔舐着他的脚掌，烈焰封住了前路，视线也被眼前的火海撕裂，绝望如潮水般涌上心头。

怎么办？松毛孤独地站在那儿，烈火在他身旁嘶嘶作响，他的心在撕扯、在挣扎、在流泪。

***

国师盘膝而坐，本想安静地再一次梳理作战计划，然而心绪却似被无形之手紧攥，难以觅得一丝安宁。这份不安，恍若隔世再现，回溯至雪贡铁蹄逼近宣城前夕的阴霾。

他按捺不住心中的不祥预感，迅速站起身，长袖一挽，赶紧写了一个纸条。他走到帐篷门口，把纸条递给守候的侍卫，嘱咐道："快，把这送给朗坤将军！"侍卫的身影刚隐没于夜色，天际却骤然绽放异象——犹如自星域坠落的仙火，划破夜色的寂静，疾驰向那深邃的森林。

国师驻足窗前，目光被此景牢牢锁定，震惊之色难以掩饰，心底的那份忧虑顿时化成沉重的确信：此乃火娘之手笔，一场精心布局的灾难。昔日那个自诩能驾驭世间风云的自己，此刻竟感到了前所未有的渺小与挫败。他无力地扶助帐沿，眼眸中溢满绝望。

他深知自己无力挽救远在天边的公主和钦王子，也无法护佑朗坤将军及其十万大军。他立即召集那些眼前的随护，领着他们疾驰向邻近的溪流，望能在肆虐火海中寻觅一线生机。

然而，高歌的身影却迟迟未现，那火海中隐约传来他的求救声，却又瞬间被烈焰的狂啸吞噬，不留痕迹。火势愈发凶猛，无人敢轻举妄动，唯一能做的，就是齐声呼喊："高歌，你出来呀！"

原本清凉的溪水渐被热浪侵袭，水流变得细弱。国师无法承受这酷热与绝望，无力地倒在铁柱的怀里，口中仍不断唤着高歌的名字。

就在众人绝望之际，一个火影突然冲破火墙——那是高歌！他全身被火焰所笼罩，仿佛刚从炼狱中挣脱。然而，当他冲出火墙后，火焰却神秘地熄灭了。他没有丝毫停顿，径直向小溪对岸的火焰冲去，仿佛失去了理智。国师见状，急忙命令士兵们将他拦下，阻止他再进入火海。

高歌被众人扑倒，头埋进水里。他猛然扬起头，惊恐地嗷嗷叫。就在这时，松毛顺着溪流而下到此，看到高歌在水中挣扎，立刻喝道："住手，别伤他！"

众人被这突如其来的喝令震慑住，纷纷松开了手。高歌激动地爬起来，眼睛尚未睁开就急切地问："松毛，是你吗？"

"是我，别怕这火！"松毛一跃而上，敏捷地跳到高歌的肩上，迅速撕下一块布条，轻巧地将其蒙住高歌的眼睛。

高歌稍稍镇定下来，问道："是大鹏师傅叫你来的吧？"

"师傅？他不是和你在一起吗？"松毛疑虑重重，但此刻不宜多言。他从怀中掏出一只铜笛，递给高歌："这是你的神笛，快吹起来，它能灭这妖火。"

高歌握着久违的笛子，叹道："此刻我哪有心境吹乐呢？"

国师缓过了一口气，察觉高歌身上毫无烧伤的痕迹，衣物如初，便说："高歌，你不觉得这火没伤你一丝一毫吗？"

高歌扯下了蒙在眼睛上的布条，用手上下拍打自己的身体，随后惊喜道："师傅，您说得是，这火真的没伤我！让我去验证一下！"他三两步跑到熊熊大火边，伸出一只手让火苗烤它，没有一点烫的感觉，只有一股凉风吹来吹去。他干脆走进火里，自己又变成了一个火人，"呵呵，呵呵，这让我怕了一辈子的火原来只是一个心魔！"

高歌悠然地吹起了《苍山阿妹》的曲调，优美的乐声传到之处，大火无声无息地消失。清凉的风扫除了黑烟和炙热，明亮的月光回到残缺不全的森林，远处传来马的嘶鸣和士兵的呼唤。

***

在皎洁的月光下，火玫与钦王子并肩坐在林间的柔软草地上，彼此诉说着心中的故事。她的故事，当然都是八妹的传奇。

火玫已经收到了火娘最后的警告，必须撤到红河对岸，因为"天火"即将降临，将这片广袤的大森林化为灰烬。她本该在一个时辰前离开，但她放不下王子，沉醉于他那如梦似幻的暖心话语中。

她暗自盘算，要带王子一同渡过红河，即便不是为了自己，也要为世人留下一个温馨的王子。

她轻声提议："这月色如此宁静，不如我们一同前往红河之畔走走。"

钦王子忧虑地说："红河，那里地势险峻，水流湍急，夜晚多有不便。不如等到明日，我再陪公主一同前往？"

火玫却坚定地说："今夜不去，何来明日。王子，你若不敢，我自己去便是。"

钦王子立刻起身，召唤卫兵牵来两匹骏马，微笑着说："我怎能让公主独自冒险？"

两人骑上马，不带随从，在夜色中疾驰向红河。火玫迅速找到那座孤零零的铁索桥——这是火娘为她预留的逃生之路。她回头对王子说："王子，下马吧，我们到桥上听涛声！"

火玫下马，王子紧随其后。她一把握住王子的手，急切地说："我们快过桥，去对岸！"

钦王子不解地问："你这是为何？"

火玫知道时间紧迫，无法细说，"请相信我，跟随我便是。"

王子仍在犹豫，"那我的部下？"

火玫无奈之下，动用了她的迷香，让王子失了主见，紧随着她上了铁索桥。

就在两人刚踏上铁索桥的瞬间，天际一道火球疾驰而来，狠狠地撞击在桥身上。随着震耳欲聋的巨响，桥体瞬间断裂。火玫和王子被抛入空中，随后在刺眼的光芒中，一同坠入了红河那汹涌的波涛。

第十三章

诨 号 大 厨

　　火娘释放完火球，感觉疲惫如潮水般涌上身。她踉跄着走回清眉苑，长发因汗湿紧贴在脸颊，脚步沉重如灌铅。她选了石壁下一处阴影，缓缓坐下，冰冷的岩石贴在后背，激起一阵轻颤。她闭上眼，长长吐出一口气，稳住心绪，嘴角缓缓扬起一抹冷笑，疲倦中渗出快意。

　　"这次火攻耗尽心力，希望能一劳永逸。"她喃喃的低语如咒语般萦绕，"只要高歌和那些愚昧的前朝余孽彻底化为灰烬，老娘的世界便可回归宁静，不再被任何人打扰。"

　　火娘抬手一挥，魔杖无声飘至掌中。她的手指缓慢地沿着杖身摩挲，杖尖亮起一道微光，渐渐织出无数细如发丝的光网，向空中无声铺展开来。片刻后，那些在烈火中挣扎、凄厉哀鸣的灵魂，便被光丝卷起，带着不甘与怨恨向她涌来。

　　当那些幽暗、阴冷的气息灌入她体内，火娘的肌肤逐渐变得苍白透明，血管与骨骼在月光下若隐若现。她的双眼深邃如无底的寒潭，仿佛每一丝阴冷的力量都在她眼中汇聚成一片寒光。

　　高歌的笛声骤然划破夜空，音波如霹雳般刺入火娘的胸膛。那一刻，她只觉内脏被狠狠撕裂，钻心的疼痛瞬间令她冷汗涔涔，体内的力量像被无形之手撕扯着在流失。她强忍着剧痛，急速遁入幽暗的地窟，蜷缩在阴冷的石壁旁，苟延残喘。

　　几日过去，她勉强从剧烈的伤痛中挣脱出来，拖着沉重的身子，踉跄地来到金母娘娘的殿堂。她沮丧地用沙哑的嗓子问道："娘娘，高歌的笛声割我的心肺、撕我的魂魄，他若日日如此，我将如何承受？"

金母开口道："施主，我早有预言，劝你不要招惹他。"

火娘眼中闪烁着不甘和愤怒："我已与他势不两立，说那些还有啥用。念我时时为您上供，给我出个主意吧。"

金母娘娘静静地说："火玫或许是你的解药，可你抛弃了她！"

"不是我的过，是她不听话，自找的。"火娘脸色苍白，委屈地辩解道。

金母娘娘轻声叹气，"她做你的帮凶，只因她想放过心怡的王子，你就容不下她。你也年轻过呢。"

火娘沉默片刻，点了点头，"如果她还在，我会尽力弥补。"

金母娘娘回道："她还活着，还欠你未了的债，就如我欠你的一样。"

火娘回到宫中的卧室，独自一人倚在宽大的鸳鸯床上，低声呼唤着火玫的名字，希望收到回应。

***

火玫的身体随着红河水漂流，如叶片一般。她的裙摆紧紧地贴在双腿上，被水流拉扯着像一只悲伤的旗帜。她的长发在水下舞动，像一群乌鸦在无目标地盘旋。冰冷的水流似乎带走了她身上的全部温度。即便如此，她虚弱的生命拒绝屈服于这黑暗的河流，她的心里依然存有一把火，虽微弱，却始终未熄：此生要做一回真正的公主，爱上一个爱自己的男人。不知什么时候，一个小小的泡泡从她的嘴里溢出。

在这几近绝望的时刻，她的手触及了一块突出的石头。她钩住了它，开始缓缓地把自己往岸边拉。

她的上身终于伏在湿滑的沙滩上，暖风淡淡地吹过，潮水吻着她的下体。此时耳边的浪涛，如轻抚和叹息，恰似迷人的摇篮曲。

她无力支撑自己站起来，只好爬到滩上的乱石岗里，靠在温暖的石头上。她依稀想起王子面朝下，已经沉入深深的河底，被黑暗的河流带走，去了那个失去光明的世界。

她缓缓堕入昏睡之中，身体仿佛失去了重量，犹如被一只无形的大手轻轻拎着，在虚空中摇荡。四周被黑暗笼罩，寂静得只能听见自己的心跳声，那声音如同遥远的鼓点，一声接一声，缓缓响彻在这无尽的长夜。

在这个空虚而寂静的世界中，一个模糊的身影渐渐从远方走来，仿佛是从另一个时空穿越而来。那是高歌，他骑着白色骏马，犹如夜色下的月亮，静静地照亮了她周围的一切。他的眼眸中闪烁着深深的关切，那目光仿佛能穿透黑暗，直达她的心底。

她努力睁开眼睛，想要看清那身影，想要感受那目光中的温暖。她伸出手，要抚摸那温暖的脸庞，却怎么也触不到。每一次的伸手都是一场空，每一次的期待都化为失落。那个身影总是在她快要触及的时刻，化为一缕飘散的烟雾，消失在黑暗中。

终于，火玫从昏睡中挣脱出来。天空是那么的蔚蓝，仿佛与高歌的眼眸一样深邃。她记起高歌的温柔，对她的宠溺，那些曾经的点点滴滴，如此清晰却又如此遥远。

这时，火娘的声音在她耳边响起。她像似窥探了火玫的心思，"你要是真喜欢高歌，我也不拦着你。你可以回到他身边，但只需再完成一项任务。"

火玫心中升起一丝希望，问道："您没有加害于他？"

火娘的声音竟带着笑意："我还想问你呢！他怎么像是那烧不死的凤凰？"

***

钦王子的队伍损失大半，剩余的残兵，不见王子归来，逃往安南报丧去了。朗坤将军的队伍虽然也受到了重创，但得知有神秘力量出现，他们的信心重新燃起，纷纷归队。

国师站在窗前，望着遥远的红河岸，心里还留着一线希望，愿公主和钦王子能有奇迹。

听说他们最后去了河岸附近，他立刻命令一支搜索队沿河展开搜救。高歌心急如焚，想跟上搜救队，但国师轻轻按住他的肩膀，摇摇头，"高歌，在这紧要关头，师傅需要你在身边。找公主的事，我自有安排。我给你半天时间，你可以去见见松毛和从远方来的朋友，然后快回来。"

国师转向一旁的松毛，"小精灵，你立下奇功，不知如何奖励你。说吧，想要什么？"

松毛眨巴着大眼，"奇功当归高歌！至于奖励吗，我想要一袋花生米。您就放在高歌那儿。"

国师眯起眼，"为啥不自己保管呢？"

松毛挠挠头，"我有点……呃……管不住自己，一吃起来就停不下来，吃多了会影响我的灵性。"

国师笑着点头，"那好，我多给你一袋。你约上你的朋友们，一起去找公主。"

松毛露出了一个灿烂的笑容，"遵命，国师！"他转头朝高歌瞥了一眼，嬉皮笑脸地说："看，国师多大方。"

高歌假装不满，"松毛，你这是在说我平日里小气吗？"

"哪敢，哪敢，"松毛连忙摆手，"只是建议你以后也大方点。"

高歌笑着拍了拍松毛的头，"所以你是想让我成天背着花生米跟着你？"

国师留下两个调皮的家伙，笑着转身走开，任由他们继续逗趣。

在山洞的隐秘角落，猴家三兄妹侥幸躲过一劫。猴三惊魂未定，难掩责备："老四，都是你的馊主意，高歌没找到，命倒差点儿丢了。"

猴四火气上涌，猛地转身回视："三哥，你再嚷一百句也没用！别忘了，我们这趟不光是为了高歌，更是为了替兄弟报仇！如果你怕了，不如回安南，过你那无忧无虑的日子！"

空气一下子凝滞，连一向乐天的猴香也噤了声，脸上的笑容消失不见，双眼微微泛红，眼角的泪光悄悄闪烁。

就在僵持的瞬间，一个熟悉的身影犹如一抹春阳出现在洞口。猴香眼神一亮，瞬间丢下沉重的情绪，欢呼着冲了过去："高大哥！总算见到你了！"

高歌张开双臂，温柔地抱住她，随后伸手将猴三和猴四一起揽入怀中，山洞里终于洒满了久违的笑声与温馨。

几人稍稍平复，高歌眼神一凛，故作严肃："谁欺负我们的小香妹了？快说，我把他拎去红河喂鱼！"

猴三和猴四连忙摆手，急忙解释，争着说自己无辜。猴香忍不住轻轻一笑，拽住高歌的手臂："高大哥，你误会了，只是些小小争执而已，没什么的。"

此时，松毛轻盈地跃上高歌肩头，对猴香眨眨眼，笑道："高歌这是在逗你开心呢。"众人听了皆会心一笑，气氛活跃起来。

高歌收敛了笑容，神色变得异常严肃："各位就像及时雨，来的正好，公主不见了，我又无法亲自去搜寻，恳请你们务必帮我找到公主的下落。"

猴家三兄妹立即挺起了腰杆，异口同声地回答："放心，我们即刻出发！"松毛轻拍高歌的肩膀："我与他们一同前往，你安心等待好消息。"

高歌抱拳作谢，眼中流露着对伙伴们的期待："那我等候佳音。"

待他走出洞穴，松毛迅速追上，跃上他的肩膀，神秘地在他耳边低语："张嘴，我给你个宝贝尝尝。"

高歌不禁好奇："是什么好东西？"

松毛神秘一笑："相信我，张嘴就对了。"

高歌迟疑地张开嘴，松毛将手中那颗师傅留下的金色丹丸轻轻丢入他的口中。丹丸散发出淡淡的甜味，带着一丝清凉，高歌毫不犹豫地将其咽下，随后打趣道："我猜这该是一粒冰糖吧？"

松毛掩嘴轻笑："错错，那是花生米。"

高歌直摇头："你什么时候舍得把花生米拿来送人？"

松毛微笑着解释："当然不是花生米，这是大鹏师傅特意留给你的仙丹。师傅说，它能助你抵御妖魔的侵扰，提升功力。为了炼制这颗仙丹，师傅甚至得罪了仙界，所以他才走得那般匆忙。"

听完松毛的话，高歌沉默良久，心中涌起对大鹏师傅的感激和思念。

***

在营地的深处，国师与朗坤将军虔诚地祭拜了那些阵亡的将士。两人各自拿起一罐烈酒，一饮而尽，随后相互搀扶，彼此倾诉着心中的沉重。国师眼中闪烁着泪光，声音低沉而自责："将军，我之疏忽，未能护公主周全，深感愧疚。"

将军的面容同样凝重，带着不尽的哀伤："这非您一人之责，我亦难辞其咎，失去了太多并肩作战的兄弟。"他仿佛瞬间穿越回了那炼狱般的森林大火。片刻后，他忧虑地提及："更为紧迫的是，我军粮草已尽，该如何应对此困境？"

国师调整情绪，眼神重新变得坚毅："将军，我们不可沉溺于悲痛之中。即便公主有不测，但我们的使命犹在。我心中已有一计。"

"愿闻国师高见。"将军急切地说。

国师沉稳地说道："当务之急是解决粮草问题。大泽东部的三坝地区，乃是大泽国的粮食命脉，此秋收之际，正是我们下手的好时机。"

将军眉头紧锁，"但那里由雪贡人的狼牙三兄弟镇守，麾下五万精兵，而我军在那一带虽人数相当，新兵却占多数，如何取胜？更何况，若那火魔头亲自上阵，又该如何是好？"

国师冷静分析："她或许因忌惮神笛之力，暂时不敢轻举妄动。"

将军挥手遣散周围侍从，继续向国师询问："我是否应率部增援刀山将军？"

国师摇头："将军需留此，制造假象迷惑敌人，如准备船只佯装渡河等。我则打算带一人，前往刀将军处。"

将军恍然："您欲携高歌同往？"

国师点头："正是。高歌之所能，非比寻常。"

"国师慧眼识珠，早知高歌非凡。"将军赞叹道。

国师苦笑："非我先知先觉，只是在识人上略有小成罢了。"

夜幕如墨，国师轻扬手臂，一只信鸽划破黑暗的天际，携载着他精心筹谋的策略，疾飞向刀山将军的营地。信如同一片轻羽，却带着决定命运的沉重。

晨曦初露，曙光未盛，高歌与国师便踏上了征途。历经三昼夜不息的跋涉，当他们迎来又一个黎明的第一缕光线时，已矗立于刀将军的营帐之前。国师丝毫没有停歇，即刻提笔，沉稳地书写了一份战书，交给刀将军，命他派人送给雪贡狼牙三兄弟。

狼牙大兄弟接过满是戏言的战书，大声念道："狼牙三将军：尔等占我河山，欺我百姓，逞凶多年，如今苍天有眼，赐我大泽一大厨，其厨艺闻所未闻，专爱取雪贡十恶不赦之徒的脑壳，烹之烤之，拿去喂苍山的饿鹰、洱海的蛟龙。信者，快快滚出三坝，不信者，明日跑马山的沙场一决高下。刀山将军通牒。"

三兄弟面面相窥，神色复杂交织，觉得此事荒诞不经，又气又想笑。世间以屠夫威吓尚属常见，怎料连大厨也能成为战书中的角色？身形壮硕的老二一把揪起信使，如同拎着小鸡一般，"你们大泽的将军是不是脑子进水了？"言罢，他腰间短剑出鞘，寒光闪闪。

老三见状，连忙上前制止，转而对信使问道："老乡，你家将军麾下，真有这等厨艺与武艺并重的奇人？"

信使斩钉截铁："千真万确，此大厨不仅厨艺超群，更能以烧火棍断事。"

老三挥手示意信使退下，接过战书细细审阅，额间渐渗细汗。他沉吟片刻，慎重提议："我们还是小心为上，毕竟前几日火都督便栽在了一个以笛为器的少年手中。这大厨会不会就是他？"

老二嗤笑："我三人，在雪域高原，所向披靡；在大泽境内，伏虎降魔。何惧一介厨子？"

老大一巴掌击在桌面上，更是咯咯大笑："厨子、笛子，管它是啥，只能唬唬娘们！"

***

跑马山其实不是山，乃是一片辽阔无垠的旷野。在这片浩瀚平原之上，各方五万人马，以方阵排开，一直延伸到天边。战鼓轰鸣，响彻云霄，伴随着此起彼伏的呐喊声，整个战场被一种前所未有的紧张与激昂所笼罩。布阵就绪后，狼牙三兄弟骑着战马，昂首挺胸地来到前沿。狼牙大兄弟的声音如同战鼓般响亮："敢问刀将军，你的大厨在哪里？还不放马过来？"

刀将军抖动着手中的长剑，回应道："不急，好久不见，我来与你们先玩玩如何？"说着，他就要策马上前。

国师忙叫住了他："将军且慢！今日是大厨的主场！你我都是配角。"话音刚落，国师挥动手臂，号角声突然响起，震天动地。紧接着，一辆铁甲战车被士兵推了出来，战车上一位身着黑衣的神秘人物凌空而坐，手握铜笛，面部隐藏在衣帽之下，给人一种神龙不见首尾的神秘感。大泽军趁势高喊："滚！滚！滚！"

雪贡军的阵中骤然间涌起一阵纷扰，狼牙大将军迅速而威严地大喝几声，止住喧哗，指派二将军上前迎战。

狼牙二将军猛地抖动马缰，身下那匹性情刚烈的战马，如离弦之箭般疾驰而出。他身披重甲，长矛紧握，脸上青筋暴起，彰显着他那急不可待的勇猛与决心。

高歌猛然从战车上跃下，身姿如飞鹰般矫健，精准地落在旁边那匹雪白战马的背上。战马耳朵立起，鼻孔大张，呼吸粗重，似乎嗅出了血与铁的味道。它前蹄高扬，仰天一声嘶鸣，鬃毛在风中飞舞，仿佛瞬间被点燃了战意。

高歌缓缓摘下黑色兜帽，夕阳的余晖正巧洒在他的面庞上，映出紧蹙的剑眉和那双燃着冷光的眼睛。此刻，风停了，士兵屏住呼吸，一切仿佛静止，被这股强烈的杀气震住。

他俯身拍了拍战马，低声念出几句谁也听不清的指令。战马随即开始急促地踏着碎步，目光如炬地盯着前方，带着主人一步步逼近二将军。直到两丈开外，它忽然停下，四蹄稳稳地定在地上，肌肉微微绷紧。

二将军嘴角掠过一丝讥讽，冷冷地瞥了一眼面前的年轻人，"不过是个毛头小子罢了。"他蓦然暴喝，"莫怪我刀剑无情！"话音未落，他猛然催马，长矛前冲，发出尖锐的呼啸声。

高歌没有正面迎击，身体略向一侧倾斜，长矛擦过他的身旁，带起一阵寒风。他轻轻驱马，绕起了圈子，手仍然空空如也，笛子稳稳地系在腰间。

二将军在后面追了几个来回，均未挠到高歌一根汗毛。他感到了极大的羞辱，从来无人如此地戏弄他。他猛击坐骑，嘴里"呀呀"乱喊，不顾一切地向高歌扑上去。看那架势，像是要亡命一搏。

国师眉头骤然紧锁，隐约感到一丝不安。就在这时，高歌突然施展了一招"金蝉脱壳"，瞬间坐在了狼牙二将军的身后，猛地伸出双臂，将他死死锁住。两人的身影在尘土中翻滚，发出沉闷的撞击声，沙石飞溅，地面被刮出一道长痕。

忽然，一道耀眼的火光窜起，高歌的身上燃起熊熊烈焰。火焰犹如一条凶猛的火龙，瞬间将两人吞噬，让整个战场为之一震。

二将军烧得疼痛难忍，忘了自己是谁，拼命地喊"大厨饶命"。

高歌问他："如何饶你？"

"我滚，滚出这三坝……"

"你这身骚肉烤起来不好闻。我今天饶了你，不等于明日。快滚！"

高歌放了手，收住了火。

　　狼牙二将军连滚带爬地往回跑，被前来接应的人拉走。与此同时，狼牙大将军命人对高歌万箭齐发，高歌挥着笛子护住身，变了个猪面，跺脚大吼一声，地动山摇。

　　国师一声令下，战鼓齐鸣，刀将军率领千军万马冲了上去。

　　狼牙二将军喊着他的两个兄弟："跑跑！他是妖怪！"

　　他们的队伍被赶出了百里之外，死伤无数。

　　大泽军收缴了雪贡军留下的几个大粮仓，迅速组织运粮队，将它们运往后方的大山里。

　　刀将军问国师："既然我军神勇，不如乘胜追击，再推百里。"

　　国师回他："将军，这一战，火都督暂未出现，但猜不出她何时出手，如何出手。我们先把这大泽粮仓之地守牢，待机再发吧。"

　　刀将军又问："国师，您那大厨是何方神圣？"

　　"说起来，他与你乡邻呢。他是高老庄人士，真名叫高歌，大厨是我刚刚给他取的江湖诨名，其父是大名鼎鼎的猪八戒。"

　　"哦，他果然身世非凡，我家离高老庄仅三十里路，不曾听说猪大帅有后。我能否请求把大厨留下来？"

　　"我也做不了主，他是公主身边的人，你还是断了这念想吧。"国师说着，见高歌就在不远处，就招手让他过来。"高歌，今日一战，我本让你坐在铁甲车上唬唬狼牙几兄弟，你却演了一出大戏，让我为你捏了一把汗。你是怎么想起这招的？"

　　高歌笑着说："师傅，我忘了告诉您，演戏是我的爱好。我跟公主学过戏，演那'猪八戒背媳妇'，演得比今天还精彩。"

　　"你就不怕那万箭齐发，万一出个偏差，我如何向公主交待？"

　　"师傅，我手上只要有铜笛，什么也碰不到我。"高歌得意地说。

　　国师看见高歌自信心大增，由衷地高兴。

＊＊＊

　　高拐子取水回屋后，又给巫龙送去一壶烈酒，足够让他一醉到天明。待楼内再无巫龙的动静后，高拐子煮好一碗面，将门虚掩，挑起灯笼，在窗前晃动几下，然后悄然坐在屋子的角落里，静静地等待。

　　半夜时分，他听见窗外传来轻微的脚链声，仿佛有人在徘徊。高拐子低声说道："客人，快进屋吧，外面不安全。"

一个黑影踉跄进门，扑通倒在地上。高拐子急忙将来人翻过身，认出正是他先前在水边见过的猪面人。她蓬头垢面，全身湿透，冰冷虚弱。

高拐子赶紧找出钥匙，解开她手脚上的铁链，扶她进了睡房，让她换上干燥的衣服，又端来一碗面，看着她慢慢吃下。待她缓过神来，高拐子才温声问道："孩子，好些了吗？"

她怯怯地点了点头。

"我带你去休息。"他搀扶着她，走到酒库，进了酒神的贡房。他推开后墙上的一个暗门，里面是一间小小的卧房。"来，睡下吧。"他帮她躺到床上，拉好被子。

公主眼里闪着泪花，轻声问道："您为何救我？"

高拐子叹了口气，说道："孩子，我心疼你啊。"他继续说道："我有一个侄子，也是你这样的猪面，又可爱又活泼。不幸的是，他在一岁时被人害了，否则现在也该与你差不多大。"

公主想起了高歌，问道："您是哪里人？"

"高老庄的。我被雪贡人抓来建这天坛。"

"您提到的孩子是猪大帅的儿子吗？"

"是啊，你怎么知道？"

"我与他从小是好友……"公主想多说些什么，却觉得往事模糊，无从说起。

"你说我那侄子还活着？他如今在哪里？"高拐子追问。

"我想不起来……自从变成猪头，我不大记得以前的事。"

"不急，孩子，慢慢想。你给我们高家带来了天大的好消息！你叫什么名字？"

"人叫我八妹。"

"哦，叫我高拐子吧。"

"我叫您高叔好了。"

"你好好睡一觉，攒足力气，我明天送你出这个魔鬼地方。"

他起身准备离开，忽然想到楼上的情况，又回头提醒她："八妹，楼上住着一个恶煞，他是这里的监狱长。晚上他喝醉了，在呼呼大睡。你莫要出来，要听我的。要命的是，他无形无状，我们见不着他。"

176

"谢谢高叔提醒，我已经感觉到了，他应该是个妖物。"

第二天清晨，高拐子早早候在巫龙门外，手中的酒壶散发着浓郁的芳香。不一会儿，他听到巫龙的声音："拐子，酒是给我的吧？"

"是的，狱长大人。"高拐子立即答道，声音中透着一丝恭敬。

巫龙轻笑一声，"从前你小气得很，总拿火都督吓我。今天怎么大方起来？"

"大人，您忘啦？您是狱长，我不敢再怠慢。"高拐子小心翼翼地将酒壶递过去，"从今以后只要您说，随时都有。"

"喝光了怎么办？火都督不会罚我？"

"只要您高兴，我有办法。"

"如何？"

"我有一个特别出入通行证，每月能出营地一次，为的是置办酿酒的材料。大人，您把这每月改成每日吧？这样我可以随时出入，多多备置材料，多多制酒，您就可以放心大胆地喝了。"

"就这点事？那我给你改一个字吧。"

高拐子从怀中取出通行证，正要递给巫龙，却见上面的"月"字已变成"日"字，不禁赞道："大人果然神通，改字不用动笔！"他收好证件，准备离去。

巫龙忽然叫道："停，你怎么还要带一个猪面人出入呢？"

高拐子笑着解释："大人，那是火都督准的，为了搬东西方便。"

巫龙这才放心，说道："本大人现在去上岗了，找那失踪的大泽公主。别忘了晚上备好酒等我。"

"您晚上要喝什么酒？"

"清河老酒。"巫龙的声音已从门外传来。

听出他真走了，高拐子匆匆下到酒库，来到公主身边，悄声问道："八妹，昨晚睡得可好？"

公主点点头。可是高拐子见她的眼睛红红的，推测她怕是一夜未眠。"你站起来，走两步给叔叔看看。"他想知道公主的身体状态。

公主虽不解其意，还是起身转了一个圈，带着感谢的口吻说："高叔，我的确好多了。"

高叔微微一笑："你看起来还行，那叔这就把你送出去，免得夜长梦多。"

"那太好了，"公主眼里已是泪花。

他捡起角落里的铁链，递到公主面前。公主稍显迟疑，但明白高拐子的沉默示意，轻轻地为自己戴上了铁链。

高拐子赶了一辆购物的马车，一如平常的样子。公主坐在马车后面，低着头，脸上抹了些灰碳，毫不引人注目。经过门岗时，岗哨瞅了公主一眼，问道："拐子，你今天怎么带了个小个子？"

高拐子灵机答道："巫大人派的，能扛重活的都在工地上呢。"

岗哨没再追问，却宣布了一个令人意外的消息："拐子，狱长大人有令，从今开始，你外出购物，须有个狱警跟你去。"

高拐子心中一惊，却故作镇定地回应："这是为啥呢？怕我跑了？我跑了和尚也跑不了庙啊……"

岗哨不耐烦地打断他，招手唤来一个面色阴沉的狱警："你不是想出去透透气吗？你跟他们走一趟，看好他们。"狱警没有说话，只是冷冷地扫了公主一眼，然后上了车，坐到公主的对面。

门岗打开铁门，吩咐道："过吧，别忘了给我捎些干巴肉回来。"

公主将头压得更低，掩藏住那双明亮的眼睛。这突如其来的变故让高拐子感到一阵恐慌，这下要放走公主就更难了。

马车在崎岖的山路上颠簸前行，公主则陷入沉思，她目光瞥向狱警腰间闪烁的佩刀，心中萌生了夺刀的念头。然而，深思熟虑后，她打消了这个想法，不愿因为自己的逃亡而让高叔陷入绝境。

马车行至半途，来到一处悬崖峭壁之上，云雾缭绕，山路因雨水冲刷而高低不平。此时，高拐子心生一计，他打算让公主下车，自己将马车连带狱警赶下悬崖，为公主换取逃脱的机会。他觉得自己活够了，再活下去还是一个屈辱的囚犯，不如救下这可怜的孩子。说不定上苍可怜他，来世让他做一只自由自在翱翔的鹰，如头顶飞的那只！

他转向狱警，大声喊道："狱警大人，坐稳了，这山路可不好走。"随后，他又对公主说："小子，你是来干活的，不是来享福的。看到马车上坡了吗？下去帮忙推一推！"

公主不解其意，举手问道："我这手铐着，如何推呢？"

"我来给你解开。"高拐子回应道。

但狱警却断然拒绝："不行，就这样去推！"

公主下了车，意外的是，狱警也跟着跳下，跟在她身后："好好推，别想花招。"这话提醒了公主，她明白了高叔的用意，他是在给她制造逃跑的机会。然而，事情并非如高叔所愿，狱警鬼精得很。即便不是这样，她也不愿高叔舍身救自己。最终，马车过了坡顶，公主和狱警重新上了马车。

不久，一个担着重物的挑夫出现在山道上。他步履稳健，口中哼唱着悠扬的山歌："桂花酒香飘十里，一碗下肚鬼做仙……"

高拐子又生一计，向那挑夫喊道："借问兄弟，你挑的是酒吧？"

挑夫转过头，脸上洋溢着淳朴的笑容："正是，自家酿的桂花酒，您想尝尝吗？"

高拐子摆了摆手："有官家的人在此，我怎敢。不过，我想为这位大人买些解渴，你怎么卖？"

挑夫爽快地说："让我搭个顺风车吧，大人能喝几碗就尽管喝，就算脚钱。"

高拐子转头看向狱警："大人，这酒十乡闻名，您觉得呢？"

狱警多日未沾酒滴，心里痒痒的，但有顾虑："如果被狱长知晓，我该如何是好？"

高拐子轻声安慰："只要我守口如瓶，他怎会知晓？"

狱警点了点头。

挑夫将酒桶放上了马车，为狱警舀上一壶，酒香果然渗入心扉。狱警喝个不停，直到大醉，陷入了深深的梦境。马车继续前行，不久便抵达了凤凰村集市，而狱警则依旧沉浸在梦乡中。

挑夫走了。趁着这个机会，高拐子为公主解了锁链，递给她一些盘缠，并从农户那里为她购买了一匹乌黑的骏马和一把锋利的短刀。他遗憾地对公主说："八妹，我只能送你到这里了。接下来的路，你要自己走了。"

公主忧心地问道："高叔，我一走，您回去如何交代？"

高拐子深吸一口气，说道："我已想好了办法，不会有事。只是你……"他欲言又止，最终还是坦诚相告："还有一件事，我听那个巫龙说，只要他不死，他的巫术就无解。而他还要跟火娘上天，那他的天日就没尽头了。孩子，你可要坚强啊！另外，要是还能见到我那侄子，叫他回家看看吧。"

公主重重地点了点头，带着感激之情，看他最后一眼，翻身上了骏马，扬鞭疾驰而去。

高拐子捡起地上的一块砖，朝自己的头顶敲过去。

***

在红河之畔，将军的队伍早已将河岸寻觅数遍，只为那失踪的公主与钦王子的踪迹。尽管士兵们竭尽全力，依旧一无所获。

松毛与猴家三兄妹，如同精明的侦探一般，深入到那些士兵们无法触及的峭壁与隐蔽洞穴之中，探索着每一处可能的线索。

夜色渐浓，松毛站到一块高耸的岩石上，目光远眺对岸那片茂密的丛林，心中涌起一个大胆的念头，对在身旁的猴四说："你猜，他们会不会是被河水冲到了对岸？"

猴四抬眼望去，"你别说，极有可能。但我们该如何是好？那边是雪贡人的地盘。"

松毛兴奋地提出："我们找个水流平缓的地段，趁着夜色，悄然前往，你觉得怎样？"

猴四想起与松毛一同乘竹筏的经历，立刻来了兴趣："好的，咱俩再来一次传奇之旅！我记得有个地方适合过河。"

两位冒险家未曾片刻迟疑，毅然踏上了前往红河上游的路。历经一整日的艰苦跋涉，他们终于寻得一处河面稍显宁静之地。此处，茂密的高竹挺立，正是打造竹筏的上好之选。他们迅速而熟练地编织起一个既简单又牢固的竹筏。

月光下，河面镀上了一层银辉。两人谨慎地将竹筏推入波光闪烁的河流，它轻轻摇曳，仿佛等待命令。

松毛压低声音，带着一丝难以隐藏的激动与憧憬："出发！"他稳稳地坐在竹筏的前端做领航，而猴四则卖力地划动着竹桨。

竹筏在湍急的河流里缓缓向对岸行进。夜深之时，他们终于到达了目的地。松毛灵活地跃下竹筏，将系绳套在一个树桩上。

"再打个结，松毛。"猴四提醒他，"竹筏没了，我们又得重做。"

竹筏系好后，松毛在附近找到一棵古老高大的木棉树，攀了上去，居高临下地审视着四周的动静。月光照耀下的红河，仿佛一条银色的长龙蜿蜒前行；沿岸散落着点点星火，不知是渔家还是雪贡军。"这搜索的任务怕不会一帆风顺呢！"他自言自语。

正当松毛收回目光之际，他蓦然察觉有人在他们的竹筏边，慌乱地解着绳索。他诧异地问道："猴兄，莫非是你在解竹筏？"

但猴四的声音却从树下传来："我在这呢！"

松毛瞬间警觉起来，一声尖叫："快，有贼人偷竹筏！"

猴四闻言，立刻飞奔至河边，只见一个身影矫健的女子已经将竹筏撑离了河岸。他毫不犹豫地一头扎入河中试图追上去，却被那女子用桨在脑壳上拍了几下，呛了几口水，眼睁睁地看着竹筏在月光下渐行渐远。他无奈地爬回岸上，不满意自己的表现，失落地对松毛说道："一个女贼，功夫却是了得。"

然而，松毛脑筋一转，笑了起来："猴兄弟，我看我们这次来得正是时候。你不觉得那个神秘的女人半夜三更要去对岸，很不寻常吗？"

"是呀，这事儿奇怪。"

松毛断定道："我敢说，这个女子很可能就是我们要找的人。"

"呀，莫非她就是失踪的文西公主？"猴四惊呼道。

第十四章

蝴 蝶 谷

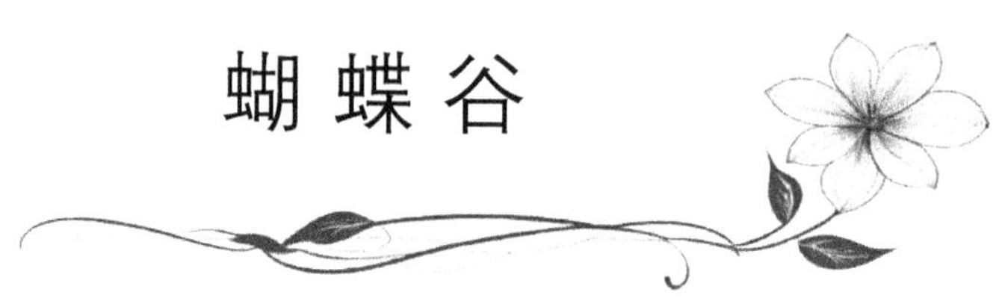

    在红河沙滩上，将军的部下意外发现了火玫。她静静地躺在细沙之上，宛如风中凋零的枯叶。她的黑发凌乱地披散在苍白的脸上，疲惫而憔悴。士兵们小心翼翼地将她扶起，置于马背之上，急速带回了营地，安置在她的卧床上。

    将军匆匆赶来，并带着军医。然而，火玫却将他们拒之门外，"将军，我只需稍作休息，不必惊扰众人。"

    她挥手示意铁柱关上房门，低声嘱咐："守在门外，不准任何人进来。"门轻轻合上，隔绝了外界的一切喧嚣。

    屋内，烛光在微风中跳动，映得四周忽明忽暗。她缓缓坐在镜前，指尖触碰着自己的脸庞。镜中的倒影映出她干裂的双唇、微微发红的眼眶，和那藏不住的疲惫。她盯着镜中人，内心泛起一丝自嘲的波澜：若高歌见到我现在的样子，会不会有片刻的怜惜？还是只会觉得可笑？

    两日的休整后，体力稍稍恢复，但心底的紧迫感却如影随形。火娘的任务如同一块烧灼的烙铁，提醒着她时不我待，必须尽快见到高歌。

    次日，她整理衣衫，神色镇定，向将军表达了自己的意图："我要去会国师，尽快启程。"将军虽有些迟疑，但还是点头应下，吩咐铁柱准备马匹，并亲自安排护送事宜。

    途中，火玫好奇地向铁柱询问："关于高歌用笛子熄灭大火的传说，是真的吗？"

铁柱淡淡点头，"确有其事，那胆小鬼仅凭一支铜笛，便让整片森林的火焰熄灭。"

火玫追问："那笛子长什么样？"

铁柱沉思片刻，"外观与寻常铜笛无异。"

火玫凝视远方，低声自语："那是魔笛。"她心中对火娘执着于此事有了更深的理解。

"我也渴望拥有那样一支笛子。"铁柱说。

火玫轻轻摇头，"你该为自己庆幸，不要与那魔字沾上边才是。"

***

高歌与刀将军肩并肩，完美地击溃了敌军。那天的胜利，如同一首英雄的史诗，在士兵们的笑语中流传开来。"大厨"这个称号，也成为了士兵们崇拜的象征。

夜幕缓缓降临，篝火在暮色中欢快地跳动，仿佛一支胜利的舞蹈，散发出温暖的光芒。士兵们围绕着篝火，手中的乐器奏着胜利的旋律，但高歌坐在那里，神情显得分外落寂。他抬头仰望星空，对着温柔的月光低声诉说心声："公主，你在哪里？你是否也望着同一轮明月？"

晨曦初现，高歌独自来到附近的峡谷，靠着一棵见证了无数岁月变迁的参天大树。他轻拍着手中的铜笛，思绪回到了从前和八妹一起无拘无束的时光。他轻轻吹起它，笛声飘荡在晨雾中，带着忧伤与温柔。沉浸在这旋律之中，他竟然忘记了这把铜笛的特性。每一次的吹奏，都会消耗它的生命。

远处的火玫听到那独特的笛声，不由自主地停下马来，好奇地询问："这曲子太迷人了，是谁在吹奏呢？"

铁柱稍显不快地回应："还能是谁？懒得提他的名字。"他暗自感叹，每当高歌出现，自己在公主心中的地位似乎就变得微不足道。

"对，是他。"她低声自语，随后吩咐铁柱先去国师那里报到，而自己则随那引人入胜的笛声，飞马而去。

曲子未终，身着红裙的火玫已疾驰至高歌面前。她的眼眸中跳跃着喜悦而不羁的火花，"你这笛声，怎的像是在指责我？"

高歌的愁绪在瞬间化为笑意，"指责你，你没听出这是惦记吗？我担忧你受惊过度，容颜老去。不过，看来你依旧风华绝代。"

火玫嘴角微扬，轻笑道："几日不见，你的嘴变甜了呢。你没看到我回来时的那副狼狈相，算你走运。"

高歌自责道，"是我灭火不力，让公主受苦。"

火玫的目光掠过高歌手中的笛子，"听说你用这笛子施展法术，真的有那么神奇吗？"

高歌笑了笑，抬手将铜笛递向她。火玫犹豫了一下，指尖触碰到笛子清凉的表面，仿佛感受到了一种隐秘的力量蕴藏其中。她缓缓接过笛子，仔细端详，却看不出任何特别之处。

她轻吹一口气，笛子未发出一丝声响。火玫的眉头微微一皱，目光扫向高歌，似乎在等待答案。

高歌看出了她的困惑，淡淡一笑："它只听我的，"他说，带着些许骄傲。"师傅大鹏和松毛都试过，没人能让它发声。"

火玫垂下眼帘，指尖轻轻抚过笛身，像是在感知某种深藏其中的秘密。一阵不安涌上了心头，她呼吸变得有些急促，知道这笛子对高歌的意义，想将笛子交还给他，却又在迟疑不决。火娘的命令在她的脑海中回旋，让这笛子从高歌手中消失——这是一道无法违抗的命令。但高歌的友谊，她舍得毁掉吗？她默不作声，心头的痛苦和恐惧在无声地拉扯，像要将她撕碎。

恰逢此刻，疾风骤起，仿佛捕捉到了她的心声，想要解决她的困境，扑向她的裙摆，几乎要将她卷入悬崖的深渊。高歌眼疾手快，紧紧抓住了她的手腕，稳住了她那即将跌落的身体。但她的另一只手失去控制，笛子如同长了翅膀，在高歌的视线里，随风飘去，最终消失在远方的迷雾之中。

当高歌再次将目光转向火玫时，他惊愕地发现，她的那只被他紧握的手在颤抖，她臂膀闪烁着幽蓝的神秘电光。她的身影在真实与虚幻之间游移，面容时而清晰如昼，时而模糊如梦，就像是玫瑰与幽灵在她身上交织出的诡异画面。火玫发出一声凄厉的哀号，声音在山谷间回荡："高歌，快放开！"

松毛犹如一道疾风般冲了过来，"别放手！她不是公主！"

高歌眼中充满疑惑，手握得更紧："你是何人？为何这般骗我？"

火玫在高歌手中的挣扎渐渐虚弱，面庞因疼痛而扭曲得不成样子。她终于挤出几个字："我承认……我不是公主……"

　　这一句话宛如一道惊雷击中高歌，他的手不由自主地一松。火玫跌坐在地，捂着手腕，艰难地喘息。高歌低头看着她，脸上带着难以置信与愤怒："那么，真正的公主呢？文西公主在哪？"

　　火玫抬起头，眼神涣散，仿佛所有的力气都被抽离："我不知道……她可能被囚禁在某个集中营里。"

　　高歌的脸色阴沉得可怕，他的声音如冰刀般刺入火玫的心："我对你如此好，你怎能助纣为虐？"

　　火玫一动不动地跪在那里，手指无助地抓紧衣袖，泪水缓缓从脸颊滑落："我从未想过要伤害你……我对你的感情是真的，真的……"

　　高歌闭上双眼，呼吸沉重，像是在压抑内心翻涌的情绪。他重新睁开眼，语气冷得令人心寒："无论如何，你背叛了我，伤害了公主。走吧，我不想再见到你。"

　　松毛急得跳脚："高歌，你不能就这么放过她！她刚才故意把你的笛子丢了！"

　　火玫的肩膀微微一颤，低下头，哽咽着开口："是……是我故意扔的……我没资格辩解……"

　　她慢慢站起身，步履沉重地朝悬崖边走去。每一步，都带着令人窒息的绝望。"既然你如此恨我，"她的声音轻得像一缕风，"那我也许……真的该死……"

　　就在她即将跨出悬崖的那一步时，高歌一把拉住她："火玫，如果你真悔改，何必走上这条路？帮我找回公主，赎你的过错！"

　　火玫听到高歌有原谅她的意思，不禁有所动容，想扑到他的怀里，诉说自己无尽的委屈，可又怕那无情的电击。她轻轻拭去脸上的泪痕，走向自己的坐骑，一跃而上，不再回头。马蹄声渐行渐远，消失在森林的幽深中。

＊＊＊

　　三坝失陷的消息传到了宣城，震撼了众多将领。段亲王与十几位戎马一生的老将军，合写一封千言书，恳求火都督再度出马，以压制"大厨"的势头。

　　而火都督静默了多日，终于得知火玫得手，去掉了那致命的笛子，便欣然命他们进宫商议。

　　段亲王一众踏入雄伟的宫殿，面容严肃，等待一场战略讨论。

　　然而，大殿里并没有火都督的身影，只有一条长龙般的宴席，琼瑶错落，美酒芬芳，火烛将整个大厅照得如同白昼。

　　内侍恭敬地引领众将坐下，歌妓们纷纷出场，宛若天女下凡。她们的舞姿轻盈曼妙，歌声悠扬婉转。

　　段亲王目光扫过眼前的繁华，却不见火都督的身影。他低声问旁边的副将："火都督究竟在玩什么花样？"

　　副将微微一笑，压低声音："大人，酒美佳人，不必管都督唱哪出，且随喜乐吧。"而四周的将军们，早已沉浸在杯盏交错与舞姿婀娜中。

　　他们有所不知，火都督虽未现身，她的计划却早已悄然展开。

　　几日前，天狗将军站在火都督的文案前，满脸掩不住焦虑，眉头深锁，鬓角挂着几滴冷汗，"都督，您真的不亲自领军？我的区区两万人，如何能对付那个传说中的'大厨'？"

　　火都督没有立刻回答，只是缓缓抬起头，面具后的眼神幽深得像黑夜的湖泊，令人看不透。"擦擦汗。"她语气平静，却带着不可置疑的威严，"别把他看得太高。那'大厨'，不过是个玩弄火焰的小丑。"

　　天狗将军用衣袖擦擦汗，勉强压住心底的不安："可据说他……"

　　火都督抬起一只手，打断了他。"他会用火吓唬你。你只需派人假装被吓到，迅速撤退，退到蝴蝶谷。"

　　"撤到蝴蝶谷……然后呢？"

　　火都督站起身，走到地图前，用指尖轻轻划过一条山谷曲线。她的声音低沉，却透着令人心惊的冷静："到了谷顶，你只需按照我说的，做出这般这般的动作。然后……就没你的事了。"

　　天狗将军盯着她的手势，眼中疑虑未消，但火都督的从容让他不敢多问。他硬着头皮点头，"明白了，都督。"

　　转身离开时，他的背脊发出一阵轻微的颤抖，仿佛自己正走向一场无法预料的风暴。他不知道，自己是否真的能全身而退。

***

　　在营帐内，国师正在仔细研究着战场地图，他的手指轻轻敲打在三坝的位置上。"刀将军，雪贡军的行动太过急促，有些冒进。"国师镇静地说道，"有点像上次红河边的那场战役的风格。"

刀将军站在一旁，手抚着腰间的佩刀，满怀自信地回答："国师，他们虽然出其不意，但只有两万人马，对我们来说不过是小菜一碟……"

国师却伸出手，止住了他的话，缓缓说："将军，你只需坚守阵地，勿要轻易出击。待我们全面洞悉敌人的意图后，再做定夺。"

刀将军点头应允："那好，我这就去蝴蝶谷布防。"他的身影迅速消失在帐外。

国师独自留在帐内，目光转向那张摊开的地图，轻叹一声："这片土地虽是我们的防区，但在当前的局势下，或许撤退才是更为明智的选择。"他心中已有定计，打算与公主商议后再做决断。

"铁柱！"国师喊道。

铁柱迅速走了进来，恭敬地问："国师，您有何吩咐？"

国师急切地问："已经多时，为何还未见公主？"

铁柱带些许不满地回答："恐怕公主和高歌还在那山崖上。"

听到这话，国师的神色变得凝重起来，他急忙命令："铁柱，你立刻骑上快马，去山陵，务必要把他们催回来。"铁柱点头应命，转身疾步而出，迅速骑上战马，风驰电掣般离开了营地。

＊＊＊

高歌目送着火玫的离去，内心如波涛汹涌，久久难以平静。他转身面向松毛，带着困惑："以往，我无论是背她，还是拉她的手，都未曾有过任何异样，为何今日却如此反常？"

松毛挠了挠头，眼中闪过一丝神秘："或许，是大鹏师傅的那颗丹丸起了作用。"

"那颗丹丸竟如此神奇？"高歌不禁追问。

松毛点点头，肯定地说："它的神奇之处，怕远不止于此。"

高歌长叹一声，"师傅，您为我做了这么多！"

松毛轻轻一跃，跳上了高歌的肩头，低声提醒："那就做好你该做的事情！比如现在，你赶紧回营地，向国师报告火玫的事情。"

高歌自责道："我如何面对国师？我保护公主，却没想到……"

松毛打断了他："逃避不是办法，我们总得面对。无论如何，先回去再说。"

高歌摇了摇头："不，我一定要找到真正的公主。"

松毛疑惑地看着他："你知道她在哪里吗？"

高歌无奈地摇头。就在这时，铁柱骑着黑色骏马疾驰而来，气喘吁吁地大喊："国师急令，你和公主必须立刻返回营地！"

高歌像舌头打了结，含糊地回应："公主……她……"

松毛机敏地接过话茬："公主已经先行回去了。"

高歌窘迫地咧了咧嘴，随即跃上马，追上铁柱，问道："究竟发生了什么紧急情况？"

铁柱面色凝重，斥责道："刀将军已亲自出马迎敌！你离开这么久，难道不清楚这其中的利害吗？"

高歌听闻，脸上浮现惊愕之色，辩解道："这怎么可能？大厨明明还在这里，刀将军怎会独自前去？"

铁柱无心听他的辩解，厉声道："别再磨蹭了，国师紧急召见。"

然而，高歌却说："我直接去前线！"他调转马头，朝着蝴蝶谷的方向疾驰而去。

当高歌抵达战场时，只见刀将军正紧握长剑，欲上前迎战雪贡的大将。高歌及时策马冲过去，拦在刀将军的面前，决然地说："将军，既然大厨在此，何需您亲自上阵？"

刀将军看着高歌坚定的眼神，抖抖手中的长剑，欲递给他，但高歌却淡然一笑，"大厨，不善用剑。"言罢，他驱马直奔雪贡的先锋将军。

雪贡将军稳坐马背，厚厚的湿毛毯裹得严严实实，只露出一双锐利的眼睛，从毯缝中警觉地扫视四周。

高歌立在不远处，目光在雪贡将军那笨拙的披挂上流连片刻，嘴里憋着一丝窃笑。他低头拾起地上的一根枯枝，在指间轻轻转动，动作漫不经心却带着挑衅。他扬声说道："将军，这湿毯包得够紧，看来是怕我的火攻。不如试试这根柴火棍的滋味，如何？"

雪贡将军的双眼顿时闪过一道怒火，唇边的肌肉微微抽动，紧接着一声低吼。他猛地一夹马腹，战马嘶鸣着扬起前蹄，霎时间如离弦之箭般冲向高歌。手中的巨锤伴着怒吼划出一道弧线，仿佛要将高歌的身影一分为二。

然而，高歌却不慌不忙，策马轻巧地向旁一让，像风般滑过，将军的雷霆一击落了空。

他手中的枯枝依然在指间旋转，像是一件无关紧要的小玩物。

雪贡将军猛地调转马头，再次挥锤冲来。高歌目光微凝，手腕轻抖，那枯枝迅速挑起地上一枚松球，宛如一支利箭破空而出。只听"啪"的一声闷响，松球精准地击中将军的眉心间隙，他闷哼一声，巨锤脱手，身体也失去了平衡，重重从马上摔下。

高歌未曾停下，他的枯枝在手中灵活地翻飞，松球一颗接一颗被挑起、射出，像急雨般砸向将军的身影。将军趴在地上挣扎，湿毛毯束缚了他的四肢动作，却挡不住那如影随形的松球。沉闷的撞击声接连响起，伴随着将军的痛呼与狼狈的翻滚。渐渐地，厚重的毛毯被松球击得四分五裂，将军的身形彻底暴露。他的眼神从愤怒变成慌乱，最终变为彻底的无助。

刀将军看到这一幕，一时兴奋，忘记了国师的提醒，发出了进攻的信号。雪贡军在这突然的变故下迅速后撤，显得凌乱不堪。大泽军浩浩荡荡地下了蝴蝶谷，展开了一场大规模的追击战。

天狗大将军，已站在高耸的山顶之上，俯瞰着蝴蝶谷里密集的大泽官兵。他眼中闪烁着狡猾的光芒，按照与火都督事先的约定，对着蝴蝶谷里上万的大泽官兵，摆出一副冲天炮的架势，撒了一泡骚尿！

大泽军的士兵们感到极大的羞辱，他们发出愤怒的呐喊，如狼群般往山上冲。然而，他们的叫喊声很快被更为洪亮、震撼的隆隆声淹没。一股浩大的山洪忽然从峡谷上游奔涌而下，势不可挡。

刀将军敏锐地察觉到敌方施展的诡异法术，他急切地向高歌呼喊："高歌，你的神笛呢？快用它破解这法术！"

高歌慌乱地在腰间摸索，突然想起神笛已经丢失，他的脸色瞬间变得惨白，声音颤抖地回答："神笛……弄丢了。"

刀将军目光如同冰冷的刀锋，直射向高歌，"快说，还有何法？"

高歌无力地摇了摇头，"没有了。"

刀将军深吸一口气，果断地命令："全军听令，撤退！撤退！"

山谷间，巨大的水流撞击山壁，轰鸣声回荡四方。大泽的士兵们原本紧密的阵型在洪水的冲击下瞬间溃散。有人拼命挥舞双手，想抓住同伴，却被水流毫不留情地冲散；有人回头想拾起掉落的武器，刚弯下腰便被涌来的激流扑倒，随即消失在翻滚的浑水中。

洪水带来的寒意刺入骨髓，士兵们惊恐的嘶喊却显得微不足道，被轰然的水声淹没。他们如无头苍蝇般朝山坡上方狂奔，湿滑的泥土让许多人摔倒，爬起，再摔倒。头顶上，雪贡人的箭矢从天而降，密如骤雨，穿透那些奔逃者的护甲与皮肤，大泽士兵一个个倒下，鲜红的血液混入泥水，将浑浊的山洪染成深色。

高歌的视线穿过箭雨与翻腾的水浪，捕捉到一块巨石上的身影——刀将军。他孤零零地站在那岩石上，周围是湍急的洪水。他的铠甲上满是泥污，脸上的血迹与水迹交织，双眼空洞而迷茫，显然已经筋疲力尽，摇摇欲坠。

高歌来不及多想，朝着洪流扑去。冰冷的水流瞬间淹没他的下半身，巨大的冲击力几乎将他掀翻。他的双腿用力蹬地，双臂在水中划动，抗拒着每一次扑来的漩涡。终于，他抓住了刀将军的手臂，将对方一把扯到自己的背上。刀将军的身体僵硬，双手无力地垂着。高歌咬紧牙关，顶着水流艰难地挪动。激浪一波波袭来，打得他几乎站不稳，肩膀上的重量更让他的动作显得愈发迟缓。冷风裹挟着水珠拍在他的脸上，刺得他睁不开眼。

他成功地爬上了稍高一点的地势，将刀将军放下。他浑身颤抖，但他只是匆匆擦了一把脸上的水珠，回头望向谷底的混乱——还有更多人等待救援。他深吸一口气，再次踏入那翻腾的洪水中。

脚下的泥土在洪水中松动，无数人在水中挣扎，或试图攀爬岩石，或抱着树干漂浮。他的视线变得模糊，雨点与泪水混杂，仿佛整个世界都在颤抖。他想要伸出援手，却不知道先救谁。寒冷和疲惫逐渐笼罩了他的意识，双腿酸痛得几乎迈不动步伐，手臂也因过度用力而不听使唤。

突然，耳边传来一阵异样的轰鸣。他转头，看到一股巨浪咆哮而来，携着碎石与泥沙，直扑向他。还未来得及反应，巨浪已经将他吞噬。

＊＊＊

刀将军带着疲惫的残余部队艰难地穿行在险峻的山路上，终于找到一个隐蔽的山谷，在风急骤雨中匆忙搭起帐篷。国师在一队骑士的护送下也安全抵达。刀将军一见国师，立即跪下，额头几乎触地，声音中透着绝望："国师，我有罪！我没有听从您的嘱咐，还……

丢了高歌。"

国师轻轻走过去，伸手扶起刀将军，声音柔和但带着一种沉重："将军，你已尽力。我的徒弟失手了啊？"

刀将军眼中含泪，抽泣着说："他说他的神笛丢了。"

国师深吸一口气，目光凝重："是这样？我会向他问个究竟。"

刀将军的眼睛里闪过一丝希望，"那......那您认为高歌还有生还的可能？"

国师坚定地点头："我觉得他可能只是遇到了困惑，一时不愿意面对我们而已。"

***

公主重获自由，心里却是一片迷茫和无助。她独自一人驾着马，穿行于深山老林中，避开了人烟稠密的地方。马蹄不时踩在散落的石子上，发出哒哒的回音。她紧裹着头巾，试图隐藏自己的面容和心头的伤痛。

偶尔，山风吹起头巾的一角，露出那猪面的部分，她就会紧张地收紧缰绳，害怕被人发现。远处传来山民的欢笑声，她下意识地藏进树丛中，透过树叶的缝隙，用那双明亮却忧伤的眼睛偷偷观察着他们快乐地经过。

数日的流浪，食物已经所剩无几，饥饿让她感到身体越来越虚弱。她来到一个小村庄，看到孩子们在玩铁环，妇女们在门前聊天。她心中不由自主地涌起了一线希望。就在她下马靠近的时候，一个小孩不慎将铁环滚到她脚边，孩子抬头看到她裹得严严实实的身影，吓得大叫起来。

妇女们注意到这位蒙头裹面的不寻常的访客，慌张地抱起小孩子进了屋，孩子们的哭声四起，大门吱呀地关上。公主一阵心酸，弯腰捡起铁环，轻轻放到一家门前，举手想敲门，却又无声地放弃。

她知道自己的模样引起了恐慌，当然无法去责怪这些村民，只能默默地抹去眼角的泪水，重新拉紧马缰，继续她的孤独的旅程。

夜幕降临，皎洁的月光将她的孤独之旅照得银光斑斓。她放下头巾，露出因诅咒而变形的脸和异常招风的大耳朵。夜风冷冽，吹过她的面庞，她与忠实的黑马一同，像两个孤独的旅者，宛如黑色的幽影，穿行在荒凉的山路上。

　　山路蜿蜒曲折，周围的山岗和草木在黑夜中显得模糊而迷离。她的脸因风吹和泪水而湿润，尽管身体极其疲惫，但她的眼里还是闪烁着坚韧的光芒。她的命运被无情地改写，经历了种种的歧视与暴力，那是无法用言语表达的痛苦和屈辱。

　　她发誓一定要找到高歌，那个和她一样遭受命运捉弄的伙伴。她依稀记得最后一次与高歌在一起，是在一座废弃古庙旁的郁郁葱葱的山林里，它位于太阳和月亮升起的方向。于是她沿着人迹罕至的小道向那个方向前进，让银色的月光静静照亮她的路。

　　深夜里，公主沿着湖岸，来到了一个宁静的小村落。那里，几间茅草屋静静伫立，散发着一种恬淡与安宁。她下马后，选择在附近的田埂上静坐，心中思量着是否该向村民"借"些食物充饥。她并无偷盗之意，只想先填饱肚子，然后留下一些铜板作为补偿。

　　正当她犹豫不决之际，一只小狗欢快地朝她奔来，汪汪声不绝于耳。公主轻轻挥手，小狗便乖巧地安静下来，坐在她面前，眼中充满了好奇。公主伸手轻抚它的头，轻声说："你是个聪明的小家伙，能感受到我的诚意，对吧？"小狗似乎听懂了她的话，用舌头轻舔她的手，然后引领她走向一间茅草屋，灵巧地用鼻子推开门。

　　屋内飘出一阵饭菜的香气，公主的肚子"咕咕"作响。她轻手轻脚地走进去，打开锅盖，将一碗剩饭端出来，坐在桌边一口气就吃完了，吃出芋头、野菜和野兔子的味道。

　　吃完后，公主在桌上放下几枚铜板，正准备离开这个给她带来慰藉的小屋，突然外面亮起了灯，人声骚动打破了夜的寂静。她急忙拉门想出去，却发现门已经被锁住了。

　　她伸半个脑袋到窗户边，见几个大人和孩子与自己对视，他们手中没有凶器。只见老妇人走到窗前，对着她哭起来："儿呀，你回来就好，别跑了，娘不管你长成什么样子。你在外面这么多年，吃了多少苦哇？"老人伸手要摸公主的脸，公主吓得缩了回去。

　　公主听见那年轻女人的哭声："孩子他爸，你别跑，娃们想你呢。"她再次探出头去，看到那女人将三个孩子按到地上跪着，孩子们嚎哭声此起彼伏。

　　公主明白了，他们并无恶意，只是误认了她。或许他们家也有一个猪面人，遭遇了与她相同的命运？想到这里，公主眼泪不由自主地滑落，为自己，也为他人。老妇人的手摸到了公主的脸，手掌湿润了。她抽出身上的手巾为公主拭去泪水，口中喃喃："娘想你。"此时，哭声一片，更加哀切。公主握住老人的手，将它贴在脸颊上，许久无法言语。

老爷子招呼家人："莫要哭了，哭来了官兵咋办？"屋外顿时安静了许多。

公主转向那位慈祥的老妇人，语气中带着一丝无奈："奶奶，你们认错人了。我只是一位外乡人，路过此地而已。"

老妇人眼中满是执着，摇头说："莫骗你娘，你是猪头狗头不打紧，留在家里就好。"

公主轻轻叹了口气，试图解释："奶奶，您儿子或许遭遇了和我相似的不幸，被妖人变成这样。但我真的不是他，让你们错爱了。"

老妇人不为所动，"我不信，我看你就是我儿子，你变成灰，娘也认得你。"

公主无奈，只得坦白："奶奶，我实是女儿身，今年十七岁。"

这番话让屋外的人一时陷入了沉默。老妇人接过老爷子手中的灯笼，仔细端详着公主，声音里充满了怜爱："儿子，你的脑袋是不是坏了？你得好好留在家里，哪儿也不能去。"

公主感到一阵无力，轻声说："奶奶，我只好脱了。"老妇人急忙说："别脱，凉了身子不好。你脱了我也不信。"

于是，公主躲到墙后，从腰间取出一件贴身的红肚兜，小心翼翼地拿到窗前晃动。老妇人接过红肚兜，仔细一看，确实是女孩子的用品。她立刻意识到了自己的错，连忙道："姑娘，真是对不住了！"随即她招呼孩子们起身，让媳妇快去开门。一家人纷纷进入屋内，公主本能地退缩到了灶台的角落，身体微微颤抖。老妇人则缓缓地坐到了桌前，眼神中充满了关切。她招了招手，示意公主坐在她身边，用温暖的手抚摸着公主的手背，"孩子，你叫什么名字？"

公主低声回答："我没有名字，大家都叫我八妹。"

"八妹？"老妇人眉头一挑，似乎想起了什么，"戏班里有个人见人爱的孩子也是这个名字，莫非是你？"

公主点了点头，微笑着说："正是我。"

老妇人的眼眶湿润了，她心疼地抚摸着公主的脸庞，声音颤抖：

"孩子，是什么人让你变成了这样？"

"我也不清楚。"公主的声音中带着无奈。

老妇人叹了口气，眼中闪过忧伤："我那可怜的儿子，不知他现在在哪里受苦。"她看见桌上的铜钱，连忙拿起来递给公主，"你在外面要用钱，留着吧。孩子，你打算去哪里？"

"我去找一个也是猪头的人，他孤独无助，我要帮他。"公主说。

老妇人点了点头，眼神中带着赞许："好孩子，还在想着别人。"

那晚，这一家人执意让公主留宿一夜。他们将屋里的油灯挑亮，围坐在公主周围，说了许多温暖的话语。墙上挂着的稻草人似乎也在对她微笑，炸饼的香气在屋内弥漫。

夜深了，公主躺在柔软的稻草床上，温暖的被子将她团团裹住。外面的蟋蟀声和不时传来的牛铃声构成了一首宁静的乡村夜曲。

第二天早晨，阳光斜斜地照进屋内，一阵温馨的暖意唤醒公主，她缓缓地从稻草床上坐起。

床边放着一套鲜艳的草花裙子，裙摆上绣有几朵盛开的菊花。旁边的竹篮里装满了刚烤好的玉米饼和几块红糖。

孩子的娘推门而入，目光柔和地看着她："这裙子我在赶集时穿过一次，觉得太招摇就没再穿，已经藏得太久了。我看你穿起来一定合适，就留给你啦。"

公主被这份无私的关爱深深打动，轻轻地捧起裙子，眼中闪过一丝惊喜。她站起身，向妇女深深地鞠了一躬，心中充满了感激。

当公主重新踏上旅途时，身着那鲜艳的草花裙子，她的忧伤像是少了许多。

第十五章

公主的獠牙

  日头逐渐升高，炙热的阳光洒在连绵起伏的沙丘上，像是给大地披上了一层金色的外衣。公主擦去额头上的汗珠，坚定地继续前行。在金黄色的沙尘中，一个微小的黑影悄然跟随着，如同幽灵般若隐若现。

  公主不经意间回望，那微小的黑影立即藏身在沙丘之后，她的眉头微微皱起。马儿似乎也感受到了不安，步伐不由自主地加快。

  那是一只灰狼，它正从沙丘背后探出半截身子，眼睛明亮而狡黠，紧紧锁定了她。阳光下，它的毛发在风中摇曳，像针尖一样闪着寒芒。

  夜幕降临，月光洒在沙丘上，形成一片片明亮与阴影的交错。每当公主转过身，那对眼睛如同两颗冷冽的星星，在夜晚里跳跃，总是在默默注视着她，让她感到一阵阵寒意。

  公主不知道自己在它眼里，是一个孤独的旅途伴侣，还是一顿期待的美餐。她紧紧抱住马鞍，低声对马儿说："快点，我不喜欢那双眼睛。"马儿仿佛能感受到她的不安，突然发力，沙粒在它的蹄子下飞溅，如同雨点般撒落。

  风声在公主耳边呼啸，她不断回头察看，那只灰狼已经渐渐消失在沙丘之后。她松了口气，放慢了马儿的速度，准备寻找一个合适的地方休息。

  然而，就在公主正要下马的那一刹那，马儿突然用蹄子敲击着沙地，发出紧张的嘶鸣。公主顺着它的目光望去，只见那只灰狼正安静地坐在近处的一个小土坡上。沙漠的寂静和狼的眼神，都仿佛在嘲笑她的无助。它的影子如同她不幸的过去，紧紧尾随，不肯放手。每次她试图甩开它，都仿佛被一股无形的链条拉回。

公主紧握马鞭，眼中闪过一丝坚毅。既然无法逃脱，不如直接面对。她决心不再被它困扰，接受这只狼的相伴，继续前行，看看命运还能糟糕到什么地步。

野狼反而感到了失落与不安，它难以独自面对那孤独而傲然的行者。一日，它在夕阳的迷茫里抬起头，发出几声长长的深沉而凄厉的嚎叫。那声音犹如悲鸣，回荡在寂静的山谷中，让远处的树木和草丛为之颤抖。公主和她的马正歇息在一个山洞里，那狂野而孤独的呼唤让她心中涌起一丝怅然。

第二天一早，公主迎着朝曦走出洞口，被眼前的景象震惊，十几只野狼守在洞口的不远处，见她出来，便纷纷绕着扑食的步子，哼着贪婪的饥渴声，慢慢地朝她围拢上来。看着这群龌龊卑劣的催命鬼，公主不知哪来的胆气，扯下头巾扔在地上，从背上拔出短刀，在空中划了一个月牙形，龇出獠牙，大喝一声："来呀！"她的吼声震动了山谷，惊得鸟兽纷纷逃散。群狼见状，夹起尾巴，露出畏缩的模样，后退十余步，随后逃之夭夭。

又往前走了百里，公主记起了许多熟悉的地方，自己在那些地盘上演过戏、住过，在卫姑姑的怀里笑过、哭过。

一个夜晚，她来到一城隍庙歇息，觉得一切都那么亲切，那神殿的屋檐，守护神的画像，和那前院的戏台。她拿了一个蜡烛台，从一间屋到另一间屋，这让她想起了一个美好的记忆。正是在这里，她遇见了小猪头哥哥。她后悔自己不小心说他是妖怪，惹得他伤心；她更后悔把他一人丢在厨房，让他蒙受了天大的惊吓和羞辱。

公主想起了厨房的小阁楼，她与高歌的友情便是在那里结下的。她轻轻步入厨房，一切依旧保持着旧时的模样，显然这里仍在使用。阁楼的楼梯上积满了岁月的尘埃，是否自从他们离开后，就再也没有人踏足这片天地？她小心翼翼地踩着吱吱作响的楼梯，最终停在了最高一级台阶上。眼前的阁楼似乎比记忆中的要小了许多，成年人的她无法站直腰身。然而，在那时童年的眼中，这里曾是那样的大，足以装下两人的世界。

双灵星

　　她的眼光停留在了积灰的小木箱上，记得它曾经是褐色的。她弓着腰要去看个究竟，想确信，它就是褐色的，曾经的一切都是真的。她用手轻轻地抹去一角的灰尘，看见了褐色，脸上不禁露出了久违的笑容。她还记得，这是她的秘密，她在箱子里存放了东西。她希望她打开箱子的时候，还能见到它们。

　　是的，它们如奇迹一般，在这里静静地躺了十年！它们是怎样的宝贝，值得公主的心怦怦地跳，眼泪夺眶而出？它们是两个面具，一个猪八戒的，一个猪八戒媳妇的。公主将烛台放在地板上，双手捧起那两个精致的栩栩如生的面具，觉得捧着两个滚烫的脸。

　　小小八妹求卫姑姑额外做了这面具，将它们收藏在这箱子里，时常期待高歌再次来到她身边，她会要姑姑把他留下来，他俩一起戴上它们唱戏，唱《苍山阿妹》。

　　公主将它们放回到箱子里。它们太小了，只属于两个小小的机灵鬼，两张稚嫩的小脸蛋。她下了阁楼，挥不去心头的思愁，借着月光来到前院的戏台上，不自觉地移动步子，转动腰肢，忆起戏班里嘻嘻闹闹的日子。对呀，戏台前的左侧石狮子上曾经坐着一个沉默的小男孩，第一眼看见他时，哪能猜出他会变脸？

　　院墙边的那颗杨树在微风中不停地得瑟，似乎在回响着逝去的故事，非要得到公主的青睐，不懂公主最不愿意见到的就是它。痛苦的记忆应该忘却，尤其是孩子的。可它像是记录了一切，看见它，往事历历在目。

＊＊＊

　　历经半月有余的跋涉，公主终于来到了她与高歌曾经滞留的静心寺前。迎接她的仍是一群栖息在破庙里的乌鸦，它们扑哧着翅膀窜进了树林，搅动了一片静谧的世界。

　　野草藤蔓比以前更加茂盛，攀附在墙壁上，甚至爬上了屋顶。公主的心情随着这荒凉的景象而愈发沉重，天空仿佛感应到了她的情绪，布满了厚厚的乌云。

　　她并没有急着下马，而是在废弃的寺庙前伫立良久，环顾四周，终于忍不住放声大喊："高歌！高歌！"她心知这是徒劳的呼唤，声音在空旷的寺院和山林中回荡，带着无尽的悲凉。喊声落幕，泪水沾湿了她的脸颊，但她的心情却平复了许多。

公主下了马，将它栓在破旧的马棚里。就在这时，狂风大作，暴雨倾盆，白昼仿佛变成了夜晚一般昏暗。她躲进地窟，缩在角落的床上，抱着被子。

整夜她都在聆听风雨声，却怎么也回想不起告别高歌后的自己的行踪，也想不起何时变成了猪面人。雨水从岩壁的裂缝中流入，顺着暗道无声地消失。

等到阳光重新洒进地窟，公主才渐渐入睡。微风送来了温暖而安详的气息，轻柔地抚摸着她的脸庞和安详的睡梦。在那曾被野玫瑰占据的角落，又生长出了不知名的小草，它们试图攀爬岩壁上的破木桶，仿佛也想成就一个故事。

＊＊＊

前线的战报飞速地送到了火娘的手里，她闭着眼睛，拿着信封闻了闻，深吸一口气，对信使说道："太多的血腥！你将它直接送到那些怨声载道的将军们那儿去。"

段亲王接过束着红色丝线的战报，问信使："这是呈给火都督的，她为何没拆封？是没看吗？"

信使回话："小人不知情，只听火都督的吩咐。"

众将军窃窃私语，莫不是火都督不愿看那天将军被大厨戏弄了。

站在段亲王身边的羌横老将军从亲王的手中抽过信来："让老夫给大家念念吧。"他将它撕开，大声念道："都督大人，喜报喜报！此一役，我与那大厨大战十个回合，让他哭爹喊娘。随又在众目睽睽之下，我往他头上冲了一泡尿。我那一泡尿竟然神奇，化为洪水猛兽，一泻千里，将大泽十万大军席卷而去。此时此刻，三坝之乱军残余正在逃逸……"

众将军不信，笑得前仰后合。

"他是借了龙王的水炮？"

"明日让他过来尿给大伙儿看看吧！"

"灭敌十万！我等可以解甲归田了。"

"众爱将！"火都督突然出现在半透明的帷帐后面，"不必逐文咬字，乱军大败是真，三坝已在我手是实。老将军，信里还说了什么？"

"……一切之功劳，当归都督大人神机妙算。"

众将军听到这里，才知道火都督已经出手，欣喜地大喊："都督大人神勇！"

她对他们挥挥手，"好啦，各自回去带好自己的兵，少来用这些小事烦我。"

＊＊＊

火玫将高歌的神笛抛弃后，去了火娘的一块心病。火娘的身心舒畅了许多，想到这小妖的阅历和忠诚该派上更大的用场了。她召唤着火玫："回到师傅身边吧，火玫。"

然而，火玫并没有作出回应，不知躲到哪里去了。

火娘继续说："你回来，师傅要奖励你，我要封你为大泽公主。"

依旧没有回音。

火娘带上了警告的口吻："再不回答师傅，我可要罚你了！是奖是罚，全在你一念之间。"

火玫听到这话，心中惶恐。她知道火娘的惩罚意味着什么，那受罚的滋味一下子上了头皮。

她终于开口："师傅，我现在只想做我自己，做一个小小的花仙。请您成全我吧？"

火娘轻叹道："你这样想，师傅不怪你。你认为伤了自己所爱的人，断了一世的情，对吗？"

火玫泣不成声："难道不是吗，师傅！"

火娘慢慢说："听着，火玫丫头，你太年轻。我是过来人，我看高歌呀，和我是一类人，一根筋只爱一个人。他爱的是谁呢？你知道的。"

火玫无语地抽泣。

火娘继续说："高歌爱的是八妹那样的公主。不论你如何待高歌，即使偏袒他，也得不到他的心。因为你终究不是八妹。"

火玫颤声问："那我到人世间为了啥？"

火娘缓缓地说："世间的男人不止高歌一个。我原本为你看中了钦王子，可惜他与我作对，结果丢了卿卿性命。我觉得还有另一个男人也不错，那个叫铁柱的。他对你是否忠心耿耿？给你的关怀，点滴之间，哪一点比高歌少？他虽默默无闻，但不论你有没有留意，他始终如一。"

火玫低声回应："我对他们有感，但不像对高歌那样刻骨铭心。"

火娘微笑解释："师傅并不是要你在他们之间做出选择。这只是两个例子而已。我想帮你移开高歌的影子，让你看到影子之外也有温暖贴心的人。至于是谁，那就看缘分了。男人是尤物，到时碰上了、沾上了，你再想不起高歌呢。"

"真的吗？爱还可以重来？" 火玫抬起她那迷茫的眼，声音里带着一丝期待。

火娘分享了自己的秘密："我自己的经历呢！当年在天上时，我爱上了天蓬元帅，他一点不爱我。因为我太爱他、不放手，结果酿成了他和我的大祸，被贬人间。我以为我永世不再有爱！可是爱再来时如晴天霹雳，又是刻骨铭心呢。"

听了火娘的话，火玫虽然心情依旧有些失落，但她还是回到了火娘的身边。

火娘昭告天下，"文西公主"归顺了雪贡政权。为了营造王族与民同乐的气氛，火娘下令宣城举行一个月的节日庆祝活动，庆祝的内容由公主安排。节日期间，市民可以喝酒、上街和聚会，官兵不得随意杀人和骚扰百姓。

火玫穿上了华丽的公主服饰，出现在民众面前。

无论她走到哪里，都是璀璨的焦点。她身着一袭红绸长裙，绣有精致的金银线，宛如星光闪烁其上。服饰上嵌着各色宝石，散发出微妙的光，如彩虹在舞动。她巧妙的发髻，点缀着金银的发簪和珠宝头饰。发髻上挂着丝绸带，镶嵌着宝石，让她的发际线显得分外动人。她的耳坠随她的步履轻轻摇摆，仿佛音乐中的旋律。她腕上的手镯，微微一动，便散发出银铃般的声音。

她兴高采烈的样子，似乎是节日的灵魂。每一次欢笑都点燃了周围人的喜悦。她仿佛是一位来自童话世界的仙女，将节日的喜悦和魔力传递给所有与她相遇的人。

市民刚听到公主归顺雪贡十分震惊，许多人带着失望和愤慨来看她，还有人暗藏了杀器靠近她。当他们见到了一位美丽迷人的公主，一位喜欢和他们一起跳舞、爱笑的公主，他们很快接纳了她，把她当作自己的公主。

***

松毛与猴四肩负重任，悄然潜入宣城，誓要揭开文西公主的下落之谜。夜幕下的宣城，灯火璀璨，人声鼎沸，然而在这繁华背后，却似乎隐藏着一丝亡国的哀愁。猴四巧妙地掩饰了自己的猴脸，而松毛则乖巧地趴在猴四的肩头，如同一只小宠物。两人穿梭在人群中，目光四处寻觅。

不久，在王宫前的广场上，松毛的目光锁定了一位正在翩翩起舞的女子。她舞姿曼妙，热情奔放，与民众共舞，赢得了阵阵喝彩。松毛一眼便认出，她就是火玫。

猴四却心存疑虑，轻声询问："你之前不是说过，真假公主难辨，此刻，你为何如此笃定她并非文西公主？"

松毛坚定地反驳："文西公主，岂会与雪贡人为伍？"

猴四沉思片刻，提出了另一种假设："或许公主有她的苦衷，借此打入敌营，作为卧底。"

正当两人争论之际，那位女子在侍从的簇拥下，匆匆入宫。松毛急忙道："跟上她！"随即，他们身轻如燕，跃上屋顶，在楼宇间穿梭，紧紧跟随那位女子。

女子穿过庭院，来到一处幽深的所在，她恭敬地向一位身披红袍、面戴黑面具的女子行礼："师傅，您有何吩咐？"

那红袍女子缓缓转身，声音低沉而阴冷，"公主，你玩得开心吗？"松毛心头一紧，认出她便是大鹏师傅的旧爱火娘。

火玫恭敬地回答："多谢师傅，我很开心。但我也时常想，我究竟是不是真正的公主？"

火娘冷笑一声，"我不爱听这话。你是当然的公主，文西公主早已在猪妖集中营丧命。"

松毛闻言，心中如遭雷击，他终于确定了眼前的女子并非文西公主，而是火玫。

火玫也震惊不已，瞪大了眼睛，声音颤抖地问："啊，您害了她？"

火娘语气中透露出一丝无奈："我原本只想将她囚禁，以免她惹事生非。但却出了意外，我也深感遗憾，我曾打算收她为徒的。"

火玫听后，哽咽道："可怜的公主！她的死，我也有责任。师傅，我真的不想再冒充公主了。"

"火玫！公主！你可不许耍孩子脾气，你知道你做公主多重要吗？化解了多少大泽百姓对雪贡人的仇恨，又让多少人退出了叛军回到了家园。你拯救了多少人啊！"

火玫最初想成为公主，本是为了一个情字。然而，近日来，她得到了民众的广泛爱戴，从他们的口中听到了无数的悲惨故事和心声。这些故事唤醒了她内心深处的善良和同情。她的思想发生了转变，如果继续做公主，她决定不再只为自己，而是要为那些爱戴她的百姓。

她顺着火娘的话："师傅，如我继续做公主，我需要一个令牌。"

"你想要什么令牌？"火娘问。

"一个能让我治罪雪贡人扰民的令牌。"火玫回答。

火娘沉思片刻，回答道："我答应你，但现在还不行。我还需要雪贡人帮我对付叛军。给我一些时间，等我练成天魔大法后，我就不需要他们了。"

火玫想，只得耐心等待吧，并问："师傅找我有何事？"

"雪贡王过几日要来宣城作客。我记得大泽有一出戏非常喜庆，你找人排练一下，到时请雪贡王观赏。"

"您说的是'猪八戒背媳妇'吧？"火玫问。

"正是那一出。"火娘肯定道。

"我尽力便是。"火玫回答。

这时，一名侍卫急匆匆来报："火都督大人，段亲王报告，最近我多个粮仓被焚毁，据说是大厨所为。"

猴四对松毛眨了眨眼，两人心照不宣，知道这是猴家军的行动，与"大厨"无关。

"大厨？他已被一泡臊尿淹没了！"火娘不屑地说。

火玫疑惑地问："大厨是谁？"

火娘为了不让火玫陷入情感的漩涡，随口编了个借口："只是一个擅长飞檐走壁的盗贼罢了。"

***

在丛林的幽静角落，猴三和猴香默默注视着猴四和松毛忙碌的身影。战火的喧嚣对他们而言，仿佛是一场遥远的戏剧，因无力参与而感到无奈。猴三心中涌动着一股渴望，他希望能为这些勇士们贡献一份力量，哪怕微不足道。可是打打杀杀并非他的长项，飞檐走壁更是让他心生畏惧。

一个悠闲的午后，猴三带着猴香在林间漫步，偶然遇到了一群以采矿和锻造为生的猴族。在与他们的交流中，猴三脑海中突然闪现出一个念头：他曾是一位巧手的工匠，为什么不重新捡起这门手艺呢？

"我可以制作青铜镜子。"猴三兴奋地对猴香说。

猴香笑逐颜开："那我们赚到的钱可以支持高歌和反抗军，我们也能成为战斗的一部分。"

满怀热情的猴三用他的积蓄买下了一间废弃的铸铜作坊，雇佣了一些猴族工匠。他们开始了青铜镜子的制作，猴三亲自挥动铁锤，心中充满了成就感。

猴香担起了销售的重任。她巧妙地与中间商建立了联系，将这些精美的青铜镜子推向更远的市场。每当看到那些镜子被送往远方，她心中都会涌起一股自豪感。

***

猴四和松毛从宣城匆匆赶回住所。

未等呼吸平稳，猴四便急切地朝着猴三喊道："三哥，高歌和公主，他们……"

猴三猛然从椅子上坐直，目光如鹰般锁定猴四，"他们怎么了？"

猴四眼神飘忽了一瞬，似乎在斟酌措辞，"他们……可能已经……"他喉结动了动，像是吞下了一口苦涩的药。

猴三催问："他们追随前辈去了？"

猴四慌忙摆手，"不是，不是。我是说，他们可能……已经不在这个世上了。"

猴三忙递上一瓢清水，安慰道："先喝口水，然后慢慢告诉我事情的经过。"

猴四接过水瓢，仰头一饮而尽。他放下瓢，抹了抹嘴，随后将他和松毛在京城的所见所闻和猜测一股脑地说了出来。屋内陷入了片刻的死寂，唯有风穿过窗缝，发出呜咽般的声响。

"荒唐！"猴三猛地一拍桌子，声音在小屋中回荡，"高歌那个家伙，连烈火都伤不了他，区区洪水，能奈何他？"

"对啊，高大哥像有九条命的人！"一旁低头编竹篓的猴香轻声附和，声音里带着一丝不甘心的希冀。

松毛蹲在墙角，抠着手中的木棍，眼神逐渐凝重。他缓缓开口："或许……高歌因为救不回公主，又没能完成高将军的重托，心里愧疚难当，自己放弃了生存的希望。"

"放弃生存？"猴三眼中掠过一丝复杂，"这不过是你的推测罢了。我们不能光凭猜测下结论。与其在这里胡乱猜疑，不如亲自去蝴蝶谷看看。"

"对，得亲眼确认才行！"大家纷纷点头。

松毛抬头望向猴三："你说了高歌，那公主呢？你觉得她……还会有生还的可能吗？"

猴三的脸色骤然沉下，似乎在回避松毛的问题。他长叹了一口气，"公主的事……实在难料。我们可能需要做好最坏的准备。"

松毛的眉头拧成一团，嘴角微微抖动，"也就是说，你同意我们的调查结果了？若真如此，国师那边必须尽快知晓。"

猴四重重地点头，站起身来，"松毛，你腿脚快，这事儿交给你。我们就按约定，去河谷会合。"

松毛没有多言，如同箭一般窜进夜色中的山林，去寻找国师和刀将军的藏身地点。

在公主神秘失踪后，铁柱跟在国师左右，临时担负起国师的贴身侍卫。他心中充满了对公主的思念，每当想到高歌，便有一股难以名状的怒气。在铁柱的眼中，高歌仿佛就是厄运的代名词。他清楚地记得，每一次公主与高歌相聚，都会有灾祸接踵而至。他坚信，公主的失踪与高歌有着千丝万缕的联系。

正在铁柱陷入沉思的时候，一个矫健的小身影从国师营帐前的大树上一跃而下。那是松毛，他脸上写满了焦虑。趁铁柱在走神，他想要悄悄地从这位守门神身边溜进大帐。然而，没想到铁柱的一只大脚"噔"地一下横在他面前，挡住了他的去路。

铁柱垂下头，用那冷冽的目光直视着松毛，责问："难道你不知道，要见国师，必先过我这一关吗？"

松毛被惊得倒吸一口冷气，他马上挤出一丝笑容，嘻嘻地说："铁柱兄弟，我刚才见你在走神，便不想打扰你。但我真的有紧急的事情需要向国师禀报。"

铁柱的眼神锐利如鹰，声音中透露出难以掩饰的怨气："那么，你先告诉我，高歌对公主究竟做了什么？"

听到这里，松毛才恍然大悟，原来铁柱的情绪是冲着高歌去的。他深吸一口气，自若地答道："铁柱兄弟，我正要向国师汇报公主的近况，你愿意随我一同进去，亲耳听听吗？"

铁柱的好奇心被瞬间点燃，他点点头。他们一同走进营帐，只见国师正坐在一张简朴的木桌后，手中紧紧握着公主留下的一枚玉簪。看到松毛进来，国师的眼中闪过一丝期待的光芒，他轻轻敲了敲桌子，示意松毛上前，然后急切地问道："松毛，快告诉我，你究竟发现了什么？"

松毛微微清了清干涩的喉咙，语调中透着一股难以言喻的沉重："师傅，高歌派遣我前往京城，探寻文西公主。"

"你可有线索了？"

"师傅，公主在从安南归来的路上遭遇了不幸。与我们共度多日的，并非真正的公主，而是火玫，她乃是火都督派来的细作。"

国师的面色瞬间变得凝重，那冷峻的轮廓仿佛被霜雪覆盖："这……此言当真？"

松毛点了点头，像是背负着千斤重担："就在数日之前，火玫骗取了高歌的笛子，并将其投入了深渊。高歌及时捉住了她，她在那悬崖之畔，坦白了自己的身份与罪行。"

国师愤怒地一掌拍在桌面上，那巨大的声响宣泄着他内心愤怒与悲痛："这……这当真解释了诸多之前的疑云。"他稍作停顿，问道："那我们的文西公主呢？"

松毛哽咽地回答："师傅，火都督亲口所言，公主已被他们变成了猪面人，送入了那暗无天日的集中营。在那里……她，已经离我们而去了。"

这个消息如同晴天霹雳，狠狠击在国师的心头，他的双臂僵硬地撑在桌面上，仿佛想要借此稳住自己颤抖的身躯。公主——他们大泽的明珠与希望，如今却落得如此下场，在屈辱中离世。他的眼神变得迷茫而空洞，前方的道路似乎被无尽的黑暗所笼罩。他沉默了片刻，缓缓开口："此事……不可泄露给外人。"

他取出一小袋花生递给松毛，说道："松毛，收住你的眼泪。"然后，他缓缓步入了帐篷深处，任由悲伤将自己包围。

铁柱什么也没说，出了帐篷，跳上战马，向宣城飞驰而去。

松毛能感受到，现在，大家都像跌进了一个巨大的坑，各自在里面挣扎。他收好花生米，拍拍身上的灰，决定与猴家兄妹会合，一同寻找高歌。也许，只有找到高歌，才能给大家一个新的希望。

***

在荒芜的蝴蝶谷，松毛与猴家三兄妹在烈日的炙烤下，策马奔驰了千余里。河床上众多的遗体中，未能找到高歌的踪影。这似乎是值得欣慰的事，因为高歌可能并未在牺牲者之中。然而，他又去了哪里呢？面对干涸的河床和滚滚热浪，连马匹也显得疲惫不堪，失去了前行的动力。

猴三翻身下马，蹲下身来，轻触着因干旱而龟裂的土地，抬头望向那无云的天空，只有刺眼的阳光与炽热。他不情愿地宣布："我们走到这里，已经尽力了。"其他人虽心有不甘，却也明白，坚持下去也无法改变结果。

前方，正好有一个巨大的土包，突兀得很，仿佛是谁家的祖坟被迁移至此。松毛不禁叫道："我们不如去那里躲躲太阳，稍作歇息，再想想。"

他们步履蹒跚地走上前，扑通跪到土包的背阴处，像给人磕头似的。微风轻轻拂过，竟有一丝凉意。

松毛紧锁的眉头稍微舒展了一些，他问道："你们有没有想过，若我们真地找到高歌，该如何向他说公主的事情呢？"

猴四用衣服扇着风，说道："只能如实相告，我们又怎能凭空变出一个公主来？"

猴香却摇头，"别提公主已逝的事，让高哥哥心中留一丝希望。"

他们正在唏嘘，身后的土包摇晃起来，土块纷纷落下，吓得他们跳起来闪开，离了一段距离，似听见高歌的声音从土里传出，"快快帮我一把，这被子真厚重……"

他们惊喜地扑了回去，扒出一个洞，抓住了两条腿，拉出一个满身泥土的人来。果然是活蹦乱跳的高歌！

高歌抹一把脸上的泥土，踢踢土包子，说道："我睡在里头，以为是龙王的龙床。要不是你们把我吵醒，我怕这就是我的坟呢。"

松毛上到高歌的肩上，帮他打扫头上的沙子，问高歌："偌大的洪水冲走了上万的人，你怎么没事？"

高歌摆摆手，回道："我也差点！刚闷在水里时，不知怎么变成了一只王八，觉得成了龙王的女婿，好不自在，想跟着这水去大海，但听到一声吆喝，我才晃过神没上当。"

大家问："谁吆喝你？"

"公主呀！只听她喊，高歌，快脱了火娘的王八壳，老妖要送你去南海喂鲨鱼！"

不知公主是否真地喊过，还是高歌念着公主、心中起结，反正高歌信，他再次逃过火娘的妖法。

"公主她……"松毛本想提及那令人心碎的消息——公主已离世，然而话到嘴边，他却在刹那间闭上了双唇。

高歌心急如焚，紧追不舍："可有公主的半点踪迹？"他的目光锐利如鹰，扫视着在场的每一个人，渴望得到一丝线索。众人面面相觑，沉默如石，生怕轻易触动那敏感的神经。

终于，松毛深吸了口气，轻轻拭去鼻尖的汗珠，开口道："公主最后出现的地方，该是在宣城附近的猪妖集中营。"

高歌瞬间脱去上衣，抖落上面的沙尘，然后将衣物紧紧罩在头上，却并未将其拉下。松毛轻声安抚他："高歌，我们如同家人，若你心中有痛，就哭出来吧。"

"我为何要哭？"高歌的语气坚定，他迅速穿好衣物，"我在想，你们带来的消息对我来说至关重要。接下来的事，就交给我吧。"他已下定了决心，要亲自面对那火娘，将公主从虎口救出。他转头看向松毛，果断地吩咐："你回去告诉国师一声。"

众人望着高歌决然的表情，知道此刻劝他也无济于事，只能目送着他跃上猴四的骏马，挥鞭疾驰，消失在远方的尘埃之中。

第十六章

第三十一个

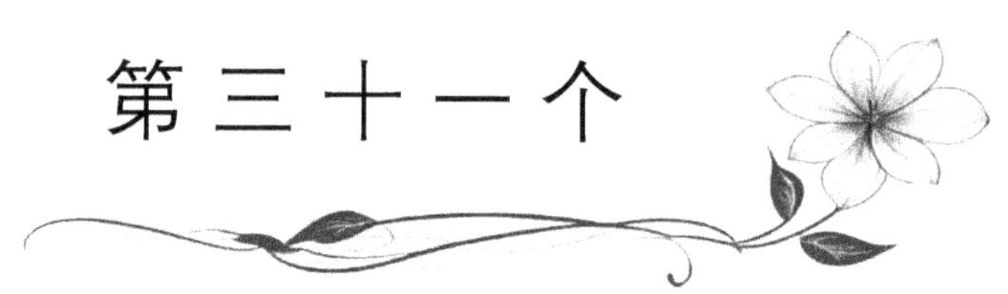

　　铁柱经过连日的疾行，终于远远望见了京都宣城那巍峨壮丽的城墙。为了不引起注意，他将坐骑赠予一位菜农，换得了菜农的背篓，装作菜贩子，随人流来到熙熙攘攘的城前。

　　城门旁，一大群人围在墙边的告示前，伸长脖子竞相观看。铁柱想挤过去一探究竟，但背着箩筐实在不便，只得站在人群外，依靠周围的议论了解情况。人们说，文西公主正在组建一个戏班，招募男主角。听到公主的名字，铁柱心中一动，情不自禁地喊道："让让，让我看看！"众人见他急切的样子，纷纷让出一条道来。他挤到公告板前，果然看到了文西公主的名字。他心中暗喜，这是接近公主的绝佳机会，伸手就想撕下告示。

　　"别动告示！"一个雪贡士兵厉声喝道。

　　"我要报名。"铁柱亮着嗓门说。

　　"想报名就跟我来，但我先声明，你若不是那块料，趁早滚开，免得我打你板子。"士兵不屑地说。

　　铁柱自信地回应："我愿一试。"

　　他被带到戏班，交给了女领班。领班让他展示几个戏步，对他的表现颇为满意，随后递给他一支长矛，让他演示几个基本套路。

　　铁柱的熟练技艺引来了围观者，众人纷纷称赞。女领班又问他："你演过'猪八戒背媳妇'的戏码吗？"

　　铁柱闻言，笑得肩膀都在抖："给我机会见见公主，你就知道我有没有演过。"

女领班不满地回击："别得意忘形，我还没确定用你呢。"

铁柱默然不语，他紧了紧腰间的束带，口中低声念诵"飞檐走壁"，随后他一个轻灵的纵跃，便跃上了一人多高的台柱子。接着，他口中再念"龙腾虎跃"，身体已然在空中翻起了三个跟头，姿态轻盈如燕。落地瞬间，他竟挽了女领班的腰肢，顺势将她托举至肩头。

她被他的惊艳的动作折服，咯咯地笑起来，轻扯铁柱的衣袖："快放我下来，莫闪了大姐的老腰！"

铁柱随即将她稳稳放下，拱手致歉："多有冒犯，只是想证明我的实力。"

女领班变了温和的口吻："看你来头不小，只是不知会不会唱那曲《苍山阿妹》？"

铁柱眉头微皱："大姐，你为难我？那首歌可是女角唱的。"

"哪里是在为难你？"她解释道，"女主不会，男主自然要教她。"

铁柱深吸一口气，点了点头："那我试试。"他闭目酝酿情绪，脑海中浮现出过去八妹在他背上唱歌的温馨画面。八妹的歌声清澈悠扬，至今仍在他耳边回响。他情不自禁地开口，唱出了那首久违的曲子："苍山顶上是家乡，哥背山妹回娘家……"

不远处，火玫正陪着火娘在花园中漫步。突然，她听到了这熟悉而亲切的旋律，疑惑涌上心头：这难道是高歌的声音？她心跳加速，急忙向火娘告辞。

火娘见状，微笑着说："看来你等到你的戏班男主了。"

火玫急匆匆回到自己的宫殿，命令仆人去找那唱歌的人。在等待期间，她赶紧补妆，站在华丽的屏风后。万一是高歌，他也拉不到自己的手；要是什么别的人，她干脆不要见他。

侍女从外头进来报告："公主，那人已带来。"

"让他进屋等着。"火玫心里有些忐忑，又带着一丝期待。

门开了，走进来的却是铁柱。他一进门就急切地喊着："公主，公主！"一时间，火玫的心沉了下来。

她有些失望，但随即想到，既然火娘曾与她讨论过情感与男人的话题，也许该给铁柱一个机会。

她缓缓走出屏风，带着一抹探询的微笑问道："你来这个是非之地，有何贵干？"

铁柱眼神坚定地反问，"你是火玫，还是文西公主？"

火玫这才明白，铁柱的到来并非是因为对她的倾慕，而是在寻找那个失踪的真正公主。她心中有些苦涩，意识到自己还未能让人忘记那位真正的公主。不得已，她故技重施，放出迷香，在铁柱面前走了一个来回，回答铁柱："没有什么火玫，只有文西公主在你面前。"

"对不住，公主，我错了，听了别人的谣传。"铁柱双眼充满了歉意，深深地看着"公主"。

他心里有个小秘密正在悄悄打转，带点顽皮的微笑。

火玫似乎想从他的笑中解读些什么，"你为何这般的乐？"

"你说，我要是扮那猪八戒，公主，你会扮他的媳妇吗？"

"真的吗？如果你愿意教我，我倒是想尝试一下。"

铁柱似乎有些惊讶，"公主，你全忘了？"

火玫神秘地说："记不记得重要吗？快说，你教还是不教？"

铁柱热情地点头，笑道："那还用说，无论你想怎么演，我都陪你！"

火玫的眼里闪过一抹兴奋的光，"那就这么定了！"她继而指着身边的椅子，示意铁柱坐下。她倾身凝视铁柱，仿佛想从他的眼睛里窥探出答案，"铁柱，告诉我，你踏入这里，真的只是为了我吗？还是作为某个人的探子？"

铁柱肯定地说："不，我就是找公主。"

她进一步问："你知不知道，我现在正为火都督效力？"

铁柱眼中没有丝毫犹豫，"你定有什么苦衷，我永远伴你左右。"

她微微一笑，"好吧，你留下，做我的贴身侍卫。不过，我要得到火都督的允许，她知道你在抵抗军的事。"

火玫安顿了铁柱后，去见火娘，向她报告，铁柱来投奔她，能否把他留下。火娘说："这是好事啊，你有了一个贴心的人，叛军少了一个勇士，两全其美。不过，他要替我办件事才是。"

"师傅，请指点。"

"你以公主的名义，写份招安文书，让铁柱送给刀山将军。"

火玫担心铁柱会有危险，找了个借口说："他与我要排戏呢，如何走得了？我会安排别人办这事。"

“也罢，”火娘说，“我本是想考考他的忠诚，还是排戏要紧，雪贡国王不久即到。”

***

金谷节的庆典中，“公主”和民众一起欢庆，她擂鼓、舞蹈、观斗牛，表面上看似欢愉无比。然而，每当有市民期盼地询问她关于驱逐雪贡人的事，她总是哑口无言，内心的焦虑与混乱如影随形。

随着节日活动的结束，她和段亲王一同骑马在林荫大道上悠然归宫，铁柱和他的卫队紧随其后。即使是那些衣衫褴褛、眉头紧锁的市民，见到她也会展开笑颜，挥手致意。这些简单的交流给她带来了暖意，同时也加深了她的罪恶感，因为她知道自己不过是一个被操纵的替身。

自从高歌抓住她的手臂，那股正能直击她的全身，击散了火娘植进她体内的阴气，她感到自己长大了许多，心中不再是浑浑噩噩、不辨是非，多了一份对他人的怜悯和关爱。

突然，几名妇人纷纷涌向大道中央，跪到她的马前，哭喊：“公主救命啊！公主救救我女儿！”

铁柱本能地想上前驱散她们，但火玫示意他退后。她亲自下马，关切地让妇女们站起来讲述原委。她们泣不成声地说，自家的女儿被官府强行带走了。

火玫转头向在马上的段亲王询问：“亲王，你知道这件事吗？”

段亲王显得局促，连声否认：“不知，不知。”

火玫向那些妇女承诺要彻查此事，让她们先回家等消息。目送她们含泪离去后，她重新上马。就在这时，段亲王低声在她耳边透露：“公主，这事你不要插手。这是火都督批准的，我负责执行。那三十个女子是作为礼物献给雪贡王的。”

火玫不解地追问：“为何要用强抢？”

段亲王带着一丝不屑地回答：“公主不了解，我们一直是这么做的，来得容易，谁又能阻止呢？”

“那与强盗有何区别？我又如何帮你们与大泽人亲善？”火玫忍不住愤慨，挥鞭击马往前驶去。铁柱和卫兵去追“公主”，丢下段亲王孑然一人。段亲王发现路人个个对他怒目而视，心中惶恐，后悔今日未带自己的卫兵，他急忙去追“公主”。

火玫回宫后，求见火娘，开口就问："师傅，您可知道段亲王强抢民女？"

"火玫，女人就是财物，强者得之，况且这些女人好福分，从今以后做国王的女人呢。"火娘开导她。

"师傅，您与我也是女人，怎能对她们不同类相怜？"火玫听了火娘的话，感到刺耳，她崇拜的师傅的形象在她心里不再有威严，只剩下惧怕。

"这怜悯之心要害了你！我一直教你，做公主只要喜好，不要怜悯，你怎么忘了？"火娘脸色不快。

火玫怕师傅发怒，赶紧说："我收起我的怜悯就是。师傅，我总可以去看看那些女子，给些安慰吧？"

"她们关在城南的行宫里，你去劝劝她们，但救不了她们。雪贡王爱好的就是美女佳丽。"

***

火玫拿了火都督的手谕，换了一套朴素的民服，看起来就像是随处可见的侍女。她匆匆来到城南的行宫，将火都督的手谕递给门卫。

门卫好奇地打量着她，觉得她有几分姿色，不怀好意地问道："你这手谕不是偷来的吧？"

火玫瞪着犀利的眼睛："放肆，小心掉了你的脑袋。"

门卫被她的气势吓倒，不敢再多言语，立即开了大门，带着她来到后院的一片阴森地带，那里是行宫的监狱所在。只见高高的石墙上镶嵌的尖锐的铁锚，它们在阳光里冷冰冰地闪烁。

推开厚重的木门，是一条昏暗潮湿的走廊，两旁的火把随风摇曳，偶尔发出噼啪声。走廊两侧，密密麻麻的小牢房一字排开。

火玫手指紧紧地捏着裙摆，深深吸了一口气，试图平复心绪。

幽深的牢房中，低沉的抽泣声穿透冰冷的墙壁，带着无助与绝望，回荡在火玫的耳边。她轻手轻脚地靠近，一对对在铁栅后的眼睛黯淡闪烁着，带着难言的恐惧和失落。

牢中，一声颤抖的问询划破了死寂："谁……在外面？"

火玫柔和地回答："是我，我来看望你们。"她的声音像是带着温暖的阳光。

　　一个年轻的女声急切地说："我有个小孩……她还很小，我不知道她现在怎样了。如果可能，麻烦告诉我的家人，让他们不要担心我。"

　　另一位女囚又说："我和我的未婚夫要在两月后结婚，请告诉他等我。"

　　火玫听着她们的请求，感觉自己的心被一次又一次深深触动，她喉咙堵塞，声音哽咽："我会尽力。"

　　她挨个走访每一间狭小的牢房，每位女子均不知为何自己被虏，只求这位突然来访的善人能给她们的家人送一份平安的信息。

　　当火玫转身准备离去时，一名女囚突然问道："你为什么要帮我们？"

　　火玫停下脚步，轻声回答："因为我，我也是女人。"

　　走廊尽头，冰冷的食堂里放着一个大木桶，桶里的水已经浑浊不堪。旁边木桌上散乱的碗筷、食物残渣和发霉的馒头。

　　火玫愤怒地质问一旁的守卫："她们就吃这发霉的食物？"

　　"是的，这是要熬熬她们呢。"守卫冷冷回应。

　　"熬什么？"

　　"磨灭她们的反抗意志，直到乖乖屈服。"

　　火玫眼中涌出泪水，牢房中的哭泣声不断敲打着她的心，每一声都像利刃割裂她的灵魂。她颤抖着离开监狱，回到自己的宫中，关上门后，瘫坐在角落。

　　铁柱见"公主"半天没有出房门，知道她还在为那三十个女子的命运烦忧，就轻轻敲她的门，站在外面安慰她："公主，你不必为那些女子太难过，她们作为贱民早该知道命中如此。"

　　"铁柱！"火玫突然开了门，冲着他的脸骂道："你也如此冷漠，说出与火都督一般的话来？"

　　铁柱低下头，回道："公主，我不是冷漠。我也世代贫贱，与她们一样，贫贱之人只能历来顺受。"

　　火玫听了他可怜的辩解，便缓解了口气："我在想怎么才能救出她们，你给我出出主意。"

　　"公主，我脑子笨，主意有一个，只怕吓着你。"

　　"说来听听。"

"我想，让我杀了雪贡王，那些女子自然就放了。"

火玫直摇头："你这个笨脑子，真是馊主意。雪贡王死了，火都督会让她们去陪葬的。"

"公主，还是你想办法，我来办事。"铁柱惭愧地说。

"只能一个办法了。"火玫的嘴角露出一丝冷笑，然后说："我们去排戏吧。"

铁柱跟在火玫的后面，往戏班排练场走，猜不透"公主"的情绪为何瞬间放开了，他感到不安。练了个把时辰，火玫去了火娘那里。火娘见火玫风风火火的样子，问道："公主，还是为那些女子而来？"

"师傅，至此一次，便不再烦您。"她一边作请安的姿势一边说。

火娘警告她："就最后一次，不然我对你可失望了。"

"如果雪贡王提出不要那三十个女子，我可以放她们回家吗？"

火娘望着火玫，觉得她幼稚，没有调教好，老男人可以不要性命，哪能舍下美女？就让她去碰碰钉子吧，"师傅答应你，他真要怜香惜玉放她们，让他亲口告诉我。"

火玫对她说："师傅，你给我片刻，我去去就来。"说完，她就匆匆离去。

她独自去了雪贡王下榻处，叩门求见他。

雪贡王正在与舞女门嬉闹，听到文西公主的名号，连忙起身到门口迎接，看见稀世美人站在面前，不禁牵起她的纤纤玉手，引到客厅坐下。他已有七十余岁，身形依然看得出往日的高大硕健，只是微微的驼背、松垮的双肩和下坠的颈项夺去了他的魅力。久经高原风霜的脸被雕成了老鹰的模样，肤色拗黑粗糙，毛发一直披到肩上，盖住半个脸，眼眶深陷，眼珠子闪闪发光，正盯着他的猎物。

他笑眯眯地问火玫："公主，是不是火都督派你过来瞧瞧我？"

火玫撇了撇嘴，回应："我自己想来的，有何不妥？"

雪贡王笑得更加放肆，言辞中露着一丝戏谑："公主啊，你可知道，火都督曾告诫本王，大泽国的所有女子里，唯独你是我不能触碰的。她似乎最偏爱你。"

火玫挤挤眼："大王，您这一生有过多少女人？"

雪贡王咯咯地笑："这真难以回答。"

火玫继续问："那么，您这辈子还要多少女人才知足？"

雪贡王飘忽的眼神中闪过一丝沉思，"知足？这个字不适合我。"

火玫轻轻一笑，"听起来，大王是个天生的情种，真有趣。"

他眼中的光芒更为炽热，轻轻凑近她的耳边："如果你愿意，可以随我回雪贡国。我保证让你成为那里最尊贵的女子。"

火玫轻轻推开他，假装无所谓地说："听说大王又备了三十名佳人，我大概就是第三十一个。那样的话，又有何趣？"

"啊不不，能得公主一人，本王足矣，何须他人。"说着，他伸手去摸火玫的腰。

她推开他的手："您想让我随您，得答应我两个条件。先让火都督放了那三十个女子，让我放心。再送火都督一个礼物，她高兴了才会放我。"

"那有何难，公主等我。"他进了里屋，眨眼功夫就出来了，跟公主说："公主搀我一把，我们走，去见火都督，路上说点知心话。"

火娘正在看天坛的工程进度报告，听到侍卫禀报，雪贡王和公主已在门外。她收了图纸，将他们迎进来。

雪贡王刚要开口，火娘示意他别说话，缓缓走到他身旁，绕着他转了一圈，鼻子微微翕动，似在嗅探什么。

"火都督，你的鼻子真是灵敏，嗅到我身上的宝物了吗？"雪贡王笑着坐到椅子上，从胸口掏出一个丝绸包裹的鸡蛋大小的东西，递给火都督，"送给你，打开看看吧。"

火娘没有伸手，而是示意火玫接过。火玫小心翼翼地打开丝绸，露出一颗椭圆形的紫色透明猫眼石。火娘这才拿过来，对着光线细细观察。石中那只神秘的猫眼仿佛在注视着她，似要将她的魂吸入其中。她转头问雪贡王："这东西看起来不寻常，有何用途？"

"它是月神的眼泪，与神秘的阴气有关联。我一直将它留在身边，许多女人想谋害我，但都未得逞。我想，对于你，它的用途更大。你练阴功时，将它放在身边，必能事半功倍。"

"大王把它给了我，若再有女人谋害您，您怎么办？"火娘笑问。

"以后我只要一个女人，哪来的谋害？"雪贡王嘻嘻笑道。

"怎讲？"火娘好奇地问。

"都督，本王送你宝贝，是请你做媒，把你的宝贝也送给我。"他把火玫拉到他们中间。

"大王，您要娶公主？"火娘诧异地问，但她看到火玫安静的眼神，似乎他们已商量好了，便笑骂道："大王，我刚刚还担心我的小公主对您使坏，给您上迷香，没想到您这老色鬼本性不改，将我精心栽培的一朵鲜花就这样弄到手里。要不是看在猫眼石的份上，我会跟您分道扬镳。"

"那你就是同意了？"他眯着眼睛乐道。

"大王，您先回吧，让我单独问问公主再给您明确答复。"

火玫止住正要离开的雪贡王："大王，您答应我的另一件事呢？"

"是的，都督啊，我只要公主一人，你快快把那些为我准备的女子通通送回家。"说完，他兴高采烈地出了门。

火娘将目光转回到火玫身上，让火玫抬起头看着她，问道："我的漂亮公主，你的玩笑开大了。你不知道后果吧？"

"我没开玩笑，大不了我也做一次王妃。"火玫平静地回答。

"他已经大半截埋在土里了！你就不学一点师傅的高傲气质，挑一个好样的，好好地爱一回？"火娘失望地摇头。

听到这儿，火玫抽泣起来："我如何高傲，您动不动对我体罚，雪贡人没把我当公主，我要放抢来的女子，还要卖了自己才行。我算什么？"

"那你就听天由命吧！"火娘摆摆袖子，丢下火玫，回她的清眉苑了。

***

在火玫的催促下，火娘释放了那些女子，让她们得以踏出冷阴的牢房，与家人团聚。随后，宫中传来另一则令人震惊的消息：公主将与雪贡王联姻，随后两人将踏上通往高山雪原的远程之旅。

在宣城的大街小巷，这消息如同疾风骤雨般传开。人们纷纷停下手中的活，议论纷纷。他们的公主，那位如花似玉、内外兼备的公主，怎会嫁给那传说中冷酷无情的雪贡王？

铁柱来到"公主"面前，他的双眼透露出迷惘，求证这一切是否真的如传言一般。火玫点点头，确认了这个消息。铁柱未言一语，表情沉重地离去。但不过一日，他就再次身披侍卫的铠甲，守护在公主的左右。每到排戏的时刻，他便与火玫到戏台上，认真地演绎那段扣人心弦的戏剧。

一次排完戏，众人散去，戏台恢复了寂静。火玫却拿起一个花面具戴在脸上，示意铁柱跟随，两人坐到舞台一侧凉爽的石梯上。

她见铁柱剑眉紧锁，似乎有千言万语，但嘴唇却紧闭不言，于是先开口："假如我真的走了，你打算做什么？"

铁柱沉吟了片刻，"我……还没想过。"

火玫淡然说道："我想，国师那里你是回不去了，都是我害的。你不如离开这里，找一个好女子，成家过日子去。"

"我心中已有人，却不一定要成家。"他说，不敢望着"公主"。

火玫的眼中流露出一丝伤感，"我羡慕她！"

"公主……"铁柱想解释，被火玫打断。

她低声说："我明白你的意思，只是你不明白我的。"她长吸了一口气，决定说出自己的秘密。"铁柱，我是生活在面具后面的人，我不是你所知道的公主。"

铁柱眼中闪过困惑，以为那是梦话，追问她："为什么？"

火玫缓缓摘下面具，露出她那清丽的面容。她轻轻撩起前额的秀发，展示她光洁的额头。"你看，这里有伤疤吗？"

铁柱仔细看了看，摇摇头，"没有。"

"八妹有吗？"

"她有。"铁柱的回答简短而坚定。

"八妹的戏技娴熟，她能在短短的时间里忘了这出大戏吗？"

铁柱轻叹，"不能。"

火玫再次逼近他，"公主的父母因火娘而遭不测，她能忘记国仇家恨，拜仇人为师吗？"

"她不会。"铁柱的回答声更加沉重。

火玫微微低头，当她抬起时，眼中充满了决绝，"那么，你该知道了。我并非你心中的公主。我，是传说中的火玫，火娘的玩偶，被她操纵，被她利用。"

铁柱的目光如同利刃，紧紧盯住火玫，声音低沉且充满质问："你是那个害公主的人吗？"

火玫颤抖的声音中透露出深深的罪恶感，"火娘命令我去找公主。那天，在马帮驿道上，我发现了你们。趁公主短暂的独处，我偷偷将玫瑰香水洒在她身上，火娘用妖术将她变成了猪面人。"

"后来呢？"

火玫抬起那双含泪的眼睛，望着铁柱，"我再也没有见过公主。但传言说，她被囚禁在那猪妖集中营。我还听到她在那里失踪，可能……已不在人世。"

铁柱的眼角渗出的泪水沿着他那坚实的脸颊滑落，他声音破碎地说："火玫，为何让我听这一切，你在我心口扎刀呢！"

火玫的眼中满是悔意，声音轻颤："我没想伤害任何人，尤其是公主。火娘让我活得浑浑噩噩，只是近来我才明白了些。我也希望能找到赎罪的机会……"

铁柱疾愤地打断她："你怎么可能挽回这一切？我与公主自小就如同手足，为她我曾誓言赴汤蹈火，但我却没能守护她，没能阻止她遭受这般苦难！"

火玫垂下头，泪从脸上滑落，"你和高歌都恨我，我不如一死。"

铁柱深吸了一口气，摇了摇头："不，我不会伤害你。看你愿意为那些女子做出牺牲，我知道你内心还有光明。就为这个，我还把你当公主。"

火玫在淡淡的月光下，眼里带着一丝哀愁，轻轻地说："我也扮不了几日的公主了。这几天，我们把戏演好，也算你我的缘分。"

夜深沉，铁柱像往常一样护送火玫回到宫中。

走在回家的路上，路旁的窗户里灯火闪烁，他的手下们一见他，就冲他挤眉弄眼、嬉皮笑脸地说："老大，今晚你跟公主有没有来点戏码啊？"

"听说公主快嫁人了，她还有空跟你闹着玩吗？"

"公主一旦走了，你打算怎么办？"

这些话通常会引得他们一阵哄笑，铁柱也会应声笑开。但今晚，每个玩笑像针一样扎在心上，他硬生生咽下了哽咽。

他回到屋内，没有开灯，直接倒在床上。心中充满对公主的思念与痛苦，牙咬在被角上，眼泪不自觉地流了出来。

房间里忽然亮起了灯，铁柱却浑然不觉，直到一个熟悉的声音在他耳边低语："真没想到，铁汉子也有泪的时候。"

他猛地坐起，眼前站着的是人面高歌，那熟悉的嬉皮笑脸让他瞬间愣住："你……你这是人是鬼啊？"

高歌呵呵一笑："几天不见，我就变成鬼了？"

"不是说你已经……成了王八吗？"

"做王八不好玩，我又回来了。"

铁柱眉头紧锁："那你来这儿干嘛？"

高歌收起笑容，正色道："和你一样，我也来找公主。"

铁柱声音带着沉痛："我刚听说公主没了。"

高歌紧紧握住他的肩膀，坚定地说："别听那假公主的话，公主还活着。"

"那你找到她，给我看看。"

周围静悄悄的，只有远处的虫鸣和风声伴随着他们的对话。高歌打破了沉默，重复道："相信我，她还活着。"

铁柱抬起头，眼神里带是迷茫和哀求："我愿意相信你，我会帮你。但我有个请求，你别对火玫动手。"

高歌微微一笑，"放心，我和她的事，早已有过了断。"

"那你要我做什么？"铁柱问。

"我需要见火娘一面。"高歌眼中闪过一丝狡黠，慢慢地伸出手掌，低声补充道："只要能牵到她的手。"

铁柱疑惑地打量着高歌，不解他的自信从何而来，"就这么简单？"

高歌握紧拳头，目光坚毅："一旦牵手，我让她无路可逃，自己交出公主。"

铁柱沉默了一会，眼神忧郁，提醒他，"你打不过火娘的。"

高歌露出一丝冷笑："我现在能放电、放火，只要一个能克她就够了。"

铁柱还是摇头，"火娘的天魔大法不是吃素的。你我虽常斗嘴，但我不想看你走绝路。你还是多练练你爹的本事，再来找她。"

高歌不依不饶："你说公主能等？她在受苦，我怎能等下去？你可能无所谓，抱着假公主也能糊弄。"

铁柱知道自己说不过高歌，只好勉强点头，答应给他创造机会。

计划是这样的：明晚雪贡王的欢送宴会上，当戏落幕，主角需要献上精致的花脸面罩给火娘和雪贡王。铁柱的主意是在后台把自己换成高歌。一旦戴上面罩，高歌就能无人察觉地接近火娘。

第十七章

受 伤 的 兽

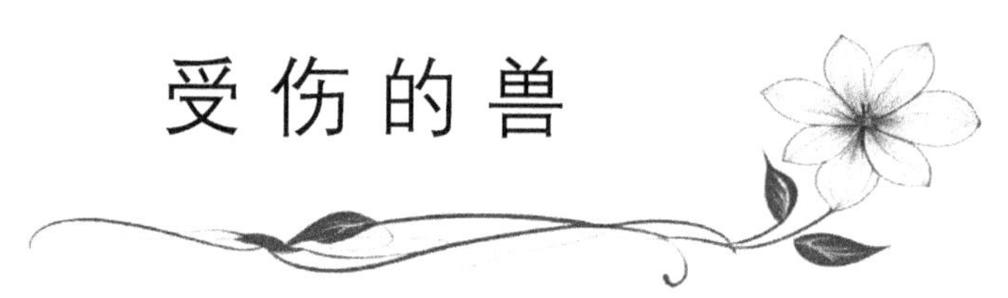

后台的化妆室里，戏班成员们依次换上角色服装，戴上面具，满怀期待地等待开幕。铁柱突然想起藏在角落里的高歌，便悄悄拿了一套男主的服装，溜到高歌的藏身处。"快穿上这个，准备好等着我的招呼，"铁柱低声嘱咐，递过去一套华丽的戏服。

高歌依旧是他那调皮的模样，笑了一下，迅速点了铁柱的穴位。铁柱还没反应过来，就昏睡过去。高歌换上服装，潇洒地走进化妆室，挤到女主身边坐下。

他曾问过铁柱，谁将演媳妇的角色，但铁柱只是神秘地笑，没有回答。高歌盯着女主的眼睛，试图看出些端倪。哟，原来女人只露出双眼时竟如此美丽，美得像公主，但肯定不是公主，公主不屑为虎作伥；也不是假公主，假公主演不了这戏。他试探地问她："紧不紧张？"女主似乎沉浸在自己的世界里，无心理他，原来还是个冷傲的角儿。

戏开了，他还是一无所获。无妨，还有背她、扛她、托她、抱她的机会，总能探出些所以然。他急于知道，因为他估计今晚等不到女主揭面具，不知道自己的搭档是谁，那将是多么遗憾的事。

开戏后，女主的一举一动、一歌一舞，怎么那么像八妹？那相互一抱间的眼神既熟悉又陌生，那"苍山顶上是家乡"的长调，比八妹的少了一分喜乐，却多了一分伤感。

高歌渐渐沉浸在戏里的情绪中，暂时忘记了探寻女主身份。他们的表演赢得了观众阵阵掌声。

坐在观众席前排的火娘看着男主的表演，眉头微蹙。这演技，这神态，似曾相识，让她心中不安。她不由自主地从衣兜里摸出猫眼石，握在手中试图平复心绪。突然，她在猫眼石的倒影中看见一个熟悉的身影——是高歌，那个让她头疼的家伙。她心中一惊，意识到这个捣蛋鬼竟然就在她的眼前。

她动起了歪脑筋，想着怎么收拾他。照金母娘娘的说法，自己目前无法消灭高歌这个小精怪，非等到天魔大法练成之日才可送他上西天。她不得不信金母的话，火没有烧死他，水没淹死他。那么，就逗逗他，给他心上留个疤吧！

她叫过侍卫，给了他一个任务，然后继续陪身边的雪贡王看戏。

铁柱靠着墙角好好睡了一觉，被一阵喝彩声唤醒，才知高歌又抢了他的戏。不过这次他没有生气，反而有点感谢他，让自己偷身。

戏终后，男主和女主重新踏上了舞台。他们轻轻捧着鲜亮发光的戏曲面具，等待着送到火娘和雪贡王手中。

正当他们即将离开舞台、进入观众区时，火娘的一个铠甲侍卫闯入戏台。他的眼神冷冽，对着男女主角喝道："火都督有令，摘下面具！"

火玫立刻取下了面具，而高歌则在犹豫。侍卫迅速出手，粗暴地帮他扯下。那一刹那，火玫瞪大了眼睛，似乎想要叫出高歌的名字，但她马上意识到，这样做只会给他带来危险。于是，她故作镇定，做出一副毫无关联的样子。

而高歌，看见女主是火玫时，则露出惊奇的神情。他不明白，她为何不再惧怕与他身体接触，演艺如何进步如此之快，怪不得自己总有八妹的幻觉。

除了火娘，观众席上无人认识高歌，他们以为公主从哪儿请了一位王子与她搭戏，于是报以热烈的欢呼。

高歌被这突然的变故弄得不知所措，迟疑片刻，才要向火娘奔过去。只见火娘站起身，从容地举起手，轻轻一挥。

几十盏大红灯笼挑在竹竿上，被卫兵们高高地举起，伸到舞台的周边，将舞台照得明晃晃的，恍得高歌眼花缭乱。

"诸位，"火娘的声音从她的漆黑的头罩下发出，"公主边上的那位，别看他人模人样，他其实是个丑八怪！有多丑，你们想看嘛？"

"想，想！"众人兴奋地喊。

火玫被拉走了，高歌只身一人晾在惨白的戏台上。

火娘又沙哑地说："想看，就齐喊丑八怪，他定显出原形！"

"丑八怪！""丑八怪！"

那雷鸣般的羞辱像扒光了他的衣服，扒光了他的肉体，将他脆弱的灵魂扔在恶狼面前一样，他失去了自制力，显出了猪面原形，如苍山的一头怪兽。

人们开始向他扔鞋子和食物，嘲笑声像天空的霹雳击打得他体无完肤。他抱着头，缩成一团，试图遮掩自己的面孔，躲避许许多多的光影，发出儿时的呼救声："师傅！""八妹！""松毛！"

"快滚！"火娘刺耳的声音格外响亮，惊得他一跃而起，踏着人头逃出了人群，夺了一匹马，钻进了黑夜的洞。

火娘哈哈大笑，没想到火玫无意中泄露的关于高歌的小秘密竟然成了高歌的致命伤。

众人看了一场大戏，兴奋不已，忽然人群里听到"啊……"一声惨叫，他们才将目光从高歌逃去的方向收回，不知还有什么戏可看。

雪贡王扑倒在火娘的身上，贴着她的身又滑到地上，热乎乎的东西溅湿了她的裙子。她正要去扶他，却见一个黑影人在人群里逃离。她想动她的杀器，又怕伤了她请来的贵客，立即命令身边的侍卫去追。

***

阳光透过岩缝，斑驳的光影在石窟内游走。公主缓缓睁开朦胧的眼睛，慢慢坐起。靠墙的石架上，瓦罐静静地排列着。每个瓦罐的位置、装着什么，她都记得清清楚楚：那个是米，那个是面，还有那个装着的是干菜。她的目光流连在角落的灶台上，脑海中浮现出高歌在那里忙碌的身影。

一声嘶鸣打破了她的沉思。上面的马似乎知道她已经醒来，急切的呼唤声透露出饥渴。公主从石墙上摘下一副弓箭，背在背上，从罐里抓起一把干粮，塞进口袋，一边吃，一边步履轻盈地上到庙堂里。她看见地上散落着佛身碎片，顿生怜悯，将大块的捡起来，放在供桌上，轻声说道："等我猪头哥哥来了，他一定能还您一个完身。"

她牵着黑马走向那片熟悉的树林边的坡地。黑马欢快地低头啃草，而公主则坐在草坡上，眼神迷离。她的目光仿佛穿透了时间，看到了过去的自己与高歌在这里追逐嬉闹，笑声仿佛仍在耳边回荡。她皱起眉，心中涌起疑惑，她为何与他分离呢？

马儿的鼻孔间传出满足的喘息，它缓缓地向小溪方向移去。水珠溅在它的嘴角，让它特别兴奋。公主被它感染，欣喜地起身过去，也踏足溪水，清凉的感觉从脚心传来，是那么熟悉。

她将手中的一束花抛在水里，望着花儿的倩影顺着溪水一路跳跃，最终被一片森林挡住了视野。公主起了好奇心，怎么从来没有去过那片林子？不如沿着小溪走走，看看有什么发现，等见到了高歌，好把那里的故事说给他听。她轻巧地跃上马背，懒得遮掩猪脸，跟着溪流缓缓地走，心里想了许多的往事，就像水流中的碎片，仍旧飘忽不定。

不知不觉走过了几十里，一道山梁横在眼前，溪流则将山脊劈了一个缺口，形成瀑布，泻往山涧。公主让马儿在水边歇息，自己爬上坡，想看看那瀑布又去哪里。

这时她听到有人说话，一个小个子猴面人肩上扛着一只白松鼠，匆匆跑出树林，赶到一条与小溪并行的小道上。猴面人在小道上拉起了一根绊马索，松鼠则上了前方的树。公主闪身树后，等着看他们干什么。

不一会儿，一阵马蹄声由远而进。当那骑手接近绊马索时，松鼠用镜子的反光直晃骑手的眼睛，跑马随之被绊翻，骑手甩出了一丈之远。猴面人扑向倒地的骑手，正想用绳索捆绑，却不料那骑手突然反应过来，一个翻身将猴面人压在下方，从腰间抽出短刀就要扎下去。

这时，一支箭矢准确无误地射中了骑手的后颈，他的动作戛然而止，身体瘫软下来。猴面人用力推开尸体，起身后跪在地上，对着树林喊道："多谢大侠相救，敢问尊姓大名，以便日后报答？"

松鼠此时已跳到公主藏身的树上，好奇地打量她："大侠，你长得真像我一个朋友。"

公主好奇地收起了弓箭，微笑着询问："你的朋友叫什么名字？"

"高歌，"松鼠骄傲地说出这个名字。

公主一怔，脱口而出："那你一定是松毛！"

松鼠惊讶地瞪大眼睛："你怎么知道我的名字？"

"因为我是八妹！"公主兴奋地回应。

松毛高兴地叫喊起来："猴四，公主在这里，快来！"

猴四迅速跑来，拉起公主的手，激动地说："公主，大家都说你不在了，只有高歌坚信你活着。"

公主困惑地问："你们为何叫我公主？"

松毛解释道："你忘了？八妹本就是公主，是那火娘把你变成这样。不管怎样，你依旧是我们的公主。"

公主摸着自己的脸，若有所思："自从有了这副模样，我忘了许多事。你们慢慢告诉我吧。高歌呢？他在哪里？"

猴四回答："高歌独自前往宣城，去找火娘要公主去了。"

公主当心起来："即便是为我，他也不该过于冒险。"

"公主别太急，"松毛解释，"高歌天天进步，胆子越来越大，火娘吃不了他。"

公主揽过猴四，又叫松毛坐到自己的肩上，高兴地说："没有你们两个机灵鬼，我不知道我是谁，也不知何时找到高歌呢。你俩今天好危险，为什么要截一个兵？"

松毛回答："他是火娘的信使，去过大泽反抗军的兵营，肯定没干好事。我们本想抓住他，问问话，可惜死了。"

公主说道："你们去搜搜他的身吧。"

他们搜到一封信函，交给了公主。

公主拆开念到："火都督及文西公主殿下，"

松毛忙插话："所指的公主一定不是你，那是个假公主。"

公主继续念："我部官兵三万余人一致同意归顺朝廷，立即停止与雪贡军作战，望朝廷能在十日之内派兵前来，与我部会合，供图兴国之大计。刀山将军诚上。"

松毛、猴四纷纷问道："刀将军要投降？""是不是要做傀儡？"

"是这个意思。"公主答道。

松毛和猴四着急地问她："公主，怎么办呢？"

"走，你们跟着我，回去说。"公主提议。

猴四将士兵的尸体推入一个深坑，然后跨上士兵的马。

松毛则上了公主的马，坐在公主的怀里。那匹优雅的黑马，领着他们一路回到静心寺。

他们坐在公主的床上，开始商讨对策。然而，面对一长串名字，公主显得有些手足无措，"国师"，"朗坤将军"，"刀山将军"。这些名字她似乎熟悉，却又无法将它们与自己联系起来。她沮丧地说："我很糊涂，你们直接告诉我，怎么帮你们吧？"

松毛提醒她："公主，你不是在帮忙，所有大泽的反抗军都是你的，听你的指挥。"

公主的目光在他俩的脸上扫过，捕捉到了那深深的失望。她轻轻一笑，带着一丝自嘲："好吧，假如我是公主，我该怎么做？"

猴四挠了挠头："理应逮捕刀山将军，平息这场叛乱。"

公主问："那么，哪位勇士有这个本事？"

松毛的眼中闪过一丝迷茫。"按道理，只要公主一声令下，全军上下会毫不犹豫地听你的。但现在……"他目光滑过公主的面容。

公主微微点头："你的意思是，现在的我，他们不会认得，更不会信服。"

松毛若有所思："有几位大人物。米德国师，但他跟刀将军在一起，一定是被控制了。再是高歌，可惜不知他何时才能归来。还有朗坤将军，他对公主忠诚不二。"

公主急切地问："那朗坤将军现在何处？我如果写信给他，可否送达？"

"他驻守在千里之外。"猴四说，"不过，我可以飞鸽传书。"

"那我以公主的名义下命令啦！"公主还是不信自己就是公主，感觉自己在冒充。

猴四和松毛翻箱倒柜，找来纸笔，磨好墨。公主写道："特急！朗坤大将军，刀山叛将欲带全部官兵投降傀儡朝廷，请将军不惜一切手段铲除刀山及其同伙，救我国师，救我数万官兵。顺告之，我已脱险，不日即能回师。切切，文西公主手笔。"

写好后，公主问："如何，像不像公主写的？"

他俩高兴地说，就是公主写的嘛，还问像不像！松毛提示公主，还得按个手印，用右手大拇指，表明不是仿造。

***

刺杀雪贡王的黑影子正是铁柱。他没能逃出太远，就被上百名雪贡兵堵截在一个狭窄的死胡同。

三面是不可攀爬的高墙，唯一的出口被步步逼近的士兵封锁，他们手持长矛和大刀，目光冷冽。

背靠冷硬的石墙，铁柱知道退无可退，情急之下，深吸一口气，怒吼一声，向刀枪冲了上去。他侥幸地躲过了第一刀的致命攻击，一把夺过那把刀，第一个雪贡兵倒在了他脚下。其他士兵看见他的威猛，连连后退，被他们的头儿挡住了，不得不再逼上来。见了血，铁柱已忘了畏惧，直接向前杀去，又夺过一把刀，左右开弓，上下出击，顿时小巷子里是一番残酷的生死绞杀。

铁柱拼了个把时辰，中了数刀，已是血肉模糊，精疲力竭。就在此时，有人传来段亲王的命令，要抓活的。他们派兵上了房顶，撒下一张网，捕获了他。

他被关进了大牢，手脚拴了铁链，郎中给他的伤做了简单的处理，让他不至于死在牢里。

火娘叫来火玫问话："你是不是参与其中了？怎么铁柱和高歌同时出现在你身边，并同时肇事？"

火玫急忙跪在她面前："师傅，我一点都不知情！如果我知道，我会制止他们。"

火娘的眼神仍旧不易捉摸，冷冷地回应："最好你没有牵涉其中，否则我绝不轻饶。"

火玫小心翼翼地问："那铁柱将如何处置？"

"雪贡人打算用他祭旗。"火娘淡淡地抛出一句话。

＊＊＊

朗坤将军打开公主的密函，念后震惊不已。他想，那刀山将军糊涂，怎能与外寇为伍？我也收到诏安的文书，我为什么就不会动摇呢！公主命我铲除他和他的党羽，这不是两军拼个你死我活吗？拼完了，还有什么本钱抗击雪贡军？他让卫兵叫来他的副将白猜，共同商议。

白猜也把信读了一遍，狐疑地说："这信会不会有假？这也许是雪贡人一条毒计呢。再说，公主既然脱险，为何在外耽搁，不回来呢？"

　　"我也有此疑虑，"将军思索片刻，又说，"且等，我能辨别此信的真假。"他找出傀儡朝廷送来的"公主"的信，又找出一封公主出事前的文书，将三张摊开，边看边说："从字迹来看，三张没什么不同，但细看这手印，我已分别真假！"

　　副将问："如何？怎么我看是一样呢？"

　　"这里有个故事。当初我去接公主回来的路上，公主骑在马上，为了遮挡竹叶子，拇指被叶子划了一个口子。虽然愈合了，公主的手印总是有那么一点不均匀，看得出伤痕的印记。"将军指出，公主以前的手印与今日的手印完全一致，而傀儡朝廷送来的却不一样。

　　他们商量再三，最终决定放弃两军对垒的方式，由朗坤将军带领二十名卫兵前往刀山将军的营地。

　　朗坤将军一行即刻出发，快马加鞭，三日后便抵达了刀山将军的驻地。离营地还有半里地时，朗坤将军从腰间取出一面双鹰旗，命士兵将其挂上旗杆，高高举起。这旗帜乃傀儡朝廷所赐，打上它，即是宣告归顺朝廷。远远望去，刀山将军的营寨上也飘扬着同样的旗帜。

　　到了营寨前，朗坤将军对守寨卫兵冷声道："快快叫你们刀山将军前来迎我！他好大的架子，本将军来了，他人影都不见。"

　　守寨卫兵匆匆穿过寨子，直奔刀将军的帐篷，急声报告："将军，朗坤将军突然到访，他已在寨门口，等您去迎接。"

　　刀将军闻言，面露惊讶，显然没有预料到这位老友的突然造访。"来了多少人？"他带着戒备问道。

　　"二十余人。"卫兵迅速回答。

　　刀将军再问："朗坤将军的神情如何？"

　　卫兵回忆刚才的情景，"他有些不快，因为没见您在门口迎接。"

　　刀将军的眉头紧蹙，"他身上有没有杀气？"

　　"没见杀气，但我注意到他们举着和我们一样的新旗帜。"

　　听到这话，刀将军的脸上终于露出一丝松懈，嘴角勾起微笑。"原来这老家伙和我一样，换了大旗。"他轻声自语，随即忙着指示卫兵："快，召集仪仗队，去寨门口迎接朗坤将军。"

　　卫兵立即行动，寨子里迅速聚集了仪仗队。刀将军站在队伍前方，胸膛挺得笔直，神情庄重。

"将军，有失远迎！"刀将军握住朗坤将军的手，故作亲昵："将军此番突袭我处，不知有何公干？"

"对不住，此番不请自来，却因事情紧急。你先让我进去解解渴，吃饱肚子吧。"朗坤将军答道。

刀将军一挥手，鼓乐齐鸣，带他们进了营地。随后，他将朗坤将军拉到一旁，低声问道："告诉我，你来干嘛吧，不然我不安。"

朗坤将军悄声说道："我得到线报，朝廷的公主是个假的，真公主已经脱险，她正在组织人马对付你我这样的变节者。你知道，我本有十万大军，前阵子失利，现在只剩六万人。若公主带兵对我们各个击破，形势对我们非常不利。但是，你我要是联合起来，公主未必能胜我们。"

刀将军的眼中闪过一丝喜悦："我也一直在担心，朝廷的援兵迟迟不来。在你到来之前，我还在怀疑你会不会领兵来对付我。但现在看到你换了大王旗，我真的放心了。"

朗坤将军微微一笑，"先前国师老在我身边盯着，我装作积极。你以为我真的相信我们能赶走雪贡人？不过，你把国师怎么啦？"

刀将军微微侧头，低声回答："我已将国师软禁，计划日后献给朝廷。"

朗坤将军不动声色地说："我看，最好劝他同意跟我们一起干。"

刀将军摇了摇头，表情显得有些无奈："我恐怕没有那个能力，或许你能够劝说他。不过，在此之前，我们不妨先吃喝一番，再详谈具体的细节如何？"

朗坤将军顺势说道："依我看，就你我吃吃喝喝，耽误时间。你不如叫了你的死党一起过来，我们边吃边谈如何相互配合？"

刀将军的眼中闪过一丝赞赏，"好主意！"

很快，他召集了十余名亲信，在小庭院里摆上了酒席。朗坤将军惊讶地发现，刀山的副将刀隐也在死党之列。刀隐原本一直跟随国师，深得国师信任，所以几年前，国师以刀隐是刀山的远亲为借口，将他安插到刀山身边。

朗坤将军说了许多煽动的话，让在座的开怀畅饮，个个梦想封官进爵，娶个王亲国戚的千金。他找了个适当的机会站起来，走到刀隐身边，拍拍他的肩，低声问道："茅厕在哪儿？你给我带个路。"

刀隐起身，将朗坤将军带进茅厕，环顾四周确认无人后，低声质问道："老将军，你为何也走这条道？"

朗坤将军故作醉态，语气含糊："我，我，为何不可？"

刀隐眼中闪过一丝失望，语气坚定："人人可以，唯你不可。你是国师和公主的栋梁！"

将军挑眉反问："那你就可以？"

"不，"刀隐毫不犹豫地回答，"我绝不与尔等同流合污！我在等机会。"

朗坤将军嘴角勾起一抹狡黠的笑意："你不觉得我在给你这个机会吗？"

刀隐盯着将军，目光锐利，忽然意识到了什么，感激地说道："多谢将军指点！我去了。"

朗坤将军回到餐桌，继续劝酒，他举杯问道："诸位，归顺之后无战可打，如何打发日子呢？"

"多取几个老婆。"

"多生几个娃。"

朗坤将军转向刀山，故作随意地问："你呢，刀大将军？"

刀山诡秘一笑："我还没想好。"

朗坤将军探询地问："你是想做王吧？"

众人大笑，仿佛一切皆有可能。这时，门外卫兵通报："朗坤将军，营寨门口来了一位妖艳的女子，想要见您。"

朗坤将军露出兴奋的神情，摇摇晃晃地站起身，指着外面对刀山说道："有这等好事？我看一眼就回。"

刀山信以为真，笑道："别太久，我们等着呢。"

朗坤将军刚一出院门，刀隐便迅速将他拉到一旁，示意手下的士兵在屋的四周倒上火油，点起大火。顷刻之间，熊熊火焰吞噬了小院。有人试图冲出火海，但弓箭手毫不留情地将其射杀。

刀隐成功控制了队伍，官兵们在明白了真相后，纷纷欢呼雀跃。他们大多数人都与雪贡占领军和他们的帮凶有深仇大恨，之前只是敢怒不敢言，如今终于等到了带头人。

第十八章

中 邪 的 女 子

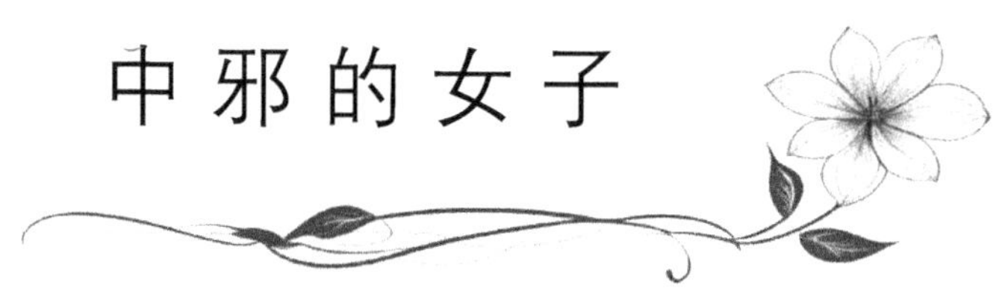

  国师午后小憩，醒来时心情依然沮丧，眼皮还未睁开，就嚷道："快去，把刀将军给我叫来！他要再不醒悟，我就……"

  话未说完，一道熟悉而洪亮声音在床前响起："国师！"

  国师愣了一下，猛然坐起，视线落在床侧，只见刀隐与朗坤两位将军并肩而立，神色间透着几分紧张，仿佛已经等候许久。

  "是你们？"国师的声音带着颤抖，目光在两人之间流连，像是不敢相信眼前的景象。

  两位将军从未见过国师如此狼狈和脆弱，立马同时跪下，语气恭敬却隐含愧疚："国师，让您受苦了！"

  国师定了定神，挥手示意他们起身，语调里终于带了几分轻松的笑意："这不是梦吧？"

  刀隐立刻回应："绝不是梦！刀山与其同党，已被尽数清除。"

  国师长舒一口气，目光复杂地看向两人，语调中夹杂着感慨："这几日，我无数次在想，难道我看走了眼，你们是否会像刀山一样负我信任……心血付诸东流。"

  朗坤闻言，略带几分俏皮："国师，难道有人在您面前说我坏话？竟连对我都失去信心了？"

  国师被他逗得笑出声，摆摆手："没有没有，就是一个闪念罢了。刀山的确给了我一个措手不及，差点动摇了大局，不怕你俩见笑，这次我真的有过绝望的时刻。若不是你们及时，后果不堪设想！我得为你们庆功……"

朗坤却突然笑容一敛，意味深长地说："国师，若是庆功，这首功可轮不到我和刀将军。"

国师微微一愣，问道："哦？你说的首功是谁？"

朗坤眼中闪过一丝敬意，道来："公主！"

"公主？"国师身体前倾几分，语气变得急切，"快说来听听！"

朗坤将军从怀中取出一封信，递给国师："是公主命我来解救您，平定乱局的。"

国师看后，心中感慨万千，一直担心公主太单薄，经不住摧残，真怕见不到公主了。此时，他来了信心，不禁说道："公主跨过了她人生第一道坎了。"

朗坤将军关心地问："国师，您觉得公主为何不回营地呢？"

国师当然猜到原因，但只是说："公主刚刚逃出来，该是有小恙在身，不便长途跋涉。"

朗坤将军又问："还有高歌呢？自从您给他一个大厨的诨号，他跑得没人影了。"

"他的路要长一点，这孩子坐不住，在家里练不出什么名堂。"国师道来，"好在他皮厚，我送他一个名号，就是让他闹腾起来，出去磕磕碰碰，吃些苦头，尽快认识自己和对手。他的坎要多些，他不容易，就看火娘还能留给他多少时间了。"

"原来如此，我还以为他像铁柱一样逃掉了呢。"朗坤将军恍然大悟。

国师坚定地说："他是为这乱世而生，逃避不了命运。"他用犀利的目光望着两位将军："这些日子天象很乱，你们二位打好精神。"

他们连连点头。随后，朗坤将军离去，回到他的大本营。刀隐将军则被提升为东线作战总指挥。

***

猴四带回找到公主的消息，猴三和猴香兴奋不已，迫不及待要去探望。可猴四却摆摆手，皱眉道："你们暂且别去。公主现在只记得自己是八妹，对从前的事全然不知，心绪还未平复。若你们贸然见她，只怕会让她更混乱。"

猴三摸了摸下巴，若有所思地说："老四，这公主怕是心里出了问题。我倒认识个有法力的大神，兴许他能指点一二。"

　　大神是作坊的记账先生，平日坐在角落里翻着账本，灰白的毛发把脸几乎掩住，年纪难辨。可他那双眼睛深邃如渊，配上飘逸的白胡须，仿佛世事尽在掌握之中。

　　猴三和猴四坐到他身旁。猴三从袋中掏出一枚铜板，推到大神面前，低声说道："伙计，老四有要事请教。"

　　猴四描述了公主的情况，说道："她不是年迈也没受伤，却把近事全忘了。你说，这是什么缘故？还有救没？"

　　大神闭目不语，掐指算了片刻，才缓缓道："这女子受了天大的打击，肝肺两魄被伤，游离了身外。听着，这是身心自保的法子。打击太重，情绪难控，她若记得太清，必被痛苦击垮，那愤怒、悲伤多了，就压不住啊。肝肺两魄便自发暂离，以护其主身。她忘记的，正是让她无法承受之事。"

　　猴四急问："那她还有没有恢复记忆的希望？"

　　大神缓缓睁眼，语气沉稳："有是有，须看环境。若她还困在苦难之中，不记得反而是福。若形势好转，再助她魂魄归位，让她心开情通，或可恢复。方法也简单，找个这女子喜欢的人或物，不经意的让她接触，打开了心扉就好了。"

　　听完，猴四点头，若有所思，又掏出一枚铜板递上。他脑海中已然浮现猴香的身影——她昔日招待客人的模样或许能唤起公主的记忆。他决定让猴香稍作打扮，准备带她去见公主。

　　猴香歪着脑袋，疑惑地看着猴四："你刚才还说别去打扰公主，怎么转眼又拉我去见她了？"

　　猴四笑了笑，摆手道："你和公主以前见过，她会开心的，不会乱。"

　　两人各骑一匹马，沿着山间小径奔驰，松林与山谷在两侧疾速掠过，耳边风声猎猎。半日奔波后，他们到达了静心寺。

　　此时，公主和松毛正坐在草地上，沐浴在柔和的阳光中，旁边的黑马低头啃着青草。忽然，松毛跳了起来，挥手喊道："猴四、猴香！"

　　公主闻声望去，目光落在猴四旁的女孩身上，视线忽然柔和下来。那熟悉的面孔在她脑海中渐渐清晰，她想起了那个在高歌的小店里接待客人的女孩。

公主起身迎上前，一把扶住猴香，帮她从马上跃下，露出久违的笑容说道："我还记得你，猴香！没想到你也到了这大泽。"

猴香拉着她的手，兴奋地回应："公主，自打你跟着高歌离开，我们就关了小店，一路追到了这里。"

公主的目光柔和而亲切，细细打量着猴香，轻叹道："猴香，你越来越漂亮了。倒是我……还能像个公主吗？"

"你永远是我们的公主，不管样貌如何！"猴香不由分说，搂住了她的腰。

三人顺势坐到松软的草地上，沐浴在夕阳余晖中，笑声和话语在风中流淌，仿佛连四周的草叶也为他们感动而起舞。

公主笑着陷入回忆，轻声说道："还记得我在小店里点那碗三鲜面吗？把你忙得团团转，跑进跑出地找食材，好不容易做好了，我却已经走了，是不是气坏了你和高歌？"

猴香回忆起当时的情景，忍不住笑了："倒没气，只是觉得有些奇怪呢。高大哥还亲自端着面出来，想看看是哪位客官点的。找不到人，他那神情特别失落，问我是什么样的客人。我说嘛，是个大美人。他听了却只摇摇头，说：'她不吃就算了，你来吃吧。'"

公主哈哈大笑，眼中泛起一点怀念的泪光："我那时故意不想见他，怕他被卷进这场乱局，可又忍不住想让他知道我来过。想着点碗三鲜面，也许他会猜到点什么。"

猴香笑着摇头："他没猜出来。不过也许他心里明白，只是没跟我提呢。"

公主扬眉，断然道："呆子，肯定没猜到。"

一旁的松毛插话问："公主，那你最后一次见高歌是何时？"

公主的神情微微暗了下来："在马帮的队伍里。那天早上，我和他说了几句话。谁知从那天起，我的生活全变了，再也没能见到他。"

猴四见公主的记忆渐渐复苏，兴奋地一拍手："公主，你回想起来了！瞧，你几乎什么都记得了！"

公主怔了怔，仿佛有什么在脑海中逐渐浮现，慢慢说道："真的呢……许多画面都回来了：国师、朗坤将军、铁柱、火娘……还有东线、西线的战事……"她猛地抬头问道，"东线的平乱如何了？"

猴四从怀中掏出一封信，满脸笑意地递给她："好消息！朗坤将军刚传来的。"

公主展开信纸读完，握紧信件，目光炯炯："大家真是出色！我不能再闲着了，得尽快见到国师。可我现在这模样，如何回去见他？"

几个人相视而笑，彼此心中都明白——他们的公主，已然归来。松毛轻声安慰道："国师早已知道你的情况，公主。他还替你保密呢，看到你的样子不会有半点意外。"

猴四听公主要启程，连忙说道："公主，还有件要紧事。雪贡人在三坝重建了一个巨大的粮仓，把抢来的粮食全都囤在那儿。如果能毁了粮仓，雪贡兵必定粮草告急，咱们大泽反抗军就有机会拿回三坝。"

公主眼中闪过一丝兴奋："哦？说来听听。"

猴四立刻汇报道："我的猴子军在大泽各地烧了不少粮仓，唯独这个无法下手。我派了好几批兄弟，都被阻在外面。他们一里外设了岗哨，在通往粮仓的小道上还涂了油，黑乎乎的，又粘又腻。"

公主眯起眼，沉思片刻："那是焦油，见火就着。他们显然针对的是你们猴族，想封死所有入口。"

猴四苦笑点头："碰上焦油，我们猴子就得退避三舍。"

公主忽然灵光一闪，想起猴家是做镜子的，问猴四："你们用镜子反射阳光点过火吗？"

猴四点头："用过，比磨石生火要快得多。公主是想用反光镜去点燃粮仓？"

公主目光炯炯地解释道："古时曾有以大镜子聚光，远距离引燃敌方营地的法子。我们不需要那么大的，只要能聚光到两里之外就行。"

"只要一个大镜子就能成？"猴四略显疑惑地问道。

"一个足够。"公主点点头。

猴四露出一丝笑意："公主放心，这不难办。猴三是行家，我去找他商量。但这镜子尺寸不小，需要几日时间来做模具和打磨。"

公主满意地点点头："好，这次的烧粮仓行动就交给你负责。我明日便动身去东线，会见国师。"

猴四和猴香对视一眼，随即领命而去，趁着天色尚亮，向深山进发。那晚，公主向松毛打听起高歌的近况，听得津津有味，尤其是当松毛提到高歌现在成了名声在外的"大厨"时，她不禁笑得眉眼弯弯。正聊得兴起，忽然，外面传来一声清脆的马嘶声，打破了宁静。

松毛敏捷地探身上了岩缝，借着月光凝神看去，只见一个模糊的人影下了马，悄悄走向公主的马厩。他瞥了一眼，回头低声对公主说："来了个偷马贼，我去会会他。"

松毛翻上岩缝，脚步轻快地绕到那人影的背后，一眼扫过地上的松果。他猛地大喝："偷马贼，看家伙！"话音未落，便将松果如连珠炮般踢向那黑影。松果砸在那人身上发出闷响，而那黑影却一动不动，任松果打在身上，抬头哽咽出声："松毛……"那声音带着熟悉的伤痛，瞬间让松毛怔住。

啊，高歌呀！松毛心一紧，连忙扑到他面前。高歌缓缓坐地，靠着木桩，肩膀微微颤抖。看他脸上的泪痕和红肿的眼睛，松毛心中立刻明白了几分，低声问："是那老妖婆欺负你了，对吧？"

高歌抬起头，带着一丝怨愤和痛苦，哑声道："松毛，我喊你、找你……可你在哪里……"

松毛神色一黯，忍不住低声道歉："对不起，高歌，我疏忽了。"

正当他愧疚地低头时，一个柔和的身影从月光中悄悄走来，那是公主。她看着那满身风霜的高歌，眼中闪烁着温柔，轻轻在他身旁坐下，轻唤一声："高歌。"

高歌怔住，缓缓转头，与公主的目光在夜色中交汇。他凝视着她，仿佛不敢相信，伸出颤抖的手，轻轻触碰她的猪面，低声问道："你……真的是公主吗？"

公主微微点头，眼眸里柔情似水。

高歌脸上泪痕未干，却露出一抹释然的笑，欣喜轻声道："难道……我真的能梦里成真？"

公主轻轻拍了拍他的手："看你高兴的。"

松毛觉得没有自己的事了，就说："你们好好说话，我回林子里过夜了。"随即，松毛轻轻拍了拍高歌的肩，转身钻进林中隐去。

公主牵着高歌的手，两人缓步走向地窟。幽暗的油灯下，高歌再顾不得什么委屈，只是痴痴地望着公主。公主也不避让，坦然让他细细打量那张被诅咒成"猪脸"的面容。

"公主，你这模样，跟我想的还真是差不多。"高歌忍不住笑出声，带着几分顽皮的喜悦。

公主眉眼一挑，故作责怪地说："有传闻说是火娘把我变成这样的，我现在怀疑是不是你故意捣的鬼呢？"

高歌轻轻将头靠向她，眨了眨眼，"虽然不是我下的咒，可看到你成了我的模样……我竟然有些得意，谁说咱俩长得不好看了？"说着，他从腰间掏出猴三送他的小镜子，递向公主："不信的话，照照看，我可是说真的。"

公主看了看镜子，撇撇嘴，推开了它。见她不收，高歌忙解释说这是早就为她准备的礼物，只是一直没机会送出。她闻言这才接过，但并没有细看，直接将镜子放进了口袋。

"你若真喜欢这副样子，恐怕得看它一辈子了。"公主带着一丝自嘲，叹了口气。

"到底是什么巫术竟能让人变成这般？"高歌蹙眉问。

公主轻声答道："火娘收养了一个怪物，叫巫龙。他从不现身，只以诡异的声音操控咒术。受她指使，已有数千人被变成你的样子。我也不知她为何偏偏爱你这张脸……你的高叔叔告诉我，这巫术无人能解，除非那巫龙死了。"

高歌听了，眼神一沉，手心微微收紧，坚定地说："公主，你放心，我一定会找那巫龙算账，让他彻底消失！"接着，他好奇地问，"对了，你说你见过我叔叔？这又是怎么回事？"

公主的眼眸在灯火下闪动，似有挥之不去的忧伤，她声音低柔，却带着难掩的颤抖："在那个猪妖的集中营里……"她断断续续地诉说起那些痛苦的记忆。高歌紧握公主的手，仿佛这样就能抹去她所有的噩梦。公主深吸一口气，勉强让自己镇定下来，轻声问道："那火娘……她对你做了什么？"

高歌低下头，眉眼间透出一种隐忍的痛苦，声音沙哑，每个字仿佛带着伤口："她当着所有人……嘲笑我，叫我'丑八怪'。那一刻，我觉得自己的心像是被利刃刺穿……"

公主轻轻伸出手，轻抚他的脸庞，柔声道："高歌，你还记得吗？

我说过，你是这世上独一无二的仙人。"

他闭眼，似乎在让自己记住她的话，低声道："可那时，你不在，我……真的很茫然。"

公主微微一笑，目光温柔而坚定，握紧他的手："即使我不在你面前，我的心也一直与你同在。"

高歌深吸一口气，脸上浮现一抹坚毅："下次她若再来，我就告诉她，'老妖，我心中有公主，不怕你！'"

公主被他逗笑了，眼中藏不住欣慰，又带着一丝担忧："可若是假公主再来扰你，诱你迷途呢？你会不会又不知所措？"

高歌咧嘴一笑，故意装出无奈："那我该怎么办？"

公主眨了眨眼，眸子里闪着俏皮的光："我教你一个法子，记牢了！她攻击你的弱点，你也可以反击她的弱点。"

高歌眼珠一转，顿时露出一抹狡黠的笑意："不错，若老妖再敢嘲笑我，我就威胁她：'你再说一句试试，小心我掀了你的面罩！'"

公主忍俊不禁，笑声在夜色中清脆如铃："这样她非得吓得魂飞魄散不可！"

两人相视一笑，眼中映着彼此的笑容，那笑中既有难得的快乐，也带着同样的勇气，仿佛这一刻，他们不再畏惧任何风浪。

公主停住笑，问道："听说你武功大有长进，还得了个响亮的名号？"

高歌的眼睛顿时亮起来，带着一丝自豪，眉梢轻扬："没错，现在我能掌控水、火、风、电这些自然元素，还学了金蝉脱壳、借力打力，把有形之物化为无形的技巧。小时候，大鹏师傅都教过，可我那时心浮气躁，总不得要领，如今多亏了国师的点拨，才真正摸到门道。只可惜，头疼的毛病还没好，不然啊——"他停顿片刻，笑道，"或许能赶上我爹了。"

公主听得新奇，满眼赞叹地望着他："你会这么多了！快说说，那'化有形为无形'到底是怎么回事？"

高歌眯起眼睛，带着几分得意："比方说，你打我一拳，硬接的话会疼得要命，可如果我将你那力道巧妙地化开，让它无处着力，那这一拳就打不到实处了。"

公主了然地点点头，带着笑："难怪你敢去惹火娘了。"她伸手搭在他的脉搏上，细细体会，"你的脉象竟比以前平和了许多。那……你现在可以飞了吗？"

高歌苦笑，摇了摇头："飞？一想到飞，我头疼得更厉害。"

他们聊得意气相投，不时触动了彼此的伤心事，唏嘘中也流了几滴泪。高歌因连日的奔波，渐渐靠在公主身旁昏昏欲睡。公主看着他微阖的眼眸，悄悄地扶他到床上，小心地替他盖好被子，轻手轻脚地收拾妥当，俯身凝视着他的安静睡颜。她的脸庞微微贴近，仿佛想要轻轻一吻，最终却只是温柔地抚了一下他的发丝。

她轻步走到油灯前坐下，手指无意间抚上自己的脸颊，忍不住拿出高歌送的那面小镜子，盯着镜中的"猪脸"。她轻叹一声，目光暗淡，这张陌生的脸孔带来的是无数屈辱和无奈，她心里浮现出一丝隐约的痛楚，不知何时、何人才能替她解开这无情的魔咒。

其实，在公主挪动高歌时，他已醒了，却闭着眼装作沉睡，享受着她的温柔。他悄悄睁开眼，看到公主一遍遍地抚摸着脸颊，对着镜子默默地落泪。高歌的心忽然一颤，眼前的公主仿佛在笑颜之下掩藏了太多泪水与孤独，那份掩盖在坚强背后的脆弱，直刺他的心。

他等公主睡了、进入了梦乡，便起了身，上到庙堂，留意到佛身的碎片整整齐齐地躺在供桌上，猜到是公主所为，看看西斜的月儿，离天明还有两个时辰，就找了一只瓦缸，从小溪畔抓了半缸泥回来，将佛身修补好，给佛磕了一个响头，求他庇佑公主。

他起身正要离去，耳边听到佛说："施主且慢，在我的莲花座后下方，有你喜爱之物。"

高歌转到后面，伸手一摸，摸到一个铜笛子。他便问佛："我既然把它送给佛了，佛为何又把它还给我？"

"此笛非彼笛也。"

"难道……"高歌将笛子贴在自己的脸上，暖暖的，碰到自己的嘴唇，温温的，"我自己的笛子！它怎么在这里？"他欣喜地问。

"是一无名野鹊留下的。"

"那人在哪里？"

"天山崩，情缘了，他已归西。"佛念叨。

原来大鹏师傅念念不舍高歌，用尽在世间最后一口残存之气，化为野鹊，看护高歌，直到天山气数尽、化为沧海。

***

雪贡士兵对大泽全境进行了一场无差别屠杀。大泽的土地遍布血迹，新坟孤零零地散落在田野间，风中夹杂着刺鼻的腥味，勾来了野狗四处游荡，饥饿地嗅着血腥气，窜进废弃的村庄和井巷。段亲王继承了雪贡大王的位子，准备扶棺回国，但那盖棺的旗帜必要铁柱的血。

火玫心如刀绞，却无力改变铁柱的命运。只好鼓起勇气，前往大牢与铁柱告别。然而雪贡士兵冰冷地拦住了她："段大王有令，任何人不得探视死囚。"火玫眼眸一冷，暗用迷香，才得以走进那阴森的牢门。

寒冷的石墙透着湿气，狭长的走廊暗得如无底深渊，火把的光影晃动，墙壁上的影子如同无声的诅咒。她一步步走下去，心跳得如鼓，终于看到了那熟悉而苍凉的身影——铁柱。曾经挺拔如山的他，如今被枷锁锁得蜷缩在角落，疲惫的身形让她心碎。即使如此，当他看见她靠近，仍挣扎着站起，拖动着脚上的铁链，一步步挪到铁栏边，眼神满含温柔，凝视着她。

火玫上前，手指轻轻抚上他满是伤痕的脸庞，泪水滚落，止不住地滑过指尖。她知道，他的每一道伤都是为了她——而她不过是个冒牌的公主。她眼眶酸涩，低声责怪道："你怎么这样鲁莽？我答应嫁给他，只是一个幌子吧了，我终有自己的办法。你却把命搭了进来。"

铁柱虚弱地笑了笑，眼中却是无比坚定的光："我不后悔，公主。我宁愿拼尽一切，只要能护住你。"他顿了顿，目光回到遥远的过去，嘴角带起一丝柔和的笑意，"还记得八妹七岁那年，戏班老板想卖掉她。我虽然小，但还是偷偷抓来条毒蛇，放到他鞋子里，想着让那毒蛇替我动手。"

火玫的泪水愈发汹涌，她握紧他的手，另一手轻抚那冰冷的铁链，眼神满是痛楚与自责。"你一直保护我，可是……我却救不了你。"她的声音低沉，带着无尽的绝望，仿佛一缕幽魂在空气中颤动。

她轻轻吻了吻他的手，眼中深深地刻着他的面容，咬牙忍住泪水，带着无法承受的痛楚一步步离开。每一步都像是将心撕碎，眼中最后的影像是他无声站立在黑暗中，孤寂却带着微笑。

＊＊＊

高歌悄然离开了公主，心头燃起决然的火焰。他要去京城，这次目标直指巫龙，他无法忍受公主再多受一天的屈辱。他来到公主提过的凤凰村，希望在村头的农市上能等到他的高叔。可奇怪的是村民都在往村外走，个个神情凝重，他不禁问一个老者，这是为什么。

那老者叹了口气，"今天在宣城，雪贡人要杀我们大泽的一位英雄，我们去为他送行。"

"什么样的英雄？"高歌急切地追问。

老者的眼中闪着崇敬，"他替咱们杀了雪贡国王！如今，雪贡人要拿他祭旗。"

高歌心头一震，肃然起敬，又问："那壮士可有名号？"老人摇头。

高歌暗下决心，此等英雄不能不救，谅公主多等一日不会抱怨。他翻身上马，向宣城疾驰而去。

宣城外，阴森的刑台已搭建完毕。高台之上，黑黄白布条在风中飘动，四周布满了雪贡的刀斧手，一个角落被黑布封得严严实实，似是关押那位英雄的笼子。台下，雪贡士兵层层围守，城头上插满黑鹰旗，猎猎作响，仿佛死神狞笑的面容。台下四里八乡的百姓蜂拥而至，人们簇拥着，要挤到最前排，只为看一眼那壮士的容貌，将他铭记在心，讲给后人听。许多人带着纸钱，准备在英雄最后一刻送他一程，愿他走得坦然无惧，黄泉路上少些小鬼的纠缠。

来时途中，高歌遇见了一位身穿黄袍的老和尚，灵机一动，便借了他的衣装，佛珠绕腕，佛杖在手。他把马拴在远处的杨树下，以僧人模样步入刑场，低眉合掌，口中轻念"我佛慈悲"，缓缓前行。百姓见一僧人到来，心生敬意，纷纷让出一条道，让他一步步走向高台。

高歌刚要跨步登台，被雪贡士兵冷冷挡住，一抹寒光在长枪的锋刃上闪过，透出森冷的杀意。

"快去禀报你的主管，"高歌对兵头平静说道，"本僧是应火都督之命，前来超度亡魂的。"

兵头微微皱眉，眼神透着几分不信："火都督并未下达这样的指令。趁早靠边去，我们雪贡人不信这些邪道。"

高歌抬手，仿佛无意地碰了碰兵头的胳膊。刹那间，一股阴冷的寒气透过兵头的皮肤钻入骨髓，让他忍不住打了个寒噤，袖内的冷风似乎直袭心头。高歌用低沉的语气缓缓说道："今日天象不正，太阳隐晦，阴风阵阵。此人不同寻常，"他指向高台上的黑布铁笼，声音压得更低，"是天王地煞转世的煞神。小鬼方才就扯着你的胳膊呢……你再看，城头的王旗之下，阴火窜动……"

兵头脸色瞬间苍白，心神大乱，连忙挥手："好了好了！你赶紧上去超度，免得他冤魂作祟。给你一袋烟的时间！"

高歌点点头，跨过士兵让开的道路，登上了刑台。他钻入黑布里，看到铁柱被困在铁笼之中，衣衫破碎，神情憔悴，仍紧咬牙关，眼神中却透出一股不屈的坚毅。高歌压低声音对他说："我来带你出去。"

铁柱惊讶地瞪大了眼睛，但随即露出一丝微笑："真是你！但我伤得不轻，走不了多远。"

高歌一手按住铁柱的后背，暗运内力，将一股精气缓缓送入他的经脉，低声说道："你稍安勿躁，我来换你出去。等他们抬我去砍头的时候，你趁乱溜走。有一匹马系在不远处的杨树上，一直往东南跑，去找公主，她已回到反抗军的营地。至于我……过了今日，公主身边便不会再有我这个灾星。"

铁柱愣住，眼神复杂地望着高歌，沙哑道："你……你走吧！我宁愿死在这里，也不要你替我送命。你若不在，公主怕是会恨我一辈子。"

高歌笑了笑，安抚地拍了拍他的肩膀："是公主让我来救你的，她说你回来，她才安心。"

铁柱眼中闪过一丝希望，终于点头："既然公主吩咐，那我也不能轻言放弃。"

高歌微微一笑："我也不会让自己白白送死。"说罢，他施展秘法与铁柱迅速交换了位置，再从袖中掏出一把黄土，抹在自己脸上，将清秀的脸庞掩盖成泥土般黯淡的模样，牢牢锁住笼门，以铁柱之姿蹲坐于角落，等待士兵的到来。

隆隆鼓声仿佛从地底滚来，震得空气都在颤动，台下百姓的心随着那鼓声不由自主地收紧。号角一响，几个彪形大汉快步上台，扯下黑布幕，将碍事的"和尚"推到一旁。铁笼门一开，他们就拖出囚犯，硬生生把他架到前台。铁柱趁乱悄然从侧边溜下台，不发一声地穿过人潮，找到高歌的马，翻身而上，迅速消失在远方。

高歌被壮汉们押着，面朝刑具，但他倔强地僵着脖子，一步也不肯屈膝。壮汉怒了，用棍子猛击他的膝弯，高歌却大喊一声"痒！"直跳脚，却死死不跪。兵头见状，怒火中烧，向城头打了旗语，很快得到回应："砍了他的腿！"

壮汉们不再客气，刀斧手挥刀向高歌腿上砍去，刀刃却仿佛撞在铁石上，被震得嗡嗡作响。高歌夸张地搔着腿，喊道："痒！痒得紧！"壮汉们脸色一变，纷纷围上，一阵乱刀落下，却没有在他身上留下半点伤痕。

高歌心里盘算着，铁柱该已跑出几里，便再也按捺不住怒气，大声喝道："你们不讲行规！杀囚犯，只能杀一次，你们砍我百刀，怎还不依不挠？"百姓随着他的话一惊一喜，渐渐怒火难掩，齐声呼喊："放了他！放了他！"

就在此时，城头旗帜一挥，千支利箭呼啸着朝民众射来。高歌猛地甩开铁链，跳下高台，挥手一招，狂风骤起，直卷城头。箭羽、断头台、士兵被抛向天际。这招乃大鹏师傅所授，他近日刚学会，如今一试，果然威力无边。

他正要转身追赶铁柱，忽听一道尖锐的女声从城头传来："丑八怪，休想就此走脱！"他回头望去，只见城头上火娘一袭黑衣，凛然站立，满脸嘲讽地看着他。

"你叫谁？"高歌抬头高喊，丝毫不示弱。

"叫你，丑八怪！"火娘冷笑，以为人群会随她嘲讽一番。然而，四下静默，竟无一人附和。

高歌大笑，索性将猪脸暴露在众人面前，朗声道："我是钉耙王的儿子，天生如此，丑不丑我自知自明，轮不到你来评判！倒是你，火娘，敢不敢取下面罩，让大泽人见见你的真面目？"

百姓也跟着高喊："敢不敢？敢不敢？"

火娘的脸色霎时发白，手捂住面罩，转过身去，眼神闪烁，隐隐带着恐惧。

高歌笑得愈加夸张，故意在台上打转，翻了数个跟斗，与百姓同乐。

火娘被彻底激怒，轻蔑一哼，手中猛然抛出一个斗大的炽热火球，直击高歌后脑勺。高歌毫无防备，被火球裹挟着，瞬间腾空翻滚，消逝在云霄之外。

民众刚刚燃起的勇气，在这一击之下瞬间熄灭，宛如被霜打的茄子，人人噤声不语，再也不敢轻举妄动。

第十九章

清淡若水

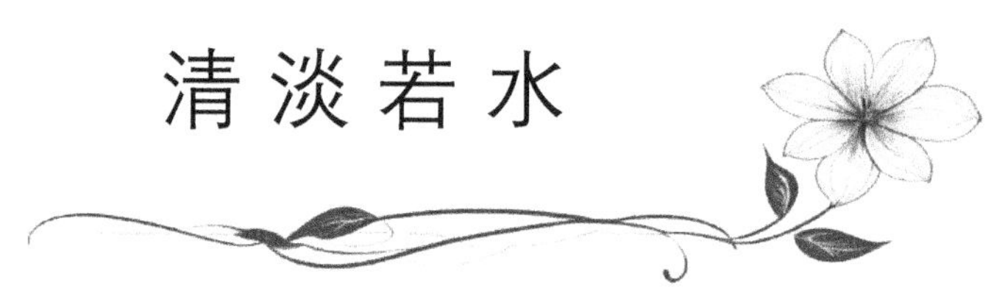

  松毛昨夜在一棵千年古树上安歇，遐逸地躺在树枝编织的梦床上，心中为公主和高歌的重逢感到无比欣慰。他取出珍藏的丹丸，捏在两指之间，见它透着彩色的幽光，如同天上的星星落在手中，散发出一股清香，弥漫在树叶间。大鹏师傅将毕生杰作赠予松毛，但松毛却未曾遇见自己的相好，这或许就是命运的安排。松毛知道，现在有人比他更需要这丹丸。

  "这宝贝真神奇！"松毛听到一个娇嫩的声音，环顾四周，却不见人影，只闻到一阵异性的迷人香气。

  "往上看，我在这呢！"松毛抬起头，见一只秀丽的松鼠小姐姐倒挂在树枝上，朝他笑着。

  "你为什么挂在那里？"松毛望着友善的小姐姐问。

  "我今夜没找到窝，可以和你挤一挤吗？"她问。

  "那你下来吧，"松毛收起了丹丸，挪了挪身，腾出一个位置。

  小姐姐坐到他身旁，靠得很近："再让我看看你的宝贝吧？"

  松毛有些犹豫，她美丽的大眼似乎只是对那宝贝感兴趣，但他难以拒绝她的请求。他故弄玄虚地说："那是情人丹，只给一世的情人看。"

  "你不妨让我看看，我也许就是你等的情人。"她在黑夜里闪着明亮的大眼，期待地说。

  松毛顺从地从耳朵里取出丹丸递给她。她捧在手心里，看呀看，抱怨道："怎么不像刚才那么好看了。"

松毛说："你的心离我越近它就越亮，可见你的心离我远着呢。"

"那你让我抱着它睡一觉，说不定我俩的心就在一起了，行吗？"

"好吧，我让你试试。"松毛转身睡去了，要考验美丽的小姐姐。

第二天一早，松毛醒来，不见了小姐姐，以为是个梦，掏掏耳朵，真的少了一个丹丸，不过那是个假的。他总是备有个假的，关键时候能派上用场。

真是可惜，这样迷人的小姐姐，难得一遇的佳人，却心如冷冰，只钟情于财物。摸摸身边她睡过的地方已经冰凉，树枝上挂着她一小撮橘黄的尾毛，露珠积其上，在清晨的光照下，闪着许多细细的珍珠。

松毛轻巧地从树上跳下，扫视一圈马廊，立刻发现高歌的马不见了。他心里一紧，连忙蹲身钻进岩缝，下到地窟。地窟里静悄悄的，只有公主侧身蜷在床上，睡得正香。松毛轻轻摸了摸高歌的床铺——一片冰冷，显然人早已离开。他摇了摇公主的肩膀。公主揉揉惺忪的大眼，带着几分迷糊看向他。

"高歌呢？他去哪儿了？"松毛低声问道，目光里闪着担忧。

"不知道呀。"公主想了想，说道，"他怕是又去了宣城！"

松毛的脸上写满不安，"那我呢？万一他要喊我咋办？"

公主笑笑，轻轻拍了拍他的肩："松毛，让他自己去吧，你不觉得他长大了？他在一步步学着为自己、为别人担起责任。来，我们去国师那儿——他在等我们。"

出发前，公主将身上的草花裙子拉整齐，将褐灰色的长头巾一点一点地裹在头上，尽力捂住大耳朵、翘嘴和鼻子，可那两只耳朵桀骜不驯，裹在布里还在往外冲。松毛心疼，跳到公主的肩上，跟她说："公主，你把嘴露出来，我送你一颗花生米，它会给你好运。"

公主笑笑，"好，好，松毛对公主总是爱护有加。"她扯开布张开嘴等着，一个甜甜小东西掉到嘴里，直接滑到肚子里。"谢谢松毛，"公主继续裹她的头，一直到只露出一双眼，又在头上披了一个黑纱巾。

公主上了马，松毛跳到她怀里，坐在前头。走了一段路，松毛提醒公主："我们该歇息一会儿了。"

公主摸摸他的头，说："刚出门不久呢。"

“我要到林中方便一下。”松毛眨眨眼。

公主不得不停下马。他跳下地，不急于去林子里，而是对公主说：“公主，你脸上出汗了吧？不如解开头巾透透气？”

公主回答他：“裹一次不易，等等再说。”松毛只好跳上马，并没有去方便。公主好奇，“你忘了去林子！”

“又不急了，”他敷衍公主。

走过百里，松毛指着路边的小溪说渴了，渴得很，不如停下来，喝点清凉的溪水，歇息片刻。公主也觉得嘴里干燥，听了松毛的。

他们蹲在小溪旁，公主解开头巾的结，一圈一圈地拆包头。松毛屏住呼吸，静静地等待奇迹。

公主盯着自己在水中的倒影，它飘忽不定，就像她此刻的心情，想看它又不忍看，如果是原来的自己该是多么甜美的事。忽然，她觉得水里摇晃的轮廓有点熟悉，一只抓住头巾的手松开了，慢慢去触碰自己的脸颊，然后摸耳朵、鼻子、嘴，喊道：“松毛，你看见了吗？是不是真的？”

松毛洋洋得意地回应：“公主，的确是真的！”他后悔现在才给公主，都是为了高歌，想让他看看公主和他长得一样。

公主扯下头巾扔到水里，它似乎不愿离开，挂在水草上。她坐到身边的石头上，掏出高歌送的小镜子，对着镜子看了一遍又一遍，左看又看，验了每一个部位，抿着嘴地笑，又喊道：“松毛，把你的头伸过来，我要确定这是真的。”

松毛的小脑袋贴着公主美丽的脸蛋，镜里镜外一切都是真的。公主见到他诡秘的笑容，问道：“小机灵，这是你的功劳吧？”

松毛得意地说，“是，也不是。你吃的花生米其实是个丹丸，是大鹏师傅炼制的。他要送给他的相好又没送，后来给了我。我要它做什么！它可神奇了，不但让你美丽，还让你永远年轻呢。”

“哈哈，谁要娶了我可就麻烦了，”公主笑道，“他老了，我还是这般十七八的模样。人家会指着他说，你是她爷爷吧！”

松毛摇了摇尾巴，笑道：“那可不一定哦，得看你嫁给谁！”

“怎么讲？”公主睁大了眼睛。

“高歌也得了一颗。他不仅功夫高强，还能永葆青春呢。不信你问问他。”

双灵星

***

　　火娘暂时将高歌打出视野之外，但她心知肚明，不久之后，他还会来纠缠，愈加放肆。他的羞辱像针扎般刺骨，火山炙烤般难耐。火娘握紧拳头，眼中闪过一丝狠意——她必须加紧修炼天魔大法，让所有神魔都对她俯首称臣，否则便让他们灰飞烟灭。

　　她来到猪妖营地，原本打算质询巫龙关于天坛修建的进展。她一到，却发现营地一片寂静，空无一人。她环顾四周，压下怒火，冷声吩咐手下去找巫龙。

　　手下人面露难色，小声提醒道："都督，我们看不见他的踪影哟。"

　　"嗨，什么事都得靠我自己！"火娘冷冷地说，从怀中掏出她的猫眼石，从中看见巫龙正躲在天坛的地库里悠哉地喝酒。她怒火中烧，带着一群侍卫直奔天坛而去。

　　天坛巍峨耸立，直插云霄，与天地相连，在阳光下散发出冷冽的光芒。火娘站在天坛前，心头兴奋不已，竟暂时忘了惩戒巫龙的打算。这时，巫龙仓惶赶过来，粗声粗语喊道："都督！恭喜您！"

　　她眉梢微挑，淡淡问："恭喜什么？"

　　巫龙堆着笑说："属下正要来报喜呢，天坛已完工，只等您来启用。"

　　火娘的怒气烟消云散，朗声一笑："好！我就饶了你白日饮酒之罪，进去看看！"

　　巫龙引她进入天坛内部，指着石板楼梯，声音中带着敬畏："这楼梯直通顶部，共有九千九百九十九级台阶。平时它是封闭的，只有在运送祭祀物品时才会开启。"

　　火娘微微皱眉，嘲讽地问："你是让老娘每次都得一步一步地爬到顶上去吗？"

　　巫龙一脸谄笑地解释道："都督，为了您上去方便，我们特意设计了一种天梯。"说着，他引领火娘走到一扇隐蔽的门前。门被推开，一把雕刻精美的座椅嵌在梯道中央，银光闪烁。巫龙指着旁边的手柄，恭敬地说道："您只需坐上去，拉动手柄，一眨眼便可到达顶端。到了上面，点燃那座火炬，等您看到日月星辰在火炬周围旋转，就可以开始修炼。"

火娘挑眉，略带怀疑："真有这么神奇？不如你陪我一起上去试试？"

巫龙忙不迭地摇头，好像火娘能看见似的，语气里带着一丝敬畏与惧意："都督恕罪，那地方气场太强，以我的修为，恐怕难以承受。"

火娘不再多言，微微一笑，眼中闪着兴奋之光："那我就去试试！若效果甚佳，我可能会在上面修炼几日。在此期间，不许任何人打扰。"

巫龙继而小心翼翼地补充："都督，属下还有一事相商。营中养了许多猪妖，如今用不上那么多，不如开设一个决斗场，每日挑出十几个猪妖比斗，通过卖门票赚取银两，以此供奉您，不知您意下如何？"

火娘欣赏地说："不错的主意，不过得留下百把个猪妖，负责打理天坛。"

巫龙听了，连连称是，目送火娘优雅地坐上天梯座椅，消失在上升的轨道中。

***

翻过一个小山坡，大泽军营的喧哗声已隐隐传来，兵刃撞击与将士喊杀声在空气中震荡。松毛不由自主地放慢脚步，瞥了一眼身旁的公主，心中升起隐忧：将士们都以为文西公主叛投了雪贡，如今真公主若是贸然现身，恐怕会招来误解甚至危险。他侧过头，小声问道："他们会认得出您吗？"

公主目光一沉，声音冷静但夹杂着一丝焦虑："那假公主，真与我如此相像？"

"简直一模一样，"松毛低声回道，"连高歌和国师都被骗了。"

公主闻言，蹙起眉头，止住马步，下马牵着缰绳，缓缓走上山坡，目光投向林荫下的军营，心中迅速盘算着应对之策。良久，她抬头，语气坚定地说："松毛，你去把国师请到这里来，他有足够的智慧分辨真假。"

松毛点点头，轻巧地跃上树梢，隐没在林间。片刻后，他便跳落在国师面前，气喘吁吁地喊道："国师，我找到了高歌和公主了！"

国师本来在打盹，听得一惊，抬起头，眼神亮起："人呢？"

"高歌，又跑掉了，像是去了宣城。"

"让他到处跑吧。"国师用双手比划着一个大脑袋，问："那个那个……"

松毛会意地说："您指的是猪面公主吧？就在兵营外面，等您去接她。"

国师一听，猛地站起，抓起披风，急匆匆往外走。刚走几步却突然想起了拐杖，又回头去拿，随手挥退了准备跟随的侍卫："不用了，就是跟松毛出去透透气。"

上到山坡，竹林间静悄悄的，只有一匹黑马栓在树旁，轻轻摇晃尾巴。国师疑惑地四处张望，正想喊一声，却听到背后传来熟悉的声音："国师，我在这呢。"

他猛然回头，没见到猪面公主，却见到个人面公主，拐杖"哐当"一声掉在地上，眼睛直勾勾地盯着公主，质问："火玫你，你怎么又回来了？"

公主弯腰捡起拐杖，递给国师。他却迟疑了一会儿才接过。公主面带微笑，轻声解释道："国师，想必是火玫害您不浅。我其实就是猪头公主。"

国师脸上的疑惑更深了："猪头何在？"

松毛抢先回答："我已将猪头咒语破除。"

公主点了点头，确认松毛的话。

"何时你松毛能破魔咒了？"国师仍然半信半疑，试探着问道："如果您真是公主，那您应该不介意我问您身上的两处特征吧？"

公主微笑着回应："国师请问。"

国师小心翼翼地问："公主的前额发际线处有一个伤疤，对吧？"

公主轻轻撩起头发，露出前额："看吧。"她的表情平静而自信。

国师凝视着她的前额，却发现那里并无伤疤，疑惑地说："怎么不见疤痕呢？难道是我眼花了？"

公主不解，她知道自己前额的左侧原本有一道显眼的伤疤。她抬手轻轻地在前额摸索，但并未感觉到那熟悉的痕迹。公主转向松毛，语气中带着一丝焦急："你帮我看看，有没有？"

松毛仔细查看后，也是摇头。国师的声音再次响起，带着一丝严肃："记得您的大拇指上有一道伤痕，能让我看看吗？"

公主点头，"对，是我右手的拇指。"她伸出手来，展示给国师。

国师接过她的手，在明亮的阳光下仔细寻找，但他的脸上渐渐露出失望的神色。他示意松毛过来看，然后问松毛："有伤痕吗？"

松毛遗憾地回答："没有看到。"

国师深深叹了一口气，"我也没有见到。我还以为是自己眼花了。"他望着公主，叹一口气，"如果您是火玫，还是趁早离开吧。您或许能骗过松毛，但骗不过我。别等高歌回来，他见到您，挠您一把，岂不是要您半条命？"

松毛急忙辩解："昨夜高歌还和公主在一起。我敢用我的性命担保，眼前是真正的公主。"公主保持着淡定，轻声提议："国师，不如您问我一些火玫不可能知道的问题。"

国师听了，双手紧握着拐杖，下巴架在手背上，陷入深思，"好吧。您第一次见到我时，是怎样称呼我的？"国师开口问道。

公主回答得毫不犹豫："大爷。"

"您首个任命的将军是谁？"国师接着问。

公主依旧迅速回答："刀山将军。"

"公主最怕吃什么？"国师的声音中带着一丝期待。

"蚂蚱虫。"公主的回答流畅而自然。

国师听到这些答案，内心的疑虑已去了八九，只是还有一个最后的悬念，"公主，您不会也有魔法了？"

"怎么会呢？我知道您一直对我那两个疤痕耿耿于怀，但我实在无法解释。"公主无奈地说道。

松毛跳到公主的肩上，激动地喊道："我能解释，那是因为公主今天吃了神丹！"

国师好奇地问："什么样的神丹？"

"大鹏师傅毕生炼制的丹药。公主吞下后，魔咒解除了，疤痕也消失了，还从此变得更加美丽年轻。"松毛眉飞色舞地讲述道。

"这就说得通了！"国师惊叹，紧紧握住公主的手，眼中充满了感慨和欣慰，泪水不由自主地流了下来："公主，老臣不该让您去安南国，让您受尽苦楚。"

公主的脸上浮现出温柔的微笑，她轻轻拍着国师的手，安慰道："我看这是我命中的一劫。您没看到高歌见到我猪头的样子有多高兴，把他的猪脸凑在我面前，不肯拿开。"她指了指自己的脸颊，眼中闪烁着调皮的光芒。

国师从公主的平静语气中感受到她那股坚韧不拔的气质，心中感到无比欣慰。

松毛轻盈跃上竹梢，对国师认可公主之事倍感喜悦。然而，他的心中也有一个疑虑，不禁向国师询问："火玫与公主容貌如出一辙，您是否每次见到公主，都要问那么多的密语来防止假冒呢？"

"确实是个难题，"国师端详着公主，不禁说道："那火玫与我相处多日，我全然不知她是冒牌的。松毛，我先问你，你说我们该如何防范？"

"依我看，我天天守着公主，我身边的公主就是真的！"松毛自信地说。

"不行，你有打瞌睡的时候，别又弄个假的来害我。"国师驳斥道。

公主叫停他们，说："其实很简单。那火玫是由玫瑰精化出来的，身上带有一股玫瑰的香，怎么也去不掉。而我，从不用香，清淡若水。"她将自己的手臂伸给国师和松毛闻闻，两人顿时为之折服。"既然我是真货，国师，带我去营地吧。"

***

那次钦王子坠入红河的激流中，恰好被一只成精的河豚救起。

当铁索桥断裂时，钦王子想抓住"公主"，可是她已先于他坠入激流。尽管他心中急切地想要救她，但急流一次又一次地将他拉入水中，让他睁不开眼睛。渐渐地，疲惫和寒冷占据了他的身体，挣扎变得无力，四肢像灌了铅一样沉重。

最终，他屈服于无情的河水，像一片树叶在波浪中翻滚了一百多里，然后被冲到一个水湾里。

这个水湾里住着一只年轻的河豚，它曾在南海龙王那里做杂役。不久前，它跟随龙王来红河视察，趁龙王瞌睡的时候溜进这水湾，看见一个年轻美丽的女子坐在岸边，双脚放在水里戏耍。它爱慕这女子，趁她不留意，禁不住亲了一下她的脚趾头。回到南海后，它难忘那次奇遇，又偷偷跑回这里，把小水湾占为己有，期望再次遇见那女子。

那女子名叫阿依，刚刚十七岁，住在河边的一个村落里，是一个大户家的独女。她不爱针线，也不爱读书，偏爱去森林里狩猎和下河网鱼。自从被河豚触了脚趾头，她大病了一场。她的父亲再不准她到水边的河湾去玩，因为村里人时常看见河湾里有个怪物在深水里游荡。它偶尔翻身露出水面，显出透明的躯体，彩色的鳞片，一双黑曜石般的大眼睛。那飘逸、闪闪发光的东西好像时时在注视着岸上的过往行人。

河豚在寂寞中度过每一天。毫无生气的钦王子的到来，给它带来了遐想。它在他的身体周围盘旋，饶有兴趣地观察他，抑制不住一个冒险的计划。如果将自己的灵魂与眼前的人体合二为一，就有机会上岸，去寻找那心仪的女子。它聚集了全身的能量，向钦王子漂浮的身体猛然撞过去，激活了钦王子。

钦王子本能地浮上水面，慢慢向岸边游去。

＊＊＊

阿依已经很久没有去过小水湾了，但她对那种玩水的感觉依旧迷恋不已。清凉的河水在她指尖流淌，给她带来无尽的欢笑。她总是喜欢把那长长的赤褐色头发散开，像扇子一样漂浮在水面上，仰望着天空中懒洋洋飘过的白云，让阳光在她的发丝上洒下红色的光点。可是，这种美好的体验，她已经很久没有感受到了。

她心里想着，即便不能玩水，哪怕只是到河边走一走也好啊，感受一下从河面吹来的微风，看看那金光闪闪的水花，对岸迷蒙的薄雾，闻闻泥土和野花散发的潮湿气息。但是，父亲吉迪派了一个女仆时时看着她，这让她感到窒息。于是，这一天，她对父亲撒了一个谎："爹，我的蓝宝石项链丢了！"

吉迪吃惊地问："怎么丢的？那可是你过世的母亲给你的。"

"我想是在小水湾丢的，最后一次玩水时落在那里了。"

"我让贝西去找找。"

"我也得去，我知道我去过哪些地方。"阿依请求道。

"别靠近水，"吉迪严肃地说，"我不想让你再碰上水妖什么的。"

"是的，爹。"

阿依和贝西各自骑上一匹马，来到小水湾，将马丢在河堤上吃草，两人走进水边的乱石滩。

贝西提醒阿依："阿依，你可不要再往前走，不然你爹会要了我的命！"

阿依看看可怜的贝西，停住脚，选了一块平整的石头坐下，面对着静静的水湾，闭上眼睛，尽情享受秋末午后那略带湿润的暖风轻拂着脸颊。

"我们不是要找项链吗？"贝西问。

"不用找了，一定被水妖偷走了。"阿依神秘地说。

贝西紧挨着阿依坐下，生怕水妖能伸出长臂来抓人，可是她游移的目光却不时地眺望着水面，希望捕捉到人们传说中的光怪陆离的妖物。她看见十来只水鸥在远处的水边盘旋嘶鸣，有个奇怪的东西在往岸上爬。她推推阿依，"快看，那是不是水妖？"

阿依站起身，向贝西指的方向看过去，立即说："那是个人在爬，也许发生了什么事，我们去看看。"贝西来不及止住她，阿依已经跑过去了。

那是钦王子，他向赶过来的阿依伸出一只手，就昏了过去。阿依明白这个陌生男人需要帮助，上前跪在他身边，见他面色苍白，但五官却端正英俊。他胸口随呼吸起伏，躺在那里挪不了身子，水拍打着他的腿。她用劲地摇他，想把他弄醒，可是没有成功。她抓住他的手臂，用尽全身力气，把他拖到了河岸上。

站在一旁的贝西紧张地催促阿依，"好啦，我们快离开吧，他会不会是水妖？"

"你见过这样的水妖？他是溺水了，快，把他带回村。"阿依说。

阿依将钦王子悄悄带回家，贝西和其他家佣把他藏在柴房里，看护了几日。当他能起身时，他跟着佣人们干起活来。

阿依看他勤快，受到启发，就拉父亲去看他劈柴的样子，说他是个流浪汉，想混口饭吃，求父亲把他留下来。

父亲观察他是个老实人，长得干干净净，同意留下他。

阿依问他从哪里来，叫什么名字，他一概不记得。他的魂魄受到河豚的挟持，记忆一片混沌。她给他取了一个名字叫阿扎，意思是"陌生人"。阿扎很快就适应了下人的新角色。尽管有时因对过去缺乏记忆而感到困惑，但他乐意做砍柴、打水和照料马的活儿，因为阿依时常来看他，夸他很棒，那是他最幸福的时刻。

一日，阿依的父亲吉迪在后院里陪着阿依练箭，阿扎跟在后面伺候他们。阿依看见阿扎似乎对弓箭感兴趣，就让他试试。他连射三箭，全部中了靶心。吉迪见状问他：“你过去是猎手吧？”

阿扎摇摇头，“不记得。”

这几日阿依正闹着去林子里打猎，吉迪在考虑谁合适陪伴阿依一起去，便对阿扎说：“明日阿依进山作狩猎之旅，由你陪伴吧。”

阿依眼里闪烁着兴奋的光，“太好了！阿扎，你可以教我箭术。”

吉迪大声清了清嗓子，“小伙子，你要在森林里保护我的女儿。她容易做鲁莽的事，你必须照顾好。”

“是的，老爷。”阿扎礼貌地回答。

阿依带着阿扎进了森林，她立即显出她的天性，像快乐的小鸟。

她带他来到她小时候发现的小瀑布。她最喜欢潺潺小溪旁的阴凉峡谷，那里一年四季盛开着紫色的丁香花。

“这里真安静。”阿依坐在丁香花丛中，心满意足地叹了口气。她让站着的阿扎坐到她身边，注意到他举止文雅，眼睛温柔而深邃，黑发随意披在额头上，坚毅的嘴唇背后像是有个神秘的故事。

阿扎注意到她的目光，“阿依，你为什么这么看着我？我做错了什么吗？”他小心地问道。

阿依脸红了，“我不知道，和你在一起时，我感觉……不同。”

阿扎沉默片刻，说道：“我是下人，小姐。”但他这样说时，脑海里出现另一种声音：“傻瓜，去摘一朵花给她！”他不由自主地摘下一朵丁香花，把它塞到阿依的耳后，同时说：“与你的美丽相比，这朵花就黯然失色了。”

阿依睁大了眼睛，嘴角浮现出羞涩的微笑，趁他不备，在他脸上亲了一口，跑进了树林。在接下来的几天里，他们继续狩猎之旅。阿依的吻搅乱了阿扎的脑子，他试图专注于自己的职责，但发现自己的目光不断地落在阿依身上。她自信地大步穿梭在森林里，轻盈而优雅。当她把灿烂的笑容转向他时，他不得不移开视线，以免自己迷失在她明亮的眼睛里。

一天早晨，他们在追逐一只野兔。阿依不慎踩到湿滑的苔藓，脚下一滑跌倒，滚下了山坡，最终落入湖水中。这一切发生得太快，等到阿扎赶到湖边时，阿依已经不见了踪影。他毫不犹豫地扎进水中，冒着被水草缠住的危险，在深水中四处搜索，终于救出了失去知觉的阿依。他急切地掐她的人中，直到她终于吐出几口水，缓缓苏醒过来。

阿扎抱起她，走到一处向阳的草地上坐下。阿依虚弱地靠在他怀里，轻声说道："阿扎，你从哪里来的？"她的眼神中充满了依赖。

"不记得，也许是很远。"他低声回答，眼中闪过一丝迷茫。

"也许你是专门为我而来，"她捧住阿扎的脸，眼神坚定而温柔，"你已经偷走了我的心。"

阿扎的心怦怦直跳，"阿依，我……我不知道该说什么。"他结结巴巴，内心的情感如潮水般涌动，但理智告诉他，他只是一个仆人，不该有这样的奢望。

"我想听你的心里话。"她认真地说，目光灼灼。

阿扎的脑海里响起了一个声音："如果你不会说话，那就什么都不要说，你知道该怎么做！"忽然间，他充满了激情，眼睛闪闪发亮，脸上洋溢着喜悦，双臂更紧地抱住阿依，感受着她的心跳。

回到家后，阿依勇敢地向父亲宣布了他们的恋情，希望得到父亲的允许。父亲震怒了，质问她："跟一个下人偷偷摸摸……你不觉得羞耻吗？"他怒视阿扎，"我给了你饭碗，你就是这样报答我的？"

阿扎低下头，声音坚定，"这不是她的错！我是主动表白的。如果你一定要责怪谁，就责怪我吧。"

吉迪愤怒地对阿扎说："你不准再靠近我的女儿，不然我把你送到官府！"

阿依伤心极了，将自己关在闺房里，拒绝吃喝，一天，两天……吉迪表面上装作不在乎，但看到女儿日渐憔悴，终于在第七天妥协了。他虽然万分不情愿，但还是同意了他们的婚事，并为阿扎准备了几套体面的衣服，选好了婚礼的良辰吉日。

结婚的前一夜，阿扎换上了新装，对着镜子整理自己。镜子中的形象让他感到无比熟悉，突然间，他想起了自己是谁——他是安南国的钦王子！

他记起自己与文西公主自小有婚约，如何能与阿依成婚？"我得告诉阿依！"钦王子心急如焚地想。

河豚提醒他："你不能这样做，她救过你，你如何辜负他？"

钦王子与河豚的魂魄争来斗去，不知如何是好。

第二天一早，大家发现新郎不见了，还少了一匹马。

阿依以为是父亲赶走了阿扎，愤怒地质问吉迪。

吉迪也为阿依感到难过，安慰她说："宝贝女儿，我怎么会对你食言呢？走，我们一起去找他！"

"世间何其大，到哪里去找他？"阿依眼中带着泪水。

"他最熟悉的地方是哪儿？"父亲问。

"那怕是森林了！"阿依肯定地回答。

第二十章

摇 晃 的 桥

    钦王子躲进了森林，马儿驮着他沿着狩猎的路径缓缓前行。与阿依共度的时光一幕幕在他脑海中闪现，提醒着他，阿依在等待他。然而，他心灵深处，总有公主的影子挥之不去，驱使他继续前行，离阿依越来越远。

    马蹄踏在落叶上发出沙沙声，远处的流水声仿佛在引导他。四周是参天大树，茂密的枝叶遮住了阳光，投下斑驳的阴影。前方的小径上，低垂的藤蔓时而垂落，似要伸手拉他下马。奇异的鸟鸣在树林中回荡，既诱人又令人心生寒意。

    夜幕渐渐降临，天边最后一抹晚霞也消失了。浓雾缓缓升起，为森林披上了一层神秘的面纱。就在此时，钦王子前方出现了一束诡异而闪烁的光芒，带着不可言喻的磁性，穿透迷雾，仿佛在向他招手。

    这迷人的光芒牵引着钦王子，他驱马向前，逐渐接近那神秘的源头。眼前是一组巨大的光环，大小堪比谷仓。这些光环一圈又一圈，每一圈都闪烁着不同的光泽，缓缓旋转，伴随着低沉的嗡嗡声，像是催梦的低吟。周围的树木倒向同一个方向，像是遭遇了强大的冲击。

    在那光环的中心，一道人影渐渐显现，躺在那里，面朝天空，似乎沉浸在甜美的梦境中。随着光圈的旋转，他缓缓上升，又悄然消失于光晕之中。当这神秘人影再次显现时，钦王子惊讶地认出，那竟是他熟悉的猪面人高歌。

钦王子立刻意识到，高歌必定遭遇了不测。"高歌！"他焦急地呼喊，一股勇气驱使他向那神秘光环冲去。但光环的力量似乎无可匹敌，一次又一次地将他弹回，仿佛无形的壁垒。就在他准备再次挑战时，阿依如影一般及时出现，紧紧握住他的手。他们肩并肩一起撞去，光圈终于被突破，爆发出万花筒般的色彩，渐渐化作零散的火星，消失在空气中。

这时，吉迪举着火把赶到，照亮了周围的黑暗。高歌重重地摔在地上，从梦中惊醒。钦王子俯身去拉他，他却自己跳了起来，惊喜地喊道："钦王子，好久不见！"

钦王子松了口气，"高歌，你怎么在这里睡着了？"

高歌看见还有人在场，便一抖耳朵换了个人脸，对着阿依说："呵呵，莫吓着你，我不是妖怪。"

阿依却说："你是大名鼎鼎的大厨吗？大泽国人人夸你！"

高歌嘻嘻笑道："我果然小有名气！不过，不瞒你们，我在这里被困数日，昏睡不醒，都是中了那个老妖火娘的招。那光怪陆离的圆圈其实是一把阴阳锁，要不是钦王子和妹子一起上，这锁是破不了的。我在此谢过好妹子！敢问芳名？"

"我叫阿依。"阿依兴奋地说。救了"大厨"，那是何等的荣耀！

高歌转向钦王子："我就不谢你了，你知道何故？"

钦王子问他："不懂，我舍命救你，你却吝啬一个谢字？"

"钦王子你听，刚才虽然我在昏睡，我已感知你的身体被一个小妖侵袭。你不觉得自己被人操纵吗？"

"的确是，我不但不记事，还管不住自己。"钦王子诉说。"不过我这一刻全清醒了！"

"那是因为光圈的力把它赶出了你的身体。你看，你要是没碰到我，你惨了吧？"

"高哥哥，那是个什么妖？"阿依好奇地问。

"是南海龙王身边的一个河豚，它逃了出来作妖，为的是通过钦王子把你娶了。"高歌继续说，"阿依，你差点嫁给了河豚。钦王子，你与公主有婚约，差点背了个背信弃义的骂名。"

阿依听了，拉住钦王子的手，呜呜地哭起来："你即便是王子，也不能就这么把我撂下了，总得有个交代。不然，我爹也不依！"

王子走到吉迪面前，语气诚恳地说道："我先前的作为有不得已的缘故，但我是真心喜欢阿依的。我想认她为妹妹，带她回安南国拜见我的父母，你看如何？"

吉迪微微一笑，拍了拍王子的肩膀，温和地说："多谢王子厚爱，小女顽皮，您可得好生照看她。不过，今晚不如先回村里住下，让我也好尽地主之谊，招待你们一番。"

高歌却摇了摇头，"你们三人先回吧，我还有急事。"

吉迪见高歌神情匆匆，便提议让出一匹马给他，安排阿依与自己同骑。没想到阿依早已欢天喜地地跑到王子旁边，拉住他的衣袖，非要跟他同坐。吉迪看着这一幕，微微摇头，眼中掠过一丝无奈的笑意。

高歌转向吉迪，问道："从这里到京城，骑马要几天？"

吉迪掐指算了算，答道："至少十天。"

高歌眉头一皱，长叹一声："十天？哪怕三天也误了我的事。要是我会飞功该多好。"话音刚落，他忽然感到一阵轻飘，脚下竟不自觉地腾空了。他先是一惊，随即摸摸脑门和头心，感觉如常。回想起近日的种种，不由得明白过来——一定是火娘那记重击打通了他体内的郁结！

他默念师傅的"长长长"口诀，脚下顿时生风，身体轻轻飞跃，便已升空。他在半空中旋转几圈，兴奋地翻了几个跟斗，试探这自由感觉。片刻后，压下激动的心情，他落回树林边，对众人拱手一礼，朗声道："后会有期！"话音未落，人已化作一缕风，迅疾地消失在云后。

只一个时辰，高歌便到了宣城。

他在高空盘旋，目光投向城北几里外，只见天地之间漆黑一片，上不见星星，下不见灯火。他心中一动，怀疑那便是天坛的位置。于是，他迅速飞近，只见阴风自地而起，黑云从天而降，两者汇聚一处，上下翻腾，左右盘旋，最终流向一个黑洞。高歌试图跟随那风、那云找到入口，却被一堵看不见的墙挡住，无论从哪个方向都无法逾越。他百思不得其解，决定去找一个人问个明白。

他来到"公主"的宫殿，见各处都有侍卫把守，便轻巧地落在屋顶，熟练地移开几片琉璃瓦，悄无声息地滑进火玫的闺房。

　　窗外月光静静洒进来，在床头勾勒出火玫安详的面庞。高歌点燃蜡烛，柔和的光线慢慢浮动，将房间笼上淡淡的光影。他轻步走到床边，俯下身，轻轻推了推火玫的肩。

　　火玫睫毛微颤，缓缓睁开眼，朦胧中见高歌那熟悉的猪头晃动在烛光里，仿佛还在梦中。她揉了揉眼睛，半信半疑地伸手挠了一把，触到他微凉的鼻尖。意识到眼前不是幻觉，她猛地坐起身，急切地说："我以为……再也见不到你了……"话未说完，泪水已滑落脸颊。

　　高歌在床沿坐下，望着她落泪的模样，心里隐隐一酸，忍不住变出一条丝帕递给她，挠挠大耳朵，语带调侃："别哭别哭，我可是最怕女人的眼泪了。"

　　火玫掩面啜泣，仿佛压抑已久的委屈都涌了出来。高歌挠头，手忙脚乱地劝道："哎呀，好火玫……好火妹儿！"说到"妹"字时，他手中变出一支娇艳的红玫瑰，递到她面前，"别哭了，这个送你。"

　　火玫被玫瑰迷住了，脸上透出一丝笑意，轻轻接过，却见那玫瑰瞬间化作一片片花瓣，带着烛光的温暖，散落在她发间。

　　"哈，学了我的绝技啊？"火玫嗔怪，眼神中却满是欢喜。

　　"哪敢，哪敢！你的是真本事，我的不过是幻术罢了，逗你笑呢。"

　　"高歌……谢谢你。"火玫终于露出真心的笑容，目光盈盈，"真没想到还能见到你。快说说，你这次是怎么活过来的？"

　　"这次有点悬，幸亏钦王子救了我。"

　　火玫露出不可置信的表情："钦王子还活着？"

　　"他不仅活着，而且过得好得很，身边还有个美人相伴。"

　　"他已经成婚了？"她的声音中带着惊讶。

　　"倒也不是，是个如花似月的干妹妹。"高歌风趣地说，"我见你眼睛放光，莫不是你对钦王子有意思？"

　　火玫叹气："我背个假公主的名，不过是个花妖，如何非分？"

　　"你也不必自贬，"高歌鼓励她，"听百姓议论，你做了不少好事，有点公主的风范。"

　　"不说我了，"火玫问，"你有事吧？"

　　"我有一事问你，你愿答则答，不愿我不怪你。我现在想进天坛，有何高招？"

火玫微微皱眉，低声说："自从火娘启动天坛后，集中营和周围出现了魔障，像一道无形的墙，谁都进不去。"

高歌点头："是的，我刚刚领教了，碰了一鼻子灰。"

火玫忽然露出一丝狡黠的微笑："我倒有个办法。雪贡人每晚都会从集中营带出十个猪面人，拖去城南的角斗场，让他们拼死相斗。胜出的那个，会被送回集中营。或许，这就是你的机会。"

高歌露齿一笑，"这个法子……可行。"他看着火玫，认真地说，"不如跟我一起走吧，脱离这苦海。"

火玫一怔，眼神暗下，声音压得极低："不行，我的命根子握在火娘手里，身不由己……不过，我不会伤害你们。"

高歌点点头，向火玫告别，要去决斗场。

"记得走时，把我头顶那天上的洞补上！"她指了指屋顶，笑意浮上眼角，带着几分俏皮。

高歌踏入城南的角斗场，周围高耸的石壁上投射出火把跳跃的光芒，照亮了看台上黑压压的人群。午夜的空气中混杂着酒气、汗味和血腥味，观众兴奋地喧哗着，仿佛这死亡之戏才是今夜的盛宴。

台上，两名猪面角斗士搏斗着，一人红衣，一人黑衣，挥舞着沉重的大刀，野性有余，却毫无技巧可言。红衣的猪面人浑身血迹斑斑，摇摇欲坠，却仍然咬牙反扑。黑衣角斗士眼中闪过一丝犹豫，似乎不想继续，但在观众的鼓噪下，他最终举刀落下。红衣角斗士仰倒在地，那双逐渐黯淡的眼盯着对手，似带着一丝解脱的微光。黑衣角斗士喘着气，举起刀，向观众发出一声嘶哑的嚎叫，仿佛在庆幸自己苟活一夜。

突然，场边的铁笼响起一阵叮当声。看守探头一瞧，愣住了："咦？难道闹鬼了？里面还有一个？"

高歌从笼中伸出一只手，丢出一串铜钱，悠然道："瞧瞧，这钱是真的吧？放我出来，拳脚痒痒，正好活动活动！"

看守咧嘴一笑，把高歌拉出笼子，解了他的铁镣，又往他肩上披上一红色外套，塞给他一把刀。鼓声擂动，掩盖住了人群的低语，黑衣角斗士握紧刀，狂冲而来。

高歌轻松一闪，笑着在他耳边道："小心点，别撞到我刀口上了。"

黑衣角斗士当即将这话当作挑衅，愈发疯狂挥刀，高歌左闪右避，干脆扔了刀，赤手空拳玩耍起来，轻松避开对方的猛攻。等到差不多了，高歌夺过黑衣人的刀，轻点他的穴位，再抱起他，假装一扭，做出折断脊骨的样子。

观众爆发出一阵狂热的喝彩声，响彻四周。高歌成了当夜的赢家，看守得意地对手下吩咐："明晚也要让这家伙上场！挺能玩嘛。"

高歌被锁进囚车，颠簸着回到集中营，关进一间狭小的囚室。四周终于静下来，他小心翼翼地退去沉重的铁镣，悄然走出囚室，顺手将守卫反锁在里面，施了个小法术，笑眯眯地让他长出了一副猪头。他换上守卫的制服，推开囚牢的大门，一眼望见天坛巍峨的影子在远处夜幕中矗立。

高歌沿着墙根轻步前行，摸到了天坛大门附近，瞧见四个卫兵站岗。他镇定自若地靠近，随意轻轻一拍，将"瞌睡虫"暗暗放在他们身上。卫兵们刚一愣神，眼皮便沉重地垂下，顺着墙角瘫坐，陷入酣梦。

高歌进入天坛，在昏暗走廊中摸索着，来到了叔叔的房间门口。他静静推开门，烟雾扑面而来，油灯微弱的光亮映照出房中模糊的轮廓。一个苍老的身影蹲在床边，低头抽着烟，空气中飘浮着烟草的味道。老人缓缓抬头，双眼在薄雾中露出淡然的光，静静地打量着这个闯入者。

"叔叔，是我，小猪头！"高歌轻轻开口，声音里透出久别的温情。然而，面前的老人只是怔怔地看着他，眼神空洞。高歌微微一笑，手指轻轻拨弄耳朵，变回那熟悉的猪头模样。

高拐子的目光瞬间变得明亮，挣扎着要起身。高歌上前扶住他，两人并肩坐在床上。高拐子颤抖的手轻抚过高歌的脸，仿佛摸索着尘封的记忆，"像你爹，也有你娘的影子……"他喃喃道，眼中带着几分激动，"你终于回来了！是那八妹叫你来的吧？"

高歌点点头，"是的，叔叔，谢谢您救了她。"

高拐子脸上露出慈爱的笑容，"一家人说什么谢字。那丫头对你情深义重啊。"

高歌嘴角带笑，眼神柔和，"她确实是个难得的姑娘。"

"那叔叔算是做了件积德的事。"高拐子眼底满是自豪。

高歌跟着笑，却很快收起笑容，"是的，那是奇功一件。叔叔，您在这里多久了？"

高拐子脸色一黯，低声叹息，"十几年了吧。天天盼着，不知什么时候是个头。"

"快了，叔叔，"高歌眼神如火，背脊挺得笔直，"就这几天，我要把这里闹个天翻地覆！"

高拐子愣住，脸色骤变，抓住高歌的手，焦急地说："侄儿，这火都督神通广大，我怕你会……"

"您侄儿早见过世面，近日功力大涨，呼风唤雨、飞沙走石、掌控雷电，样样不缺！"高歌笑得眉飞色舞，满脸自信。

高拐子一颗悬着的心终于放下，感激地望着高歌，"谢天谢地！侄儿，你若有这本事，叔叔能为你做点什么？"

高歌思索片刻，压低了声音，"我有两件事要做。不过，先要收拾巫龙小妖！"

高拐子皱眉点头，"这巫龙行踪诡秘，你我看不见他，如何收拾？"

高歌嘴角露出一丝狡黠的笑意，"公主说他嗜酒如命，对吗？"

高拐子点点头，"那妖，从早到晚就缠着我要酒喝。"

高歌靠近高拐子的耳边，轻声嘱咐了几句。高拐子听得眼中笑意浓浓，领着高歌走向地下的酒库。临别前，他拍拍高歌的肩，"好好歇息，明天让巫龙好好'过把瘾'。"

第二天一早，高歌隐约听到门外传来一个沙哑的声音，带着不耐烦的催促："喂，拐子！酒呢？！"

"大人稍等，我去取！"高拐子应声，抓起一只罐子，进了地窟。

高歌凑上前，往罐里倒进大半罐酒，然后悄悄加了一泡尿，他又摇晃了几下，掀开盖子闻了闻，担心尿味不够重，便用指尖捻了一滴尝了尝，满意地点头。

拐子抱着罐子，小心翼翼地走出去。巫龙迫不及待地抓过酒罐，凑到嘴边，猛吸一口，顿时眼珠子瞪得溜圆，发出一声惊叫："拐子，这是什么酒？"

高拐子的脸色瞬间变得惨白，以为计划已经败露，不敢吱声，伸出手似乎要夺过酒罐子。

然而，巫龙脸上却随即露出迷醉的笑容，咂咂嘴："哎呀，今天的酒不一样！竟比平时更烈——好酒啊！"说罢，他贪婪地抱住罐子，大口灌了起来。酒下肚的瞬间，巫龙周身泛起奇异的波纹，模糊的轮廓逐渐显出，最后竟幻化成一只张牙舞爪、满身磷光的螳螂形怪物！那"螳螂"比人还高，头上的触角微微抖动，下巴还滴着酒渍，眼神凶光四射。高拐子目睹这一幕，双眼瞪大，腿一软跌坐在地，身子哆嗦不止，最后竟然晕了过去。

就在巫龙举着酒罐还未完全察觉异样之时，高歌从暗处走出，冷冷地看着他，轻声道："这酒味道不错吧？可惜，你明日再也喝不到了。"

巫龙一惊，条件反射地将酒罐掷向高歌，转身便想逃。然而，不论他冲向哪一侧，高歌始终冷冷地挡在他面前，像无形的墙壁。巫龙急得满头大汗，终于崩溃地伏地求饶："好汉饶命啊！我不认识您，为何苦苦相逼？"

高歌冷笑，"你害人无数，连公主也被你加害，这世上还有多少人为你叫屈？"

巫龙顿时瘫倒在地。高歌从袖中取出铜笛，指向巫龙，轻轻一挥。巫龙身躯猛地一颤，随即化为一股青烟，在空中盘旋片刻，凄厉地惨叫几声，最终散尽于无形。

高歌将昏倒的叔叔抱到床上安顿好，打算去探寻如何上到天坛顶上，将那火娘拉下神坛。他发现了天梯，但无论如何也进不去，一道看不见的屏障横在面前。他又尝试石板阶梯，同样被无形之力挡住了去路。无奈之下，他只好回到叔叔身边，将他摇醒。

叔叔一醒来就问："你可拿住他了？"

高歌轻轻一笑："叔叔放心，他已投胎去了。"

叔叔眼中的忧虑稍稍散去，笑了笑说："你那烧尿厉害，谁沾了谁倒霉。火娘也想让他显形，都没办法。我怀疑是你小时候冲了我一泡尿，我才被抓到这里来了。"

高歌笑道："叔叔，您也厉害！您设计的天坛，机关重重，我要去顶上，却无路可行！"

高拐子微微摇头，"不是我厉害，是天坛有灵气。自那火娘激活它后，它便有神力护持，谁想随意闯入都难如登天。"

高歌眉头一皱，眼中多了几分焦急："那我该怎么上去？若让她一直待在上头修炼，不就成了'天魔煞星'？"

高拐子沉思片刻，目光微微闪动："侄儿，我早留了一手。如果毁了这坛，她自然会下来。"说着，他从床下取出一卷图纸，小心摊开，指着图上的一处："这天梯是靠地下水驱动，源自一条地下河。只要在地库底下凿开一个缺口，将水引出，天坛就会塌陷。"

高歌低头看着图纸，皱眉思索："主意是好，但若宣城被水淹了，那可是大麻烦。"

高拐子不紧不慢地解释道："宣城外有条古河道，水流会从那里疏散出去。唯一需要小心的是，这里关着的众人不能被洪水冲了。"

高歌点头，眼中闪过一抹坚定："他们安全我自会安排，不过最好让他们提前疏散，等我跟火娘斗法时，可没法兼顾。"

高拐子一拍手掌，欣慰地说："好！侄儿，那我就去牢房安排人逃生，你专心应对火娘。"说罢，他从容地将手腕伸向高歌，"来，装得像点，给我上镣铐。"

高歌微微一笑，将不合身的狱警制服穿好，将高拐子拷了，领着他出门。他走到还在瞌睡的卫兵面前，大声呵斥道："醒醒！狱长有令，要将这人关押牢房，严加看管！"

被吓醒的狱警哪里敢多问，连忙将高拐子押进监牢区。

监牢内气氛却早已不安，铁栏后头人群聚集，人人面带愤怒，纷纷拍打铁栏，喊道："放我们出去！放我们出去！"狱警们也各个手足无措，目瞪口呆——那些"猪头妖"竟在一夜之间变回了人形，囚室内人影幢幢，喧闹不止。

高拐子被扔进牢房的瞬间，仿佛早有准备，从袖中抽出几把细小的钥匙，快速递到几个身边人手里，低声嘱咐道："待会儿若天坛塌了，趁机冲出牢房，打通后墙出口，各自逃回家！"

囚犯们眼中闪烁着微光，心里涌起久违的希望，屏息等待着那天翻地覆的时刻到来。

在潮湿的地下岩洞中，高歌小心翼翼地追踪着图上的红线，最终停在一个石壁前。据图所示，这里是暗河最薄弱的一段。

他静心聆听，暗河波涛汹涌，像千万猛兽在岩石间冲撞。他屏住呼吸，集中意念，指间闪出一束强光。那束光如流星划破黑暗，穿透了岩壁，水珠如钻石般从洞中流淌出来，但高歌知道这还远远不够。他用笛子在岩石上轻轻一划，细微的裂口出现。紧接着，一声震撼的爆炸声响起，岩石四处飞溅，高歌被强大的冲击力抛到半空。狂野的水流如被释放的野兽，凶猛地涌出。

高歌在空中飘浮，快速挥动长笛，一道石墙从地下冒出，将狱警和犯人们分割开来。随后，他又用笛子划了几个符号，强大的水流仿佛受到指令，集中冲击天坛的地基。随着地基的松塌摇晃，天坛开始摇摆。天空突然变得乌云密布，仿佛感受到了大地的变故，发出低沉的吼声。

火娘正深处于魔法修炼的幽邃之境，其身形凝固，宛如一尊冰雕。骷髅面具覆盖的脸庞上，闪烁着淡淡的紫光。一袭红裙随风轻轻摇曳，犹如火焰在翩翩起舞。她仿佛与周遭的阴冷气息相融，与浩瀚的宇宙建立起某种神秘的联系。

蓦然间，火娘感知到天坛仿佛生出羽翼，带着她在云雾间翱翔，这种感觉既让她心悸，又让她热血沸腾。她满心喜悦地以为，自己已触及天魔大法的至高境界，仿佛胜利就在眼前。

然而，冷酷的现实却如冰霜般瞬间击碎了她美好的幻想。天坛开始剧烈地摇晃，如同风暴中的一叶扁舟，将她从深沉的冥想中惊醒。她猛地睁开眼，只见天坛的石柱在摇晃中轰然断裂，巨石如雨般陨落，祭坛上原本跃动的符文如同磷火般闪烁了几下，随即黯然熄灭，归于沉寂。

火娘的眼中充满惊恐与无助，她挣扎着想要站起，但身体却仍沉浸在修炼的麻木之中，几次尝试都如同醉酒般摇摇晃晃地摔倒。绝望与愤怒在她心中交织，化作一声凄厉而绝望的尖叫，随后，她与天坛一同坠入汹涌澎湃的洪流之中，瞬间被吞噬得无影无踪，只留下一片死寂与苍茫。

高歌原本打算与火娘展开一场生死决斗，但出乎意料的是，她并没有出现。胜利来得太过迅速，让他有些茫然和失落，像只孤雁在大水泛滥的地带徘徊。始终不见火娘的踪影，他那不赢不休的心情才逐渐平复下来。

他心中挂念着此刻公主、国师以及松毛的安危，遂决定尽快返回去。不过，他没忘记火玫，在动身之际，先去了"公主府"。只见庭院内一片寂静，大门敞开着，竟连一个侍卫的身影也未见。他悄无声息地潜入宫中，四处探寻，却依然未遇见任何人。

火玫的梳妆盒还摊在桌上，一只画眉的笔落在地上。高歌捡起它，小心翼翼地放回梳妆盒里。他推测她走得匆忙，可能和其他宫廷人员一起逃了。"火玫，你长了翅膀吗？跑得这么快！"他自言自语。本打算这次带上她，让她做公主的姐妹。

高歌驾云飞回三坝，云端俯瞰，只见刀隐将军的部队如猛虎般追逐着雪贡溃兵。前方的雪贡士兵慌不择路，狼狈逃进峡谷，但刀隐将军迅速令队伍停下。他来到骑在马上的国师和公主面前，谏言道："国师，我们不能在这谷底重蹈覆辙。您意下如何？"

"将军考虑周到，到此为止吧。"国师回答，望着他的数万大军静静地站在峡谷边缘，明白他们对这个峡谷有难以克服的畏惧。

话音刚落，忽然一阵狂野的嘶鸣响彻山谷。一匹赤色骏马如烈焰般从队伍中冲出，毫不犹豫地直奔峡谷而去！马上之人，正是铁柱，他身姿魁伟，背上的金色豹旗迎风招展，手中长矛锋芒毕露，卷起一道飞沙走石的狂流。

"是屠夫！"刀隐将军的部队中传出惊喜的喊声，战士们看见铁柱那熟悉的身影，士气瞬间高涨！无需号令，数万大泽军战士如山洪爆发般，紧随铁柱的身影，潮水般涌向峡谷深处。

刀隐将军见状，露出无奈而又钦佩的笑容，朝国师拱手道："国师，公主，请二位在此稍等！我跟他们去了！"他冲入滚滚人潮，挥剑率众，直奔敌阵。

与此同时，雪贡军已攀上峡谷另一侧。弓箭手们严阵以待，形成一道密集的防御墙，寒光闪闪的箭矢静待着铁柱踏入射程。

然而，在云端之上，高歌将这一切尽收眼底。他低声吟唱，古老的咒语激起阵阵风雷，顷刻间风沙漫天，卷向雪贡阵地，将敌阵搅得人仰马翻。突如其来的天威，将雪贡士兵心中的恐惧推向极致，那"屠夫"的赫赫杀名在他们心中如山般压下。他们丢盔弃甲，只顾逃串。

大泽军的士气更加高涨，杀声震天，如狂风骤雨般，毫不留情地追击着溃逃的敌人。国师望着逐渐远去的队伍，转身对公主说：

"咱们也跟上吧。"

公主浅笑着点头："好啊。他们冲得真急，竟把咱们远远甩下了。"她望向前方，俏皮地补了一句，"要是有座桥，咱们就能省下半天功夫啦。"国师眯了眯眼，装作若有所思："说不定真有桥。"他早已察觉到一股熟悉的磁场波动，知道高歌就在附近。果然，不远处的河岸边，忽然显现出一座长长的铁索桥，古朴苍劲地横跨山谷，似乎在向他们低声招呼："过来试试吧。"

"公主，您看，如您所愿，那里有座桥正等着我们呢。"国师微微一笑，带着公主牵马踏上桥头。桥身在脚下微微摇晃，踏上去有种奇妙的漂浮感。公主感到新奇，忍不住问道："这桥的造法不一般，竟能横跨如此长的距离。国师，您知道是何人的大手笔吗？"

国师看着她，笑道："造桥的人，多半是高人，怎会轻易露面呢？"

公主若有所思，望着谷对岸说："赶走雪贡人后，咱们可得请他来建一座石桥，能过双马车的那种，好运送粮草。"

"记住了。要是他造不出，我会大牢伺候他。"国师故作严肃地说。这桥听到国师的话，颤了一下。

国师并不着急，与公主不紧不慢地走着聊着，时不时还拍拍索栏。公主渐渐觉得桥身不如先头稳健，不见风，它却像在风中颤动，她对国师说："我们快快过吧，这桥不让人放心。"

国师故意地大声说："我也这么觉得。以后要造，造一座结实的。"

他们快步过了桥。国师再也忍不住笑，大喊："高歌，别耍我们啦，快快过来。"

话音未落，那铁索桥竟如雾般消散。高歌翻了一个跟斗，站在他俩面前，揉着酸疼的背脊，问道："师傅，我想给您和公主一个惊喜，您怎么就发现了？"

第二十一章

舞影小红狐

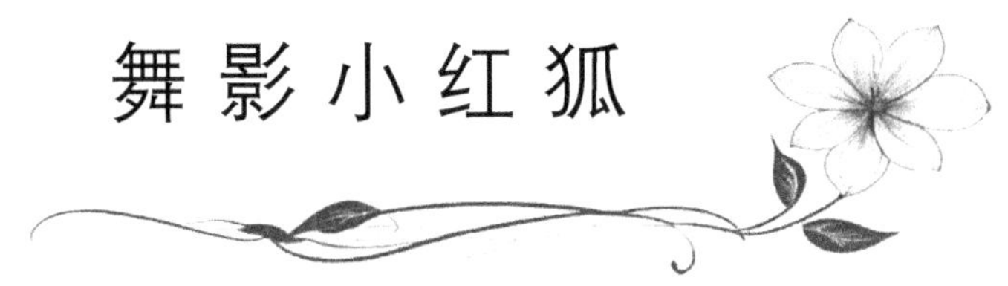

　　大泽的夜空，猛然间被一场千载难逢的流星雨划破，它们拖拽着道道璀璨的银辉，犹如古老而神秘的预言，在天幕上缓缓铺陈开来。孩童们迫不及待地冲出家门，兴奋地追踪划过的流星，仿佛要与之赛跑；而长者们手持斑驳的木杖，伫立凝望，眼神中却透露出深深的忧虑——他们深知，如此壮观的天象，绝非偶然，或许正是风暴前夕的预兆。

　　恰似天际流星雨般壮丽，大泽广袤的土地上，反抗的烈焰犹如野火燎原，遍地绽放。雪贡的铁骑，十数年间，肆意践踏这片土地，使之黯然无光。然而时至今日，那曾不可一世的统治，却如同风暴中摇摇欲坠的破船，裂痕遍布，濒临崩溃。

　　雪贡国王遇刺，如同一把熊熊燃烧的火炬，瞬间点燃了每一位大泽人心中的反抗之火。随之，昔日威风八面的火都督，竟被一个初出茅庐的"大厨"搅得踪迹全无，更是留下一众将领如惊弓之鸟，各自为营，变得一盘散沙。

　　四千余名从猪妖集中营中挣脱枷锁、逃离囚笼的勇士，并未选择回归故里，而是毅然决然地汇聚在高拐子的旗帜之下，犹如一股不可阻挡的洪流，汹涌澎湃地冲向宣城。他们攻势如潮，一度突破了宣城坚固的北城门，给这座看似铜墙铁壁的城市带来了前所未有的震撼。城墙之上，那幅曾高高悬挂的雪贡王画像，在他们的愤怒之下被无情撕扯，践踏于脚下。街道旁，那座曾睥睨众生、高高在上的雪贡王雕像，也在他们的怒吼中被推倒，巨大的头颅滚落在地，尊严尽失。虽然这支孤军陷入了雪贡人的内外夹击之中、最终不得不选择撤退，他们的英勇无畏却如同火种，点燃了大泽人的斗志与希望。

***

大泽东线，公主一身明晃晃的铠甲，反射着刺眼的阳光，映照出她坚毅的面容。国师的褐色法袍在风中猎猎作响，手中的法杖为他平添几分威严。战马嘶鸣，铁蹄踏碎枯枝败叶，卷起阵阵尘土。金豹旗在风中猎猎作响，与硝烟交织，形成了一幅壮丽的画卷。

而在南线战场上，朗坤将军的队伍已经成功跨越红河天险，穿越纳西大森林。他站在森林的边缘，目送着士兵们踏过被遗弃的雪贡军营地，向广阔的平原迈进。

在西线，钦王子率领的五万安南骑兵，正日夜兼程地赶往宣城。他们是一支英勇善战的精锐之师，所到之处，无不令敌人闻风丧胆。钦王子身披银甲，头戴金色头盔，骑一匹高大的白马，宛如战神降世，赢得无数村民的仰慕。他们纷纷站在村口向他挥手致意，孩子们更是欢快地追逐着他的队伍，希望能一睹这位英勇王子的风采。

数场激战之后，大泽的队伍愈发壮大，如春后青竹，生机勃勃。公主站在山巅，眺望着远方，目光中闪过一丝忧虑。她转过头，对身边的国师说道："国师，这支队伍虽然声势浩大，但缺乏能独当一面的将领，这让我有些担心。"

国师淡然一笑，仿佛早有腹案，回道："公主，可曾考虑过铁柱？他骁勇过人，沙场经验丰富。"

公主点头："铁柱确是不错的选择。不过，您可还有其他人选？"

国师似是带着一丝玩味："公主所想，莫非是高歌？依我看，他还是留在厨房更为合适。"

公主微蹙眉头："国师此言何意？"

国师神秘地将目光转向炊烟的方向，轻声道："公主何不亲自去问他？"

公主悄然来到营地厨房。灶火正旺，热腾腾的蒸汽缭绕在空气中。只见高歌站在灶前，双手熟练地翻动汤勺，炖锅里香气四溢。阳光透过帐篷缝隙洒在他身上，更显得他神情专注而从容。公主靠在门框，悄然打量着这一幕，似乎隐隐明白了国师的话中深意。就在她转身准备悄然离去时，高歌的声音打破了沉默："公主？我正想着你呢，你就来了。"

公主莞尔一笑，轻声答道："想着我什么？"

高歌微笑着舀起一勺汤，递到她面前："尝尝我新制的汤，看看是否合公主的口味。"

公主低头轻啜，温热的汤汁在舌尖弥散，由衷地赞叹道："高歌，你的厨艺越发精湛了。"

高歌收起笑容，似乎透过她的神情看出些许异样，低声问道："公主今日来，难道只是为了这一碗汤？"

"就是讨口汤。"公主微笑，转身欲走，心头带着一丝失落。

高歌上前一步，低声道："公主，你神色这般恍惚，怕是汤的滋味也没细细尝出吧？"

公主止步，目光转向他，直视着问："高歌，我正在寻找一位将领，你可愿一试？"

高歌坦言："将军的活太血腥。"

公主追问："那你愿一生守着炉火，煮汤炖菜，不觉枯燥？"

高歌莞尔一笑，毫不犹豫地道："只要能守在公主身边，即便是个厨子，又有何妨？"

公主又激将他："若铁柱被封将军，而你仍是个厨子，心中就没有一丝不甘吗？"

高歌从容一笑，回答得坦然而平静："我不在乎。"

公主将这番对话转述给国师，话音刚落，国师便呵呵一笑，似乎一切正如他所预料。他深知，诡异的天象预示着未来的风云变幻，他需要高歌守护在公主身边，作为她最坚实的守护。

不久，铁柱被任命为将军，率军前线，与刀隐将军并肩作战。起初，他心中也充满了不舍，总觉得自己才是公主的最佳守护者。当公主告诉他，已经找到了新的贴身侍卫时，铁柱不禁问："何人能比我更胜任此职？"

公主微微一笑："高歌。"

铁柱叹了口气，仿佛早已料到："我猜到了。"虽然话语中透露出些许无奈，但他也深知，怎能与高歌相比。

***

　　清眉苑的地下隧道通向一段干涸的地下河床，那里遍布大大小小的洞穴，宛如迷宫般相互连接。火娘将这个复杂的地下世界命名为"龙宫"，因为她将昏迷的国王藏在某个隐秘的洞穴中。要进入龙宫，必先通过地下隧道，而知晓这条隧道的人，早已被火娘——清除。甚至连火玫也不知道隧道和迷宫的存在。

　　那日，火娘正静修之际，突感脚下震荡，刚睁开眼，随即被甩入冰冷的水中。还未等她挣扎，无数巨石从上方倾泻而下，将她牢牢压在水底。她神智虽然瞬间从静修中苏醒，可是身体僵硬得不听使唤。她干脆闭目于浊水中，使出龟息大法，静静蛰伏，仿佛化作了一块石头。

　　几天几夜过去，火娘感到一丝久违的生机从丹田深处涌出。她的关节一点一点松开，僵硬的身躯逐渐回复了灵动，浑身的力量如岩浆般缓缓积聚。她猛地出掌发力，随着低沉的闷响，巨石纷纷崩裂，泥沙激荡，周围的浊水翻滚成旋涡。火娘身形一闪，悄无声息地穿过水底，消失在暗流深处。片刻后，她已潜入了幽暗的地下龙宫，身影如同鬼魅般融入黑暗之中。

　　她拖着疲惫不堪的身躯，来到沉睡中的国王面前，捧着他的脸，泪水滑落，"为了爱你，我竟然变成了这样。我多么需要你呵护我一次啊！"国王依旧安详地睡着，脸上带着一丝永不疲倦的微笑，让火娘不忍再对他抱怨一句。她用长指轻抚他的头发，缓缓划过他的额头，嘴里呢喃着"睡吧，睡吧"。

　　她在洞穴之间游走，站在岩石旁凝视那些因岁月而褪色的古老壁画。她从岩壁上抠下一块黑色石头，在壁上刻下奇怪的符号，每一个都仿佛是一种诅咒。

　　洞穴的裂缝似乎在对她咧嘴，讲述她不愿听的故事。她时而像蝙蝠般附在洞壁上，时而靠在沉船的骨架上，她的眼神闪烁不定，有时如火山般愤怒，有时如孤鸿般悲伤。她的嘴唇轻轻动着，仿佛在念诵古老的咒语。

　　她从地上捡起一根长长的白骨，轻轻敲击着洞壁，每一下敲击都带有一种节奏。她随着节奏，哼起一支自编的小曲《小红狐》：

　　月下舞影的小红狐，

　　迷失在寂寞林雾中。

听说了一个古老的传说，
寻那一缕属于她的光。

他明亮的眼睛，
闪烁着属于她的那光。
那深邃的湖泊，流淌着醉心的故事，
那明夜的星辰，隐藏着神秘的冒险。

小红狐逆天而行，追寻那火热的光，
不管它是明灯，还是狱火。
但要每一步充满期待，
两影相随，心心相印。

唱完后，她突然放声大笑，笑声在迷宫中回荡，充满了疯狂和绝望，连整个清眉苑都为之颤栗。

驻守清眉苑的雪贡士兵蜷缩在岗亭里，不敢向苑内张望，一些匆匆而过的黑影在夜空中掠过。最终，他们经受不了这份惊吓，跟着一队路过的雪贡队伍跑了。

火玫被火娘召唤到清眉苑，却见不到火娘的人，只能听见她那瘆人的声音在四处回荡。无奈之下，她整日守在金母娘娘身边。白天，她为金母烧香，夜晚为金母掌灯，以缓解自己的惶恐。她问金母："您看都督遭罪，为何不救她一把？"

金母娘娘回道："施主啊，我对她好言相告，对得起她和你的所有供奉。如我再出馊主意，便与她同流合污了。"

"您为何要给馊主意，怎么不指一条明道呢？"

"我吃施主的斋饭，自然要投其所好呢。"金母无奈地答道。

火娘突然出现在金母娘娘面前，"我都听到了！我要听听您的馊主意。"她又转头对火玫说，"你别怕我，虽然我有点走火入魔，但我还是你的师傅。我看你没精打采，不如回你的玫瑰花窝里歇息，等候我的吩咐。"

火玫走后，火娘催促金母："快快道来！"

金母叹息："我要是说了，我多年的香火算是白吃了。"

火娘驳她："您不救我，这清眉苑定然跟我一块完蛋。那时，您去哪里流浪？"她看金母默默不语，便从怀中掏出那猫眼石放到供台上，"我把我的第三只眼送给您，您看如何？"

"难得你一片诚心，我就开忌了。"金母对火娘说了这般这般，"你虽没了天坛，一样能达到天魔大法的最高境界。"

火娘听完，觉得体内气顺了些，疯癫好了不少。她叫醒睡在玫瑰树上的火玫，带她来到国王的睡榻前。"火玫，取下你的眼罩吧。"火娘轻柔地说。

火玫见一威仪的美男子静静地睡在床上，猜到他就是国王，因为他十分符合火娘一贯的描述。她此时才真切地感受到火娘对国王的痴情和精心的呵护，不禁为之感动。她抬眼望着火娘，见她的眼里充满了爱恋和温柔。

火娘牵着火玫走出国王的睡房，对她说："我现在心力憔悴，怕对国王照顾不周，想把他交给他的女儿，可是在他醒来之前，我又不能撒手不管。徒儿，你看如何是好？"

"我看，您要是能原谅文西公主在反抗军里呆过，她一定会来照顾她父亲的。"火玫说。

"我当然会原谅她，她不过是个孩子。你知道的，我上次也没想伤害她呢。"

"师傅，您以后如何打算呢？反抗军快把宣城包围了。"

"我不再理会这些纷扰，就任凭雪贡人自行其是吧。至于我自己，待到国王苏醒之时，我会携你同行，寻觅一方净土，潜心修行，以期来世有个好因缘。你还愿意随我一起去吗？"

火玫听着师傅平和的话语，仿佛看到了一个全新的她，就像自己曾在某一天突然顿悟。她无数次在金母娘娘面前祈祷，希望师傅能分辨善恶，一心向善。今日见到师傅的态度，火玫心中不禁涌起一阵激动，她兴奋地说道："师傅，我愿随您去天涯海角。"

***

段亲王回到雪贡继任王位后，雪贡老将羌横将军成为了占领军的军师。他深知败局已定，又不知都督的生死，决定趁早撤离。他留下天狗的三万士兵驻守宣城，在城墙上插满大王旗，造成十万大军的假象，而他则带着八万士兵踏上撤回雪贡的路途。天狗将军曾疑惑地问羌军师："您二十多万大军已损一半，又带走那么多，留我三万有何意义？"

羌军师眼中透出一丝狡黠："你深得火都督信任，她会帮你的。"

天狗将军的眉头拧成了一团，"您真的相信她还活着？即便如此，要她来帮我，谈何容易！不如让我随您一同离开。"

羌军师低声在天狗耳边轻语："跟我走就是送死。我会给你留一个人，他知道如何让火娘现身。"

与此同时，国师与公主抵达凤凰村，此地距宣城不过半日之遥。站在村后的小山坡上，公主的目光落在远处，依稀可见宣城的轮廓。她不由得回忆起当年高叔就是在此地让她得以脱身。

山风拂面，然而国师却眉头紧锁，盯着低垂的太阳，似乎有什么不祥的预感在心底隐隐发酵。他向公主提议暂停行军："今日之象，似有异样，我们暂且休整，等天象清晰。"

村中，国师借宿于一户人家，燃香祈卜，一掷之下卦象显现，赫然是一个"忌"字。他面色微变，急唤高歌过来，低声嘱咐："去宣城上空探探，我有不祥之感。"

片刻后，高歌从宣城返回，面色凝重地报告："虽然白昼当头，宣城上空却阴云密布，寒气森然。那感觉，就像当年被火娘的妖笛子缠住时一般。"

公主听完，叹息道："国师果然深思熟虑，我们暂缓前行吧。"

高歌点头，转身出门，去传达命令。

村民们听说公主来到，急忙敲锣打鼓，欢欣鼓舞地围在她下榻的小屋外。公主闻声，笑盈盈地走出来，向他们挥手致意。

一位满脸皱纹的老妇人握住公主的手，激动地说："国王和王后曾来过我们村，您和您母亲一模一样啊！他们真的没了吗？您可要替他们，也替大泽国的百姓报仇啊！"

公主的眼眶微湿，轻声说道："我一定的。"

她在人群中发现一位满脸风霜的老大爷，走上前询问："大爷，您还在养马吗？"

老人惊诧不已："公主怎么知道我养马？"

"当然知道，"公主笑着指向院中那匹健壮的黑马，"这匹就是您养的，它带我闯过无数难关。"

老人快步走到黑马身边，爱怜地抚摸着它，"我记得了！您就是那时候高拐子旁边头包得严严实实的那位吗？"

"没错，"公主神秘地一笑，"多亏了您的好马，它一路护着我。"

老人轻拍马背，感慨道："这马不会让公主您失望的。"

公主在村民们的热情包围中度过了一个温馨的时辰，欢笑声飘散在微凉的傍晚空气里。告别时，她一步三回头，似乎对这些朴实的笑颜依依不舍。

就在她转身回屋时，松毛从桃树上轻巧跃下。他的目光忽然被院角的一抹亮红所吸引——一丛玫瑰花突兀地绽放在阴影中，色彩鲜艳得不合时宜。松毛狐疑地走近，手指轻轻拨开花瓣，一只信袋赫然显现，上书"公主亲启"四字。

他取了信，将它快速送到公主手里。公主展开信纸，神情瞬间凝重下来，"这信是从哪里来的？"

松毛领她走到那棵玫瑰树的原处，却惊讶地发现，树竟凭空消失了。公主低声叮嘱："这事，不要对任何人提起。"

她迅速回屋，利落地换上男装，将长发高高束起，用头巾遮住面容。她侧身对松毛吩咐道："我要去见个人，很快回来。你守在门外，装作我还在屋里休息，谁也不能让进来，明白吗？"

松毛一脸肃穆，毫不犹豫地答道："公主放心，我会掩护到底！"

高歌去传令，本只需一顿饭的功夫，但他一路走一路聊，竟然花了两个时辰。那朗坤将军见到高歌，要他表演几个拿手功夫，看后没夸高歌，反而夸他自己："呵呵，还在安南的时候，我就看出了你的潜力。"那钦王子见到高歌，执意要把他的干妹子阿依撮合给高歌。为了摆脱阿依，高歌只好带她去了铁柱的营帐，将她交给铁柱照看。

高歌回到营地，想着要向公主汇报，快步朝她的房间走去，却被松毛拦住。松毛站在门前，一脸严肃，双手抱拳："公主有令，现在任何人不得打扰。"

高歌惊讶地质问："你什么时候把我替换了？"

"就在下午！"松毛好像换了一个人，一副六亲不认的样子。

望着松毛那严防死守的架势，高歌无奈地叹了口气，只得回到自己的房间。可没见到公主，让他无法平静。

到了晚饭时间，他煮了一碗公主喜欢的三鲜面，端到门前，再次试图进去。松毛冷眼瞥了他一眼，语气带着几分不满："高歌，你不懂'不得打扰'是什么意思吗？你这点劲头，难怪铁柱总嫌你烦。"

高歌无奈，只能勉强笑了笑，把碗放下，转身离开。然而夜已渐深，公主的房间依然一片寂静。他心中那份焦急与疑惑越来越强，忍不住又走到门前。

松毛卷缩在门边，像是打盹。高歌蹑手蹑脚地靠近，刚想推门一探究竟，松毛却"叭"地睁开了眼，犹如一道防线牢牢拦在他面前。

高歌看着松毛疲惫的脸，轻声说道："松毛，你早该歇歇了，让我替你一会儿吧？"

松毛摇摇头，语气依然冷静："高歌，多谢你，但公主吩咐过，没有她的命令，我不能擅自离开岗位。"

看着松毛那执拗的表情，高歌知道自己劝不动他。他径直找到国师，压低声音问道："师傅，公主今天晚饭吃了吗？"

国师摸了摸下巴，缓缓说道："今晚似乎没见她出来。"

高歌的眉头越皱越紧，"您不觉得奇怪吗？公主连晚饭都不吃，还特意换了松毛做贴身侍卫？"

国师眉间也浮现出一丝疑惑，"确实有蹊跷。"

高歌迟疑地问："师傅，松毛不让我进，我……能不能……瞧瞧？"他指指房顶。

国师咳嗽了两声，算是默许了。得到暗示后的高歌，迅速攀上屋顶，小心翼翼地掀开一块瓦片向内窥探。房内空无一人，他急忙下来报告国师。两人堵住松毛，对他加以审问，让他说出了真相。

***

地宫深处，一条隐秘的通道若隐若现，仿佛通向另一个世界的门扉。穿越石门，便是一处天然温泉，静静地卧在岩石的怀抱中，轻柔的水雾弥漫四周。

泉水散发着清绿的光，反射在岩壁上，仿佛将岩石也融进了水里。水底的鹅卵石经过岁月的打磨，圆润如玉，与岸边的苔藓相映成趣，增添了几分生机。岩顶的水滴坠入泉中，激起一圈圈涟漪，发出悦耳的叮咚声，仿佛大自然的宁静乐章。在这隐秘的天地里，时间仿佛缓缓流淌，让人忘却尘世的喧嚣，只想沉浸在这宁静中。

每当夜幕降临，火娘独自踏入这片秘境。她轻轻地退下长袍和面罩，露出真实的自己。当她身体滑入泉水中，那清绿的泉水像一片柔软的荷叶，温柔地环绕着她。火娘闭上眼睛，让泉水的魔法带走她的疲惫，仿佛每一个水泡都在低语，让她沉醉其中。

平日里，地宫总是笼罩在黑暗中，但今夜不同，火娘在各处点燃了火把。火光在黑暗中显得格外刺眼，每当冷风拂过，火把随之摇曳，投射出的影子扭曲而诡异。

火玫送完信，回到地宫。火娘对她投去赞许的目光，说道："你办得很好。我已经感知到，公主在来的路上。"

火玫脸上闪过一丝喜悦，"师傅，那我上去接她。"

火娘却摇了摇头，"不，你去温泉，将你的玫瑰枝剪下一些，一支一支地放到水里，然后将玫瑰花瓣撒在水面上。"

火玫来到温泉，一边做一边疑惑，这温泉、这玫瑰，与公主有何干？但她还是依照火娘的吩咐，细心地完成了任务。当火娘来察看时，火玫忍不住问道："师傅，水中放这多带刺的玫瑰枝有何用？"

火娘伏在水池边，手指轻轻拨弄着其中一根玫瑰枝，嘴角带着诡异的笑容，"等公主来了你就知道了。"

火玫从火娘的表情中，已明白了八分。"师傅，您不会伤害公主吧？真要这样，国王会多伤心！"

火娘叹了口气，"我本不想伤她，只是被逼无奈。"

听到这话，火玫心中的堤坝似乎崩塌了，泪水立即模糊了她的视线，她对师傅的信任已荡然无存。她不敢相信，自己再一次做了残害公主的帮凶！

她真想把心中的痛苦和愤怒一股脑地发泄出来，然后痛快地死在火娘的手里。

***

月夜下，公主一路疾驰，来到寂静的清眉苑。高高的院墙遮住了视野，几棵老树在月光下摇曳。她下了马，推推紧闭的生锈铁门，它没有一丝响动。

从门缝里，隐约可见几栋古老房屋的轮廓，一个模糊的身影在一栋屋前闪了一下。马儿似乎感知到了什么，不安地嘶鸣起来。公主鼓足勇气，拍打铁门，打破了眼前的阴冷气氛。

沉重的铁门吱吱呀呀被无形的手打开，一束没有光源的灵火引领着公主进入院内。那光突然变得刺眼，刺得她眼睛什么都看不见。等公主恢复视力，她已经身处地宫，与火玫两两对视。

公主早就听说过火玫与自己容貌相似，但见到真人，还是惊讶不已。要不是火玫穿得不同，她几乎以为在看镜中的自己的影子。

火玫心虚地介绍自己，"公主，我是火玫。"站在公主面前，她感到无比羞愧，羞愧自己偷了公主的容貌，假冒了公主的身份，一次又一次伤害公主。

公主轻轻握住火玫的手，柔声说道："火玫，让我好好看看你。"两人同时感受到一股温暖的力量从对方手上传来，一种无法言喻的亲切感瞬间将她们的心紧紧连在一起。火玫也握住了公主的另一只手，双手紧握，似乎不愿放开。公主感慨道："我一直觉得很孤独，没想到竟然有了你这个漂亮的妹妹！"

火玫被公主的温情深深感动，原本以为会受到责骂，却迎来了如此温暖的话语。"公主，有你这样的姐姐，我此生无憾。"

火娘躲在黑暗中，看到两个孩子如此温馨的举动，不知触动了她哪根心弦，她悄悄擦去眼角的泪水，沙哑地说道："你们聊吧，我去一会儿。"她要去看望国王，她也有许多情感需要表达。

公主问起国王的情况，火玫回答道国王还活着，火娘对他十分尽心，但她悄悄对着公主耳语，揭露了火娘的阴谋。"公主，你必须离开，否则今夜你会死在这里。"火玫心中已有一个计划，她将这个计划告诉了公主。

"我是为我父王而来，没救出他，怎能走？"

"国王不会有事，她不会伤害他。你以后再救他也不迟。"

"那你怎么办？"

"我自有办法，她是我师傅，不至于对我怎么样。"火玫虽这样说，但心中已做好了最后的准备。她继续说道，"你感觉一下，有一股轻风往那个洞里走，那里应该通向一个出口。"她一抖袖子，袖中飘出一串串玫瑰花瓣，像炊烟般顺着轻风飘向洞口。"你顺着花瓣的指引跑，我会拖住火娘。"

不久，火娘又回来了，隐在阴暗中，"你们的话真不少，是不是在说我的坏话？火玫，带公主去温泉沐浴，随后我带她去见国王。"

火玖答应了，领着公主进入温泉洞穴，帮她褪去衣衫。火娘注视着公主披上轻柔如雪的浴袍，见她肌肤如玉，长发如瀑，眼眸中闪烁着与泉水相得益彰的神秘光泽。

"好了，火玖，你先出去吧。"火娘的声音从温泉洞穴的某个角落传出。

火玖应声退出。公主缓步走向泉水，白皙的脚趾轻轻探入水中，泉水的绿光仿佛为之一亮，她的脸上露出一丝惬意的笑容。她继续往深处走，玫瑰花瓣向她聚拢，她双手将它们轻轻拨开，嘴里哼起了火娘的小调：

月下舞影的小红狐，

迷失在寂寞林雾中。

听说了一个古老的传说，

寻那一缕属于她的光。

"快快停下！"火娘的面罩在岩石间显现出来："你怎么不是公主？"

"师傅，我不是公主，我是您的乖徒弟，我会唱您的歌谣。"火玖接着唱：

他明亮的眼睛，

闪烁着属于她的光……

火娘冷冷地盯着火玖，声音中充满了冷酷，"乖徒弟，你真的惹恼了师傅！"随即，火娘念动了诡异的咒语。火玖的双腿仿佛突然失去了力量，她的身体不可控制地向水中坠去。但她不甘心就这样倒下，她用尽最后的力气重新站起，高声叫道："师傅，您要罚，那就更狠一点吧！"

火娘的眼中闪过一丝疯狂，"是你自己要的，别怪师傅无情！"然后，她加重了咒语的威力。

火玖在水中苦苦挣扎，但火娘已经转身，步履匆忙地去寻公主。

第二十二章

地 狱 之 火

　　高歌听完松毛的描述，得知那封信竟来自一棵玫瑰树，而那树随即便消失无踪。他的脑海里迅速拼凑出这神秘事件的碎片，心中升起了一阵不祥的预感：这背后一定有火玫的影子——更可能的是，那位包藏祸心的火娘在操纵一切。

　　他纵身跃入夜色，身影如夜行的猫头鹰，在无声中穿梭于宣城的上空。月光洒在城墙上，为它镀上一层寒光，连同紧闭的城门和一动不动的守卫，都显得冰冷而生硬。他悬停片刻，推测公主无法进入这座城池。

　　他旋即转身，搜索郊外的田野与树林，捕捉可能的蛛丝马迹。当他来到清眉苑的后山，蓦然停下。月光下，一群五彩斑斓的蝴蝶在空中盘旋，像一条浮动的花带。这一幕美得怪异，引起他的好奇心。他身形一闪，飞入蝴蝶群，却发现随风飘舞的原是玫瑰花瓣，带着火玫的特有的香气。

　　"火玫……"他低语念道，"她一定在暗示什么！"

　　高歌追着花瓣的源头，落在一个荆棘遍布的石岗上，发现了一个狭窄的岩缝，形状似饥饿狐狸张开的嘴巴，不断吐出花瓣。他在岩缝上狠狠一踩，地面应声而裂，露出一个大洞。

　　他敏捷地跳入洞中，顺着花瓣标识的崎岖小道前行。突然，前方昏暗中闪烁着一点点光亮。高歌躲在一块岩石后，看到一个手持火把、显得慌张的身影向他冲来。随着身影渐近，他认出是公主，便从岩石后面站出来，挡住了她的去路。公主被突然出现的巨大影子吓了一跳，本能地把手中的火把扔了出去。火把在空中划出一道亮丽的弧线，直朝高歌而来。

高歌伸手熟练地接住火把，焦急而低沉地喊道："公主！"

公主一怔，见是高歌，脸上立刻绽放出惊喜的光："你怎么会在这里？"

高歌轻轻挥动手中的花瓣，"是火玫带我来的。"

公主急促地说道："你来得正好，火玫打掩护让我逃了出来，不知她怎样了，我们快去救她。"

两人悄无声息地回到温泉洞穴。洞内一片静谧，火玫的身体浸在温泉水中央，面部朝下，没有一丝挣扎，只是随着那些玫瑰花瓣在水中轻轻地荡漾。

高歌捞起火玫，将她安放在地上。公主小心翼翼地搂着火玫的上身，让她依偎在自己怀中，拨开她的头发，用手指感知她的呼吸。

高歌见公主失望地摇头，便说："公主，你扶稳她，让我试试。"他双手轻压在火玫的背上，缓缓地输送一股阳气。这股力量暂时召回了火玫正在消散的魂灵，给她带来片刻的宁静。

火玫渐渐睁开眼睛，看见公主和高歌都在，自己又躺在公主的怀里，脸上露出惨白但知足的笑容。她积蓄了最后一点气，对着公主的耳朵说了几句悄悄话，又试图向高歌伸出手，高歌赶快接住，同时见到她的眼里流出一颗晶莹的泪珠。

高歌想起他和火玫的恩怨情仇，此时心中竟有万分的惋惜。他抬起手，想为她抹去脸上的那颗伤感的泪珠，可是那颗泪珠在他们的眼前化作了玫瑰花瓣，飘向空中，带着萤火的亮光。随之，火玫的全身隐去，只见成千的花瓣飘起，在微风里轻摇，像做最后的告别，然后消失无踪。

他俩带着沉重的心情正要离开，穿了一身红袍的火娘堵住了温泉出口。她脸上带着黑白脸罩，用手中拿着的一根白骨指着高歌，说道："你我真是冤家，处处都有你！"

高歌将公主推到身后，从袖中抽出铜笛子，握在手中："火娘，今日我只想带走公主，并不想与你争高低。你快快让出道来，不然……"

火娘哈哈大笑，将脸谱都笑歪了："我若不，又怎样？"

"那我先给你小小的警告。" 高歌举起笛子，做要吹的样子，眼睛盯着火娘的反应。

"还玩那孩子的把戏！ 快，吹呀。" 她声音里都是鄙夷。

高歌不信她不怕，真地吹起来，见她一点不受影响，好像在舒坦地享受笛声。高歌停下，不禁问她："你又修炼了什么？"

"不可告人，你尝点我的滋味！" 火娘得意地说完，眼中喷出一窜烈焰，像一条火龙直奔高歌和公主。

高歌立即伸出右手，将火龙全数吸入掌中，乘她喘息的间隙，对着她释放出刚刚积累的雷霆之力，将她打出几十丈远。她撞倒身后的岩柱，岩洞顶上的巨石悬在头顶，随时要掉下来。

火娘从地上挣扎爬起，并没有回手，而对高歌大喊："住手！"

"你知道我的厉害呐？" 高歌问。

"笑话！ 我只是没想到你会这吸功大法。我不是把你的天门封住了吗？"

"没错，你前几日砸在我脑壳上的火石却又把我的天门砸开了。"

"我今日饶了你，我放公主走。" 火娘无奈地说。

高歌抓住公主的手，将信将疑地与火娘擦身而过，走出一段距离，对她喊道："你今日讲理！不过你莫追，不然我还是会回来捣毁你的窝！"

"你快快给我滚，我懒得追你。" 她说完，灭了地宫所有的灯火，真的没有追来。

回到清眉苑的前门，公主的马还在那里乖乖地等她。高歌带着责备对公主说："你出来唱这么惊险的一出戏，为什么不带上我？"

信中说了，如果我告诉他人，我就见不到我的父王。

"你怎么能信火娘呢？"

"我是不该信她，可是为了我的父亲，我顾不得许多。"

"我明白。" 高歌想起自己可怜的母亲。要是有人说，来吧，你母亲在我这儿，他也会不顾一切去的。

高歌欣慰公主平安无事，竟给了自己一次英雄救美的机会，至少挽回了一点对公主的内疚。上一次，公主变成了猪头，不知吃了多少的苦。他问公主："这回去的路，你是让我背你飞回去，还是骑马回去？" 高歌当然想展示自己的飞功。

可是公主却说："我是凡人，还是骑马吧。"

"公主，只有一匹马，我能和你挤挤吗？"

公主上了马，并没有作声。她将她的微笑的表情藏在夜色里，没想起高歌有夜视眼，早已看出她的心意。他一个飞身坐在公主的后面。公主打了一个响鞭，黑马像一股旋风进了山路。高歌先是试探着去扯公主的腰，进而得寸进尺，找到了与八妹在一起的感觉和自信，紧紧地搂住了她。

公主心里升起一股久违的甜蜜，只有八妹才能享有的一份亲密。她闭上眼睛，那些被她深深埋藏的记忆，此刻如潮水般涌现。她再次看到了那个快乐的自己，那个曾经的八妹，和高歌一起，在田野，在森林，在戏台。成为公主后，那份无拘无束的欢乐和亲密感仿佛被一层的纱帘遮挡，让她觉得那是另一个世界的事情。但此刻，高歌的每一个触碰，每一个呼吸，都是那样真实。公主感到一种从未有过的满足和甜蜜，她深深吸了一口气，将那份幸福的气息尽收心间，不自觉地放松了缰绳，任由马儿在月下自由地漫步，带着她和高歌，一同走入那个美好的回忆。

月色洒在村口的空旷地上，深夜的静寂中，高歌轻巧地从马背上一跃而下，接过公主递来的缰绳。他不得不小心行事，以免被国师撞到了引起不满。两人的目光在月光下交汇，各自挂起了一抹知心的微笑。

公主看他的天真状，心里忍俊不禁，真想伸手揪揪他的耳朵。她故意挑起话题，"你知道火娘今天为什么没和你硬碰硬吗？"

高歌一副得意的样子，笑答："她可能怕输给我这新晋高手吧？"

公主轻轻摇头，"你有所不知。火娘其实和我一样担心，怕你一时冲动，拳脚无度，把那地宫搞塌了，危及我父王的安危呢。"

高歌闻言，恍然大悟，"原来是这样，我确实有些鲁莽了。公主，你惩罚我吧！"

公主眼珠一转，"要怎么罚呢？"

"随便，扇我一巴掌？"高歌像个讨欢心的孩子。

公主摇头笑着："那样我手会痛，还不如揪揪你的招风耳朵。"说着，她伸出手，轻轻地挠了挠他的耳。

夜色中传来他们轻松的笑声，仿佛连空气都染上了一丝甜蜜。

双灵星

***

凤凰村后山藏着一个千年的神秘洞穴，在这洞穴的深处，烛火像精灵一样在厚厚的黑暗中跳舞。猴家的三兄妹围坐在一张刻满岁月痕迹的石几前。他们发现了雪贡人在宣城隐藏的粮仓，正考虑着如何将其摧毁。

"我们还是老方法，放火烧！"猴四的声音在洞穴中回荡。

猴三交叉着双臂，眉头紧蹙，"但那粮食藏在地下，火也未必够得着它？"

猴香也加入了担忧的行列，"对啊，怎能让火舌钻地呢？"

正当三兄妹陷入僵局，松毛气喘吁吁地赶了回来，了解了他们的计划后急忙说："我明白你们急于救援公主，但火攻并非上策。"

"为什么？"猴三不解地问。

松毛的眼神变得有些沉重，"记得火娘那次放火吗？她想焚烧高歌家的大院，结果……"

"哦，我听说过高老庄的那场火灾。"猴三理解了松毛的担忧。

众猴面面相觑，沉默了。他们都在想同一个问题：谁能保证火不会失控，最后让整个宣城陷入火海呢？

"那我们该怎么办？"猴四看向松毛，要寻求一个新的方案。

松毛一副轻松的样子站在猴家三兄妹面前，手里晃着一袋花生米，嘴角带着点调皮的笑意。"别急，我刚从监狱回来，不光拿到了线索，还顺手牵羊带了些小零食回来。这次的大动作就交给我吧，你们去找公主和高歌，别的事情多的是。"

猴四笑着拍了拍他的肩膀，"怎么，你想独自争功？不要兄弟了是吧？"

松毛挠了挠头，"你听我说，战争快结束了，给我一个机会吧。我也想有段英雄故事，讲给我的子孙听。"

在猴家兄弟的笑声中，松毛瞬间消失在后山的树林中。他一路跑，一路召集，对遇到的每一个松鼠都兴奋地分享："我找到了一个大粮仓，足够我们吃上十年！跟我来，咱们一起把它搬回家。"

消息如同野火般传开，不一会儿，成百上千的松鼠，每个都背着个小袋子，排成长队跟着他，走地沟，上房顶，掏地洞，花了一个夜晚，搬空了整个粮仓。

雪贡的天狗将军一觉醒来，发现粮食不翼而飞，脸色瞬间惨白，绝望如潮水般涌上心头，几欲崩溃。他本想逃离宣城，但一想到妻儿老小被羌横军师扣押在手中，心中又生出无尽的恐惧。无奈之下，他急切地命令士兵四处征粮，同时催促那位知道国王行踪的神秘人尽快找到地宫入口，企图偷走国王，将一切罪责推到反抗军头上，逼迫火都督出面，只有她能扭转乾坤。

***

火娘犹如孤魂野鬼，独自游走在暗夜的阴影里。她堵死了地宫暴露的出口，打通了一条直通城北方向火山口的地下通道。在这阴冷的地道中，她的心思如波涛汹涌，孕育着新的阴谋。

她的目的从未改变——要得到公主，沐浴公主的血。据金母娘娘透露，公主的血中蕴含着强大的灵气，这种灵气与火娘的阴气相结合，将成为揭开天地秘钥的关键，使她达到天魔大法的最高境界。

火娘坐在火山口的边缘，眼中充满坚定，试图唤醒那个在火山深处沉睡的懒散守护神。夜色渐浓，她尝试了一次又一次，却始终未能让他显出丝毫动静，心中不免一阵失落。她曾考虑过一个疯狂的想法——跳进火山口，直接去敲醒那神秘的懒神。但火山口那令人胆寒的深渊让她记忆犹新，望而止步。

她从怀中取出长长的白骨，轻轻敲击着洞口，随着敲击的节奏，不知觉地哼唱起她心爱的小曲《小红狐》。音符飘向火山深处，似乎有着某种魔力。

当她唱到"小红狐逆天而行，追寻那火热的光"，火山口下开始悄悄冒出火星，仿佛被她的歌声唤醒。

这些火星，越聚越多，开始环绕她飞舞。地面微微颤抖，仿佛是巨兽在地下的呼吸声，预示着某种觉醒。震动逐渐加剧，火娘的心跳也随之加速，期待和兴奋交织在一起。

她跃到空中，将小调拉长了唱，更加激昂。那小调仿佛打开了火山的闸门，岩浆如脱缰的野马般从山口冲天而起，巨大的火球和灰云在空中滚动。

这千年沉寂的火山，如巨兽般蛰伏在大地上，曾经不过是村民口中遥远的传说。他们在山脚劳作、歌唱，迎来送往四季，哪曾想过这沉默的巨影会再度苏醒，将传说变成了噩梦。

宣城的街巷早已沦为恐慌的漩涡。哭喊声夹杂着急促的脚步，男人抱着行李，女人牵着孩子，争先恐后地朝城门挤去，像惊慌失措的蚁群逃离洪水。城门外，火上附近的村寨一片死寂，房门敞开，风掀动门板，发出呜呜的声响。只有几个满脸沟壑的老人，倔强地坐在屋前的破木椅上，目光定定地注视远方翻腾的红光，眼神透着倔强，誓要与家园共存亡。

尽管火山距凤凰村尚有几十里，天空中已弥漫着火山灰，细如粉尘，随夜风飘荡，在微弱的月光下仿佛闪烁着暗金般的光辉，神秘而令人不安。

高坡上，国师手握短杖，目光沉沉地凝视着天际那片赤红的火云，冷静地问："高歌，这动静非同小可！你可听得出，是天地怒火，还是妖孽作祟？"

高歌凝神而立，任风卷起他的衣袍。他屏息细听，隆隆的山鸣中隐约有断续的人声掺杂，可模糊不清，似幻似真。他猛地睁开眼，征询国师："师傅，容我飞至云端，辨个分明？"

国师微微颔首，长袖一挥："去吧。"

高歌脚尖一点，身形如雁般直冲夜空，转眼便消失在云雾之间。

然而，国师站在高地上等待多时，却始终不见高歌的身影。他摇摇头，叹了口气，转身朝村中走去。他刚回到屋中，正要关门，便听见公主急切的声音："国师稍等！"

公主匆匆进门，手中拽着一个高大的黑影。她脸上带着一丝诡秘："国师，您瞧瞧，这黑乎乎的家伙是谁？我反正认不出来。"

国师闻言一愣，举灯凑近那黑影。只见此人浑身焦黑，唯有一双白眼珠在烛光下格外显眼，模样甚是骇人，等听到黑人"嘿嘿"的窃笑，他猛地吸了口气，失声道："高歌？你是掉火山里烤了一遭么？"

高歌干咳几声，露出几分窘态："师傅，您可真会猜！我刚到云头，就瞧见火娘在火山口哼妖曲，作势搅动火焰。我前去阻止，不想那岩浆像活物一样，拼命扑我，差点将我吞了！幸好我及时用五行遁术逃了回来，不然连灰都留不下。"他指了指自己身上的焦痕，语气又恼又急，"您不是说火不能伤我吗？这次怎么差点要了我的命？"

　　国师目光凝重，缓缓打量他焦黑的身躯，几处烧痕触目惊心。他眉头紧锁，许久才道："这是地狱之火，传说中最炙烈的妖焰。火娘既能驭此异火，说明她的法力已接近巅峰。"

　　高歌神色一凛，急切道："那该如何是好？"

　　国师放下油灯，语气透着深思："地狱之火无物可挡，凡物沾之皆化灰烬。你却能全身而退，仅留些许烧痕，说明它虽烈，却未必不可驯服。下次再遇，不必逃避也勿强抗，尝试运用你的内力去应对它。"

　　高歌闻言，眼中立刻亮了起来，脱口而出："那我现在就去试试！"

　　国师抬手一拂，神色严肃："不可。你元气受损，此刻再战，只会自伤其命。"

　　高歌本想辩解，可对上国师不容置疑的目光，只得嘟囔着："这点小伤就让我休息？真当我是病号了。"他甩了甩袖子，带着几分不服气的劲儿，回自己的房间去了。

　　国师目送高歌离去，眼中的威严逐渐被忧虑取代。他转向公主，低声说道："火娘与高歌斗来斗去，我担心国王的安危呀，我想设法先把国王救出来。"

　　公主忧心地回道："父王至今昏迷不醒。即便救出了他，又如何延续他的命呢？"

　　国师沉吟片刻，手指轻轻敲击着桌面，"火娘虽有诡术，我亦有我的法子。"他的语气笃定，藏着几分自信，抬手指向墙上挂着的一个陈旧的皮袋，继续说道："你可知，这里头装的是什么？"

　　公主摇了摇头。

　　"这是银针盒，陪了我大半生。"国师的目光变得柔和，像是在追忆什么，"公主尚未降生时，王后曾因中毒昏迷，国王亲自召我入宫。当时她的气息微弱至极，是这套银针术助她苏醒。从那时起，我便一直侍奉在王身旁。"

　　公主的目光亮了起来，迫不及待地问道："既然如此，那我们该如何行动？"

　　国师深吸一口气，目光坚定："公主，容我再想想。"

＊＊＊

晨曦缓缓升起，火娘的狂热渐渐消退，她沙哑的嗓音也不再响亮。她终于回到了她的地宫，疲惫地寻找休息之地。与此同时，火山也恢复了平静，只有那滚烫的岩浆静静地提醒着人们刚刚发生过的一切。人们缓了缓心情，才注意到地上散落着一张张黄色的冥纸，上面写着同样的话：

真亦假来假亦真，

真真假假乱乾坤。

文西公主今安在，

一只画皮笑你蠢。

若要太平先捉鬼，

大年三十祭火龙。

宣城和周围的村落里，窃窃私语此起彼伏，神秘的猜测充斥着家家户户。村民们交头接耳，议论纷纷：这一连串的事件，是不是某种神力的警示？是菩萨在提醒他们，还是火山神在发出警告？宫里的公主失踪了，而大泽军中骑着黑马的公主究竟是真是假？

好奇和不安驱使村民们四处打探，竟然发现了一些线索。最令人疑惑的是那匹黑马，据说它夜里会被魔力附身，行动如同闪电，而且马背的主人总是只有轮廓，面目模糊，仿佛一道黑色的幽灵。有目击者称，他们曾在坟冢间见到这道身影，她在与狼共舞。这种传言迅速蔓延，许多人聚集到凤凰村，围攻公主的住所，高声要求反抗军交出所谓的"假公主"，打算将她作为祭品献给火山神。

为了保护公主，高歌在公主屋子的外墙画下了一道看不见的界限。任何试图闯入的人，都会被一股无形的力量猛地弹开。

这种神奇的场景，使得村民们的疑虑更深，坚信假公主身上有妖邪之力。

在内室中，公主焦急地对国师倾诉："火娘无疑想要我死，现在连百姓也对我充满敌意，这一切让人难以理解！"她的声音里充满了沮丧。

国师淡定地回答："公主，不必担忧。这不过是火娘的把戏罢了。"他接着吩咐高歌："你去院外请个人来，那个戴着牛角帽的老人，名叫旺星。他在这一带是有名的乡绅，我要与他谈谈。"

那乡绅知道国师的大名，多年前也见过国师，他欣然跟着高歌进了屋，依然认得国师，正要上前行礼，见国师身边有一年轻女子，妖艳异常，非人间有之，顿时愣在那里，心生恐惧。国师对他笑笑，上前扶他坐下，说道："老先生，请撇弃怀疑的目光，细看看眼前的这位公主，是否与王后一模一样，都是一个天人。难道你不信我？"

旺星仍有疑惑："听说真假公主并无差别，您又怎能万分确定？"

"个中的话就长了。"国师说，"我看你手里拿着那妖言惑众的纸片，不如到这边暗处来，你将那纸对着烛光，细看看那纸的背面。"

旺星照着做，竟看见背面有一带着花脸面具的人影，时隐时现的，像见过的人又想不起来。

"我不妨给你提个醒，是不是老妖火都督？"国师说道。

"对对，我在不久前看戏的时候见过她一面。"旺星点点头。

"你再将这纸用火上点了吧。"国师又说。

旺星手捏着纸的一角，将它烧着，纸里传出仿佛老鼠叽叽叫的声音，还看见眼前飘过一串忽明忽暗的孩子般大的影子。

他吓得扔了剩下的纸片，忙说："国师，为何是这般？"

"这就是我要说的，先生，"国师解释："火都督没死，她想翻盘。这张纸是她的一个歹毒伎俩，那上面的每个字都是一个小鬼，所以常人一看就中邪。她想陷害公主，屡屡不得手，现想借大泽人之手，因为公主是我们大泽人的守护神，与她势不两立。"

旺星幡然醒悟，对着公主行了一个大礼，惭愧地说："老朽混沌。我这就去向乡亲们说明。"

国师叫住他："先生，不急于澄清，你不妨再添油加醋。"

旺星眼神掠过公主的面容，脸上露出了一丝困惑，语气里带着隐隐的责怪，"国师，您这样，岂不是让我背上不义之名吗？"

公主轻轻笑了，目光中满是谅解，缓缓说："先生听国师的吧。"

国师恳切地说道："我有一事拜托先生，还望先生鼎力相助。"

旺星回应："国师，只要在我所能之内，我一定全力以赴。"

国师随后细说了一个将计就计的计划，旺星听了，一口应下来。

旺星出去后，找了一个说法，将被蛊惑的民众带走了。

国师、公主和高歌围坐在木桌旁。月光从窗户透进，为房间撒上了一层银光。

国师既兴奋又焦虑地说："明日我们盗出国王，火娘必然疯狂，那将是与火娘决战的时刻。说说看，我们如何应对？"

高歌轻轻拍了拍桌面，坚定地说："师傅，您既然已经布下这般计策，那就请相信我的实力。火娘的疯狂，我一定能应对。"

公主的目光与高歌交汇，随后转向国师，充满信心的说道："国师，我们一直在为这一刻做准备，您不必过于担忧。"

国师紧锁的眉头舒展开来："有公主和徒儿的话，我再当一回看客。"

那一夜，火山再次爆发，天地如同被烈焰炙烤，人心惶惶。高歌想出战，国师又拦住了他，劝他继续养精蓄锐，蓄势待发。

次日，旺星召集了村里的几位壮汉，悄然埋伏在公主常出入的小径旁。阳光透过稀疏的树叶洒在地上，斑驳的光影仿佛在预示着一场不安的风暴。

当公主与高歌并肩骑马归来时，一箭破空而出，直中高歌的胸膛。他从马上重重摔下倒地，但眼中闪过一丝狡黠的光，随即闭上眼睛，假装昏迷不醒。

公主惊呼一声，下马查看高歌的伤势，却被壮汉们迅速包围，强行绑走。随后，旺星派人前往清眉苑，在那扇生锈的前门上贴了一张告示。告示在微风中轻轻摇曳，上面的字迹却异常清晰："火龙大王：为百姓平安，我已擒获成妖的公主，今日末时，将到此献上，任由处置。乡绅旺星留书。"

告示一出，远近的乡民纷纷聚集到清眉苑周围，等待好戏上演，想一睹假公主的容颜，盼望她被火龙收了，免得再闹火山。

火娘早早来到现场，装扮成一个村妇，肚子鼓鼓的，行走愚笨，没人多看她一眼；她的脸藏在头巾下，只露出一双狡黠的眼睛。她讨厌刺眼的阳光，招来一片乌云，让它在清眉苑的上空翻滚。她喜欢这种阴森的气氛，看到人们脸上的恐惧，感到无比刺激。

此时，公主和高歌带着几名精干的手下，悄悄来到清眉苑的后山。高歌念动密语，将土地公公召唤出来，问道："国王藏于何处？"

土地公面露难色，支支吾吾："只是，只是……"

高歌喝道："公主在此，你犹豫什么？难道不怕来日天庭怪罪你舍大义亲妖孽，怕小命难保？"

土地公本就矮小，听得羞愧难当，又矮了一寸，想说点什么却舌头不听使唤，只好用眼睛瞅瞅不远处的一棵老树。高歌明白了，吩咐道："你去吧，离那火娘远点，她的好日子不多了。"

高歌来到老树下，用手中的笛子对着它比划了一下，将它连根拔起。树下露出一个黑洞。"我去去就回，你们准备好马车。"说完，他便消失在洞中。

他轻轻落到洞底，正对着一扇开着的门。进门一看，床上躺着一个仪表堂堂的男人，心想这应是国王。他正要伸手去抱国王，身后突然出现两个黑衣人，各持一剑，向他刺来。高歌一惊，转身一个后摆拳，将两人打得东倒西歪，其中一人的剑刺破了另一人的肚子，鲜血溅在床上和地上。

高歌露出獠牙，怒吼道："我不想杀人，快滚！"

高歌轻手轻脚地抱起昏迷的国王，动作谨慎而缓慢，仿佛怕打扰到这位沉睡的君王。回到地面后，他和公主一道，小心翼翼地将国王安置在等候的马车上。公主的眼角瞥见国王衣服上的血迹，她脸色瞬间惨白，双腿似乎支撑不住身体。

"公主！"高歌迅速伸手扶住她，急切中带着安抚，"这血不是国王的，你放心。"

公主瞪大了眼，疑惑地问："那这血迹是怎么回事？"

高歌解释："刚才我在暗处与两个潜入的雪贡人交手，这些血迹是他们留下的。"

公主心中的巨石终于落地，深深吸了一口气，试图平复自己的心情。

随后，高歌移步向那被推倒的大树，念动法术，大树缓缓地重新扎根在原来的位置，仿佛刚刚的一切从未发生过。

第二十三章

傻娃

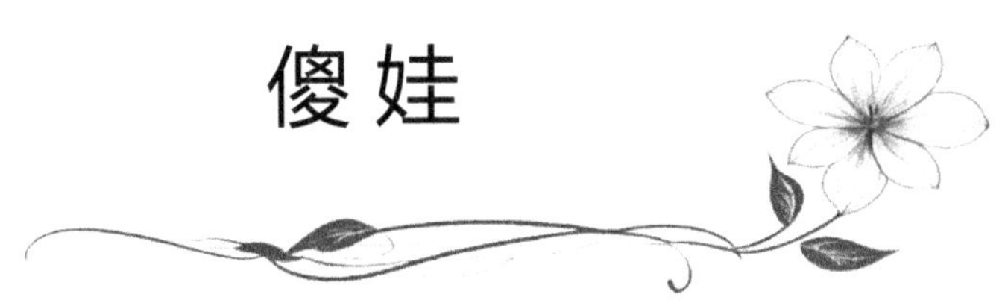

　　末时将至，清眉苑上空云压得更低了。远处传来急促的马蹄声，众人纷纷眺望。人群中，火娘冷哼一声，身子转瞬化作一道影，飞入翻滚的乌云。

　　一匹满身湿透、气喘吁吁的快马冲到清眉苑门前，扬起一片尘土。骑手扬头向天高喊："火龙大王！旺爷命我前来禀报，公主已在路上，再过一个时辰，公主必定送到！"

　　火娘心中顿生不快，乌云里顷刻电闪雷鸣，吓得那匹快马惊叫连连，将骑手摔倒在地。骑手就势跪下，忙道："大王息怒，旺爷都是为了让大王高兴。他见那公主国色天香，想必您要她，未必是要扒她的皮，而是要娶她。他准备了八人抬的大轿子，为她沐浴更衣，梳妆打扮，定要送您一个如花似月的新娘。"

　　火娘心中暗想，这旺爷自作多情，我要新娘做啥？念他理由可叹，便耐着性子说："你去催他快快送来，新娘不必打扮，自然一点更好。"

　　又等了一个时辰，远处传来了送亲的唢呐声，一阵喜乐，一阵悲悯，走走停停，停停走走。火娘本想上前取了公主就走，但又觉把戏演完更有趣，于是在云里大声问："为何拖拖拉拉、磨磨唧唧？"

　　旺星听到云中向他问话，便拱手对天："大王，公主要死要活，尿湿了裤子，哭成了泪人，伴娘在给她换衣补妆呢。"

　　"快点快点，不然我要抢亲了！"火娘沉不住气了，乌云随着她的性子翻来覆去，吓得看客不敢出气。

只听旺星应答："就到就到。"他喊人将新娘绑了，架在马上。

一溜烟的功夫，公主被送到了清眉苑门前。

火娘一看，果然是公主，就说："旺爷，你是怎么说我的，竟让公主哭成了一个泪人。"

旺星回道："说的全是好话，不信你问问新娘。"

火娘又问新娘："他说了什么，让你花容失色？"

新娘咧了咧嘴，没出声，把要说的话憋了回去，她不能出声。她其实是松毛，高歌将他变成公主模样。国师让他和旺星演一出欺瞒大戏，将火娘从地宫骗走，好让高歌和公主顺利地把国王偷出来。松毛只要不说话，就能保持公主的模样，这还真有点难，松毛生性话多，不说憋得慌。

火娘在新娘咧嘴的时候，见她门牙奇特，又尖又亮，不禁生疑，大喝一声："你是哪里的小妖，还不快快现形！"松毛震慑于火娘的威风，吓得"啊"了一声，露出了松鼠的原形，让众人看傻了。他急忙放了一个屁，惹得看众乱作一团，趁机下地溜走。

火娘见旺星还坐在马车上，就质问他："你和他们合伙骗我吧？"

"是，又怎样？"旺星平静地回答。

"那你是活够了，除非你和那松鼠一样有双机灵的脚。"她眼中射出一团火，它直扑旺星而来。

就在这时，高歌从天而降，挡在旺星的面前，伸出一只手，将那团火全收入掌中。

火娘见状，想起高歌为何不自己冒充公主，却让松鼠装，又姗姗来迟，她一下子吓出冷汗。

她立即脱离高歌，遁入地下，去看国王是否安好。但见国王的洞门大开，睡床空空，床上和地上都是血迹，放在床侧的一束紫罗兰也掉在地上的血泊里。

火娘的心如被利刃割裂，巨大的痛苦和绝望涌上心头。在她颤抖的手触摸到冰凉的床榻上的血迹时，她忽然觉得多年来支撑她抗争的勇气和自信正在离她而去，如同灵魂被人抽走了，她的世界犹如深深的黑暗，一切变得毫无意义，剩下的只有涌动的仇恨。

她踉跄着，顺着血迹追去，一直跟到通往王宫的出口处，见地上有个黑影，是个死去的人，很像雪贡人的模样。

她扯开那人的衣袖，见到他的臂膀上刺有鹰的图形，那是雪贡死党的一个标识。

尘土飞扬的小路上，高歌一边护送旺星回家，一边注视着周围的荒凉。忽然，路旁一片被烧毁的村寨废墟中，走出一个瘦弱的小女孩，拦在他的马前。

"大哥哥，村里人说你是英雄！"小女孩的声音带着颤抖，一双沾满灰尘的小手紧紧攥住高歌的衣角，"求你帮帮我，去灭那只火龙！"

高歌勒住马缰下马，蹲下身，眼前的小女孩脏脏的脸，却透着与八妹小时候惊人相似的倔强。他心头微颤，亲切地说："小朋友，今天哥哥任务在身，明天一定灭了那火龙，好不好？"

"不行！"小女孩用力摇头，"火龙今晚又要来了，我们等不及！"

旺星叹了口气，从旁低声说道："她妈妈前晚没了，昨晚家也让火龙烧了，这孩子……"

小女孩听到这话，低头抹了一把眼泪，用力扯着高歌的衣角："求求你！"

高歌注视着女孩的泪眼，沉默片刻，站起身，对旺星说道："孩子说得对，我这就去一趟。麻烦您回去告诉国师和公主，我可能会晚些回来。"

旺星带着忧虑："你当真要去？不管成不成，别耽搁太久！"

高歌拍了拍旺星的肩膀，转而对小女孩微微一笑："等着，哥哥去给你讨个公道。"

就在他准备出发时，他的神情忽然一滞，像是在倾听什么。随即，他身形一晃，化作一道疾风消失无影。

一眨眼的功夫，他又回来了，肩上扛着一个麻布袋，对众人喊道："快来接住，这里面都是宝贝，摔不得！"

大家小心翼翼地接过布袋，像捧着一个婴儿宝宝。打开一看，里面竟是金银玉器，闪闪发光。

旺星疑惑地问："这些宝物是从哪里来的？"

高歌指向村后的山岗，笑道："这应该是你们祖先留下的宝藏。那座古墓被火山石砸开了一个洞，有几个毛贼在里面盗取财物。"

"啊呀，那是我们八代祖宗的坟地！"众人惊呼。

　　高歌继续说道："我已赶走了那些贼人，并封住了洞口。这些宝物，或许是你们祖先有意留下来接济你们的。"

　　他见那小女孩还站在原地，眼巴巴地望着自己，便不再耽搁："我这就走，要去看看火龙那里有没有什么宝物。"他腾空而起，消失在黄昏的云后。

　　高歌悬浮在炙热的空中，凝视下方的火山口，涌出的热浪扑面而来，逼得他不得不施法为自己裹上一层冰衣。他双臂一合，像一只俯冲的猎隼，头朝下直扑火山深处。

　　距离滚烫的岩浆还有百尺，他的冰衣已经消融得所剩无几，热浪灼烤着他的肌肤，每一寸骨头都像要被炙化。他尝试再次凝结冰衣，但那些极寒的能一触高温便化作白雾，消散得无影无踪。

　　他强忍炙热刺痛，环视四周，映入眼帘的是如炼狱般的景象。岩浆翻滚着，咆哮着，犹如千万头挣脱锁链的凶兽，暗红与金黄交织的光芒刺得他几乎睁不开眼。岩浆中不时冒出的气泡像恶意的玩笑，每一个破裂都喷出四射的火星，在他脚下炸开。他屏息静气，生怕被那炙热触及，自己下一瞬便成了岩浆里的泡影。

　　他没有找到国师提到的龙宫，心头疑惑，也许还需下到更深处才能发现它。他正要冒险继续下潜，岩浆忽然剧烈翻腾起来，伴随一声低沉的轰鸣，一道庞大的身影自深渊中翻出。

　　那是一条巨龙，浑身燃烧着金红色的光焰，在沉睡中来了一个不经意的翻身。它庞大的身形在岩浆中若隐若现，周围的熔流随它的动作而狂舞。它似乎很快安静了，开始缓缓下沉。

　　高歌迅速抽出铜笛，凝神聚气，双眼锁定火龙的脖颈，猛然发力，铜笛闪出一道刺眼的金光。刹那间，一声震耳欲聋的嘶吼响彻火山深处，金光穿透了火龙的脖颈，将其巨大的身躯与头颅分离。

　　无头的火龙顿时在岩浆中狂乱翻滚，血焰如瀑倾泻，它巨大的尾巴疯狂地击打岩壁，震得整个火山晃动不已。而那被斩下的龙头却未就此沉寂，赤红的双眼爆发出灼烈的怒意，它张开燃烧的巨口，从岩浆中直扑向高歌，速度之快，仿佛风火交织的闪电。

　　高歌原本想走为上策，却发现身体被龙头远远吸住，无法挣脱。他心一横，紧握铜笛，迎面而上，心中暗叹："公主，怕要下辈子见了！"

龙头与铜笛相触，瞬间炸裂开来，化成无数火星，崩得他满身，刺痛如千支钢针扎在身上，他甚至一时失去知觉，幸好那只是瞬间。

火山开始剧烈震动，岩浆翻涌如沸腾的海洋，山壁发出令人胆寒的裂响。高歌抬头，头顶的通道已经被坍塌的岩石遮住大半。他咬紧牙关，聚起残存的力气，飞身向上冲去。

头顶的碎石如雨砸落，炙热的烟尘灌进喉咙，让他呼吸困难。几块巨大的岩石险些砸中他，他不断穿梭，躲过一个又一个危险。

终于，他冲出了火山口，烈风裹挟着火山灰扑面而来。他翻身停住，在空中踉跄了一下，回头望去，只见火山口已然坍塌成一片废墟，滚滚浓烟直冲天际。

高歌的胸膛剧烈起伏，汗水和灰尘糊满脸庞。他抬手擦去额头的污垢，闭上眼睛，感受着晚风的凉意和劫后余生的心跳，喃喃说道："哈哈，公主，我怕真有九条命。"

***

火娘身披红袍，猩红的衣角在风中微微翻动，宛如燃烧的火舌。面具下，那双如岩浆般炽烈的眼睛锁定了天狗将军，将他钉在原地。他的呼吸愈发急促，额头上渗出细密的汗珠，手中的银锭滑落在地，叮当作响。他匆忙弯下腰捡起几块，结结巴巴地道："这，这些银子……是，是孝敬您的……"

火娘低头瞥了一眼银锭，目光冰冷刺骨，"银子？银子能买回你的命吗？告诉我，大泽国王在哪？"

天狗浑身一震，双唇颤抖着，勉强挤出话来："我……我不知道……真的不知道您在说什么……"

话音未落，火娘猛地从怀中掏出一截断臂，随手扔进银锭堆里。那断臂上鹰形的刺青依然鲜艳，仿佛在嘲笑天狗的掩饰。

天狗看着那熟悉的刺青，脸上的血色瞬间褪尽。他双膝一软，跪倒在地，不断磕头，声音哽咽："都督饶命！我……我是派他们去保护国王的……"

火娘上前一步，揪住天狗的衣领，将他拎得半跪半立。她的眼神里燃烧着怒火，低喝道："你为何知道国王在地窟？"

"是……是羌横军师告诉的。"天狗语无伦次。

火娘的目光如刃，直刺进他的灵魂："他还说了什么？"

"他说……" 天狗的话断断续续，涕泪横流，"他说……没有了大泽国王，您就会专心对付反抗军……"

火娘冷笑一声，嘴角勾起一抹残酷的弧线："你竟然敢谋害我的国王？"

天狗连连摆手，几乎爬行着向后挪动："绝对没有！是……是那个长着猪头面的人……他把国王劫走的！不是我！"

火娘松开手，天狗如一滩烂泥瘫倒在地，不停喘着粗气。而火娘的目光越发冰冷，杀意在面具后隐隐翻涌："羌横军师去了哪里？"

天狗吞了吞口水，紧张地回答："他……他飞鸽传书说，今晚在边境的沙弯镇扎营，预计明日能回到雪贡。"

火娘轻笑，声音里带着残酷的嘲弄："你以为他能安然回到雪贡？可笑！"

话音未落，她猛然扯下披风，双臂扬起，掌心燃起跳动的火光，转瞬间两团炽烈的火焰在她掌间凝聚成形。火娘手腕一挥，两颗火球划破长空，拖着灼热的尾焰呼啸而出，直奔北方的沙弯镇。

天狗呆若木鸡，眼睁睁看着火球在空中越飞越远，燃起的轨迹仿佛将整个夜幕划开。他的腿开始不由自主地发抖，脑海中只剩逃命的念头。他趁着火娘背对之时，蹑手蹑脚地挪向大门，冷汗顺着鬓角流下，几乎模糊了视线。

门外，他的马正焦躁地刨着蹄子。他咬牙冲出最后几步，手刚握住马鞍，却猛地感到肩膀一沉。一只滚烫的手如钳般扣住他的肩膀，火焰的灼烧感瞬间蔓延开来。他的膝盖一软，扑通摔倒在地，力气像水一样从身体里被迅速抽干。

他勉强抬起头，看到火娘目光冰冷，正向他俯下身，问道："跑？往哪儿跑？"

***

在月光清辉中的村口，公主的玉冠反射出冷冷的光芒。她坐在那高大、皮毛乌亮的骏马上，雪白的长裙在夜风中轻轻摇曳，眼神里充满了担忧与期待。高歌如一阵风般赶回凤凰村，身影在夜色中几乎像一道光。他轻巧地出现在公主面前，忙问："我没误事吧？"

公主深吸了口气，轻声说道："倒也没误事。只是你，从前胆小让人担心，如今胆又太大更让人担心。"

高歌却嘻嘻笑："多谢公主牵挂！不过我要说件事，又怕吓着你。我刚才……"他的话还没说完，天空突然闪烁起赤红的光芒，从宣城方向如流星般射向北方。高歌的表情瞬间凝重，双拳紧握："这肯定是火娘的手笔！公主，我去了！"

＊＊＊

晚霞瞬间遁去，星星和月亮不敢露面，阴森的气息将浓厚的黑幕撒开，天与地相连一片，如混沌如夜的深渊。火娘好似幽灵藏其中，静静地等待一个人。高歌赶到宣城上空时，两眼一抹黑，他猫头鹰般的眼睛也不好使，觉得像被松毛的布条蒙了一样。不过，高歌咧嘴一笑，识破了这是火娘的黑障法。

他轻起慧眼，扫过宣城。见大街小巷里静悄悄的，连风都不敢大声吹过。每扇窗户都紧紧关闭，但隐隐约约，能看到细小的影子在窗帘后面移动，人们的眼睛发出微弱的光，好似在寻找答案，又好似在等待什么。

树中的夜莺停止了歌唱，警觉地睁着眼，静静地审视着暗夜。流浪的野猫上了屋顶，嗅着空气里的味道。

火娘躲在哪里呢？是那夜莺还是那野猫？或是那窗后的小眼睛、待机而发？

高歌索性放弃寻她。他轻轻挥手，天空里浮现出一片橘黄的祥云。他轻盈地坐上云端，将手中的铜笛贴在唇间，吹了起来。清脆的笛声带着一丝调皮，《苍山阿妹》的旋律在宣城的夜空飘荡。

人们纷纷探出头来，朝天空望去。夜雾中，仿佛有一个模糊的月亮从天边缓缓升起，停在树梢之上。至于谁人在那月里，又是谁人在天上吹出这人间的勾魂曲，无人知晓。

当然只有火娘明白，这是猪娃高歌给她下战书。

火娘冷冷地一笑，给自己选了一片紫云，红袍加紫光，阴森而神秘，气势上已赢对手三分。她不紧不慢地飘到离高歌几丈之远才停住。

高歌停了曲子，站起身等着她。

火娘开口就质问他："你把国王偷走了？"

高歌驳她："人家父女团圆，天经地义，何来的偷？"

"真是个没娘的孩子！做贼还有理。我得替你爹教训你这个……"

不等她说完，高歌呛她："你对我玩过那么多花招，什么蛇魔，迷香，火攻，水攻，阴阳锁。你还有什么高招，尽管使出来。"

火娘玩味地说："那我让你见识点新玩意儿。"她的红唇微张，轻轻向高歌吹了一口寒气。

高歌站立原地，感觉这寒气犹如晚风，所以毫不在意。他以为火娘正聚气准备大招。但火娘就此打住，抬头哈哈大笑，声如静夜的磨盘石在响，回荡在空旷的宣城之上，说道："傻娃，死到临头，你还没有明白？"

经她一说，高歌忽然感觉心里一阵透凉，仅一眨眼的功夫，他从头到脚变成一个冰人，身体僵硬如石，无法动弹。无论他召唤何种法术想脱身，没有一样管用。

火娘上前围着他转，得意地说："我可以取了你的性命，但那不好玩，我有更好的法子惩罚你的不敬。"她从袖子里取出一根银针，举到高歌的眼前，又说："可怜的孩子，自小吃了这魔针的苦，现在又要从头来过。这次我不会再仁慈，多给你几根。"她又取出一根，又一根……

她口中继续唠叨："保证你今后不会飞，不会功夫，不会笑，不会生娃，只会哭，只会听我招呼。"

高歌定睛看去，火娘手中魔针闪烁着冷冽的光。他眼中流露出一丝遗憾，回想起与火娘的多次交锋，他心知自己过于骄傲，低估了火娘的魔力。

他深吸了口气，瞳孔中倒映出魔针的寒光。就在即将闭上眼睛的瞬间，心中涌现出公主那熟悉的面容。他心想，未来的日子里，谁能保护她，守护她那纯净如玉的世界？

随即，公主的声音轻柔地响起，仿佛阳光透过乌云，驱散了高歌心中所有的阴霾："我和你在一起，你怕什么？"这宛如春风的声音，让高歌重新找回了那份坚定与勇气。

他猛然醒悟，是啊，我怎能再怕她？那几根银针竟让我心神不宁！如今我也许是刀枪不入的金刚之身，何惧几根小小的银针？不如让她试试！心情一松，他腿上忽然感到一阵异样，仿佛有虫子在叮咬，但更像是针刺。可火娘的针还在她手中，她还在不断从袖里掏呢。那会是什么？

高歌恍然大悟，那是地火的火星子！也许有几颗先前钻进了裤腿里，没有逃掉。他立即凝神，将那几粒火星子吸入体内，加以催化，瞬间解除了火娘的冰魔。

趁火娘不备，高歌抬手抓住她的握针之手，将那些银针使劲抖落，又施展吸功大法，欲将她的精气吸干。火娘一阵慌乱，但很快镇定下来，也抓住他的另一只手，冷笑道："猪娃，吸功大法也是我的拿手好戏！刚才我手脚慢了点，看看这回你还能不能侥幸逃脱。"

在漆黑的夜幕下，两人的身影交叠缠绕，仿佛天际骤然崩裂，一道夺目闪电撕裂夜空。随后，他们迅猛坠落，将大地砸出一个巨坑，火焰随之喷涌，迅速向四周扩散。他们在烈焰之上跳跃，于电闪雷鸣间穿梭，犹如双龙在天地间展开了一场惊心动魄的搏斗。

一阵恶斗之后，四周变得一片寂静，刚才的响声还在耳边回荡。硝烟散去，两个身影重重摔向地面，扬起一片尘烟。高歌的衣服被撕裂，火焰仍在上面燃烧，散发着微弱的红光。他艰难地喘息，每一次呼吸都带着剧烈的疼痛；臂膀上有一道长长的伤口，鲜血缓缓滴落。火娘的裙摆被撕成碎片，杂乱的发丝贴在她汗水淋漓的额头上。她的面罩已失落，伤痕累累的脸上又多了一道深深的伤口，使她的面容更加扭曲。她撕下一片裙布，系在脸颊上。

两人都无法再站起，只能用尽最后的力气支撑着身体，靠在痕迹斑斑的城墙上。高歌艰难地抬起头，目光与火娘交汇。两双眼中充满疲惫，却又透着不屈。他们仿佛在彼此的眼中寻找答案，或仅仅在寻找一丝慰藉。

高歌咬紧牙关，指着火娘道："老妖，我本可以赢你，都是你使了阴招，冻得我手脚不灵便。"

火娘眼里闪烁着残留的火焰，回道："猪娃，你爹也敬我三分，你怎敢叫我老妖？要不是看在你爹的情分上，我早该灭了你！刚才没把你制服，是因为我来之前已放了几个火球，损了许多元气。让我喘口气，再来收拾你！"

高歌努力挣扎着站起来，用力摇晃着手臂，挑衅地说："等会儿，你不会再那么幸运，我手脚开了，定将你打回原形。"

火娘大笑："哈哈，你没你爹的功夫高，可是臭嘴却跟他一样。我要是你娘，非天天掌你的嘴。"

高歌怒目而视，语气中带着深深的怒火："不许提我娘！她是世上最疼我的。"

当高歌提及母亲时，火娘看到了他瞬间显露出少年的脆弱。她的眼神里泛起一丝狡黠，心生一计。

"你这孩子，"火娘装作理解地说道，"我怎会说你娘的坏话？我比你还了解她。我可是见过她！她是一个美丽的女子，可爱的母亲。你小时候，她总是陪伴在你左右。即使如今，你静下心来，你依然能看见她并没有走远，她就在你附近。你能看见你母亲吗？往前看，在那一圈光晕里，是不是你的母亲？"她对高歌施展催眠魔术，将自己化为高歌母亲的影像，在柔和美丽的光环里向高歌招手。

高歌站起身，向母亲走去，要去拉她的手。母亲却后退一步，收回了手，说道："孩儿，你我阴阳相隔，不可触碰。母亲迟迟不肯西去，都是因为有一个心结。"

高歌问道："母亲，孩儿一切都好，何事让您如此牵挂？"

母亲抬起衣袖指着他："我想看到你成亲。"

"母亲，我还没有可意的人呢，怕要让您久等。"

"你不跟娘说实话！"

"请娘原谅，我心中倒是有一女子，就是不知道别人愿不愿意。娘非要催我，我就带娘过去看一眼那姑娘。"高歌说道。

"你说的女子该是公主吧？甚好，我儿领路，带娘去见见。"

高歌和他娘肩并肩，各乘一片彩云，一眨眼飘到城南外的露天角斗场上空。娘问："下面漆黑一团，空空如也，我儿骗我？"

"请娘耐心点，公主一行定是惶恐，该是躲在哪个角落，让我来点照明。"高歌说着，举起右手，将早已酝足的神力化成一团拳头大的橙红火球，瞬间射向天空。

娘抬头看看那火球不顶事，笑道："看来指望不上你这盏灯，我们不如下去找找。"

高歌挡住她，柔声道："娘稍等，黑灯瞎火的，怕吓着公主。"

此时，夜空中那颗小火球骤然变成了一个巨大的、炽白的太阳，悬挂在天际。它的光芒不是温暖的金黄，而是刺眼的白炽，将整个世界瞬间照亮。原本隐匿在黑暗中的草地、树木、小溪，以及远方的山川，全都在这强烈的光线下变得清晰可见。

高歌的娘惊恐地"哇"了一声，显出了火娘的原形。突如其来的光亮让她感到极度恐惧，她本能地遮住眼睛，蜷缩起身子，顾不得再装腔作势，企图逃离。然而，田野、树梢、屋顶、山坡上，处处都是反射镜，一束束炙热的光束射向她。那是公主指挥事先布置好的猴家军，他们三人一组，操作着一抱大的铜镜子。

火娘试图逃入地下，但高歌一次次将她拦住。她像一头发疯的母牛在空中横冲直撞，无论躲到哪个方向，都逃不出反光镜的光束。她最终像一捆点燃的红茅草，冒着烟火，向角斗场缓缓落去。

高歌悬在空中，确认火娘的妖法已被破解，才松了一口气。他这才意识到自己臂膀上的伤口正汩汩流血，眼前模糊了一瞬，看到铁柱正赶来，便落到铁柱面前，挡住他的去路。

铁柱勒住马缰，喝问："为何拦道，这是来与我做个了断吧？"

高歌尽管疲惫不堪，但强撑着站稳脚跟，嘴角勾起一丝笑意："铁柱，我为公主而来……"

"我当然知道你为公主而来！不过若你要动武，我奉陪到底。"铁柱虽知自己不是高歌的对手，但他决心捍卫自己的尊严。

高歌笑了，语气轻松："屠夫呀，我何时说要与你打架了？我只是想借你的橙色外袍一用，怕公主看到我这血腥样吓着了。"

铁柱微微一愣，然后大笑起来，将袍子脱下抛给高歌："这点小事！"

高歌接过它，赖皮地说："我知道你讨厌我，但我就是狗皮膏药，甩不掉。"

铁柱伸出一只大手，邀请高歌上马："上来吧，英雄！"

高歌借力跃上马，坐在铁柱身后。铁柱扬起鞭，马儿向角斗场飞奔而去。

公主和松毛已赶到角斗场，见那团烟火渐渐落在他们眼前，已化为烟灰。松毛情不自禁地喊道："哈哈，公主，大厨今天烧烤了那恶魔！"

公主兴奋地回应："谁说不是呢！"但她随即四处张望，"我怎么没见高歌下来呢？"

这时，高歌像从地缝中冒出，影子般突然出现在公主的身后。他微笑着与松毛对视，食指在唇边一竖，示意松毛别出声。

松毛故意提高嗓门，对公主大声说道："公主呀，高歌曾经跟我提过，只要除了火娘，他便要回他的天山。我猜想，他怕是不辞而别了。"

公主怔住，眉头紧锁："此话当真？"

松毛故作神秘："其实是我做了一个梦，不一定是真的。"

"好家伙，松毛，你怕是拿我开心？高歌立下奇功一件，怎么也得让我谢谢他吧！"

松毛嘴角微扬："公主，你只有一个'谢'字给高歌的话，我可以转递呀。"

公主笑了："呵呵，你快去找他，我有个将军的位置还空着呢！"

就在这时，高歌一步跃到公主面前，大笑道："我只要火头军的将军，不要那血腥的将军！"

公主一惊，随后喜笑颜开，一把拉住高歌的手，急切地问："你没事吧？只见你上天入地的，我什么都没看清！"

高歌哈哈一笑，拍拍胸口："公主，火娘不能把我怎么地，她碰上了你我联手，算她倒霉。"然而，他的脸色苍白，脚步微微跟跄。

公主注意到高歌穿着铁柱的战袍，眼神一凝，发现他的臂膀处正渗出血迹，不觉惊呼："天啦，你还笑得出来！"

她迅速帮高歌脱下上衣，摘下自己肩上的纱巾，轻轻包扎他的伤口，动作温柔而小心。

高歌微微提起肩膀，一副痛苦的模样，"哎哟，公主轻点儿。"他带着调皮的笑声继续道，"你吹一口仙气给我，伤口就不疼了。"

"我又不是仙，哪来的仙气？"公主假装生气地反驳。

"那也试试吧，你就轻轻地吹吹！"高歌眨巴着眼睛。

公主轻笑一声，深吸一口气，轻轻地在伤口上吹了几下，关切地问："这样好些了吗？"

高歌眼中带笑，"一点也不疼了！有了公主的仙气，以后还需要郎中做什么？"他的声音中充满了幸福。

就在两人打情骂俏时，松毛在一旁捣鼓那堆灰烬，突然，一只火红的小狐狸从灰烬中钻出。松毛大叫："火娘没死呢！"

那小火狐低头夹尾，似乎想悄悄溜走，但众人迅速将它围住。这时，铁柱拔出剑，准备一剑了结它。公主及时按住铁柱的手，示意他等待高歌的决断。高歌蹲下，与火狐对视，见它碧蓝的眼睛清澈如山涧的清泉，毫无邪恶之意。他用灵敏的大鼻子嗅了嗅，未嗅到一丝妖气。他站起身，给它让出一条道。

火狐一溜烟地跑了，无人知道这只火狐是否还是那只火狐，是它的来世，还是今生。

公主见高歌痴呆地望着火狐离去的方向，怕他在这美好的夜晚沉迷于生死搏杀的心境，拍拍他的背，大声问道："你知道今天是什么日子吗？"

高歌回过头来，看见人人喜庆的笑脸，答道："胜利的日子！"

公主说："是的，但还是大年三十！高歌，你收起那天上的太阳吧，让大泽人好好过一个快乐的年夜。"她又叫过松毛，说道："去放三个烟火，命队伍进城。"

松毛和猴四上了树，对晴朗的夜空射出第一枚烟花。那长长的弧线从一边划到另一边，在夜空中划出美丽的轨迹，颜色从红到紫，仿佛天上的彩虹降临人间。

接着是第二枚，犹如百花盛开，美丽的花朵在高空中一点点绽放，花瓣随着火光向四周散开，绚丽的红、炫目的黄、清新的蓝，每一朵都像是天上的仙子散落的花瓣。

最后那第三枚，显现出一张笑脸，那是灿烂久违的笑脸，让整个夜空充满了喜庆和欢乐。

公主仰望美丽的夜空，伸手去拉身边的高歌，却捞了个空。她回身一看，高歌面朝下昏倒在冰冷的地上。

第二十四章

送别的目光

  城中的雪贡残军彻底崩溃，士兵们惊慌失措，扔下手中的剑盾，脱下沉重的铁甲，像无头苍蝇般逃散。他们互相挤压、推搡，拼命向北大门涌去。北风呼啸，黑暗如同一张巨口，仿佛要吞噬每一个逃命的灵魂。那些跌倒的士兵，来不及站起来，就被身后的人群冷酷地踩过，再无起身之力。逃亡的士兵，如同惊慌失措的羊群，四处乱窜。

  城门洞开的瞬间，压抑已久的民众仿佛得到了解放的信号。他们趁着夜色，攀上高耸的城墙，用力扯下雪贡的秃鹰旗，愤怒地将其投入熊熊烈火。而大泽王的豹旗随即被高高挂起，在火把和灯笼的光芒中骄傲地飘扬。

  城中的街道上，家家门户大开，温暖的灯光洒向黑暗的街头。孩子们手牵手，在街头巷尾欢快地奔跑，他们的笑声在夜晚中回荡不息。在这个巨变的夜晚，过去的伤痕和记忆暂时被搁置一旁。每个人的脸上都写满了对未来的期待。

  与此同时，曾经霸占王宫的傀儡们匆忙换上民服，来不及逃亡的，就试图隐匿起来。那些侥幸幸存的王亲国戚，也都怀着喜悦的心情，踏上了前往京城的旅程。

***

  晨光洒落在青瓦飞檐上，公主身着白色的绸缎裙，步出沉香满庭的闺阁，款步来到宫殿前。高歌早已在门前候着，他身着深蓝的盔甲，金线绣制的云纹和飞龙在他的胸甲上舞动，头盔之上飘扬的赤红翎毛，宛如燃烧的火焰。他腰间的长剑轻轻摇摆，似乎在诉说着他的荣誉与使命。国师组织了一个特殊的王宫警卫队，称为禁军，高歌是禁军的统领。

两人目光交会，默契一笑，虽未说一字却胜千言万语。她轻挽袖间的丝帕，若有似无地触碰他的手背。他微微一怔，随即定下心神，与她并肩踏入殿门。

公主来到国王的卧榻前，坐到床边，纤细的手指轻轻地摸了摸国王苍白而冰凉的额头，试图感受那虚弱的生命气息。国王的胸膛微微起伏，那肤色似雪的面庞却透露着不容乐观的信息。不远处，熏香炉里的檀香散发出淡淡的香味，与远处散落的草药味混合成一种特殊的氛围。

公主的眸子里映出了父王苍老的面容，她的眼泪悄然在眼角凝聚。她抬头，与国师四目相投，仿佛在诉说无尽的期望、焦虑，甚至是无助。国师微微点头，表示理解公主心中的担忧。

一日，高歌到草药房看望国师，却见国师倒在地上，口吐白沫，昏迷不醒。高歌闻到国师身上的草药味，知道他又在尝试新药，定是中毒了。

他不由得摇头，迅速扶起国师，用掌心对准其背部，激发内力，一道暖流从掌中涌入国师五脏六腑，逼迫着那些毒素从他体内逸出。

稍息，国师的呼吸逐渐平稳，脸上的青紫也渐渐退去。他缓缓睁开眼，见到高歌便露出尴尬的笑容。

高歌捡起地上的一个破损的草药罐，叹了口气："师傅，您试来试去，在找什么药？"

国师眼中流露出一丝沧桑，伴随着干咳："我在找一味神仙药，既要壮阳又不能烧心，既要排毒又不能泄气。"

高歌眯起眼，"师傅莫非指的是那仙茅？"

国师眼神闪烁，惊讶地盯着高歌："高歌，你知道它？"

高歌深吸一口气，似乎重新经历了往日那一刻的痛苦："知道，我就是为了找仙茅掉下悬崖，大鹏师傅为了救我丢了性命。"

国师继续问："你见过那仙茅？"

高歌摇摇头："不曾见，但天山上也许真有。"

国师露出微笑："如有，国王便有救。不然，我还得试下去。"

"师傅，给我一顿饭的功夫，我替您把它找来。"高歌扇动一下大耳朵，翻身上了天，便来到天山地界。

只见云雾之下有一片波光闪闪的湖泊，并没有高耸入云、让他梦中萦绕的天山。他以为自己找错了地方，又转了几个来回，确定就是这里。

看见湖边有一老一少在放牛，他便换了人脸，悄悄下到地上，来到他们跟前，问那长者："这里原来是不是有座高山？"

长者眯着眼，好奇地望着面前的大孩子，说道："不知是不是高山，只知道镇日云雾了得，不见天日。奇的是，半年前，云雾散了，见到这偌大的湖泊。"

长者的话语让高歌想起静心寺大佛也曾经提过"天山崩"。此时，高歌确信天山已逝。想起师傅，想起童年和少年的美好记忆，他不禁跪地就哭，泪流满面。长者看这大孩子哭得可怜，将他拉起，问他："你莫非与那云雾中的神仙有交情？"

"不，"高歌擦擦泪，不想提起大鹏师傅，就说："我来找仙茅，不见高山，情急而泣。"

"你要仙茅做何事？"

"救一位多年不省人事的亲人。"

长者对坐在牛背上的玩童说："顺子，你来。"等孩子到了面前，他拿过孩子手中的一把青草递给高歌，"这就是仙茅，你拿去就是。"

高歌欣喜地接过，问道："如此稀罕之物，怎么随时带在身上？"

长者笑了："我家种了一亩地的仙茅，哪是稀罕的东西。我们身上带些，是怕牛吃草时吃岔了气，喂它一些救它的命。"

高歌谢过他们，急急赶回去后将仙茅交给国师。

国师调制了一味新药，自己先试了一点，顿时感觉眼明耳聪，便决定将这药剂给国王服用。几天的精心喂养后，国王的脸色一天比一天红润，呼吸也逐渐变得平稳有力。

到了第五天，国师满怀期待地提醒公主，最好守在国王的床边，希望国王醒来后第一眼就能看到她。然而，国王依旧紧闭双眼，眼珠不停地转动，仿佛沉浸在一个深远的梦境中。

公主在国王的床边耐心等待了半天。午餐时间到了，高歌亲手做了三鲜面，端到了公主面前。公主和国师客气地推让着这碗面，高歌看了，则不好意思地说："怎么就忘了师傅的呢！"就在这个时刻，仿佛是被香气所吸引，国王的眼睑缓缓抬起，视线虽模糊，却迷糊地说出了话语："爱妃，扶我坐起来。"

公主听见国王的声音，激动得忍住了眼中的幸福泪水，微笑着轻轻扶起国王，让他靠在床头。

国师跪地叩拜，声音略带颤抖："老臣米德叩拜大王。"

国王的目光转向国师，"国师，你怎么不修边幅，老了许多？"

国师却带着喜悦和伤感："大王，您已沉睡了十六年有余，我备受煎熬这多年，怎能不老。"

国王眼神迷茫地凝视着公主，轻轻道："那我爱妃为何又一如既往的年轻貌美呢？"

公主心中五味杂陈，握住他的手，将其安抚在自己的脸颊，轻轻叹息，"父王，我是文西，您的女儿。"

国王"啊"了一声，手微微滑过公主的脸颊，仿佛确认自己的记忆，"文儿，你怎么长得这么大了？那……王后她呢？"

公主眼中泛起泪花，轻声说："母亲她已经离我们而去了。"

"为何如此？"他问道，语调极为脆弱，几乎只有他自己听到。也许他不需要别人回答，他知道答案。

他的眼睛游移过每一个角落，似在寻找另一个人，一个槟榔女。

他一定是失望得很，房间内无论哪里都没有她的身影。在场的人都知道他在找谁，大家都不愿提起那个名字。

他的目光转到了高歌那与众不同的猪面上，眉头紧锁，问国师："这个，是谁？"

国师回话："他叫高歌，是我大泽的福星。"

国王的面色阴沉，"我大泽王宫何时容纳怪物！快赶他出宫！"

公主为高歌辩解："父王，高歌救了整个大泽，他不是怪物！"

国王瞪大眼睛，语气坚决地说："我说出去，就是出去！"

国师微微颔首，示意高歌退出。当大门关上后，公主与国师两两相对，满眼的遗憾。

国王看他们默默无语，缓缓地叹了口气："国师，你该记得，上次猪妖一出现，我大泽便国破家亡。这次，怎么这么凑巧，又是一个猪头，难道厄运再来一次？"

国师怕影响国王康复，只好安慰他："大王放心，我让他离王宫远点。"

高歌脚步沉重地从金碧辉煌的王宫大门走出，随即将手中握着的佩剑和令牌，转身托付给一名侍从，让他将它们交还给公主。

他怀着复杂的心情离开了熟悉的都城，径直去了远方的凤凰山，那里有他的好友松毛和猴家兄妹。松毛见到高歌没精打采的样子，知道什么事不妙，半玩笑地问道："难道是公主有了别的心上人？"

高歌沉重地倒在草床上，声音带着一丝苦笑："与公主无关。那国王刚醒，看了我的猪脸就直接将我赶出王宫。"

猴三的怒气不言而喻，"我就说过，大泽的人和雪贡的人其实差不多。所以我宁可坚守在这洞里，也不去宣城。"

猴香关切地问："那公主她……她舍得你离去吗？"

猴四摇头："王族的规矩，国王为大，公主没有发言权，她什么都做不了。"

高歌轻声说："反正，我们在一起，不也挺好？"他试图让自己的声音轻松些，但他们都听得出，他话中有许多无奈，失落与牵挂。

国王虽刚从长眠中醒来，但恢复得相当迅速。不多日，他已坐在王宫的议事厅中，细读各国送来的贺信。一封红底金边的信引起了他的特别关注，打开后，赫然是安南国王的亲笔。"为了两国的深厚友情，是否考虑曾约定的联姻，为未来的盟约再下基石？"信中写道。国王思索片刻，召国师进来。看着站在他面前的国师，他询问："那钦王子，我只听闻过他的名字，不知真实的他如何。"

国师如实禀报："钦王子为人忠厚，有情有义，为大泽，曾出生入死。"

听完国师的描述，国王决定亲见这位王子。他命令："请钦王子进宫。"

夜幕降临，华丽的宫灯逐一亮起，国王与钦王子亲切交谈，直至深夜。

次日早晨，阳光里的国王，眼中满是欣慰，对着身边的国师说："我与钦王子已达成了婚约的共识，他愿意为了两国的和谐而入赘大泽。国师，那么，你就为我起草一封国书，邀请安南王前来，共同为他们主持婚礼。"

国师遵命退下，在长廊里与前来给国王请安的公主相遇。问候公主时，他的笑容中带着前所未有的尴尬和伤感。公主察觉到了国师的异样神情，但只是以为他过于劳累所致。

晨光洒满王宫，公主与国王共进早餐。桌上摆满了为她准备的小吃，让她感到了一丝不寻常。国王的眼神中闪烁着神秘的光。

用餐后，国王轻声说道："文儿，陪父王去花园走走吧。"公主立刻站起，顺从地搀扶着他，一同步出了餐厅。

拉着国王温暖而沉重的手，公主能感受到这位饱经风霜的父王心中有着不可言喻的忧愁。

他们来到一个花亭，眼前一湾池水闪烁着金色波纹。国王微微笑着，指向一对鸳鸯，语气平静却藏深意："文儿，你知道那是什么鸟吗？"

"鸳鸯。"公主回答，忆起曾经演过的那曲《棒打鸳鸯》的戏。

国王低声说道："文儿，看着它们形影不离，令人羡慕。父王也已为你物色了个如意郎君。"

公主抬起头，惊诧地看着父亲："父王，您已为我选好了人？"

国王的笑意未减，点了点头："文儿，父王为你选的人，是最适合你的。他能护你周全，给你幸福，你要信我。"

公主脸色僵住，不假思索地说道："父王，我的婚姻，希望由我自己来定。"

国王眉头微锁，眼中的温情渐渐被威严取代："文儿，你是我的女儿，我为你选的人，绝对不会错。"

一瞬间，公主的眼泪夺眶而出，抽泣道："父王，您虽对我是好意，但我的幸福，只有我自己知道。"

"你！"国王未料到女儿一点不领情，心中失落，一股怒气便挂在了脸上。

公主不敢多看国王一眼，拔腿逃出了花园，找到了国师，诉说心中的委屈。

国师知道她心中所爱，但明白那是不会被祝福的奢望。他只好跟她说现实："公主，大王已做决定，此事再无回旋。您若不从，按照王族祖训，您会被绑起来送进洞房的。"

"那我只好认命？"公主眼泪汪汪，绝望地问。

"是的，老臣也没法子。"国师递给公主一个手帕，"也许错在我呢，不该从戏班把您接回来。"

高歌从公主的眼前消失后，宫殿变得异常冷清。公主日日坐卧不安，不思茶饭。终于，她在国师的协助下，女扮男装地出了王宫，骑了一匹马，出城往凤凰山去找高歌。

猴香正在洞外晒衣服，望见远远的一匹马顺着小道往这边来。她开始没认出马上是什么人，等到那人去了头巾，将长发散开，才满怀喜悦地叫道："呀，公主来了！"

她把手中的衣物扔到一旁，欢快地向公主跑去。大家听到猴香的叫唤，纷纷站到洞口迎接。

公主在大家的簇拥下进了洞，她环顾四周却不见高歌的身影。

松毛感受到她的迫切，上前轻声道："公主，他刚刚还在睡觉，准是到林子里撒尿去了，等他一会儿。"

公主轻轻地点了点头，在草堆上找了个舒适的位置坐下，话语温和："那你们接下来打算怎样呢？"

猴香立刻回答："我们和高大哥商量好啦，都打算回安南鹿丁。"

公主听到这里，脸上的笑容略显僵硬，眼中流露出淡淡的失望和不舍："那么远的地方，以后见面岂不是很困难？"

猴四叹了口气，眼中闪过落寞："这的确是个难的决定。我们也不想离开，但大泽对我们异形人来说，似乎从未给过容身之处。"

就在这时，公主从袖中拿出一张印有密文的纸张，将它递给猴四，"这是王宫即将颁布的新法令。你念出来，让大家都听听。"

猴四接过纸张，开始朗读："大泽国王令：从此令颁布之日起，凡居住在大泽国的人民，无论是异形人还是外族人，只要遵纪守法，都将享有平等的权利。这包括选择居住地、职业、经商、结婚、信仰的自由，以及受到法律的保护。"

随着猴四的朗读，草堆上的氛围由沉重转为欢腾。他们的脸上洋溢着喜悦和释然，欢声笑语回荡在洞中。大家都意识到，这意味着他们不再需要离开，不用去遥远的安南了。

猴三疑惑地问："公主，为何国王会在这时候改变主意？"

公主展现了一个温柔的微笑，回答道："因为你们的付出和勇气无法被忽视。"

然而，微笑的背后，公主的心底却有着三生三世也说不尽的伤感。唯有她一人明白，仅仅是这些，又怎能真正动摇父王根深蒂固的偏见呢？

其实，真正让国王改变决定的，是她与国王之间的那场妥协。回忆起那次对话，仿佛是一个布满泪水的夜晚。

***

当公主明白无法逃避与钦王子的婚姻安排时，她果断决定利用这个机会向父王提出条件，为天下异形人争取生存权。

她泪眼婆娑，对国王说道："父王，若您非要将我许配给钦王子，但请您准我一个条件——我希望高歌以及其他异形人能获得平等的权利。他们是我们胜利的幕后英雄，是他们的付出换来了我们的和平。若不能为他们正名，我将无颜面对所有并肩作战的战友，宁愿选择结束自己的生命。"

国王面色一沉，语气冷硬："文儿，你真是太任性了！是我多年来未能好好教导你。国师，把她关起来，饿三日，看她还硬不硬气！"

国师步履蹒跚地上前，满脸忧虑地为公主求情："大王，请三思！您父女历经磨难，苦尽甘来，切莫伤了感情。公主还小，有错之处，望大王留情，且让臣下劝劝。"

国王不耐烦地挥手："国师，朕的家事不劳你费心！把她带走！"

国师跪倒在地，急切地说："请大王罚我，一切均是臣下过错，不该让公主与繁杂人士交往。"

公主蹲下身，轻轻扶起国师，"国师，您对我恩重如山，何罪之有？请您起来。"

她转身，深深地向国王鞠躬，语气中满是绝望与决绝："大王，想必您心中只有自己，并不需要一个女儿，我不如成全了您，让您独来独往吧！"

言罢，公主摘下头冠扔在椅子上，长发瞬间洒落，遮住了她哀伤的面庞。她从腰间抽出短剑，决然向自己的颈间划去。

"文儿！"国王凄厉地喊道。

就在这千钧一发之际，国师果断出手，精准点中公主手臂上的穴位，短剑"铛"地一声落地。

国王急步上前，将公主搂入怀中："文儿，这是何苦呢？父王仅是想教你一点规矩……唉，你跟你母亲一样烈呢。以后可不准做这等傻事，父王的心中只有你。"

***

松毛不禁感叹："等高歌知道这个意外的好消息，他一定高兴坏了。"

听到松毛提到高歌，公主又不由自主地转头四处张望，带着一丝焦急："高歌怎么还没回来？一泡尿要这么久吗？"

松毛见状，提议道："公主，要不我去林子里找找看？"

公主点了点头，松毛立刻化作一道影子，消失在洞口外面。

公主又等了良久，未见高歌也未见松毛，只得打开身旁的背袋，从中拿出包装精美的糖果和糕点，摆放在面前的小桌上。

她努力维持着微笑，尽量让自己的声音听起来愉快："明天，我将与钦王子结为连理。我知道你们不方便参加我的婚礼，但我仍想提前分享这个消息，并感谢你们这一路上的陪伴。"她的声音中虽然带着欢愉，但眼中却难掩失落之色。"我本希望能亲口告诉高歌这个消息，既然他不在，就麻烦你们转告他一声。"话音刚落，公主迅速起身，快步走出了山洞，留下一串惊讶和疑惑。

猴家三兄妹互相对视，不知所措。他们知道，高歌与公主之间的情感经历了风风雨雨，原以为已到了拆不散的地步。然而，现在他们不得不面对一个事实，那就是公主和高歌的故事，在这胜利的时刻，似乎戛然而止，突然画上了句号。

***

公主穿着一袭红色的嫁衣，热烈而深邃。嫁衣上绣满了相思的金银线，它们在灯光的照耀下熠熠生辉，仿佛要描述一个辉煌的故事。她的秀发被悉心梳理，高高地束在头顶，金簪上镶嵌着珍珠和宝石，它们在眼前闪烁着迷人的光芒。

长长的金耳环垂挂在她的耳畔，随着她轻盈的步伐微微摆动，仿佛在低语一个爱的秘密；颈间缠绕着一串晶莹剔透的珍珠项链，与她如玉般细腻的肌肤相互映衬。她的手上戴着细细的金镯，一圈绕着一圈，手中握着一个镶有宝石的红色绣扇。

当她缓缓步出金碧辉煌的宫殿时，两旁的侍女们敬畏地低下头，纤手托起盛满玫瑰花瓣的金碟，为她铺出一条花瓣之路。一队乐师正弹奏着古老的婚礼乐曲，那庄重的旋律仿佛古代的神明在为这场婚礼祝福。她的步伐从容而庄重，每一步都仿佛与节奏相合，与四周的音乐相得益彰。

在宫殿琉璃屋顶的阴影里，高歌与猴家三兄妹悄无声息地隐藏着。

猴家三兄妹眼中闪烁着好奇与兴奋的光芒，他们指着下方的热闹场景，不时发出感叹。

高歌却静静地站在那里，眼中闪烁着难以言表的伤感与失落。他默默地望着这个他深深爱着的女人，心中充满了说不出的苦涩。从今往后，他心爱的八妹将不再是那个自由奔放、与他心心相印的女孩，那些快乐无忧的日子，将永远成为过去。

公主穿过宫殿的花园小道，小道两侧盛开的牡丹、玫瑰和芍药散发出淡淡的香气。两旁的树木上挂满了各色的绢制花灯，在阳光下闪闪发光，与园中的花朵相映成趣。

花园小道一侧，还站着另一个伤心人。铁柱曾率队北上追击雪贡残部，彻底将他们赶出了大泽。可回到宣城时，却正好赶上公主穿上了婚衣。他经历了太多，开始明白许多事不能强求，尤其是一个情字。望着自己刻骨铭心的女人与他人牵手，那份挫折感只能当作一杯陈酒，再苦涩也要咽下。谁能料到呢？本以为公主会嫁给高歌，却看到钦王子是那新郎！

阿依作为伴娘，身着华美的礼服，紧随在公主身后。当她从铁柱身边走过时，一阵不知从何而来的清风突然拂过，将她裙摆的一角吹得高高翘起，挂在了一旁的花枝上。铁柱反应极快，疾步上前，帮她轻轻地将裙摆解下，小心翼翼地摆放整齐。这个小动作虽然不费力，却让阿依感受到了一种暖意。她停下脚步，深情地望了铁柱一眼，目光中充满了柔情。铁柱心中的冰层似乎被这个温暖的眼神融化了一些，泛起了一阵涟漪。

等阿依走远，铁柱才发现地上有一块手绢。他拾起来一看，发现上面绣着"阿依"两个精致的字样。他紧紧地握在手心，脑海中浮现出阿依迷人的眼神。

高歌他们如猫一般灵活地从这栋屋顶跳到那栋屋顶，躲藏在屋檐下，目光却紧紧跟随着公主的每一步。阳光洒下金辉，无意间照在猴香身上的银饰上，一道反光投射到公主的眼中，她不自觉地抬头望向屋顶。就在这一瞬间，高歌的视线与公主的目光交汇在一起。这样突如其来的告别，如同电击般震撼了她的心灵。她的脚步不稳，身体摇摇欲坠。周围的侍女惊叫一声，连忙上前扶稳她。

此时，松毛跳下屋顶，穿过密集的树丛和花坛，悄无声息地跟上公主。当公主缓缓来到花轿前，即将迈入花轿的一刹那，世界似乎都为之静止，只有她那如诗如画的身影，成为了所有人眼中最美的风景。她只要再迈出一步，就是一个不同的世界。

松毛飞跃向前，要抱住公主的腿，想叫她举步之前再作三思。然而他只扑到公主的一只绣鞋，一切为时已晚。她坚定地踏上了花轿，红绸随风飘扬，花轿逐渐远去，直至消失在通向钦王子宫殿的那条幽深小道上。

松毛将公主的那只鞋搂在怀里，绝望地回头望向屋顶的高歌。四目相视，各自泪若雨注。最终，高歌抹了一把脸，向松毛挥手，示意他把公主的鞋子送还给她！

高歌和他的伙伴们沮丧地来到城外，等着松毛的归来，但松毛迟迟未见。他们带着心中的失落，返回了凤凰山。

山坡上，高歌一个人站在风口，任凭冷风吹拂他的哀伤，眼中的忧郁却丝毫未减。他的心仿佛被撕裂了一般，痛得无法言喻。

猴三和猴四忙碌着规划他们在宣城开设镜子店的计划，希望有事做的时候，高歌就能从痛苦中走出来。

而猴香，她似乎最能理解高歌的心情，悄悄地走到他的身边，轻轻抱住他的臂膀，想陪他说点什么。在凉风中，猴香的眼眸闪着一丝机智，她轻声说道："昨天，我看到公主和我们坐在洞里，心神不宁，时时看看洞口，哪怕门外有风吹来，她都会巴望地转头看一眼。"

高歌深吸了一口气，那天际的云彩似乎也随之动了情感。他低沉地说："我明白。所以，我躲起来，好让她的眼神不再因我动摇，不让她心里更苦。"

猴香轻咬嘴唇，一脸好奇，"那……高哥哥，接下来你怎么做？"

高歌遥望远方，沉默了片刻，才轻声说："我……还真的不知道。"

猴香微微一笑，说道："我听说有个姑娘时常在角落里偷看你。你知道是谁吗？"

高歌苦涩地笑了笑，"香妹，你是说阿依吧？谢谢你对哥的好意，但……"他轻轻摸了摸猴香的头，"有些情感，不是那么容易被替代的。"

猴香微微皱起了眉，那无邪的眼神中闪过困惑："公主明明那么爱你，怎么就跟了别人呢？"

这时松毛踏着轻快的脚步回来了，手中握着一封淡紫色的信。他将信递给高歌，低声道："公主让我把它交给你，叫你去一趟清眉苑。在今日天黑之时，你将这信在金母娘娘面前烧了，帮她许个愿。"

高歌略显沉重地接过信，见信封上没有一个字，也没封口，就问松毛："公主有没有说，我能否看看里面写了什么？"

松毛抬起头，犹豫了一瞬，说道："公主没提这事。"

高歌淡淡地笑了笑："好吧，你去回公主，我一定办好她交代的事。"高歌得到了小小的安慰，虽然公主已嫁人，但至少她还记着他。

第二十五章

神 仙 妹 子

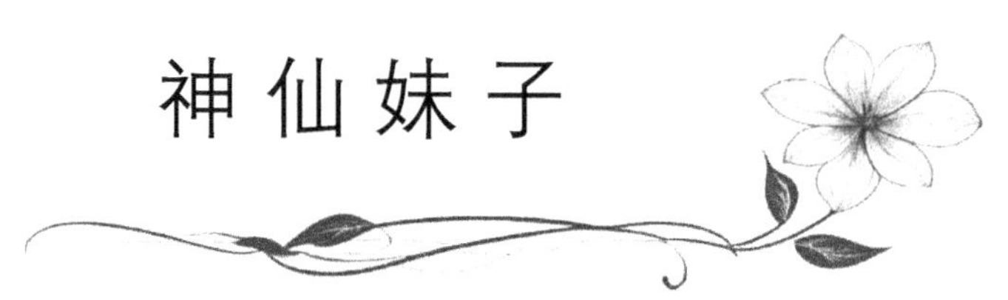

　　高歌在天黑之前来到了清眉苑，手中握着公主的信笺。那信笺在微风中轻轻摇曳，仿佛低语着某些未曾言说的秘密。他的手指轻触信封，能感觉到其中跳动的心意。然而，他并没有打开它，因为他明白，有些心愿无需言明。

　　暮色渐浓，清眉苑内的烛火在夜风中摇曳，为金黄的帷帐披上了一层神秘的光辉。夜色里的金母娘娘显得更加庄严而温暖。

　　高歌小心翼翼地摆上供品，逐一点燃纸钱，火光在夜色中跳跃，仿佛是沟通人间与神界的信使。他将淡紫色的信笺靠近火烛，准备将它烧给金母。忽然，金母关切的声音响起："你打开了信吗？"

　　高歌愣住了，望着丝纹不动的金母像，一时间显得有些紧张，"没有呢。"

　　金母的声音再次响起，带着些许责备，"那你如何替公主许愿？"

　　"谢谢金母提醒，我这就看看。"高歌小心翼翼地打开信封，抽出信纸。他惊讶地发现，信纸上正反两面一片空白，如同信封一样，没有一丝墨迹。

　　"信中写了什么心愿？"金母再次询问。

　　"金母，这是一张无字的信纸。"高歌一脸的困惑。

　　金母仿佛洞察他的内心，温柔地说道："想必公主相信你能理解她心中的愿望吧？"

　　"我当然猜得到。"他的话语中带着不容置疑的肯定。

　　金母似乎不确信，问道："是吗？那你说来听听。"

高歌伤感地说："但我看一切都晚了，再说无益。"

金母提醒他，"既然公主托了你，你怎可失信？"

高歌深吸了一口气，仿佛积蓄了一生的勇气，"我想，公主是望金母娘娘成全我们可怜的一对，不过是下辈子……"他的声音中带着深切的哀愁。

"原来那公主想一个人，却嫁另一个人！我想听听你的心愿。"金母继续追问。

高歌的脸上泪水盈眶，他带着哽咽回答："那还用说，自然与公主一样！"

金母的声音变得更加清丽和关爱，"确是可怜的一对鸳鸯！既然公主托我，我不如就成全了你俩。"她的话语中带着难得的大慈悲，"那么，你闭上眼睛，诚心诚意地唤公主的名字吧，直到公主听见！"

高歌依言闭上了眼睛，心中虔诚地默念着"公主"。这时，公主轻轻走出帷帐，站到高歌的面前。她一身洁白的裙装，披着一头秀发，如同月亮仙子下凡。高歌睁开眼看见美丽的公主，不敢相信眼前的一幕，问道："你是何方神仙，别再捉弄我了。"

"猪头哥，睁大你的眼睛，我是八妹！"公主甜甜地笑起来，拉住高歌的一只手，又伸出另一只手摸摸他的翘鼻子。

当高歌感受到公主手指的轻触，那种亲切而温暖的感觉立刻流遍他的全身，原本心头的疑团和不安就像雾气在阳光下消散。他几乎不加思索地将她搂入怀中，声音低沉而充满了情感，"公主，这次不管谁来抢你，我绝对不会再松手。"

公主轻轻地在他的背上拍了拍，露出一抹爱意的微笑，"猪头，你放心好了，没人跟你争。"

他听到这话，不由得眯起了眼睛，认真地说道："我就怕那钦王子不肯轻易放手。"

公主轻轻地戳了戳高歌的胸膛，"他胜不了你的。"话音刚落，她忽然转向暗处高声呼唤，"松毛，快出来吧！"

松毛如同一团影子般从暗处跳出，轻巧地一跃而上，落在公主的肩膀上，带着一丝得意地询问："公主，我演得怎么样？"

公主回以宠溺的微笑，伸手轻挠他的小脑袋，"完美，小家伙。"

高歌观察着两人之间的默契，眉头微蹙，好奇地问："这是怎么回事？你们合计好的？"

公主调皮地一笑，揭开秘密："哈哈，松毛演了一场小戏，扮那金母娘娘。"

松毛注意到公主打了个哈欠，立刻转向高歌："高歌，别只顾一个劲地乐，公主今日十分劳累，今晚我们打算在哪里休息？"

高歌提议道："不如回高老庄吧？"

公主摇头，声音柔和如风："我更想去静心寺，今晚在那里寻找一些平静，明天再动身吧。"

松毛立刻兴奋地跳到空中，用夸张的语气为高歌作决定："就听公主的！"

他们相视而笑，愉悦的气氛在寺内回荡。高歌情绪大好，轻轻一跃，带着公主和松毛冲上了夜空。星辰像是在他们脚下流转，月亮近得仿佛伸手就能触及。很快，静心寺熟悉而宁静的轮廓就出现在了他们的视野中。

和往常一样，松毛更愿意到树林中过夜，独自享受大自然的宁静，将静心寺的地窟留给高歌和公主。

在地窟这个神秘的小世界里，烛光微微摇曳，照亮了这片空灵的空间。高歌轻轻拉着公主的手，让她在床边坐下，温柔地说："公主，你先坐下，我来做面。"

然而公主却握着他的手，轻声道："先别忙，我有话想对你说。"

高歌紧挨着她坐下，静静地等待她开口。

"高歌，以后别再叫我公主了。"她的声音虽轻，却充满了坚定。"自从我离开王宫的那一刻起，我就只想做一个自由自在的八妹，跟着你，过男耕女织的生活。"

她的眼中闪烁着光芒，笑容愈发灿烂："到了农闲的时候，我们可以在村里组个戏班，我还能有机会唱两句戏呢。"她的声音里满是期待和幸福，仿佛已经看到了那个快乐而宁静的未来。

高歌笑了笑，调皮地说道："我也在想这件事呢。你想啊，如果到了村里，见到长辈，我说，公主，快来给长辈磕头，那长辈会吓得腿打颤呢。还有，我在田里干活，你来送饭，我还得叫声多谢公主，田里的人还不笑掉大牙？"

公主笑出声来，补充道："你说的还不算什么，要是父王知道公主躲在高老庄，你我可就麻烦大了！"

"八妹说得对，我全记在心了。"高歌露出了一个温暖的笑容，随即又调皮地眨了眨眼，问道："八妹，还有什么金玉良言吗？不说的话，我可要开始动手做面了哦。"

"等等，当然还有。"公主轻笑着，从床边优雅地站起来，裙摆随着她的动作轻轻摇曳。她走到那老旧的石灶前，目光在铁锅和烹饪工具上好奇地游移，随后转头对高歌露出了一个灿烂的笑容："高歌，我想为你亲手做一顿饭。虽然我从未下过厨房，但我想学。"

高歌被八妹的话语深深打动，眼中闪过一丝惊喜。他微笑着，用一种温柔的语气回应道："公主下厨，这可是传世的佳话啊。那就让我做你的小助手吧。"接下来，八妹在高歌的指导下开始了她的厨艺体验。尽管她不小心烫了一下手，还不慎多放了一些盐，但她终究还是做出了香喷喷的三鲜面！她的手法或许还显得有些稚嫩，但那份满满的心意却温暖着高歌的心。当他们并肩坐下，一起品尝八妹亲手做的面条时，他们其实是在分享彼此间的情感。

餐后的寂静中，公主从身上取出一面小铜镜，深深地注视着镜中的自己。明亮的烛光照在她的脸上，那副容颜在镜子里显得格外纯净和自然。

她缓缓说道："那时候，我就是用这面镜子照见了自己猪头的模样。那一幕，真的让我很心痛。"

高歌听到她的话，轻步走到她身边，伸出手，温柔地抚摸着她的脸颊，眼中充满深情地说："你知道吗？那时我看到你，心里甚至觉得，你变得和我一样，比我还要可爱。但当我无意中发现你深夜里偷偷地掉泪，我瞬间明白，你经历了多大的痛苦和挣扎。"

公主的眼中闪过泪光，但她的嘴角露出了一个甜美的微笑："那样的痛苦确实难以形容，但它让我更懂你了。过来，把你的头伸过来，我要看看我们一起的样子。"

***

高老庄从十几年前的一场大火中已经重新站了起来。残垣断壁不复存在，竹子茅草屋错落有致地分布在一条东西走向的石头小道两侧。

清晨，随着阳光从东边的高山露出笑脸，夜雾便悄悄隐去，显现出村东那高大的山脉、湖泊的碧水和山间的树木。湖面的倒影，把村子映射成了一片和谐的梦境。村北的开阔地绿草如茵，孩童和羊群在那里奔跑。草地之后，山坡与树林守护着那条悠悠流淌的小河，它从北边开始，沿着村子的西侧蜿蜒流过，如同一个婀娜的少女。

而村子的西南是连绵不绝的油菜田。一眼望去，满眼都是金黄色的油菜花，它们在微风中轻轻摇曳，如同金色的海浪，其芬芳随风飘散。

高拐子一起床，就听见喜鹊在村西口的树上叽叽喳喳的叫，他拄着拐杖来到村口的石亭里坐下，面对着人来人往的木桥和小河那边的一望无际的油菜花，心里想着，既然公主和国王都回王宫了，雪贡人滚蛋了，火都督被除了，那么猪头娃该回家了。

太阳照得背上暖洋洋的，他抽了一袋烟，不知不觉地打了个盹，随后被一群在附近玩水的孩子吵醒。

一阵马蹄声由远而近。

一个小男孩眨巴着好奇的眼睛，扯了扯高拐子的袍角："大叔，有人骑马过来了，是不是您说的大英雄？"

高拐子抬头望去，眼中闪烁着激动的光，"水娃，你脚快，上前去看看。如果你见他有猪头样，就是你们的大哥哥，快把他带来见我。"

水娃兴奋地点了点头，小腿蹬蹬地跑开了。

不一会儿，高歌骑着马，带着公主和松毛停在他面前。高叔看到高歌，激动得几乎站不稳，眼中泪光闪烁："侄儿，你终于回来了！"

高歌急忙下马，稳稳地扶住了高叔，笑着问道："叔叔，怎么一大早您就在村口等着？"

高叔笑得眼睛眯成了一条线："我听见喜鹊叫，心里就知道是大侄子回来了。"

这时，公主也从马背上轻盈地跳下来，走上前去，柔声问候："叔叔好！"她的声音如春风般温柔，带着一丝羞涩。

高叔打量着面前这位如花似玉的姑娘，似乎在回忆什么，开口问道："姑娘，我好像见过你，却一时想不起来。"

公主甜甜一笑，轻声回答："为难叔叔了，我就是八妹。"

高叔愣了愣，随即恍然大悟："哦，原来是八妹啊！"他拉长了声调，显得又惊又喜。"欢迎你一起回来。"他转头对高歌说，"侄儿，这该是你的媳妇吧？"

高叔的问题让高歌愣了一下，随后他咧嘴一笑："叔叔，是的，不过还没过门呢。"他的声音中带着十足的得意。

公主听到这话，脸颊瞬间染上了红霞，但眼角却溢出了幸福的笑意。

这时，松毛也在一旁插话："还有我呢，叔叔！"他在马背上跳了跳，吸引了大家的注意。

高叔望过去，看到雪白可爱的松毛，脸上露出了喜悦的笑容："快过来，让我瞧瞧。"

松毛跳到高歌的肩上，摇着尾巴。

高叔对松毛说："松毛，难得你这么多年一直照顾我这个侄儿，你是高家的功臣呢。"然后，他转头对围着的孩子们说："你们看，我跟你们讲，高家有一个松鼠神仙，你们还不信，这下信了吧？"

孩子们欢呼着围了上来，小手轻轻地摸着松毛，渴望他能和他们一起去玩。高歌与公主相视一笑，点了点头。松毛欢快地跳下来，一溜烟地跟着孩子们跑了。

高叔转身对高歌和公主说："走，我们回家。先去拜见一下你的太奶奶，村里所有的大事小事都得请教她。"

高歌见高叔腿脚不便，将他抱起，轻松地放到马背上。高叔有些不好意思，笑道："我这老骨头，就几步路，也让你们费心了。"

经过村西的一座崭新的房子时，高叔叫停，指着房子对高歌说："高歌，这房子是村里人一砖一瓦给你盖起来的，大家都盼着你能早日回来。"

不久，他们来到了一个宽敞的大宅门前，太奶奶已经坐在厅堂里静静等候。村子里的孩子们早已将消息传遍了整个村子，村民们纷纷赶来，想要一睹高歌长大后的英姿和那位新妹子的风采。

太奶奶头发整齐地盘在头上，身穿一袭绣着精美花纹的青袍，脸上带着安详而温和的微笑，坐在太师椅上，显得威严而又慈祥。

高歌和公主走到太奶奶面前，双膝跪地，恭敬地行了一个大礼，齐声道："太奶奶好！"

太奶奶擦去眼角的泪水，激动地让两个孩子快快站起来，她温柔地将他们拉到自己的身边，从袖里拿出两个红包，递给了高歌和公主，语重心长地说："要是你爹你娘、你爷你奶能看到你长大成人、还做了这么大出息的事，那该多好哇。"

太奶奶的目光温柔地停留在公主身上，脸上洋溢着深深的慈爱和欢愉。她关怀地问道："姑娘，我还不知道你贵姓大名呢？"

公主微微一笑，甜美地回答："太奶奶，我无世家之名，自幼便被人称作八妹。"

太奶奶听到这个名字，眼中闪过赞许，"八妹，这名字真是好听又亲切。"她接着问："那你的家在哪里呢？"

公主的眼中闪过一丝犹豫，她刚刚张开口，高歌便迅速接过话茬："太奶奶，八妹家住苍山那边。"

太奶奶点了点头，眼中流露出关切，"那你的父母安好吗？"

公主低下头，声音微微颤抖，"母亲已经离开很多年了，父亲虽然健在，但难见他一面。"

太奶奶深深地叹了一口气，轻声说道："八妹，莫嫌我问得多，我打心眼里喜欢你这个孩子。我再问你，你既已跟高歌来拜了高家的门，想必是跟高歌情投意和，你愿意嫁给高歌吗？"

公主的脸颊瞬间涌上两抹红霞。高歌在一旁焦急地催促："八妹，快说愿意。"

太奶奶轻轻摆了摆手，慈祥地说道："孩子，不急。这是关系到你一生的大事，你可以再仔细考虑考虑。"她环顾四周，目光温柔而坚定，随后高声呼唤："大脚嫂！"

人群中的大脚嫂立刻应声而出，笑容满面地走上前来："太奶奶，您叫我吗？"

"你过来，把八妹带到你家，就当你的干女儿一样好好照顾她。"太奶奶吩咐道。

大脚嫂欣然答应，脸上洋溢着喜悦："听太奶奶的话，能为太奶奶分忧，高兴死我了。"

随后，她走过来，和蔼地拉起了八妹的手，两人一同向门口走去。太奶奶微笑着注视她们的背影，而高歌则站在原地，目送着八妹被牵走，心中涌动着复杂的情感。太奶奶用手中的扇子轻轻敲了一下高歌的头，笑道："我看你这孩子眼睛一刻不离八妹，是等不急了吧？你先回家，下午我请媒婆去大脚嫂家提亲，明日把你们的婚事办了。"

高叔先带着高歌去了三里外的祖坟老地，让他认了他亲娘的坟，为娘捋去杂草，上了新土。然后，他们来到村西头的新屋。高歌不解地说："我跟八妹谈好了，哪需要媒婆？"

高叔不以为然："唉，这是祖宗的规矩。"

***

午时刚过，阳光洒在村东头的小路上，媒婆踩着轻快的步伐走来。她身着红袄，头上插着一支鲜活的菊花，显得精神矍铄。她推开大脚嫂家的门，脸上带着职业的微笑。

大脚嫂察觉到媒婆的到来，已迅速将八妹引到里屋，并低声叮嘱："你莫作声，我为你做主。"

媒婆一进门便直截了当地说："他俩是你情我愿的事，我就是来走走过场。"

大脚嫂不满地回应："即便是走过场，也得讲究讲究礼数。我这干女儿，长得美如天仙，我总得谈谈彩礼什么的吧？"

媒婆知道理亏，"那你说吧，我给你传话。"

大脚嫂提高嗓门说："两头牛，二十只羊总是要的。"

媒婆立刻皱起眉头，"你这是狮子大开口，你以为你嫁公主呢？村里哪家的女儿敢要这么多？听说八妹也不是有什么来处。"

"你没见我那女儿的脸、那腰身，多稀罕？"

"乡下的女人，不要说那些虚的。"

两个女人互相瞪着眼，比耐性。

大脚嫂妥协了，她看出八妹和高歌是真感情，莫因要点彩礼闹出什么不愉快："那好，就比照高富贵家的小女出嫁时要的：一头牛，十只羊。这是底线，少了我这女儿是不会嫁的。"

媒婆点点头，转身离开了大脚嫂家。

大脚嫂走进里间，对八妹露出了一丝得意的笑容："看我为你争取到了多少好，比得上村里最抢手的姑娘了，嘻嘻。"

八妹却苦笑不得，心中暗自担忧："高歌身上只有太奶奶送的几文钱，这下子可怎么办？我倒是有些散银和首饰，是否可借给他呢？即便可以，又如何转交给他？"

媒婆回去给高叔回话："那大脚嫂，平时为人平和，今天要起彩礼，才露出原形。"

高叔伸长了脖子问："她怎么要法？"

"她先要两头牛，二十只羊！被我一下堵了回去，谈了两个时辰，才谈了个减半。"

"减半也多了，高歌两手空空，媳妇也是他带回来的。"高叔皱起眉头，不满地唠叨。他本想快刀斩乱麻，一下子把孩子们的婚事办了，哪知道突然被要这么重的彩礼，哪有闲钱去置办啊。这大脚嫂想拔我们的毛呢！

高歌面对压力却显得异常镇定，他轻轻拍了拍叔叔的肩膀，用温和却充满自信的声音说道："叔叔，有劳您替我物色好两头牛，二十只羊。要多少银子，您不必操心，等天黑我去找。"

高叔虽然对高歌的能力深信不疑，但仍旧忍不住露出了担忧的神情："我知道你本领大。侄儿，你可不要做梁上君子。"

"叔叔您就放心吧，其实八妹那边有一些积蓄，我晚上会找个机会，悄悄去找她拿点。"高歌回答道。

松毛见状想要助一臂之力，蹦跳着说："高歌，我跑得快，我去帮你拿，你就不用那么麻烦了。"

高叔却摆了摆手："松毛，你有你的事要做，高歌和八妹的事，由他们自己去。"

整整一个下午，大脚嫂和八妹在小小的屋子里谈了许多。大脚嫂细心地传授着她婚后生活的经验，她的话语中充满了关心和期待。她还耐心地教八妹如何绣制丝巾，她的手法熟练而优雅，每一个针脚都透露着她多年的沉淀和匠心。

夜幕降临，大脚嫂轻声告诉八妹："孩子，今天你早点歇息吧，明天是你人生中最要紧的一天，是做女人最幸福的时刻，也是最辛苦的开始。"

八妹独自躺在幽暗的小屋里，想到高歌拿什么去买那些牛羊，还真有点为他着急。

就在这时，一阵轻微的敲击声突然打断了她的沉思。她疑惑地抬头，只见高歌的身影在屋后窗外晃动着。她忙不迭地穿上衣服，走到窗前。

高歌在外面轻声地说："好漂亮的月夜，我们到村后的草地走走吧。"

两人悄无声息地来到了空旷的草地，手心紧紧相扣，情意绵绵。八妹戏谑地问道："告诉我，你为什么会在这个时候来找我呢？"

高歌有些羞涩地低下头，轻声说道："其实，我是来借钱的。"他停顿了一下，抬起头，目光直视公主，"可是，为什么你要那么多的彩礼呢？"

公主眨了眨眼睛，调皮地笑道："我是在考验你是否真心爱我，明白了吗？"说着，她从袖中取出一个小钱袋，递给了高歌。

高歌激动地接过钱袋，脸上绽放出喜悦的笑容："谢谢你，娘子。你真是我的贵人。"

公主却伸手揪住了高歌的耳朵，故作严厉地说道："不行，等我明天看到彩礼，你才能叫'娘子'。"

高歌轻轻握住公主的手，深情地看着她："八妹，有你在我身边，我就是世上最幸福的人。你知道吗？昨天，当我看到你坐上婚轿，我的心都碎了。你能告诉我，是哪位神仙把你送到我的身边吗？"

公主眨眨水汪汪的大眼睛，神秘地一笑："那是一个小秘密。"

***

在火玫临终之际，她凑近公主，用微弱而恳求的声音说："姐姐，我要走了，但我的魂将寄居在清眉苑花园里的那棵玫瑰树上，就在那紫罗兰的旁边。请你务必照料它，作为回报，我把火娘的秘密告诉你——她最怕强光……"

公主搬入王宫后，果然前去清眉苑寻找火玫的玫瑰树。她小心翼翼地将其移至自己的后花园，亲手剔除了根部的虫害，剪去了枯萎的枝条，每天都给它浇水，用心呵护着。不到半个月，玫瑰树就恢复了生机，枝叶繁茂，花香四溢。到了夜晚，火玫那透明的灵影便在花枝间跳舞，恍若仙人。

公主有时会坐在树下，跟火玫聊上几句，她温柔地问："我的好妹妹，如果你有机会再选择一次，你是想做一辈子的花仙子、还是公主呢？"

玫瑰树轻轻地摇了摇枝条说："我不要做什么公主，宁愿做无名的花仙，只要有姐姐的呵护，我就幸福。"

有一天，钦王子来拜访公主，两人一同走进了花园。

钦王子温暖而磁性的笑声唤醒了火玫的春心，让她情不自禁。在公主给她浇水修枝的时候，她忍不住问道："姐姐，你既然不爱钦王子，为什么还要嫁给他呢？"

公主的眼中闪过忧伤："这是父王的命令，我也没有办法。"

火玫大胆地说："那姐姐，你就把钦王子让给我吧，你已经有了高歌。"

公主惊愕地凝视着她，柔声询问："你真的想成为公主吗？"

"谁说不是呢，我自己也不懂自己。"

公主心中一动，"我倒是十分愿意，但如何帮你变公主呢？"

"就像以前一样，给我一两滴你的血，我们彼此成全。"火玫期待地说。

公主没有丝毫犹豫，她迅速拿出一把锋利的剪刀，小心翼翼地划破自己的手指，鲜红的血液滴落在火玫的玫瑰花瓣上。

那一刻，花瓣上闪过一道奇异的光。

新婚之夜，火玫化身为新娘，身披大红嫁衣，坐在喜庆的婚床上，头上蒙着红盖头。钦王子结束了一系列繁琐的仪式，满心欢喜地走进洞房。

他轻轻掀开盖头，看到了期待中的美人，脸上绽放出了灿烂的笑容，温柔地搂住她："火玫，我的好娘子。"

火玫震惊地看着他，眼中充满了不可置信，"你怎么认出我不是公主？"

钦王子笑着回答："公主虽然美丽，但她太过冷峻，而你，你是活泼的精灵，是我的真命天女，哪有认不出的道理。"

火玫感动得泪水夺眶而出，"我的钦王子，你要好好珍惜我。我等了你两辈子，才有今日。"

"我一定会好好珍惜你的，火玫。"钦王子温柔地说："不过，从今以后，我可能只能叫你公主，却不敢再叫火玫了，你不介意吧？"

这一刻，两个灵魂终于找到了彼此的归宿。

＊＊＊

第二天，天刚麻麻亮，大脚嫂被邻家的狗叫声吵醒。她还未起床，又听见自家后院传来吵吵闹闹的声音。

她连忙起身，到后门一看，原来是高拐子和松毛把彩礼送过来了。大脚嫂出去数了数，那牛两头，那羊二十只。

她心里一惊，不是说减半了吗，怎么送来这么多？不管它，来者不拒。她心中欢喜，便招呼高拐子和松毛到屋里歇歇脚。

她下了一碗面，打了三个鸡蛋，将昨晚炖的鸡汤舀了两勺加进去，再撒上一把爆米。当她端上来递给高拐子时，他受宠若惊，慌忙站起身去接，腿脚不便差点跌倒。

她望着他大口地吃，听他不停地赞叹："大脚嫂，好厨艺。我走南闯北，没吃过这么香的面。"

公主这时也起身，从里屋探出脑袋，被大脚嫂用眼神暗示她"别出来"。是呀，没过门，别见男家的人。

大脚嫂回过神问松毛："你喜欢吃什么？"

松毛笑了笑，调侃道："我还以为嫂子忘了我呢，只顾着照顾高叔。我这儿还有封信，差点不想给你。"他坐在桌旁，摆出一副神秘的样子，将小纸条递给她。

大脚嫂接过纸条，打开一看，上面写着几行字，她好奇地问："这是谁给我的？"

"是高歌。"松毛回答。

大脚嫂有些怀疑："你确定不是给八妹的？"

"是你的。"松毛坚定地说。

大脚嫂快步走进里屋，将纸条递给八妹，"帮我看看，这上面写了什么？"

八妹看了一眼，忍不住笑了，对大脚嫂耳语道："一头牛，十只羊，这是我的彩礼；另外一半是高叔叔专门送给你的。不过他没说送来做什么。"

大脚嫂脸颊绯红，手指紧紧捏着围裙角，眼睛偷偷从门缝里瞟向高拐子，却不好意思出去。

八妹笑着推了推她，鼓励道："就算你还没想好，也得出去谢谢他啊。"她明白这一定是高歌的鬼主意。

高拐子吃完面，见大脚嫂迟迟未出，只好起身，准备离开。大脚嫂这才追到门口，对着他的背影喊道："你腿脚不便，走慢点！"

***

阳光悄无声息地穿透窗帘的缝隙，温暖地洒在房间的一角。一袭艳丽的新娘红裙静静地平铺在床上，等待着那个重要的时刻。裙摆上绣着繁复而生动的花卉图案，那盛开的牡丹、飘逸的桂花、傲然的菊花，色彩斑斓、栩栩如生，仿佛只要一阵风吹过，它们就能翩翩起舞。

公主在梳妆台前静坐，她的秀发经过反复细致的梳理，如同丝缎般柔滑，散发出迷人的光泽。她轻柔地在梳妆台前的小凳子上旋转，将目光投向窗外那充满生机的世界。

青山层峦叠嶂，碧水环抱，阳光无私地洒在这片土地的每一个角落，让整个世界都显得如此鲜活又宁静。枝头的小鸟欢快地歌唱，花香与草香在空气中交织。公主的心仿佛随着窗外的风轻轻飘荡，她幻想着自己和心爱的高歌在这片山水之间，携手走过一生。她已经将自己的心灵融入这片山水，融入这个充满了爱与温暖的小村庄。

在柔和的光辉中，干娘的双手轻盈地从盒中取出一支金光闪烁的簪子，细心地将其妆点在公主如瀑布般的秀发之中。它如同星辰点缀在夜空中，熠熠生辉。

邻家大姐也不甘落后，小心翼翼地为公主描绘出淡雅而有力的眉形，随后拿起一块颜色鲜艳的朱砂红，轻轻地在公主的双唇上涂抹，使她的唇瓣仿佛春花初绽，充满了生机和妩媚。

接着，干娘和大姐一同拿起那银光熠熠的耳坠，仔细地挂在公主的耳垂上。耳坠与她雪白的皮肤相触，犹如银河落入凡尘，星星拥抱了月亮，亮丽夺目。

在亲人们的帮助下，公主缓缓穿上了那条如梦如幻的红裙，裙摆轻轻晃动，仿佛捕捉到了幸福的节奏。干娘带着无比慈爱的目光，轻柔地将大红的头盖覆盖在新娘的头顶，小心翼翼，生怕弄乱了她精心打理的发型。

公主慢慢站起身，她的表情中洋溢着娇羞和期待，她的眼神如同画中的仙女，眉眼间流转着幸福的光芒。她轻轻地向在场的每一位亲人和乡邻鞠了一躬，她的谢意洋溢在眉宇之间。周围的人群发出了由衷的赞叹声和愉悦的笑声，他们为她即将步入的新生活感到由衷的高兴。此时，干娘的眼角溢出了泪花，那是为了公主未来的幸福而流下的慈爱之泪。

在那充满期待的时刻，远方传来了唢呐声，高老庄的宁静被掀开了一角，一股澎湃的喜悦扑面而来。乐声时而高扬如激流，时而低沉如微风，由远而近，转瞬间已然到了新娘的庭园前。

公主虽被大红头盖笼罩，但她的心灵却清晰感受到了窗外的一切。透过那层朦胧的红纱，她依稀看见了高歌，他身披鲜红长袍，每一步都流露着自信和期待。在高歌的身旁，公主惊喜地发现还有猴三、猴四、猴香和松毛相伴。原来高歌昨夜别了公主后，就飞往宣城，连夜将他们请来。

他头上的小红帽微微歪斜，带着几分俏皮，耷拉的大耳朵随着他的步伐轻轻摇摆，显露出他那不羁的个性。

公主在头盖的遮掩下，嘴角浮现出幸福而满足的微笑，因为她知道，那个让她魂牵梦绕的人，就在窗外等待。

干娘眼中闪烁着担忧和不舍，紧紧握住八妹的双手，仿佛要将所有的叮嘱和关爱都传递给这个即将迈入人生新阶段的女孩。

"八妹啊，路上的坎坷不少，叫高歌要小心水坑、泥潭、烂木桥。你要抱紧他的脖子，哪怕摔断了骨头也不要松手。"

干娘继续叮嘱："八妹哟，路上的稻草人，叫他要小心，那里面藏着抢亲的山人。你一定要抱紧他的脖子，哪怕拼到最后一刻也不要放手。"

八妹紧紧握着干娘的手，眼中闪烁着坚定的光芒，"干娘，八妹记住了。"

干娘轻轻抚摸了一下八妹的头，"那好，八妹，新郎在外头等得焦心，你出去后，他会一路背你回家，千万千万，你别被他人抢跑了！现在干娘要去打开大门。想好了！出了这个门，你就不是娘家的人了。"

顿时，唢呐队奏起了公主熟悉而温馨的旋律——《苍山阿妹》。每一声都扣人心弦，仿佛在诉说着她多年的情感。这旋律伴随八妹度过了无数孤独和寂寞的夜晚，而今再度响起，仿佛一根柔软的丝线，牵引着她穿越时光，回到了与高歌相识的那个美好时刻。

八妹想起了小阁楼上的温馨对话，想起了在山野间追逐嬉戏的身影，那片被夕阳染红的天空，清澈见底的溪水，还有那些曲折波澜的日子。

她的泪水再也止不住地流了下来，这不仅是对过去的感怀，也是对未来充满的期待和憧憬。

高歌静立在木门前，眼中带着温柔的笑意。

他身后，喜庆的迎亲队伍排列得整整齐齐，鼓手挥动着鼓槌，锣鼓声声，节奏欢快。孩子们在队伍中欢快地奔跑，他们的欢笑声和脚下飞扬的尘土混合在一起，成为喜庆中不可或缺的风景。老人们靠在一旁，时而发出低低的谈论声，或是祝福，或是回忆。而邻里的媳妇们则围成一圈，议论着新郎新娘，她们的话语中充满了热情。

然而对于高歌而言，四周的热闹仿佛被隔绝在另一个世界。他的心神只关注着眼前这扇门和门后的那个她。

他的手轻轻颤抖，触摸着沧桑的木门，仿佛能感觉到门另一侧的那份心动。

大门吱嘎一声，缓缓打开，把尘埃和阳光一同引入。在那扇门的朦胧光影中，新娘的轮廓逐渐清晰。头盖下，她的眼眸含蓄着淡淡的笑意，宛如清晨的第一缕阳光。

新娘缓缓走到门口，手中轻轻握着红绸的一端。她的眼中，星星点点的光辉仿佛能穿透红头盖，直入他的心灵深处。她优雅地抛出红绸的另一端，它在空中划出一道美丽的弧线。

抛出的红绸轻轻落在高歌的手心，带着她的温度和气息。他的手指紧紧地环绕着红绸，紧握着未来的希望和幸福。他们彼此相视，那心灵交汇的目光，诉说着这一生的爱恋。

9 781998 895021